Lucy Inglis

WORTE *für die* EWIGKEIT

Aus dem Englischen
von Ilse Rothfuss

CHICKEN HOUSE
CARLSEN

MIX
Papier aus verantwortungsvollen Quellen
FSC® C083411
www.fsc.org

Ein *Chicken House*-Buch im Carlsen Verlag
Februar 2019

Originalverlag: The Chicken House
Originaltitel: »Crow Mountain«

Umschlagbild: Fotolia © Sondem; Plainpicture © Adam Whitehouse
Umschlaggestaltung: formlabor unter Verwendung des Originalentwurfs
von Henry's Lodge, Zürich
Corporate Design Taschenbuch: bell étage
ISBN 978-3-551-31776-6

Für Charlie,
Ruth und Jack Tweddle

In Liebe

Alles,
was du brauchst,
um groß zu werden,
trägst du in dir.

Apsáaluke-Sprichwort

»Hope! Das Taxi ist da!«, rief Meredith.

Hope stopfte ihre Sachen vollends in die schwarze Nylonreisetasche. »Ich komme!«

Sie stampfte die Treppe hinunter, schleppte mühsam die schwere Tasche hinter sich her. Ihre Mutter stand startklar im Flur und schaute auf die Uhr.

»Er ist spät dran.«

»Wir haben noch jede Menge Zeit, Mum.« *Sogar jede Menge Zeit, um am nächsten Tag am Flughafen herumzuhängen.*

»Hast du alles? Du weißt, dass wir an einem sehr abgelegenen Ort sein werden.«

»Sind wir doch immer. Aber ich habe alles, danke.«

Der Taxifahrer hupte. Meredith riss die Haustür auf und ließ die blasse Londoner Frühlingssonne herein. »Also dann.«

Draußen kurbelte der schwarze Fahrer das Fenster herunter. »Taxi für West?«

»Ja, das sind wir.«

Als ihr Gepäck eingeladen war und sie im Wagen saßen, fragte der Fahrer: »Heathrow, Terminal 5 – ist das richtig, Ladies?«

»Ja, bitte«, sagte Meredith kurz angebunden. Der vertrauliche Ton des Taxifahrers ging ihr sichtlich auf die Nerven.

Sobald er aus der Straße herausgefahren war, fing er ein Gespräch an. »Und? Geht's in den Urlaub?«

»Nein, Arbeit.«

»Und was arbeiten Sie?«, fragte er mit der üblichen Direktheit der Londoner Taxifahrer.

»Umwelt- und Waldökologie. Ich forsche im Bereich subalpiner Mikroklimata.«

Hope unterdrückte ein Stöhnen. Meredith war vor jedem Flug ein Nervenbündel, aber diesmal war es besonders schlimm.

»Auf subal… okay«, sagte der Fahrer unbeeindruckt. »Und wo genau arbeiten Sie dann?«

»Montana. Beim Gletscher-Nationalpark. Einen Monat lang.«

Der Taxifahrer pfiff durch die Zähne und fädelte sich in den Verkehr Richtung North Circular ein. »Hatte neulich 'nen Typ aus Montana hier drin. Wissen Sie, wie die Ecke bei denen heißt?«

»Nein«, sagte Meredith.

»*The Last Best Place* – letzte Zuflucht.«

»Wegen der einzigartigen Ökologie?«, fragte Meredith.

»Nein, weil es dort so wenig Menschen gibt wie sonst nirgends in den USA. Wer in der Wildnis dort untertaucht, wird nie gefunden. Gutes Versteck für Leute wie den Unabomber oder irgendwelche Kriminelle und so. In Montana findet dich keiner.« Er warf Hope einen Blick im Rückspiegel zu. »Der wahre Wilde Westen, was?«

Eins

In der Jugendzeit ist der Mensch am prägsamsten

Montana, 1867. Das Camp war ein Hexenkessel, voller raubeiniger Männer und Frauen, Tiere, Schmutz und Lärm. Ich stand etwas abseits am Straßenrand und wartete auf die anderen. Die Hauptstraße, die einzig nennenswerte in Helena, war von Schindelhäusern und bemalten Schildern gesäumt, freie Plätze waren zum Teil mit Pfosten und Seilen abgesteckt. In den Gässchen hing die Wäsche zwischen den Häusern und ganz in der Nähe verpestete ein Schweinekoben die Luft. Mit anderen Worten, Helena war genau wie alle anderen Siedlungen, durch die wir auf der langen, zermürbenden Reise bisher gekommen waren. Mir sank der Mut.

Miss Adams war zu mir herübergekommen, als Mr Goldsmith steifbeinig vom Dach der Kutsche kletterte und unser Übernachtungsgepäck abzuladen begann. Von Mr Goldsmith hatte ich viel Interessantes über die Geschichte Amerikas erfahren, während wir durch die unterschiedlichen Landschaften der Great Plains fuhren. Leider hatte Miss Adams ihn nach einer Weile zu unserer Begleitwache aufs Dach verbannt. Die pikanten Details, die Mr Goldsmith gern zum Besten gab, waren ihrer Meinung nach ungeeignet für meine zarten Ohren.

»Kommen Sie, Miss Forsythe, hier draußen können Sie nicht stehen bleiben«, drängte Miss Adams und quetschte sich bereits durch die Schwingtür des Hotels.

Es war überfüllt, wie alle Hotels auf dem Weg, besonders die Bar unten. In England war ich nie mit einfachen Arbeitern in Berührung gekommen – mit Männern, die abends im Wirtshaus saßen und tranken –, ihre neugierigen, unverfrorenen Blicke, ihre Schmutzigkeit jagten mir Angst ein.

»Nicht hinsehen, Miss Forsythe. Das ermutigt die nur.«

Dann erschien der Hotelbesitzer. Wie viele amerikanische Männer hatte er einen hässlichen Hängeschnauzbart, der vom ständigen Lippenlecken schon ganz fettig war. Auf seiner Stirnglatze thronte eine Brille mit grünen Gläsern.

»Guten Nachmittag, Ladies«, sagte er fröhlich. »Die Spencer-Gesellschaft, nehme ich an?«

Wir reisten aus mehreren Gründen unter dem Namen Spencer. Erstens wollte Papa, dass ich unerkannt blieb, wenn ich mit einer so kleinen Gruppe unterwegs war. Zweitens waren selbst die primitivsten Absteigen überfüllt, denn nach den Sioux-Kriegen zogen Heerscharen von Flüchtlingen durch das Land, außerdem waren unzählige Glücksritter auf dem Weg zu den Goldminen von Montana. Ich schämte mich ein bisschen für Papas Methode, unter verschiedenen Namen mehrfach zu reservieren, aber auf diese Weise hatten wir schon zweimal Zimmer ergattert, während wir sonst irgendwo bei den Schweineställen hätten übernachten müssen. Zum Glück hatten wir nur noch ungefähr drei Wochen vor uns, bis wir unser Ziel in Portland erreichen würden.

Dort würde ich meinen künftigen Ehemann kennenlernen, Anthony

Howard Stanton, den Erben einer der größten Eisenbahngesellschaften Amerikas. Die Stantons arbeiteten gerade an einer Infrastruktur für die Westküste, daher unser Treffen in Portland, wo Mr Stanton an einem bestimmten Abschnitt der Eisenbahnlinie zu tun hatte. Wir würden in San Francisco leben, in der Larkin Street, gegenüber dem Yerba-Buena-Park.

Das Haus war gerade erst fertig geworden und mit einem ganzen Dienstbotenstab ausgestattet, der auf unsere Ankunft wartete.

Miss Adams ließ sich von der Frau des Hotelbesitzers zu unseren Unterkünften führen und ich trottete gedankenverloren hinter ihr her.

Heiraten. Ehe. Ich war noch keine sechzehn. Sehr jung, das war mir bewusst. Ich konnte zwar einen Haushalt führen, das hatte ich gelernt, aber der Gedanke, dass ich bald eine verheiratete Frau sein würde, hielt mich in den frühen Morgenstunden oft wach. Was, wenn Mr Stanton mich nicht lieben konnte oder sonst etwas an mir auszusetzen fand? Aber Mama und Papa waren fest überzeugt, dass ich keine bessere Partie hätte machen können. Zwei der bedeutendsten Familien in den beiden besten Ländern der Welt – was wollte ich mehr?

Als die Fotografien von Anthony Howard Stanton eingetroffen waren, hatten Mama und Papa nicht mit ihrer Zustimmung hinter dem Berg gehalten: »Er sieht doch sehr gut und kultiviert aus, Liebes – findest du nicht?«

Meine Hände flatterten, als ich das Bild hochnahm. Hastig legte ich es auf meinen Nähtisch, damit man das Zittern nicht sehen konnte. Mr Stanton war zweiundzwanzig Jahre alt, groß und schlank. Ja, er sah gut aus – sehr gut sogar.

Unsere Zimmer hier waren klein, aber einigermaßen sauber. Ich wartete in der Tür, bis Miss Adams sich damit zufrieden erklärte und die Wirtsfrau wegschickte. Miss Adams, das wusste ich, wurde gut dafür bezahlt, dass sie mich während der Reise unter ihre Fittiche nahm. Sie war Ende zwanzig, eine mürrische alte Jungfer, die sich an nichts zu erfreuen schien. Ihre Kleidung war schlicht, fast streng, und ihr Haar auf wenig schmeichelhafte Weise zu einem straffen Knoten aufgesteckt. Mit ihrer langen Nase und den stechenden Augen, denen so leicht nichts entging, sah sie wie eine boshafte kleine Spitzmaus aus. Ich konnte nur hoffen, dass ich sie nach meiner Hochzeit entlassen durfte.

Unser Gepäck wurde heraufgebracht und Miss Adams begann alles auszupacken, was wir für die Nacht brauchten. Ich wusch mir Hände und Gesicht und trocknete mich mit dem bretharten Handtuch ab, das am Waschtisch bereitlag. Dabei erhaschte ich in dem fleckigen Spiegel über mir einen Blick auf mein bleiches Gesicht.

Ob Mr Stanton meine Porträts gefallen hatten? Das Posieren vor dem Fotografen war schrecklich gewesen, zumal mein Kopf in einer sorgfältig kaschierten Stütze steckte, damit ich ihn ruhig hielt. Aber Mama und Papa waren mit dem Ergebnis sehr zufrieden gewesen. Der Fotograf hatte meine blasse Haut und meine großen Augen sehr gut eingefangen, fanden alle.

Ich starrte in den Spiegel, drehte langsam den Kopf nach links und rechts. Mein Haar war dick und nachtschwarz und glänzte wie frisch gebohnert. Die aufgetürmte Haarflut ließ meinen Kopf fast zu schwer für meinen Hals erscheinen. Mama fand diesen Stil, der durch mein eng geschnürtes Korsett noch besser zur Geltung kam, sehr elegant, sehr »aristokratisch«. Er verlieh mir ein elfenhaft zartes Aussehen, besonders wenn Mama vor einer Abendgesellschaft mein Mieder noch zwei Ösen enger schnüren ließ. Und vielleicht hatte sich die Mühe ausgezahlt, denn Mr Stanton hatte sofort um meine Hand angehalten, als die Fotografien bei ihm eingetroffen waren. Gleich am nächsten Tag hatte er meinem Vater telegrafiert und in wenigen Stunden wurde meine Zukunft in Morseschrift ausgehandelt, über Tausende von Meilen hinweg, zu einem Dollar pro Buchstabe.

»Miss Adams, können Sie mir bitte zur Hand gehen und mein Korsett ein wenig lockern? Es ist zwar nicht heiß im Zimmer, aber ich finde es unerträglich stickig.«

Miss Adams' Spitzmausgesicht nahm einen missbilligenden Ausdruck an. Schweigend knöpfte sie mein Kleid am Rücken auf und ließ die Korsettschnur ein winziges bisschen heraus. Ich holte tief und undamenhaft Luft, zerrte am Kragen, um meinen Hals und meine Schultern zu befreien.

»Und können wir vielleicht das Fenster etwas öffnen?«

An der Art, wie sie das Fenster hochriss, erkannte ich, dass auch diese Bitte missbilligt wurde. Und vielleicht zu Recht, denn die Luft, die hereindrang, war alles andere als frisch. Trotzdem war es angenehm kühl und ich glaubte einen Hauch der kühlen Brise aufzufangen, die uns auf unserer langen Fahrt durch die Great Plains – zuerst mit der Eisenbahn, dann im Pferdewagen – begleitet hatte.

Papa und Mama waren mir vorausgereist, um in San Francisco alles für die Hochzeit vorzubereiten und meine Eheschließung zu einem guten Ende zu bringen. Die Reise durch Montana war unsere letzte Etappe, aber dafür auch die anstrengendste und gefährlichste, wie Mr Goldsmith mir gesagt hatte. Die Indianer machten zurzeit den gesamten Bozeman Trail unsicher, niemand war gegen ihre Überfälle gefeit. Aber die Stämme entlang dieser Route – so Mr Goldsmith – seien im Großen und Ganzen friedlich. Auf dem Oregon Trail hingegen war eine schlimme Seuche ausgebrochen, an der die Leute wie die Fliegen starben; diese Route musste also um jeden Preis vermieden werden. Die Seuche wütete dort so erbarmungslos, dass die Toten direkt unter der Spur begraben wurden, damit ihre Überreste von den darüberrollenden Wagen zermalmt wurden und schneller verwesten. So wurden sie wenigstens nicht von den Wölfen gefressen.

Ich schaute zum Fenster hinüber, lechzte danach, den Wind auf meiner Haut zu spüren. Nach der langen Fahrt im Wagen konnte ich die Enge des kleinen Zimmers kaum ertragen, aber es wäre unschicklich gewesen, noch näher ans Fenster zu treten, wo ich gesehen werden konnte – noch dazu mit meinen entblößten weißen Schultern.

Und in diesem Moment sah ich dich.

Du bist auf einem weiß-braun gescheckten Pferd auf das Hotel zugeritten, die Füße in den Steigbügeln nach außen gedreht. Ein zweites Pferd trottete an einem Seil hinter dir her. Noch nie hatte ich einen Reiter so nachlässig auf einem Pferd sitzen sehen und ich trat unwillkürlich näher ans Fenster. Dein Hinken hatte ich noch nicht bemerkt, auch deine hellen Augen nicht, denn mein Blick haftete an deinem langen braunen Haar und deinem unrasierten Gesicht. Um deinen Hals lag ein Lederband, an dem verschiedene Gegenstände hingen: Ich erkannte ein Messer, mehrere Federn und dazwischen einige Patronenhülsen. Du hast geblinzelt, vor Müdigkeit, nehme ich an, denn die Spätnachmittagssonne war nicht grell. Ohne es zu merken, war ich noch näher ans offene Fenster getreten. Hinter deinem rechten Bein ragte ein Gewehrschaft hervor, aber Gewehre waren nach diesen ersten Wochen in Amerika nichts Ungewohntes mehr für mich.

Ich hatte seit unserer Ankunft in New York mehr Gewehre gesehen, als ich es je für möglich gehalten hätte. Du hast lange, weiche, um die Beine geschnürte Indianerstiefel getragen, dazu Hose und Hemd und darüber eine abgewetzte Wildlederweste.

Ich vergaß mein enges Korsett, so gebannt war ich von dir. Du hast dein Pferd in dem zerfurchten Staub neben dem Anbindebalken des Hotels zum Stehen gebracht und dich so anmutig aus dem Sattel geschwungen, dass mir der Atem stockte. Dann hast du die Zügel über die Köpfe der Pferde geschlungen und ich konnte sehen, dass du sie gestreichelt und zu ihnen gesprochen hast. Aber in dem Lärm, der aus der Bar heraufdrang, und dem Tumult auf der Straße unten konnte ich natürlich kein Wort davon verstehen.

Dann hast du dich bewegt, um die Pferde anzupflocken, und jetzt bemerkte ich, dass dir das Gehen schwerfiel – was natürlich nicht zu sehen gewesen war, solange du auf dem Pferd gesessen hattest. Dein rechtes Bein war lahm.

Du hast dem Laufburschen des Hotels eine Münze in die Hand gedrückt, wohl damit er die Tiere im Auge behielt, und ich stand noch immer da und starrte dich an, als du mit unbewegter Miene hochgeschaut hast. Ich sog die Luft ein, mein Herz klopfte zum Zerspringen. Meine Finger flogen vom Fenstersims hoch und schwebten unsicher in der Luft. Bis zum heutigen Tag kann ich nicht sagen, wie lange ich so dastand.

Miss Adams' schockierter Schrei zerriss den Bann. Sie stürzte zu mir, zerrte mich zurück und knallte das Fenster herunter. Dann wirbelte sie herum und hielt mir eine geharnischte Gardinenpredigt. »Miss Forsythe! Wie können Sie sich nur vor einem solchen Mann zeigen? Vor der ganzen Straße, unbekleidet wie Sie sind!«

Ich streckte flehend meine Hände aus und doch konnte ich mir einen weiteren Blick zum Fenster nicht verkneifen. »Aber Miss Adams, ich wollte doch nur ein paar Sekunden Luft schöpfen. Ich wusste nicht, dass daran etwas Anstößiges sein könnte. Bitte sagen Sie es nicht Mama. Ich werde nie wieder so unbedacht sein.« Ich stand da, das Kleid hing mir von den Schultern. Wenn Miss Adams den Vorfall an meine Eltern berichtete, würde ich gehörigen Ärger bekommen und Mamas Missbilligung war nur schwer zu ertragen. Ich suchte schnell nach einer Ausflucht. »Aber wenn Sie es Mama schreiben, wird sie sich gewiss fragen, warum Sie nicht besser auf mich geachtet haben.«

Miss Adams' Mund klappte zu wie eine Falle. Ich sagte nichts mehr, sondern stürzte ans Bett, um den Reiserahmen mit den beiden Porträts von dem gut aussehenden, perfekt gekleideten Mr Stanton an mich zu nehmen. Dann ging ich zum Nachttisch, ließ den Rahmen aufklappen wie ein Buch und rückte ihn so zurecht, dass mein Blick beim Einschlafen und Aufwachen als Erstes auf die Porträts fiel, wie ich es mir zur Gewohnheit gemacht hatte.

»Ich möchte mich vor dem Abendessen umziehen. Meine Kleider fühlen sich so schmutzig an von der Reise«, sagte ich mit dem Rücken zu Miss Adams. Sie öffnete mein Kleid, unsanfter als nötig. Ich nahm mir vor, nach meiner Hochzeit eine Kammerzofe einzustellen, die nicht so grob an mir herumzerrte und außerdem behutsamer mit der Haarbürste umging. Miss Adams mochte eine würdige Person sein, aber nett war sie weiß Gott nicht.

»Können wir vielleicht unten essen?«, fragte ich, sobald ich umgezogen war und sie mein Kleid für den Abend zugeknöpft hatte.

»Was? Unter diesem Pöbel? Wohl kaum«, schnaubte sie.

Ich biss mir auf die Lippen. War ich so leicht zu durchschauen? Ich gestand mir doch selbst kaum ein, dass ich gern noch einmal einen Blick auf dich geworfen hätte! Was hattest du nur an dir, dass ich die Kühnheit aufbrachte, in einem Raum voller Männer speisen zu wollen, die mir doch Angst einjagten? Du warst älter als ich, so viel hatte ich gesehen. Obwohl ich nur schwer einschätzen konnte, um wie viel. Dein dunkler Hautton, der an einem Kavalier der guten Gesellschaft unerwünscht war, stand dir gut. Aber du hattest wild und staubig ausgesehen. Die Pferde waren immer noch angepflockt. Du musstest noch irgendwo dort unten sein.

Wir speisten also im Zimmer. Das Essen war scheußlich. Ein zähes Schweinesteak mit den unvermeidlichen Bohnen. Unsere Mahlzeiten in London waren wegen Papas Repräsentationspflichten häufig von Kaviar, Champagnergelees und feinem Konfekt begleitet gewesen, obwohl mir die kleinen Leckerbissen, die unsere Köchin mir auf einem Tablett zusteckte, wenn Mama nicht im Zimmer war, viel besser schmeckten – ein Apfel, etwas Käse, Plätzchen. Ich legte schweigend mein Messer und meine Gabel zusammen. Miss Adams sagte nichts. Es galt als damenhaft, nur wenig zu essen, und auf damenhaftes Benehmen legte meine Begleiterin großen Wert. Sie war nie sehr gesprächig, an diesem Abend noch weniger als üblich, aber sie hätte mir ohnehin nur Vorhaltungen wegen meiner Unbedachtheit gemacht. Insofern war ich froh über ihr Schweigen.

Ich konnte kaum den Moment erwarten, in dem ich mich zurückziehen durfte, ohne unhöflich zu sein. Meine Bücher hatte ich alle gelesen und im Hotel waren keine neuen zu bekommen. In manchen Unterkünften lag ein kleiner Vorrat an Lektüre bereit, aber Miss Adams musste immer zuerst prüfen, ob etwas Passendes für mich darunter war. Unser Wagen würde am nächsten Morgen bei Tagesanbruch bereitstehen – Grund genug, um früh schlafen zu gehen.

Ich unterdrückte ein Gähnen, so auffällig ich konnte, obwohl ich bestimmt nicht gleich einschlafen würde: Je wilder das Land wurde, desto mehr quälten mich meine Ängste. Nachts war es immer am schlimmsten.

»Ich bin müde, Miss Adams – ich möchte mich jetzt zum Schlafen fertig machen.«

Es gelang mir, im Vorbeigehen einen Blick aus dem Fenster zu werfen. Das weiß-braun gescheckte Pferd stand immer noch da und wartete geduldig. Aber es war allein.

Am nächsten Morgen waren wir noch vor Tagesanbruch auf den Beinen. Unsere Begleitmannschaft drängte zur Eile, sie wollten möglichst viele Meilen machen. In den nächsten Tagen hatten wir lange Wege zurückzulegen und würden nur an Poststationen anhalten. Das hier war der abgelegenste Teil unseres Reisewegs, und auch der gefährlichste. Unsere Leute waren bewaffnet und gingen kein Risiko ein, da hier im Bergvorland Deserteure und Straßenräuber ihr Unwesen trieben.

Als Mr Stanton gehört hatte, dass wir den Oregon Trail meiden wollten, hatte er geschrieben, dass die Eisenbahngesellschaft unsere Route für einen neuen Abschnitt der Pacific Railroad zu erkunden plane. Und ob ich ihm vielleicht dabei behilflich sein könne, indem ich Notizen über das Gelände machte, mit Hinweisen auf größere Gewässer oder Gebirgszüge. Vielleicht könne ich sogar Zeichnungen davon anfertigen? Ich bestellte sofort neue Bleistifte, Wasserfarben und Zeichenblöcke, um meinem künftigen Ehemann behilflich zu sein.

Während wir draußen in der Dämmerung standen und darauf warteteten, in den Wagen zu steigen, schaute ich mich nach dem Anbindebalken um. Das Pferd war fort. Die Straße leer.

Endlich tauchte Mr Goldsmith auf, der in seinem unförmigen Staubmantel wie ein furchterregender Riese aussah, und öffnete den Wagenschlag, um mir hineinzuhelfen. »Morgen, Miss«, sagte er in seiner ungehobelten Art und mir entging nicht, dass er ein wenig nach Whiskey roch.

»Guten Morgen.« Ich versuchte es mir auf meinem Platz bequem zu machen, obwohl mich die Korsettstäbe in die Hüftknochen stachen.

Wir verließen Helena auf einem Trail, der zu einem Ort namens Fort Shaw führte, und legten ein zügiges Tempo vor, denn bald würde oben im Gebirge die Gletscherschmelze einsetzen. Die Überquerung der Flüsse wäre dann noch gefährlicher. Fort Shaw war kaum mehr als ein Militärcamp, das den Trail offen halten sollte, wie ich während einer kurzen Rast von den Männern gehört hatte. Aber wenigstens bekamen wir dort frische Vorräte und konnten die Pferde wechseln. Danach würden wir nach Westen fahren, in die Berge.

Indianerland.

Zwei

»Wie konnten wir nur die Teebeutel vergessen?«, stöhnte Meredith.

Wir haben sie nicht vergessen, Mum. Ich habe dir gesagt, dass in meinem Koffer kein Platz mehr ist.

»Und du musst was essen, Hope.«

»Bitte, Mum, alles gut.«

Tief unter ihnen lagen die Great Plains in der Mittagssonne. Hope zog die Wasserflasche aus dem Gepäcknetz vor ihr und trank einen Schluck. Das Schweigen zwischen ihnen dehnte sich aus. Meredith konnte es nicht ausstehen, wenn Hope »Mum« zu ihr sagte. Also sagte Hope es erst recht. In Merediths feministischer Weltsicht hatten sich Frauen mit dem Vornamen anzureden. Was der totale Blödsinn war – wozu hatte man eine Mum, wenn man nicht Mum zu ihr sagen durfte?

Der Pilot verkündete, dass er bald zum Landeanflug nach Helena ansetzen würde. Hope schnappte sich ihren Waschbeutel und ging in der kleinen Maschine nach hinten. Das Neonlicht in der engen Toilette flackerte, als sie den Riegel vorschob. Sie betrachtete ihr schmuddeliges Spiegelbild – wie ein müder Storch sah sie aus. Sie war in den letzten zwei Jahren ein gutes Stück in die Höhe geschossen und konnte sich immer noch nicht daran gewöhnen, so viel größer als ihre zierliche kleine Mutter zu sein. Ihre Klamotten – Khaki-Shorts, weißes Trikot, dünner grauer Cardigan – schlabberten zerknautscht an ihr herunter. Unter den Augen hatte sie tiefe, violette Ringe und ihre sommersprossige Haut wirkte in dem harten Licht ganz ausgebleicht. Nur ihr langes blondes Haar knisterte vor Leben und bauschte sich um ihre Schultern. Die Klospülung gurgelte geräuschvoll und wirbelte einen Schwall kalter Luft auf. Hope wusch sich das Gesicht, putzte ihre Zähne, bürstete ihr Haar und trug etwas Lipgloss auf. Dann ging sie an ihren Platz zurück, gerade noch rechtzeitig, bevor das *Anschnallen*-Schild aufleuchtete und die kleine Maschine in den Landeanflug ging.

Kurz darauf sausten sie über die Rollbahn und das Flughafenareal kam in Sicht. Lange, niedrige Blöcke in stumpfem Betongrau umgaben ein scheunenartiges grünes Gebäude mit spitzem Dach. Der Flughafen war winzig. Jenseits davon ragten hohe Berge auf, verschwammen nahezu im Dunst des Frühlingstags.

»Also, da wären wir«, rief Meredith fröhlich, als die Kabinencrew in Aktion trat und das Flugzeug zum Stehen kam.

»Na toll«, murmelte Hope vor sich hin.

Meredith warf ihr einen Blick zu. »Gib dem Ganzen doch wenigstens eine Chance. Wie viele Mädchen in deinem Alter haben die Möglichkeit, so zu reisen wie du?«

Hope deutete auf das Fenster. »Eine Ranch? Was soll ich einen ganzen Monat lang auf einer Ranch machen?«

Sie stand auf, öffnete das Schließfach über ihrem Kopf, zog ihren Rucksack heraus und stopfte den Waschbeutel hinein. »Wenn sie kein anständiges WiFi und keinen Movie-Kanal haben, sterbe ich.«

Meredith stand ebenfalls auf. »Ist alles da, haben sie mir versprochen. Per E-Mail«, sagte sie. »Ich hab extra gefragt. Obwohl ich nicht verstehe, warum du fünftausend Meilen in eines der letzten großen Ökosysteme der Welt fliegst, nur um Hollywood-Filme anzuschauen.«

»Ich hab ja nicht gesagt, dass ich mitwill.«

»Du bist erst sechzehn. Und du kommst immer mit. Das ist einer der großen Vorteile des Hausunterrichts«, sagte Meredith und strich sich ihr kurzes, glattes dunkles Haar hinter die Ohren. »Und was machen andere Mädchen in deinem Alter? In einem Park herumhängen und trinken? Drogen nehmen? Nacktbilder von sich an Jungs schicken?«

»Ich hab so was nie gemacht und werde es auch nie machen.«

»Männer nützen dich nur aus, wenn du sie lässt. Du musst dein Selbstverständnis als Frau einsetzen, um sie dran zu hindern.« Meredith zerrte ihre Handtasche aus ihrem Handgepäck, nahm einen Kamm heraus und fuhr sich damit durch die Haare. Make-up benutzte sie grundsätzlich nicht.

Hope schlang ihren Rucksack über die Schulter und schaute den Gang entlang, wo die wenigen anderen Passagiere in dieser Blechbüchse ihre Pullis anzogen und ihre Taschen hervorzerrten. Dann glitt die Kabinentür zurück, helles Sonnenlicht flutete herein. Hope nagte an ihrer Unterlippe, die Arme vor der Brust verschränkt.

»Kannst du nicht wenigstens versuchen deine Zeit hier zu genießen? Mir zuliebe?«, sagte ihre Mum. »Wer weiß, vielleicht wird es ja ein richtiges Abenteuer.«

Sie überquerten die Rollbahn zu dem grünen Flughafengebäude.

Drinnen war alles luftig und zweckmäßig, es roch leicht nach Putzmittel mit Zimtaroma.

Sie stellten sich zu dem Häufchen anderer Passagiere an die Gepäckausgabe und warteten schweigend. Nur das Quietschen des Laufbands war zu hören.

Ihr Gepäck kam fast als letztes. Hope schnappte ihre große schwarze Nylontasche und kämpfte mit dem Gewicht. Meredith hob ihren Rollkoffer herunter und ließ routiniert den Griff hochschnappen. Sie gingen Richtung Ausgang und kamen in die Halle, wo es einen Wartebereich und eine Bar namens *Captain Jack's* gab. Meredith blieb stehen, so dass Hope, die direkt hinter ihr war, fast mit ihr zusammengeprallt wäre.

»Er hat gesagt, er holt uns ab …«, sagte sie langsam und schaute sich um.

»Wer?«

»Caleb Crow.«

Hope zog eine Augenbraue hoch. »Caleb? Das hört sich nach einem Mormonen an.«

»Nein, er ist ein sehr angesehener Rancher. Ohne religiöse Ambitionen, soweit ich weiß. Ich habe ihm beschrieben, wie wir aussehen.«

Hope hörte nicht mehr hin. Sie starrte einen großen, schlanken Jungen in Jeans, einfachen braunen Lederstiefeln und einem karierten Hemd mit aufgekrempelten Ärmeln an. Er telefonierte, leicht auf ein Bein gestützt, und zuckte die Schultern, während er ins Telefon redete und die Nachzügler von der Gepäckausgabe im Auge behielt. Alles an ihm war schmal und kantig – Hüften, Brust, Hals. Er hatte tiefblaue Augen, glänzendes braunes Haar, das er aus dem Gesicht gestrichen hatte, hohe Wangenknochen und sonnengebräunte Haut, die beinahe staubig aussah. Hope war wie elektrisiert. Wahnsinn – so einen Typ hatte sie noch nie gesehen. Sie wusste, dass sie ihn anstarrte, und im Stillen korrigierte sie ihre Erwartungen an Montana steil nach oben. Der Junge fing ihren Blick auf und verstummte. Es dauerte eine Weile, bis die Person am anderen Ende der Leitung offenbar wieder zu ihm durchdrang, so intensiv schauten Hope und der junge Cowboy einander an. Dann beendete er das Gespräch und kam auf sie zu.

Hope schaute weg. Es war ihr peinlich, dass sie ihn so unverhohlen angestarrt hatte, und sie konnte nur hoffen, dass er sie nicht ansprach.

Obwohl sie sich nichts auf der Welt mehr wünschte, als dass er herüberkam. Aber es ging immer schief, wenn ein Junge in Merediths Gegenwart mit ihr ins Gespräch zu kommen versuchte.

Hope schaute auf den Boden und die abgewetzten Lederstiefel tauchten vor ihr auf.

»Mrs West?«, fragte eine klare und sehr amerikanische Stimme.

Was? Er ist wegen uns hier? O Gott. Bitte, bitte mach, dass ER uns abholt. Vielleicht arbeitet er auf der Ranch. O Gott.

»Dr. West, bitte«, antwortete Meredith kühl.

»Oh, tut mir leid, Ma'am. Ich meine, Dr. West«, sagte er ernst.

Meredith zog eine Augenbraue hoch. »Wir hatten Caleb Crow erwartet?«

Er hielt ihr seine gebräunte Hand hin. »Der steht vor Ihnen, Ma'am. Wir heißen beide Caleb, mein Dad und ich. Ich bin Cal, damit es nicht zu viel Stress gibt.«

Sie gaben sich die Hand. »Das ist meine Tochter. Hope«, sagte Meredith.

Cal drehte sich zu Hope um. Er wirkte so fit und durchtrainiert, dass sie ihre Erschöpfung jetzt noch mehr spürte. Cal gab ihr kurz seine trockene, raue Hand. »Hey«, sagte er, ohne ihr wirklich in die Augen zu sehen. »Lass mich deine Tasche nehmen.« Er bückte sich und streckte seine Hand nach den schwarzen Riemen ihres Holdall aus.

»Wir haben nur so viel dabei, wie wir selbst tragen können«, sagte Meredith spitz. »Wir kommen schon zurecht.«

Cal nahm Hope die Tasche ab und richtete sich auf. »Ja, klar. Aber jetzt müssen Sie das nicht.«

Er drehte sich um, nahm Merediths Koffer am Griff und zog ihn hinter sich her zur hellen Glastür des Terminals.

Meredith holte tief Luft. »Gut. Er macht einen netten Eindruck«, sagte sie. »Abgesehen von seinem Machogehabe. Aber wir sind hier im Mittelwesten. Die leben noch im vorigen Jahrhundert.«

Sie folgten ihm an die frische Luft hinaus. Hope atmete tief ein und schaute sich um. Cal verstaute ihr Gepäck auf der Ladefläche eines alten, weißen Ford-Pick-ups. Der Wagen war riesig. Dann ging er zur Beifahrertür und hielt sie für Hope auf. Vorne war genug Platz für drei. Zögernd schaute Hope auf das Gewehr, das am Rückfenster festgeschnallt war, und fasste die spartanische Innenausstattung ins Auge. Meredith stieg ein und fummelte an dem Beckengurt herum. Hope seufzte, sie hatte keine Lust, schon wieder in so einem engen Raum eingezwängt zu sein. Ihre Arme und Beine waren noch steif von dem ganztägigen Flug und den Zwischenstopps am JFK Airport und später in Salt Lake City.

»Es ist nicht weit bis nach Hause«, sagte Cal in seinem ruhigen, etwas schleppenden Ton, als hätte er ihre Gedanken gelesen.

Hope sah ihn an und er fing ihren Blick auf. In der Sonne leuchteten seine blauen Augen noch intensiver. Sie unterdrückte ein Lächeln. Irgendwo in der Nähe sang ein Vogel. Er schoss dicht über sie hinweg, seine Flügel blitzten in einem atemberaubenden Blau. Cal schaute ihm nach, als er durch die Luft schnellte und über dem Parkplatz verschwand, während sein Gesang in der Ferne verhallte.

»War das ein Montana-Berghüttensänger?«, rief Meredith aus dem Wagen heraus, womit der magische Moment zerstört war. »Erstaunlich, dass man die so dicht am Flughafen sieht.«

»Ja, Dr. West«, sagte Cal mit ernster Miene. »Der ist wahrscheinlich extra hergekommen, um Sie zu begrüßen.«

Hope hätte schwören können, dass er ihr dabei unmerklich zuzwinkerte. Sie stieg neben Meredith ein, quetschte ihre Tasche in den Fußraum und Cal schloss die Tür hinter ihr.

Dann fuhren sie am Außenbezirk von Helena entlang und bogen in einen langen Boulevard mit niedrigen Gebäuden zu beiden Seiten ein. Die Ampeln hingen hier an bogenförmigen Halterungen über den asphaltierten Kreuzungen. Am Straßenrand drängten sich kitschige Schilder vor Läden und Restaurants. Goldene Torbögen glitten an ihnen vorüber, ein riesiges Plastikschwein, das Reklameschild für einen Spareribs-Imbiss, und ein schmuddeliges Motel, vor dem nur wenige Autos standen. Hope starrte aus dem Fenster, während Meredith Small Talk mit Cal machte.

»Also, Cal, wie weit fahren wir?«

Sie hielten gerade vor einer roten Ampel. Cal bewegte sich leicht, die Ellbogen auf das offene Fenster gestützt, den langen Körper entspannt auf dem Sitz. »Nicht sehr weit. Nur ein paar Stunden.«

Hope wurde flau im Magen bei dieser Vorstellung, aber sie sagte nichts, schaute nur weiter aus dem Fenster.

»Wir machen noch einen Abstecher nach Fort Shaw und nehmen dort ein paar Sachen aus dem Laden mit.«

Meredith nickte. »Gut, und danke, dass Sie uns abgeholt haben. Das ist sehr freundlich von Ihnen. Es wäre sehr aufwendig gewesen, nur für die Fahrt zur Ranch und zurück ein Auto zu mieten.«

Cal zuckte die Schultern. »Ist mir ein Vergnügen. Und ich habe Ihnen ja gemailt, dass es genug Fahrzeuge zu Hause gibt, die Sie benutzen können. Wozu also einen Leihwagen?« Die Ampel schaltete um und sie fuhren weiter. Hope kurbelte ihr Fenster herunter, um sich den Wind ins Gesicht wehen zu lassen.

»Ich dachte, Ihr Vater hätte die E-Mails geschrieben«, sagte Meredith.

»Im Ernst?« Cal klang überrascht. »Nein, das war immer ich. Dad hat's nicht so mit dem Internet. Ich glaube, er weiß nicht mal, wie man Mails verschickt. Er schaut höchstens mal den Wetterbericht im Computer an oder die Futterpreise.«

»Ich bin sehr gespannt auf Ihre Ranch. Hab viel darüber gehört, was Sie alles tun, um das Ökosystem zu bewahren. Das wird mir sehr nützlich für meine Forschungen sein.«

Cal nickte. »Die Ranch ist schon ewig in unserer Familie. Die ersten urkundlich bezeugten Ländereien stammen aus dem Jahr 1871. Wir arbeiten seit vielen Jahren daran, die Natur möglichst intakt zu halten. Wir verwenden keine Pestizide und bauen so wenig wie möglich an. Aber es ist trotzdem eine bewirtschaftete Ranch«, fügte er nach einer Pause hinzu. »Nichts Sensationelles.« Er redete langsam im Vergleich zu dem Londoner Englisch, das Hope gewöhnt war.

Sie schaute weiter aus dem Fenster und sog die frische Luft ein. Die Gegend wurde einsamer, die Häuser spärlicher.

»Das respektiere ich und wir sind Ihnen dankbar, dass wir auf Ihrer Ranch wohnen dürfen. Wir brauchen nichts Sensationelles, oder, Hope?«, sagte Meredith.

Hope schüttelte den Kopf und schaute auf ihre Hände.

»Hope ist ein bisschen schüchtern, wie Sie sicher schon gemerkt haben.«

Na toll, Mum. Danke. Der heißeste Typ aller Zeiten sitzt mit uns im Auto und du stellst mich als den totalen Loser hin.

Cal sagte nichts, setzte den Blinker und bog in einen zweispurigen Highway ab, der sich schnurgerade in die Ferne erstreckte. Auf der einen Seite ragten die Berge empor, auf der anderen glitt eine endlose Ebene vorbei.

Meredith fragte Cal weiter aus. Seine Antworten waren knapp, aber nicht unfreundlich.

»Ja, ich bin neunzehn.«

»Und an welches College gehen Sie?«

»Ich bin nicht am College, Dr. West.«

»Oh, dann setzen Sie also ein Jahr aus?«

Hope krümmte sich innerlich und ließ ihren Kopf gegen den Türrahmen sinken.

Eine lange Pause entstand. »Nein, ich hab die Highschool nicht abgeschlossen.« Hope spürte den Blick, den Cal ihrer Mutter zuwarf, ohne es wirklich zu sehen. Und ebenso die Missbilligung, die Meredith ausstrahlte, denn ohne Uni-Abschluss war das Leben in ihren Augen sinnlos. Sie lehnte sich an das geriffelte weiße Email der Tür und starrte auf die Landschaft hinaus.

Am Straßenrand tauchte ein hohes wellblechgedecktes Gebäude auf, fast wie ein fensterloser Turm. Es war von weiteren Türmen umgeben, die aber rund waren. Das Ganze wirkte verlassen und gespenstisch. Die Blechverkleidung platzte stellenweise bereits ab.

»Was ist das?«, fragte Hope, um die Atmosphäre zu entspannen.

Cal sah sie einen Augenblick an, überrascht vom Klang ihrer Stimme. »Getreideheber. Ein Silo. Aber der ist schon lange nicht mehr in Betrieb.«

»Hier scheint ja eine Menge nicht mehr in Betrieb zu sein«, bemerkte Hope und wurde sofort rot. Warum redete sie überhaupt noch?

»Ja, wir bekommen hier die Wirtschaftskrise zu spüren und die Landflucht und so ...«

Links von ihnen tauchte jetzt ein kleiner eingezäunter Friedhof auf. Holzkreuze ragten dort empor und dazwischen hin und wieder ein Grabstein. Vor einem davon stand ein Marmeladenglas mit künstlichen Blumen. Hope beugte sich etwas weiter vor, um den Friedhof im Blick zu behalten, der an der Fahrerseite vorbeiglitt, und plötzlich merkte sie, dass sie direkt auf Cal schaute. Hastig lehnte sie sich zurück und ließ ihr Haar ins Gesicht fallen.

»Und du, Hope? Bist du an der Uni?«

Sie schaute auf ihre Hände, die in ihrem Schoß lagen, die Daumen um die leere Wasserflasche geschlungen, aber bevor sie den Mund aufmachen konnte, antwortete ihre Mutter für sie: »Hope hat Hausunterricht und wir diskutieren noch darüber, ob sie später an die Uni gehen soll oder nicht. Am besten wäre natürlich ein berufsorientiertes Studium oder etwas Naturwissenschaftliches. In England ist es momentan sehr schwierig, mit einem geisteswissenschaftlichen Abschluss Arbeit zu finden.«

Cal fuhr einhändig, trommelte mit seiner freien Hand auf die Dachkante. »Na ja, meine Berufsorientierung ist die Ranch. Und deine, Hope?«

Schreiben, ich will Schriftstellerin werden. Mehr als alles andere auf der Welt. Hope holte Luft, aber die Worte blieben ihr im Hals stecken.

»Hope wird wohl ein naturwissenschaftliches Fach belegen, am besten Chemie«, verkündete Meredith. Danach redete niemand mehr.

Irgendwann fuhren sie an einem niedrigen, schmutzigen Haus vorbei, aus dessen einzigem Schornstein Rauch aufstieg. Zahlreiche Busse und ein Lastwagen standen davor herum. Das Design dieser Fahrzeuge war Hope aus alten Filmen vertraut. Hier rosteten sie vor sich hin, dem Verfall preisgegeben, und sackten langsam im rauen Grasland ein. Ihr Anblick erinnerte Hope an eine Herde verwahrloster Tiere.

Irgendwo läutete ein Telefon. Cal zog seins aus der Tasche, warf einen Blick darauf und steckte es zurück. Hope war einen Augenblick enttäuscht. Sie hätte gern gewusst, wer ihn anzurufen versucht hatte, was natürlich idiotisch war. Sie zog ihr eigenes Handy heraus und checkte ihre Nachrichten.

»Ist das Roaming abgeschaltet?«, fragte Meredith zum zehnten Mal.

Hope starrte aus dem Fenster. Die Landschaft veränderte sich erneut, wurde hügeliger, und rechts von ihr ragte eine Ansammlung alter Holzhäuser auf. Das Land ringsum war bewirtschaftet, ein paar Frauen arbeiteten auf einem Feld, jäteten Unkraut mit langstieligen Harken. Ihre Kleider waren leuchtend bunt, etwas Trägerrockähnliches, mit flachen Lederschuhen dazu. Alle trugen schwarze Kopftücher mit weißen Punkten.

»Das sind Hutterer-Frauen«, erklärte Cal, als hätte er Hopes Neugier bemerkt. »So was Ähnliches wie die Amish. Keine Autos, kein Strom, nichts Modernes. Sie sind im neunzehnten Jahrhundert aus Deutschland eingewandert und haben sich in der Gegend hier und in Kanada oben angesiedelt. Man nennt sie ›Die Hoots‹. Die meisten sind Farmer.«

»Das Land hier eignet sich aber nicht besonders für den traditionellen Ackerbau, oder?«, fragte Meredith und deutete auf das Gestrüpp, das schon über viele Meilen hinweg das unbebaute Land bedeckte. »Wüstenbeifuß, stimmt's? Sehr zählebig.«

»Ja, davon gibt's hier sechzehn Arten. Das Zeug wächst überall, wo sonst nichts hochkommt. Und Sie haben Recht, das Land ist nicht besonders gut. Viele Siedler mussten hier im letzten Jahrhundert aufgeben. Die Rancher finden es natürlich nicht gut, dass das Land von kleinen Farmern zerstückelt wird, und für die Farmer ist es auch nicht witzig, wenn sie morgens aufwachen und ihre Äcker von den Rinderherden zertrampelt sind. Aber die Hutterer schuften wie die Irren. Land ist alles, was sie haben.«

Ein rotes Schild am Straßenrand verkündete, dass sie Fort Shaw erreicht hatten, einen kleinen Ort mit einer einzigen Hauptstraße und einem alten Soldatenfriedhof, der dem weißen Schild zufolge von 1867 stammte.

Cal bremste vor einem weißen Holzschuppen mit einem alten Pepsi-Schild davor und parkte neben einem verblassten silbernen Cabrio. Unter der überdachten Veranda summte ein weißer Kühlschrank. Er war mindestens so alt wie das Schild. Hinter der Glastür waren Bierdosen und Softdrinks aufgereiht. Ein großer Mischlingshund saß daneben. Auf dem Türschild hinter dem Hund stand *Geöffnet*.

»Bin gleich wieder da.« Cal stieg aus, ging zur Veranda, stieg über den Hund und verschwand im Laden.

Meredith und Hope saßen schweigend da.

»Anscheinend brechen viele junge Amerikaner die Highschool ab. Das ist eine Schande, aber es darf unser Urteil über ihn nicht beeinflussen.«

Hope hätte am liebsten gefragt, woher ihre Mutter überhaupt das Recht nahm, über Cal zu urteilen. Aber sie hielt den Mund.

»Hör mal, Hope«, fuhr Meredith in sanfterem Ton fort. »Ich weiß, dass du schüchtern bist, aber du könntest dir trotzdem etwas mehr Mühe geben. Und wenn wir hier schon warten müssen, kann ich auch gleich aufs Klo gehen. Kommst du mit?«

Hope schüttelte den Kopf. Meredith stieg auf der Fahrerseite aus und verschwand durch eine Tür direkt neben dem Laden, auf der *Toilette – Privat* stand. Hope schaute auf die Straße.

Cal tauchte wieder auf, einen Weinkarton unter jedem Arm. Er stemmte die Ladentür mit dem Fuß auf und stieg wieder über den Hund. Dann verstaute er die Kartons im Pick-up hinten und ging wieder hinein. Ein paar Sekunden später kam er mit einem riesigen Sack über der Schulter zurück. Der Pick-up wackelte ein bisschen, als er ihn hinten reinfallen ließ. Wieder ging Cal zum Laden zurück und zog dabei Geld aus seiner Jeanstasche, die Ellbogen scharf nach hinten abgewinkelt. In der Tür blieb er stehen und redete mit dem indianischen Ladenbesitzer, einem riesigen Typ, dem er jetzt das Geld aushändigte. Hope lauschte auf das Gespräch.

»Nein, danke. Zwei fünfzig, ja?«

»Ja. Zwei zwanzig für den Wein und dreißig für das Hundefutter. Ich könnte schwören, dass Buddy von der Tierfutter-Mafia gesponsert wird, so viel wie der frisst. Danke.« Der Typ nahm das Geld. »Grüße deine Eltern, ja?«

»Mach ich. Danke, Joe. Kommt ihr nächstes Wochenende rüber?«

Der Ladenbesitzer steckte grinsend das Geld ein. »Ein Barbecue bei den Crows lass ich mir garantiert nicht entgehen nach all der Zeit. Außerdem sind wir gespannt auf eure Gäste.« Er winkte zum Pick-up herüber. Hope hob lächelnd die Hand.

Ein zweiter Lastwagen tauchte jetzt in dieser stillen Straße auf, aber der hier war neuer und glänzender. Er beschleunigte und kam mit röhrendem Motor und wummernden Bässen angerast. Das Fahrerfenster war heruntergekurbelt, und als der Pick-up vorbeifuhr, drang lautes Gejohle aus dem verdunkelten Wageninneren. Ein großer Plastikbecher landete auf Hopes Seite des Pick-ups und jagte eine Gischtfontäne aus Eis und wässriger Cola in die Luft. Hope wich erschrocken zurück und im nächsten Moment war der Musiklärm um die Ecke verhallt.

Cal stürmte von der Veranda herunter und beugte sich ins Fahrerfenster. »Alles okay?«

Hope wischte ein paar Spritzer von ihrer Schulter. »Ja. Danke. Nette Leute, die Einheimischen hier.«

Cal schaute mit finsterer Miene in die Richtung, in die der Wagen verschwunden war.

»Komplette Idioten, diese Einheimischen«, sagte der Mann, den Cal Joe genannt hatte. »Tut mir leid, Miss.«

Hope zuckte unsicher die Schultern und im selben Moment tauchte eine hochgewachsene indianische Frau in Jeans, engem T-Shirt und einer Pistole im Schulterholster aus dem Laden auf. Sie ließ die Tür krachend zufallen. Ihre eng stehenden Augen waren ebenfalls auf die Straße gerichtet, auf der der Pick-up davongerast war.

Cal nahm eine Wasserflasche aus dem surrenden Kühlschrank und im selben Moment hielt ein Streifenwagen direkt vor der Schnauze des Pick-ups. Zwei Männer stiegen aus, beide groß und einschüchternd. Ihre Gürtel strotzten vor Schlagstöcken, Handschellen und Feuerwaffen. Cal, der gerade wieder einsteigen wollte, erstarrte. »Was soll das jetzt wieder?«, hörte Hope ihn angewidert sagen.

»Ah, sieh mal an, Caleb Crow junior«, fing der ältere der beiden Polizisten an. Er trug eine verspiegelte Sonnenbrille in seinem wettergegerbten Gesicht und seine Uniform wirkte ebenfalls älter als die seines jüngeren Kollegen. Aufreizend stand er da, die muskulösen Arme vor der Brust verschränkt. Joe trat vom Laden auf die Veranda heraus und der Hund hob wachsam den Kopf. Die große Frau rammte ihre Hände in die Hosentaschen und beobachtete die Szene. Ihr schulterlanges, glänzendes Haar flatterte im Wind.

»Hallo Chief Hart, Officer Jones«, sagte Cal höflich mit einem leichten Nicken.

Trotz der Sonnenbrille konnte Hope erkennen, dass der Polizist zu ihr herschaute. Sie senkte den Kopf.

»Was haben wir denn da?« Chief Hart schlenderte zu dem heruntergekurbelten Fahrerfenster herüber und schaute zu Hope hinein. »Hallo, Miss. Sind Sie von außerhalb?«

»Hallo, ja, bin ich.«

»Oho, was für ein reizender Akzent. Sind Sie Engländerin, Miss?«

»Ja.«

Chief Hart richtete sich auf und wandte sich wieder an Cal. Der andere Polizist hatte sich in drohender Haltung daneben aufgebaut. »Musst wohl neuerdings weit rumfahren, bis du eine findest, die noch nichts von deinem Ruf gehört hat, was, Junge?«

Cals Gesicht blieb undurchdringlich, aber seine Hand verkrampfte sich fester um die Wasserflasche. Auch dem Chief entging das nicht.

»Ach komm, reg dich ab, Junge. Von mir erfährt sie nicht, was du für ein nichtsnutziges Stück Scheiße bist.« Er beugte sich wieder ins Fenster und sah Hope an. »Na, Miss, dann passen Sie mal gut auf sich auf, solange Sie in seiner Nähe sind, okay? Dem Kerl ist nicht zu trauen. Und genießen Sie Ihren Aufenthalt in unserer schönen Gegend.« Er knallte seine Hand auf die Wagentür und sein Blick fiel auf die Weinkartons in der Ladefläche hinten. Ein triumphierendes Grinsen breitete sich auf seinem Gesicht aus. »Sieh mal an, das ist doch nicht etwa Alkohol? Hast wohl bei unserem aufrechten ethnischen Ladenbesitzer eingekauft?«

Cal sagte nichts und Hope erinnerte sich, dass es in Amerika verboten war, Alkohol an unter Einundzwanzigjährige auszuschenken oder zu verkaufen. Cal war minderjährig. Joe setzte ein Pokergesicht auf, aber die Spannung in der Luft war mit Händen zu greifen.

Chief Hart ging zu seinem Kollegen zurück, der Cal praktisch auf den Zehen stand.

»Wenn du mich fragst, haben wir hier 'nen klaren Gesetzesverstoß. Ist ja 'ne Schande, so 'nen feinen Laden dichtzumachen, aber was bleibt mir anderes übrig? Kann schließlich nicht zulassen, dass in unserem schönen Staat Montana Alkohol an Minderjährige verkauft wird.«

Cal stand reglos da, die Lippen aufeinandergepresst. Auch Joe sagte nichts.

»Ich wusste doch, dass ich dich irgendwann kriege, Black. War nur 'ne Frage der Zeit. Euresgleichen kann einfach nicht mit Alkohol umgehen, was?«

»Er hat nur eine Bestellung abgeholt«, mischte sich die große Frau ein und klopfte eine Zigarette aus einem weichen Päckchen heraus. »Das ist alles.« Die Frau und Chief Hart starrten einander schweigend an, die Augen des Polizisten blieben unsichtbar hinter den dunklen Brillengläsern.

»Soviel ich weiß, hat dich niemand um deine Meinung gefragt ... *Officer*«, zischte er schließlich. »Warum gehst du nicht in dein Reservat zurück und kümmerst dich um deinen eigenen Dreck?«

Die Frau zündete ihre Zigarette an. »Hab dort heute nichts zu erledigen. Sondern hier«, sagte sie, die Zigarette im Mundwinkel.

Chief Harts Gesicht wurde noch finsterer. »Hier hab ich das Sagen, falls du das vergessen hast.«

»Hab ich nicht«, sagte die Frau unbeirrt.

Dann kam Meredith aus der Toilette. »Gibt es ein Problem, Officers?«, fragte sie unschuldig. »Wir haben hier nur kurz angehalten, damit ich auf die Toilette gehen kann. Wir kommen gerade vom Flughafen und es war wirklich dringend.«

Der Chief nickte in ihre Richtung. »Tut mir leid, Ma'am, aber ich fürchte, wir haben hier ein Problem – Mr Black hat Alkohol an Mr Crow junior verkauft. Darauf stehen schwere Strafen in diesem Staat.«

Meredith zuckte nicht mit der Wimper. »Alkohol? Sie meinen den Wein hinten?«

»Ja, Ma'am, genau den.«

»Oh, den hab ICH gekauft. Wir bleiben einen ganzen Monat hier, verstehen Sie, und ich lege Wert darauf, abends ein Glas Wein zu trinken.«

Hope atmete auf. Chief Hart war sichtlich enttäuscht – er knirschte praktisch mit den Zähnen. Die große Frau unterdrückte ein Lächeln.

»Haben Sie eine Quittung?«

»Ich fürchte nein. Ich habe bar bezahlt und mir keine geben lassen. Zweihundertundzwanzig Dollar.«

Es dauerte einen Moment, bis der Polizist den Mund wieder aufbekam. »Das ist natürlich was anderes, Ma'am. Dann bleibt mir nur noch Sie beide in Montana willkommen zu heißen. Und passen Sie gut auf Ihre Tochter auf, wenn Sie auf der Ranch draußen sind.«

Stille senkte sich herab. Meredith machte keine Anstalten, das Schweigen zu brechen. Ihre Miene hatte sich verfinstert, als Hopes Name gefallen war.

»Damit Sie keine bösen Überraschungen erleben«, beendete Chief Hart seinen Satz. Die beiden Männer drehten sich um, stiegen aufreizend langsam in ihren Streifenwagen und endlich holperte das Auto davon. Hope starrte auf den Boden. *Wenn ich doch nur so mutig wie meine Mutter wäre!* Meredith stieg auf Cals Seite in den Pick-up, rutschte auf ihren Sitz und schnallte sich an.

Cal glitt auf den Fahrersitz und drehte den Zündschlüssel um. »Jetzt haben Sie was gut bei mir, Dr. West.« Er schaute aus dem Fenster. »Und Sie auch, Officer.« Die große Frau warf ihre Kippe weg und trat sie aus. Dann nickte sie ihm flüchtig zu, drehte sich um und ging.

Meredith zog den Gurt fester. »Ach was. Ich kann es nicht ausstehen, wenn Männer sich so wichtigmachen.«

»Woher wussten Sie, wie viel ich bezahlt habe?«, fragte Cal sichtlich erstaunt.

Meredith schüttelte den Kopf. »Ist Ihnen nie aufgefallen, wie hellhörig die Toilette ist? Man versteht jedes Wort, das draußen vor dem Laden gesprochen wird. Grässlich. Ich kann nur hoffen, dass es umgekehrt nicht genauso ist.«

Hope grinste vor sich hin.

Auch Cal unterdrückte ein Lächeln. »Trotzdem, noch mal vielen Dank. Joe hätte verdammten Ärger kriegen können.«

»Ja, ist mir nicht entgangen. Und nicht nur Joe, Sie auch, Cal. Aber lassen wir das. Ich bin jedenfalls froh, dass wir den Wein haben.«

Hope hörte schweigend zu.

»Dauert jetzt nicht mehr lange, ehrlich«, sagte Cal, während er sich herüberbeugte und Hope die Wasserflasche reichte. »Wir wohnen nicht weit vom Highway 89.«

Hope starrte überrascht auf die Flasche, bevor sie trank. Cal verlor kein weiteres Wort über die Szene, die sich gerade abgespielt hatte, aber in seinem braun gebrannten Gesicht zeichneten sich hektische rote Flecken ab.

Er bog in eine einspurige Straße ein, hielt an und stieg aus dem Wagen, um in den geräumigen weißen Briefkasten zu sehen, der auf einem Pfosten thronte. *Broken Bit* stand auf der Vorderseite und darunter die Worte: *Oro y plata.*

Gold und Silber. Der Wahlspruch von Montana, wie Hope von ihrem flüchtigen Wikipedia-Check wusste. Sie war sofort ins Internet gegangen, als Meredith verkündet hatte, dass die Tickets gebucht seien.

Cal stieg wieder in den Wagen, einen Stapel Briefe in der Hand. Dann fuhren sie auf die Bergkette im Westen zu. Das Land stieg in Wellen an. Hier und da drängten sich Bäume zusammen und die Landschaft war mit Felsen übersät.

Nach ein paar Minuten fuhren sie unter einem riesigen Torbogen aus dicken, geschälten Baumästen durch. An mehreren Stellen war ein Muster eingebrannt, das Hope noch nie gesehen hatte. Auf dem Schild am Tor stand nur ein einziges Wort in rostigen Eisenbuchstaben: *Crow.*

»Was bedeutet dieses Symbol?«, fragte Hope.

»Das ist unser Brandzeichen für die Rinder und Pferde. ›Broken Bit Ranch‹. Ist hier so üblich, dass die Rancher ihre Brandzeichen an die Torpfosten setzen. Unseres ist etwas ungewöhnlich – eine durchbrochene D-Ring-Trense, daher der Name der Ranch. Und gleichzeitig stellt es zwei Cs dar, die einander gegenüberstehen.« Er krümmte Daumen und Zeigefinger über dem Lenkrad, um die beiden Cs zu bilden. »Crow. Und Caleb. Die Söhne in unserer Familie heißen alle Caleb. Ich bin der fünfte.«

Zäune tauchten auf und die Landschaft war mit Rindern gesprenkelt.

»Ich dachte, ihr habt eine Pferderanch«, sagte Meredith.

»Haben wir auch. Die besten amerikanischen Pferde«, sagte Cal mit einem Blick zu Hope. »Aber wir züchten auch reinrassige Rinder. Seltene Arten, die vom Aussterben bedroht sind. Ist unser Familienprojekt. Büffel halten wir auch. Wir gehören zu den ersten fünf Familien, die den Indianerbüffel im 19. Jahrhundert vor dem Aussterben bewahrt haben. Die Crows leben seit fast hundertfünfzig Jahren hier und haben die Ranch über die Fence Cutting Wars hinweggerettet – die Kriege zwischen Rinderfarmern und Pferderanchern – und durch die Große Depression gebracht. Meine Urgroßmutter hat die Farm weitergeführt, als mein Urgroßvater im Zweiten Weltkrieg irgendwo im Pazifikraum in Gefangenschaft war. Und wir haben alles getan, um die Büffel zu retten. Wir arbeiten immer noch daran, ihren Genpool auszugleichen.«

»Rinderzucht ist extrem schädlich für euer empfindliches Ökosystem hier«, verkündete Meredith in leicht vorwurfsvollem Ton.

»Ja, klar, das behalten wir im Auge«, sagte Cal ruhig. »Wir halten die Rinder und Büffel sowieso getrennt auf dem Land, wegen der Seuchengefahr.«

Sie fuhren jetzt auf einem Erdweg und der Pick-up wirbelte eine Staubwolke hinter sich auf. Nach einer Weile kamen mehrere Gebäude mit roten Dächern am Waldrand in Sicht. Davor breiteten sich Koppeln aus. Pferde standen zusammengedrängt in den Ecken und dösten in der Nachmittagssonne.

Endlich hatten sie das Anwesen erreicht. Hope schaute zum Haupthaus auf. Es war riesig, ganz aus Holz und Stein erbaut, halb Scheune, halb Kathedrale, mit einer breiten, umlaufenden Veranda. Die verwitterte Bretterverschalung schimmerte silbrig-grau und das Ganze strahlte etwas Zeitloses aus, der Inbegriff einer Western-Ranch. Über der riesigen Eingangstür thronte ein Rinderschädel mit gewaltigen Hörnern.

Ein großer, schlanker Mann trat aus einem weitläufigen, an vielen Stellen ausgebesserten Stallgebäude und kam auf sie zu. Er sah fast genau wie Cal aus, nur älter.

»Meredith? Hope?« Cals Vater streckte die Hand aus. »Caleb Crow. Ich hoffe, die Fahrt war nicht zu anstrengend nach der langen Reise?«

Meredith schüttelte ihm die Hand. »Überhaupt nicht, Mr Crow, danke.«

Caleb gab jetzt auch Hope die Hand. »Willkommen, Miss Hope, ist mir wirklich ein Vergnügen.« Caleb Crow senior sprach mit stärkerem Akzent als sein Sohn. »So hübsche junge Mädchen sind bei uns hier immer willkommen.«

Merediths Gesicht verfinsterte sich. Cal zerrte die Taschen aus dem Pick-up.

»Bist du so nett und zeigst den Mädels ihre Unterkünfte?«, sagte Caleb Crow.

»Ja, mach ich.«

Caleb gab ihnen zu verstehen, dass sie seinem Sohn folgen sollten, und sie stiegen die Treppe zur Veranda hinauf und betraten das kühle Holzhaus. Hinter der Tür öffnete sich ein riesiger Raum, der bis zum Dach hinaufreichte. Dort thronten weitere Rinderschädel an den Balken. Abgewetzte Ledersofas mit indianischen Decken standen herum. An einer Wand hing ein riesiger Flachbildfernseher. Ein Rundbogen führte in die helle, saubere Küche dahinter.

»Da lang.« Cal nickte zu der frei stehenden Wendeltreppe, die ganz aus Holz und Glas bestand. Plötzlich schoss ein langbeiniges grauweißes Fellbündel in den Raum und knallte gegen Cals Bein. »Hey, Buddy.«

Hope wich erschrocken zurück. Das Fellbündel war doch nicht etwa ein Wolf?

Cal stieß die Kreatur liebevoll weg. »Du kriegst gleich was zu fressen, nur Geduld.«

Der »Wolf« sprang an Hope hoch und stemmte seine riesigen Pfoten auf ihre Brust. Sie taumelte zurück und klammerte sich am Schulterriemen ihrer Tasche fest.

»Buddy«, zischte Cal. »Wo sind deine Manieren?«

Das Tier wich sofort zurück und wedelte mit dem Schwanz.

»Tut mir leid«, sagte Cal und kraulte ihm den Kopf. »Er ist fast noch ein Baby.«

»Ein Wolfsbaby?«, fragte Hope unsicher.

»Nein. Also halb. Eine Kreuzung mit einer einheimischen Züchtung. Wahrscheinlich ein Streuner. Wolfshunde werden die genannt. Hab ihn letztes Jahr bei einer Müllkippe in der Nähe von Fort Shaw gefunden – da war er gerade erst ein paar Tage alt.«

Meredith trat fasziniert näher. »Er sieht eher wie ein Wolf aus. Aber er ist ganz zahm. Ist das immer so?«

Cal zuckte die Schultern. »Wir hatten bisher nie Probleme mit ihm. Also, ich zeige euch jetzt die Zimmer.«

Oben führte er sie über eine Galerie, von der man den riesigen Wohnraum überblickte. Er stieß eine Tür mit der Fußspitze auf und stellte Merediths Gepäck in das Zimmer dahinter.

»Dr. West, das ist Ihr Zimmer.«

Hopes Mutter drehte sich stirnrunzelnd um. »Oh. Schlafen wir nicht im selben Zimmer?«

Cal zögerte. »Wir dachten, dass jede gern ihr eigenes Reich hätte.«

»Ist auch so«, warf Hope schnell ein. »Klar doch.«

Meredith drehte sich abrupt um und verschwand ohne ein weiteres Wort in ihrem hell eingerichteten Zimmer.

Hope und ihre Mutter hatten noch nie getrennt geschlafen, wenn sie verreist waren.

Cal führte Hope zu einer anderen Tür, die ebenfalls von der Galerie abging. Der Raum dahinter war riesig, wie alles hier. Die ganze Rückwand war aus Glas und ging auf den Felshang und den Wald an der Rückseite des Hauses hinaus. Auf einem Tisch standen ein Fernseher und ein Computer. Es gab sogar eine eigene Dusche.

Cal stellte Hopes Tasche aufs Bett. »Ich wusste nicht, ob du deinen Laptop mitbringst oder …«

»Ich hab ihn dabei, aber trotzdem danke«, sagte Hope erfreut.

»Brauchst du noch was? Wasser oder so?« Er schob eine Hand in seine Jeanstasche und deutete mit dem Daumen der anderen Hand über die Schulter zur Treppe.

Hope schüttelte den Kopf.

Einen Augenblick sahen sie einander schweigend an. Hope versuchte normal zu atmen.

»Okay. Wir essen um sieben.« Dann fiel die Tür hinter Cal zu.

Drei

Frauen neigen dazu, sich von ihren Gefühlen überwältigen zu lassen, sei es Liebe oder Hass. Das liegt gewissermassen in ihrer Natur. Umso notwendiger ist es, dass junge Mädchen von klein auf lernen, diese Empfindungen in die richtigen Bahnen zu lenken …

Wir hatten drei weitere Tage für die wenigen Meilen gebraucht, die wir zurückgelegt hatten. Die Poststationen waren erträglich gewesen, obwohl ich nicht allzu viel Schlaf gefunden und die Unterbringung oft zu wünschen übriggelassen hatte. Der Weg, der hier als Straße galt, war im Großen und Ganzen fest und verlässlich gewesen.

In Fort Shaw übernachteten wir in einem Militärzelt, aber zumindest hatte ich ein paar neue Bücher und Zeitungen ergattert, um mich abzulenken. Die Frau eines Armeeoffiziers hatte sie mir überlassen. Sie war sehr nett, eine willkommene Abwechslung nach meinem ewigen Tête-à-Tête mit Miss Adams. Wir trafen dort auf eine große Familie, die sich in dieser Gegend ansiedeln wollte. Die Kleidung, die sie trugen, war einfach, aber farbenfroh. Die Frauen schützten ihr Haar mit hübschen gepunkteten Kopftüchern. Zwei junge Mädchen waren darunter und ich versuchte mit ihnen ins Gespräch zu kommen, aber sie redeten nicht mit mir, wandten sich nur schweigend ab, ohne mich anzusehen.

Später hörte ich, dass diese Leute sehr fromm sind und nicht mit Fremden sprechen, die ihren Glauben nicht teilen.

Als wir an diesem Morgen abreisten – von einer weiteren Poststation –, schlug ich das Buch auf, das Miss Adams mit strengem Blick geprüft hatte, und begann zu lesen. Es war ein schöner Sonnentag. Wenn ich nicht las, schaute ich auf die immer wildere Landschaft hinaus, die ich auf meinem Zeichenblock festzuhalten versuchte.

Die Luft war dünn und kühl, ich sog sie so tief in meine Lunge ein, wie ich nur konnte. Obwohl die Stahlstäbe meines langen Schnürmieders mit Stoff überzogen waren, bohrten sie sich schmerzhaft in meine Haut und hinterließen rote Striemen auf meinen Hüftknochen und am Rücken. In England hatte ich meistens Korsetts getragen, die mit Peddigrohr oder Walknochen versteift waren, aber Mama hatte es sich in den Kopf gesetzt, dass ein stahlverstärktes Schnürmieder meine Haltung verbessern würde. Die Haut unter einem meiner Schulterblätter war bereits aufgeschürft. Miss Adams hatte am Abend zuvor eine Salbe aufgetragen, die wie Feuer brannte. Die anderen Striemen konnten ihr dabei nicht entgangen sein, aber sie hatte kein Wort darüber verloren und mich an diesem Morgen genauso eng geschnürt wie eh und je. Vermutlich hatte Mama ihr eingebläut, dass ich nach meiner Ankunft unverzüglich in die gute Gesellschaft von San Francisco eingeführt werden würde und dort eine gute Figur machen müsse. Eine schlampige Haltung durfte ich mir also nicht erlauben. Ich war an diese lästige »Zwangsjacke« gewöhnt, aber mit jedem Tag wurde es quälender und ich kämpfte oft mit den Tränen, wenn ich morgens darauf wartete, von Miss Adams geschnürt und angekleidet zu werden, nur um einen weiteren Tag als Gefangene meines Korsetts zu erdulden.

Wir trafen kaum andere Reisende auf dem Trail und unser Begleittrupp hatte nicht viel über die Indianerstämme in Erfahrung bringen können, die sich anscheinend in der Gegend aufhielten. Angeblich war es Brauch, dass die jungen Krieger durch das Land streiften, manchmal zu zweit, aber bisweilen auch in großen Banden von fast zwei Dutzend, während die anderen im Lager blieben. Laut Mr Goldsmith, der diesen Trail nicht zum ersten Mal zurücklegte, waren einige der Indianer hier sogar Farmer, die nicht viel Gebrauch von Pferden machten, während andere fast ihr ganzes Leben im Sattel zubrachten.

Letztere, so erklärte mir Mr Goldsmith, seien hervorragende Büffeljäger, und wir hatten diese Tiere in atemberaubender Zahl in der Prärie auf dem Weg hierher gesehen. Tausende, in solchen Massen, dass man es sich kaum vorstellen kann, wenn man es noch nie erlebt hat. Ich hatte die Tiere sogar von meinem Zugfenster aus gerochen, als wir durch die Great Plains gefahren waren. Die Bullen – so wurden sie genannt – waren riesig, viel massiger als die gewaltigsten Londoner Brauereigäule. Aber hier in Amerika herrschte überall diese atemberaubende Fülle vor: Einmal folgte uns ein gewaltiger Vogelschwarm, Wandertauben, laut Mr Goldsmith, so viele, dass wir stundenlang davon eingehüllt waren und der Himmel sich über uns verfinsterte …

Aber nicht nur die Tiere zogen mich in ihren Bann; hier und da hatten wir Indianer gesehen, alle zu Pferd. Meistens saßen sie stocksteif da und schauten dem vorbeiratternden Zug nach. An diesem Tag fuhren wir durch das Land des südlichen Stammes, dessen Name ich nicht buchstabieren konnte, ins Blackfoot-Gebiet, um sodann die Ausläufer des Flat-Head-Landes zu passieren. Einerseits zitterte ich vor Angst bei dem Gedanken, auf Indianer zu treffen, andererseits sehnte ich mich nach einem Abenteuer, bevor wir San Francisco erreichten, das weiß ich heute. Natürlich ahnte ich damals nicht, *welches* Abenteuer mir bevorstand.

Ich schaute weiter in mein Buch, aber die Schrift verschwamm mir vor den Augen, während ich über mein neues Leben nachdachte. Beim Abschied in Portsmouth hatte Mama Miss Adams eine Broschüre in die Hand gedrückt, die ich während der Überfahrt lesen sollte. Ein Traktat über eheliche Pflichten. Vielleicht befürchtete sie, dass ich den Dampfer gar nicht erst bestiegen hätte, wenn mir dieses Pamphlet schon vorher unter die Augen gekommen wäre.

Alles drehte sich nur um Pflicht und Duldsamkeit. *Meine* Duldsamkeit, versteht sich. Duldsamkeit im Hinblick auf alles, was als meine Ehepflichten angesehen wurde, und gegenüber den körperlichen Bedürfnissen meines künftigen Gatten. Ich konnte mir beim besten Willen nicht vorstellen, welche Formen diese »Duldsamkeit« annehmen oder welche »körperliche« Rolle ich dabei spielen sollte. Es war bedauerlich, dass Mama mir die Broschüre nicht selbst in die Hand gedrückt hatte, sonst hätte ich sie wenigstens danach fragen können. Obwohl mir schwante, dass sie genau das vermeiden wollte. Das Eheleben war von einer Aura der Unaussprechlichkeit umgeben, Dinge, die zu delikat waren, um daran zu rühren, so viel wusste ich. Nur hatte ich leider keine Ahnung, was das wohl sein konnte. Ich hatte mein Leben lang in Mamas Zimmer geschlafen. Vorletztes Jahr hatte Papa den Vorschlag gemacht, dass ich in eines der anderen sechs Schlafgemächer umsiedeln sollte, aber Mama hatte das strikt abgelehnt, weil sie, wie sie sagte, meine Gesellschaft benötigte. Papa hatte sein eigenes Reich in einem anderen Flügel des Hauses und das einzig »Körperliche«, das ich je an meinen Eltern beobachtet hatte, war der Gang zum Speisesaal, wenn Mamas Hand auf dem Arm meines Vaters ruhte. Miss Adams war leider auch keine Hilfe, denn sie weigerte sich hartnäckig, über die Existenz des Traktats mit mir zu sprechen, nachdem sie es mir ausgehändigt hatte.

Unser Wagen wurde langsamer. Mr Goldsmith beugte sich von seinem Sitz auf dem Dach herunter. »Brücke, Ladies«, verkündete eine körperlose Stimme irgendwo über dem offenen Fenster.

Es war üblich, dass wir vor einer Brücke anhielten und einer der Männer vom Dach heruntersprang, um ihren Zustand zu prüfen. Daraufhin wurde die Fahrt mit der gebotenen Vorsicht fortgesetzt. Auf diesem abgelegenen Trail waren viele der Brücken über zehn Jahre alt und dringend reparaturbedürftig. Ich versuchte aus dem Fenster zu spähen, aber ich spürte Miss Adams' missbilligenden Blick und ließ mich in meinen Sitz zurücksinken. Ich schaute wieder in mein Buch, lauschte aber, als der Mann zurückkam und in seinem undeutlichen Amerikanisch mit dem Fahrer redete. Aber ein wenig verstand ich doch.

»Sieht gut aus. Bisschen weniger Planken weiter vorne, aber nichts, was nach Ärger riecht. Ist nur 'ne kleine Schlucht. Ablaufrinne fürs Schmelzwasser.«

Der Mann setzte sich wieder neben den Fahrer und unser Wagen holperte vorwärts. Ich vergrub meine Nase im Buch. Brücken machten mir Angst, trotz meiner heimlichen Abenteuerlust. Die Überquerung war gefährlich; die meisten Brücken waren gerade breit genug für den Wagen und der Fahrer musste seine ganze Geschicklichkeit aufbieten, um ihn in der Spur zu halten. Zum Glück war unsere Mannschaft aus Chicago, erstklassige Leute mit über zwanzig Jahren Erfahrung – ein Mr Pinkerton hatte sie Papa persönlich empfohlen.

Meine Gedanken kehrten zu dir zurück, zu dem magischen Moment, als wir uns im Hotel gesehen hatten. Dein Bild war wie eingebrannt in mein Gedächtnis. Im Lauf des Tages war es sehr warm geworden und die Luft stickig. Ich kramte meinen Fächer hervor und öffnete ihn, fächelte mir kühlere Luft ins Gesicht, während ich las und zeichnete und meine schmerzenden Hüften und meinen wunden Rücken zu ignorieren versuchte.

»Ihre Lektüre scheint ja recht aufregend zu sein, wenn Ihnen plötzlich so heiß wird, Miss Forsythe«, stichelte Miss Adams.

Ich schaute sie an und unwillkürlich schoss mir die Röte ins Gesicht. Als ob sie nicht genau gewusst hätte, was ich las! »Das ist ein Gedichtband, von Mr Dryden.«

»Gedichte sind Zeitvergeudung und eine Frau, die kurz vor der Verheiratung steht, sollte sich nicht damit abgeben.«

Ich dachte darüber nach, während der Wagen auf die Brücke rumpelte und langsam vorwärtskroch. »Mr Stanton hat sich sehr wohlwollend über meine persönlichen Interessen geäußert und er legt Wert darauf, dass ich sie beibehalte«, sagte ich schließlich.

Miss Adams zog eine Augenbraue hoch. »Was Männer sagen und in Wahrheit denken, sind zwei Paar Stiefel, Miss Forsythe, das werden Sie nur zu bald erfahren.«

»Wie soll ich das verstehen?«, fragte ich, da meine Neugier nun doch die Oberhand gewann.

Ich weiß nicht, was in diesem Moment in Miss Adams vorging, denn plötzlich schlug sie jede Zurückhaltung in den Wind. Die Leidenschaft ließ sie geradezu aufblühen, sie wurde hochrot im Gesicht und ihre Nase bebte. »Männer sind treulos, Miss Forsythe. Ein Mann wird alles sagen oder tun, um seine Wünsche befriedigt zu sehen. Lügner und Betrüger sind sie allesamt! Und Sie sollten so wenig darauf hoffen, Ihren Gatten zu lieben, wie ihn zu hassen.«

»Waren Sie je verheiratet?«, fragte ich, erschrocken über die Heftigkeit in ihrer Stimme.

»Nein, und eher würde ich zum Mond fliegen, als vor den Traualtar zu treten«, fauchte sie.

Der Wagen kam zum Stehen und ein unbehagliches Schweigen hing zwischen uns. Die Männer draußen diskutierten aufgeregt.

»Warum nicht?«, fragte ich schließlich.

»Weil ich nicht die Absicht habe, mich in größere Gefahr zu begeben, als unbedingt nötig ist. Und ich ziehe es vor, mein Brot selbst zu verdienen, statt unter der Fuchtel eines Ehemanns zu stehen. Ach, ich verabscheue sie alle, mit ihrer widerwärtigen Lüsternheit und ihren schmutzigen Angewohnheiten.«

Ich dachte an Papa, der gewiss keine schmutzigen Gewohnheiten hatte. Er war stets makellos gekleidet, sein Stehkragen immer frisch gestärkt; wochentags kam ein Mann zu ihm, um ihn zu rasieren und seine Hände zu pflegen. Und was die »Lüsternheit« betraf – darunter konnte ich mir beim besten Willen nicht viel vorstellen. Ich hatte zwar ein Lexikon, aber Mama hatte viele Wörter darin ausgestrichen.

Ein gewaltiges Krachen riss mich aus meinen Gedanken. Der Wagen schoss mit einem Ruck zur Seite und wir wurden im Inneren herumgeworfen. Die Pferde schrien vor Angst. Mühsam kämpfte ich mich in eine sitzende Haltung hoch und landete auf etwas, das einst der linke Wagenschlag gewesen war. Durch das Fenster konnte ich tief unter uns das trockene Flussbett sehen. Ich erkannte alles ganz deutlich: die staubigen Felsblöcke, die Steine dort unten. Und mittendrin zwei von unseren Männern, die mit zerschmetterten Gliedern dalagen. Unter dem Kopf des Jüngeren breitete sich eine dunkle Lache aus.

Der Fahrer war noch an Bord und hing in seinem soliden Sitz. Auch

Mr Goldsmith war es gelungen, sich am Dachgeländer festzuklammern.

»Ladies, wappnen Sie sich, so gut Sie können, und klammern Sie sich fest, was das Zeug hält. Der Fahrer wird versuchen uns hier herauszubringen.«

Dann krachte es erneut und der Wagen rutschte wieder seitwärts. Die Pferde schrien immer noch und ich schrie mit, als der Wagen unter ohrenbetäubendem Krachen und Knirschen über die Brücke ins Flussbett hinunterstürzte. Ich streckte die Hand aus und klammerte mich an der anderen Tür fest, um so viel Abstand wie möglich zwischen mich und den Boden zu bringen. Ein schrilles Heulen drang an mein Ohr und ich sah, wie Miss Adams sich das Gesicht zerkratzte, während im gegenüberliegenden Fenster das Flussbett auf uns zuraste. Ich saugte so viel Luft in meine eingequetschte Lunge, wie ich nur konnte, und brüllte meine Empörung über die Ungerechtigkeit der Welt ins Nichts hinaus.

Vier

Hope duschte lange. Als sie herauskam, in ein Handtuch gewickelt, die nassen Haarsträhnen um die Schultern, lag »Wolfsbaby« auf ihrem Bett und ließ die Zunge aus dem Maul hängen. Hope erstarrte. Von irgendwo im Haus bellte Cal: »Buddy! Wo bist du, du Loser? Komm sofort hierher!«

Der Hund krabbelte hastig über Hopes schmutzigen Kleiderhaufen und schoss zur Tür hinaus, einen weißen Baumwollfetzen im Maul.

Hope stürzte hinter ihm her zum Treppenabsatz.

Aber Buddy war schon die Treppe hinunter und schoss durch den riesigen Raum, in dem Cal reglos dastand und zu Hope hinaufstarrte, die sich das Handtuch an die Brust hielt. Der Hund setzte sich brav zu Cals Füßen und präsentierte seine Beute.

»Hey, Kumpel – was hast du denn da?« Cal riss seinen Blick von Hope los, griff hinunter und nahm Buddy den Stofffetzen aus dem Maul. Erst dann erkannte er, was es war. Verdattert schaute er auf seine Hand, die Stirn in Falten gezogen, und überlegte, was er sagen sollte. Bevor er den Mund aufmachen konnte, ging Merediths Tür oben auf. Cal nahm schnell seine Hand hinter den Rücken. »Hey, Dr. West«, sagte er geistesgegenwärtig. »Alles okay da oben?«

Meredith schaute von Cal zu Hope. »Wunderbar, danke. Hope, brauchst du etwas?«

»Nein, ich … ähm, nein. Nichts.« Hope ging in ihr Zimmer zurück und trat die Tür zu. Dann lehnte sie sich dagegen, schloss die Augen und unterdrückte ein verzweifeltes Stöhnen.

Fünfzehn Minuten später war sie umgezogen und stand in einer frischen Shorts, einem Top und Gap-Hoodie da.

»Hope?«, fragte ihre Mutter durch die Tür.

»Ja?«

»Ich möchte mich hier mal ein bisschen umsehen. Kommst du mit?«

Hope biss sich auf die Lippen. *Nicht wirklich, nein. Ich möchte nur noch im Erdboden versinken.* Aber Merediths Tonfall ließ keinen Zweifel daran, dass es sich nicht wirklich um eine Frage handelte, sondern um einen Befehl. »Okay. Moment noch, muss mir erst Schuhe anziehen.« Hope ging ins Zimmer zurück und schlüpfte in ihre Leinen-Espadrillos. Dann zog sie die Tür hinter sich zu und lief hinter Meredith die Treppe hinunter.

Sie durchquerten das Haus und gingen zur Vordertür hinaus. Niemand war zu sehen, aber den Geräuschen nach herrschte überall eine ruhige Betriebsamkeit. Aus einem großen, einfachen Gebäude hinter dem Stall drangen Stimmen, Meredith und Hope gingen hinein. Dort stand Caleb Crow, die Hände in die Hüften gestemmt, den Hut über die Augen gezogen, und beobachtete seinen Sohn, der ein glänzend schwarzes Pferd in einem engen Achter über den Sägemehlboden trieb. Cal trug Lederschützer über seinen Jeans, die eng an seinen Unterschenkeln anlagen und direkt unterhalb seiner Knie befestigt waren, außerdem ein Paar abgewetzte Lederhandschuhe mit klaffenden Aufschlägen, die seine braun gebrannten Handgelenke durchschimmern ließen. Er war so auf sein Pferd konzentriert, dass er ihre Anwesenheit gar nicht wahrzunehmen schien.

»Hey, Ladies«, sagte Caleb Crow. »Haben Sie sich schon ein bisschen eingewöhnt?«

Meredith nickte. »Ja, danke.«

Zerstreut beobachtete er das Pferd. »Das ist gut. Wir sind hier nicht an zahlende Gäste gewöhnt. Sie werden ein bisschen Nachsicht mit uns haben müssen.«

»Bis jetzt ist alles perfekt. Danke. Und es ist sehr freundlich von Ihnen, dass Sie uns überhaupt aufgenommen haben.«

»Konnten ja schlecht ablehnen, nach allem, was Sie hier zu erforschen haben, wie?« Er legte seinen Kopf zur Seite. »Cal, er wirkt noch etwas steif in den Sprunggelenken. Liegt vielleicht daran, dass er so lange im Transporter war. Lass ihn mal rückwärtsgehen, teste ihn ein bisschen aus.«

Cal brachte das Pferd abrupt zum Stehen und drückte leicht die Fersen an, während er die Zügel etwas kürzer nahm. Das Pferd begann rückwärts auf sie zuzugehen. »Er ist nur steif, das gibt sich schnell mit ein bisschen Bewegung.«

»Apropos Bewegung – wir möchten uns auch die Füße vertreten«, sagte Meredith. »Können Sie uns eine bestimmte Richtung empfehlen?«

»Nun ja, Sie können lange in jeder Richtung gehen, die Ihnen zusagt. Aber wenn Sie da raufgehen ...«, er zeigte auf die Bäume, »dann stoßen Sie auf den Waldweg. In diesen Schuhen werden Sie allerdings nicht weit kommen, Miss Hope.« Er schaute auf ihre Espadrillos.

»Hope sollte noch etwas essen, bevor wir losgehen«, sagte Meredith.

»Cal!«

»Ja?«

»Die junge Dame hat Hunger.«

»Kein Problem.« Cal sprang vom Pferd und schlang ihm die Zügel über den Kopf.

»O nein, bitte, ich brauche nichts«, sagte Hope schnell.

Cal hielt inne, einen Handschuh auf dem Zügel. »Also was jetzt, willst du oder willst du nicht?« Er klang kurz angebunden, aber nicht unfreundlich.

»Können wir nicht einfach losgehen, Mum?«, flehte Hope.

Merediths Lippen wurden dünn. Wortlos stolzierte sie aus der Scheune zum Wald hinauf, der zwischen dem Stallgebäude und dem Haus lag. Hope folgte ihr, huschte an Cal vorbei, der immer noch die Zügel des schwarzen Pferdes hielt, den Blick auf sie geheftet.

Sobald sie im schattigen Wald waren, bremste Meredith ihr Tempo. »Ich übergehe jetzt mal, was ich da vorher im Haus gesehen habe. Er scheint ein netter Junge zu sein und ich muss zugeben, dass er sehr attraktiv ist, aber ...«

»Da war nichts! Ich hab auf dem Treppenabsatz gestanden, über sechs Meter von ihm entfernt ...«

»Aber so gut wie nackt. Warum?«

»Neuester Hype. Dusch-Comedy.«

»Du musst nicht gleich sarkastisch werden. Auch wenn du das nicht hören willst, erotische Reize sind mir nicht fremd.«

OH. MEIN. GOTT. Hope raufte sich die Haare. *Bitte hör auf damit.*

»Nur weil ich deine Mutter bin, heißt das noch lange nicht, dass ich nie ein Sexleben hatte.«

»Im Auto hast du mir gesagt, ich soll mir mehr Mühe geben«, sagte Hope und lauschte auf das Knirschen der Kiefernnadeln unter ihren Füßen.

»Ja, aber das heißt doch nicht, dass du in einem Handtuch im Haus herumstolzieren sollst.«

»Ich bin nicht herumstolziert.«

»Ich habe dich dazu erzogen, gute, vernünftige Entscheidungen zu treffen, Hope, und das war weiß Gott keine.«

Hope schwieg. Der Wald um sie herum vibrierte von Vogelgezwitscher und gelegentlichem Flügelschwirren. Das Licht der milderen Nachmittagssonne, das hier und da durch das Baumdach fiel, ließ die Insekten und Schmetterlinge aufleuchten. Der Trail führte im Bogen zur Ranch zurück, bis sie unversehens auf der Wiese an der Rückseite des Hauses herauskamen.

»Ich hab noch zu tun – muss mit meiner Arbeit weiterkommen«, sagte Hopes Mutter plötzlich müde, als sie durch die gläserne Schiebetür in die Küche gingen. »Und du? Was hast du vor?«

»Meine Mails checken, vielleicht.«

»Setz dich dazu auf einen Stuhl, damit du nicht einschläfst. Wir müssen heute bis mindestens zehn Uhr durchhalten. Du kannst ja schon mit dem Chemieprojekt anfangen.«

Hope ging in ihr Zimmer, packte den Laptop aus, stellte ihn neben den Router und gab das Passwort ein. Ihre E-Mails ploppten hoch und sie schrieb kurz an ihre Freundin Lauren, dass sie angekommen seien. Zu Hause war es jetzt nach Mitternacht.

Hope klickte sich durch ihr Facebook und nach einigem Zögern änderte sie ihren Status zu »In Montana« um. Ihr Sozialleben war kaum der Rede wert, wegen der häufigen Reisen und weil sie so schüchtern war. Auf Facebook verschlug es ihr wenigstens nicht die Sprache.

Neugierig googelte sie Cals ungewöhnlichen Namen, aber ohne Erfolg. Plötzlich hatte sie ein schlechtes Gefühl dabei, fühlte sich fast schon wie eine Stalkerin. Sie blinzelte müde, fuhr den Computer herunter, stand auf, streckte sich und ging die Treppe hinunter. Unten trat sie durch die Glastür wieder in den Sonnenschein hinaus.

Die Pferde waren inzwischen weiter weg, träge und mit peitschenden Schweifen standen sie herum. Der Pick-up war zu einem Gebäudekomplex links von ihr hinübergefahren worden, aber die einzigen Geräusche kamen von dem Stall zu ihrer Rechten.

Hope schlenderte hinüber und trat durch das riesige Tor. Ihre Augen brauchten ein paar Sekunden, um sich an das Schummerlicht zu gewöhnen. Auf jeder Seite waren Boxen und in einigen davon standen Pferde. Ein großer Dunkelbrauner ließ den Kopf über die Tür heraushängen. Er beobachtete Hope, als sie auf ihn zuging, die feuchten braunen Augen auf sie geheftet. Sein Kopf bewegte sich leicht, Hope hielt die Hand hoch und berührte sanft das Pferd. Es duldete ihre Liebkosung und Hope ließ ihre Finger zu seiner Nase hinuntergleiten. Die Haut war wie Samt, aber gespickt mit dicken, stachligen Nüsternhaaren. Behutsam strich sie erneut über sein Gesicht. Plötzlich senkte das Pferd den Kopf und stieß sie hart gegen die Brust, so dass sie rücklings über etwas Festes stolperte. Zwei Arme umschlossen sie und Hope schrie auf vor Schreck.

»Hey, Fleet, so geht man doch nicht mit einer Lady um.« Cal ließ Hope wieder los.

Das Pferd nickte heftig, als lachte es, und Cal schnalzte mit der Zunge über so viel Unverfrorenheit.

»Er ist ein Clown«, sagte er und ließ seine Hand über den Hals des Pferdes gleiten, um ihm schließlich einen zärtlichen Klaps zu geben. »Aber er würde dir nie was tun.«

Hope rieb sich das Brustbein über ihrem hämmernden Herzen.

Cal kraulte das Pferd unter der Mähne. »Tut mir leid, dass mein Hund sich so danebenbenommen hat. Er ist eben noch ein Welpe. Ich hab deinen ... ähm ... dein Dingsda in die Wäsche gestopft.«

Hope nickte, immer noch knallrot im Gesicht.

»Was hat deine Mom gesagt?«

Hope schnaubte. »Die denkt jetzt, dass ich zu einer total enthemmten Schlampe mutiert bin.«

»Enthemmt?« Cal grinste. Sein seltenes Lächeln war ansteckend und Hope lächelte unwillkürlich zurück. »Schade, dass du so wenig redest«, fügte er hinzu. »Ich hab mich schon gefragt, ob du es überhaupt kannst.«

Sie schauten einander an.

»Müde?«

»Bisschen. Aber ich muss wach bleiben.«

»Okay, dann zeig ich dir was.«

Cal führte sie zu einer Box und zeigte über die Tür. Drinnen stand ein wunderschönes geschecktes Pferd und zu seinen Füßen lag ein winziges spindelbeiniges Fohlen mit leuchtend blauen Augen im Stroh.

»Das ist Zach. Unsere neueste Ausgabe. Hab fast die ganze Nacht bei Gypsy gewacht.« Cal betrat die Box. »Hey, altes Mädchen, wie geht's?« Er zog die Stute an ihren wachsam gespitzten Ohren. »Willst du auch reinkommen?«

Hope schlüpfte vorsichtig hinein und kauerte sich mit Cal neben das Fohlen.

»Hey, Kleiner.« Cal streichelte den Kopf des Fohlens. Gypsy schaute ihm über die Schulter, ohne im Mindesten beunruhigt zu sein. »Hast du seine Augen gesehen? So was nennt man Atavismus. Rückfall in frühere Merkmale. Früher glaubten die Leute, dass Pferde mit solchen

Augen verrückt seien und nie ans Halfter gewöhnt werden könnten. Stimmt aber nicht, was, Kleiner?«

Das winzige Fohlen schnaubte.

»Ja, genau«, lachte Cal. »Kein bisschen verrückt, was? Und alle paar Generationen kommen die hellen Augen wieder durch.« Er stand auf. »Hilfst du mir beim Füttern? Muss noch das Heu fertig machen.«

»Ja, gern. Also wenn du willst.«

Cal schaute sie an. »Was jetzt? Willst du, ja oder nein?«

Hope nickte.

Ganz hinten an der Rückwand des Stalls hatte er dicke Büschel gepresstes Heu aus einem großen Ballen geschüttelt und in die Futternetze gefüllt. Ungefähr zehn lagen schon am Boden um sie herum. Er reichte Hope ein Netz und nahm sich ein anderes. Sie ahmte seine Bewegungen nach, schüttelte Hände voll Heu heraus und stopfte es in die Netze. Es dauerte eine Weile, bis sie wieder zum Reden kamen.

»Stimmt es, dass du Naturwissenschaftlerin werden willst?«

»Quatsch, da bin ich die totale Niete ... Ich will ... ähm ... Schriftstellerin werden.« Sie wartete auf die übliche Reaktion, ein Grinsen oder einen dummen Spruch, aber Cal nickte nur und arbeitete weiter.

Als sie die letzten Netze gefüllt hatten, gingen sie in die Sonne hinaus. Hope schaute zu, wie Cal das Heu in eine große Regentonne tauchte, die vor dem Stallgebäude stand.

»Damit der Staub sie nicht zum Husten bringt«, erklärte er. Dann hängte er über jede Boxentür eines der Netze und redete dabei mit den Pferden. Als er fertig war, kam er zu Hope zurück und schaute auf seine Uhr. Er war über und über mit Heustaub bedeckt und sein Gesicht war ganz schmutzig. »Okay, ist schon nach sechs, aber ich möchte dir trotzdem noch Chuck zeigen.«

Hope folgte ihm zu einer Reihe von Pferchen, die durch dichte Zäune abgetrennt waren. Cal zog sie vorwärts, stieg auf die Stangen und winkte Hope zu sich herauf. Dann beugte er sich über die oberste Stange und ließ ein Heunetz an seinen langen Armen zu einem ausgewachsenen Büffelbullen hinunterbaumeln, der in der Mitte des Pferchs stand. Hope kletterte auf die nächsthöhere Stange und richtete sich auf, um das riesenhafte Tier zu bewundern.

»Warum ausgerechnet Chuck?«

»Du meinst, wegen Chuck-Steaks?«

Hope starrte auf den massigen Körper des Büffels, der sachte durch seine Nüstern blies, während er das Heunetz beäugte. Ihr Blick wanderte über sein dunkles Fell und den Lockenschopf zwischen seinen Hörnern, der viel heller war. »Du willst doch nicht etwa sagen, dass ...?«

Cal stieß sie mit der Schulter an. »Nein, natürlich nicht ... Er ist einer der besten Zuchtbullen in ganz Amerika. Charles Mayweather Austin ist sein voller Name. Chuck ist die Abkürzung, aber der Kerl hier wird nie als Steak enden, so viel steht fest. Dad ist total vernarrt in ihn. Das müsstest du mal sehen. Chuck? Na komm schon, alter Charmeur, komm spielen.«

Chuck trottete auf Cals ausgestreckte Hand mit dem Heunetz zu. Er blies eine Weile auf das Heu, dann rupfte er ein paar Halme heraus und kaute darauf herum, während Cal ihm den Kopf rieb. Hope blieb auf Abstand, bis Cal eine Hand von ihr nahm und auf Chucks Locken legte. Seine Finger jagten knisternde Funken durch Hopes Arm. Chuck zerrte wieder mit seiner langen lila Zunge am Netz und rupfte neue Heuhalme heraus.

»Siehst du. Er ist ganz harmlos.«

»Wenn er so harmlos ist, warum haltet ihr ihn dann in diesem winzigen Pferch?«

Cal legte den Kopf zur Seite. »Na ja, weißt du – bei Büffeln dreht sich alles um künstliche Befruchtung, Genetik und so. Aber Dad will unsere trotzdem so natürlich wie möglich halten. Deshalb muss Chuck den Sommer über ein paar Hausbesuche machen. Und das funktioniert besser, wenn man ihn vorher ein paar Stunden pro Tag hier drinlässt und ihn ein bisschen hochmästet. Ähm, Powerfutter, verstehst du. Und Frust. Das bringt ihn angeblich auf Trab.«

Hope lachte. »Erzähl das mal meiner Mutter. Dann hält sie dir einen Vortrag, dass Chuck ein Paradebeispiel für die schlimmsten Auswüchse der modernen Machogesellschaft sei.« Plötzlich merkte sie, dass ihre Hände sich immer noch berührten. Schnell zog sie ihre weg und senkte den Kopf. »Du musst nur die Hausbesuche erwähnen, dann haben wir einen internationalen diplomatischen Zwischenfall an der Backe.«

Cal lachte. »Deine Mutter scheint ja voll auf dem Emanzipationstrip zu sein. Hey, das hier ist Montana, ein moderner Staat, und nicht der Wilde Westen.«

»Bei dem Polizisten vorhin würde man das nie glauben. Was meinte der eigentlich? Ich meine, über dich?«

Cal hörte auf zu lachen und sprang vom Zaun herunter. »Nichts.« Und damit stolzierte er davon.

Hope ging ins Haus zurück und kämpfte mit der Fernbedienung, bis der riesige Bildschirm endlich ansprang. Amerikanische Nachrichten, sehr ungewohnt. Sie machte einen Abstecher in die Küche und öffnete den Kühlschrank, auf der Suche nach einer Wasserflasche.

»Was möchtest du?«, fragte Cal, der mit Buddy im Schlepptau hinter ihr hereinkam.

Hope zuckte zusammen. »Ach, nur Wasser, bitte.«

Cal griff über ihre Schulter und zog eine Wasserflasche aus einem Fach, das hauptsächlich mit Bier der Marke »Moose Drool« – Elchsabber – gefüllt war. Er öffnete den Verschluss und reichte ihr die Flasche. Er hatte sich frisch gemacht, trug jetzt ein sauberes T-Shirt und Jeans. Sein feuchtes Haar war aus dem Gesicht gekämmt und er war barfuß. Er roch nach frischer Wäsche und sonnenwarmer Haut, als er die Kühlschranktür zuknallte.

Hope trank einen Schluck.

»Wo ist eigentlich dein Dad, wenn du mit deiner Mom in der Welt herumreist?«, fragte Cal.

»Nicht da.«

»Siehst du ihn oft?«

Hope drehte den Verschluss wieder zu. »Nein. Hab ihn noch nie gesehen.«

Cal zog eine Augenbraue hoch. »Wollen wir uns draußen hinsetzen?«

Hope folgte ihm auf die Terrasse hinaus. Das Haus stand auf einem sanften Hang, der abrupt in einer Steilhalde endete. Die Ebene jenseits davon stieg zu den Bergen im Westen an, über denen gerade die Sonne unterging. Cal ließ sich auf einen Stuhl fallen und deutete einladend auf einen anderen.

»Im Ernst? Du hast deinen Dad noch nie gesehen?«

Hope zögerte einen Augenblick. »Er hat uns wegen seiner schwangeren Geliebten verlassen, als ich sechs Wochen alt war.«

Cal zog wieder eine Augenbraue hoch.

Hope nickte. »Ja, ich weiß. Mum hatte nicht vor schwanger zu werden – sie steckte gerade mitten in ihrer Doktorarbeit. Und mein Dad war der neue Shootingstar am Theater. Er ist viel älter als Mum, die andere Frau hat mit ihm im selben Stück gespielt. Sie haben zwei Söhne, James und Tom. Mum hat das alleinige Sorgerecht für mich bekommen, aber sie hatte schon seinen Namen in meine Geburtsurkunde eingetragen und deshalb heiße ich Cooper, und nicht West. Das regt sie immer noch auf. Dass wir uns nicht sehen durften, mein Dad und ich, lief rechtlich nur, solange ich unter sechzehn war. Also jetzt könnten wir uns treffen ...«

»Und was sagt deine Mom dazu?«

Hope stieß einen langen Atemzug aus. »Na, was meinst du wohl?«

Cal schwieg einen Augenblick. »Schwierig.«

Hope nippte wieder an ihrem Wasser und nickte. »Er schickt mir Karten für alle Stücke, in denen er mitspielt. Und er hat mir gemailt und mich gefragt, ob ich ihn vielleicht mal am Set seiner neuen Fernsehserie besuchen will. Ich glaube, er ist nett, ich meine abgesehen davon, dass er uns verlassen hat.«

»Also warum nicht?«

»Warum nicht was?«

»Warum triffst du ihn dann nicht? Er ist doch dein Vater. Solltest du unbedingt machen, wenn du mich fragst, aber du fragst mich ja nicht.«

Cals Telefon läutete. Er zog es etwas umständlich aus seiner Jeanstasche und drückte auf Empfang. »Entschuldige mich mal 'nen Moment. – Hey, Matty.«

Hope konnte die Stimme am anderen Ende der Leitung hören, verstand aber nicht, was gesagt wurde. Cals Blick schnellte zu ihr hinüber.

»Ja, heute Nachmittag. Dreißig Minuten Verspätung, aber kein Problem. Hab die Sachen im Laden abgeholt. Ich ruf dich später an. Mann, halt die Klappe. Muss aufhören.« Er beendete das Gespräch, ohne noch etwas zu sagen. »Das war Joes Sohn. Er ist mein bester Freund, aber Mann, der quasselt einem die Ohren ab.« Dann legte er das Telefon auf den Tisch.

Fast sofort kam eine Nachricht und das Display leuchtete auf.

Heiß oder nicht?

Cal riss das Telefon an sich und schaltete es ab. »Ach, und außerdem ist er ein Arschloch. Hatte ich das schon erwähnt?«

Hope unterdrückte ein Lachen.

Cal stand auf. »Ich könnte ein bisschen Hilfe beim Kochen gebrauchen, wenn du nichts Besseres zu tun hast.«

Es machte Spaß, mit Cal zu kochen, obwohl er Hope auslachte, weil sie nicht an den Reis im obersten Regal der Speisekammer heranreichte.

»Tut mir leid. Ist zu hoch«, rief sie hinaus. »Hey, das ist ja Wahnsinn!« Ungläubig betrachtete sie die randvollen, ordentlich eingeräumten Regale.

Cal griff über ihren Kopf und schnappte die Packung. »Wir bestellen die meisten Vorräte en gros über die Black Eagle Stores. Unsere Helfer kochen in der Schlafbaracke für sich selber.«

Hope schnitt nach Cals Anweisungen Gemüse klein und reichte ihm die Zutaten. Und die ganze Zeit redeten sie, Hopes Schüchternheit war wie weggeblasen. Sie standen zusammen am Herd, als Hope plötzlich eine Serie von Gähnanfällen unterdrückte.

»Du musst nur noch das Abendessen hinter dich bringen, dann kannst du schlafen.«

»Mum sagt, ich muss bis zehn durchhalten.« Sie gähnte wieder.

»Du kannst froh sein, wenn du es bis acht schaffst.«

Cal hatte Recht. Hope war so erschöpft, dass sie kaum etwas hinunterbrachte. Meredith fragte Caleb Crow über die Ranch aus, während Cal das Essen auftrug. Einmal, als sein Vater sich lange Zeit ließ, bevor er eine von Merediths bohrenden Fragen beantwortete, fing Cal Hopes Blick auf und zwinkerte ihr unauffällig zu. Sie unterdrückte ein Grinsen.

»Ich habe gehört, dass diese Gegend für die Vielfalt ihrer Indianerstämme bekannt ist«, fuhr Meredith fort.

Caleb Crow nickte. »Ja. Hier leben viele verschiedene Völker, in verschiedenen Reservaten.«

»Ich habe auch einiges über die sozialen Bedingungen in den Reservaten gelesen. Es scheint da einen hohen Prozentsatz an häuslicher Gewalt und Suchtproblemen zu geben.«

O nein. Hope starrte auf ihren Teller. *Bloß das nicht.*

»Sie haben dieselben Probleme wie andere Leute auch, würde ich sagen. Und ihr Hauptproblem ist vermutlich, dass sie vor hundertundfünfzig Jahren in den Reservaten zusammengedrängt wurden, wo man ihnen eine Lebensweise aufgezwungen hat, die nur in den Ruin führen kann.« Caleb Crow aß weiter.

»Das ist ein heikles Thema«, sagte Cal und füllte die Gläser auf. »Hier gibt es noch viel Rassismus.«

»Man darf die soziale Konditionierung nicht unterschätzen«, bemerkte Meredith.

»Ja, aber man kann auch viel bewirken, wenn man die Leute mit Würde und Respekt behandelt«, sagte Cals Vater in die Runde.

Hinterher half Hope Cal beim Aufräumen, während Caleb und Meredith nach nebenan gingen. Hopes Kopf dröhnte und sie rieb sich die Schläfen, als sie die Spülmaschine vollgeladen hatten. Im nächsten Moment hörte sie etwas rattern und Cal stand mit einem Glas Wasser vor ihr.

»Du siehst total erledigt aus.«

Dankbar nahm sie das Glas. Er nickte zur Treppe: »Geh nur schon hoch, ich mach das hier alleine fertig.«

Hope setzte sich einfach über die Anweisung ihrer Mutter hinweg und ging die Treppe hinauf in ihr Zimmer. Sie machte sich fertig und schlüpfte in das kühle weiße Bett. Die Sterne schienen durch die vorhanglosen Fenster und über der dunklen Baumlinie und den Umrissen des Steilhangs hing eine riesige weiße Mondscheibe am Himmel.

Am nächsten Morgen schreckte Hope mit bohrenden Kopfschmerzen hoch. Graues Frühlicht sickerte von draußen herein, der Tag war noch nicht ganz angebrochen. Sie schaute auf die Uhr – kurz vor fünf und stöhnte. Dann stand sie auf, spritzte sich Wasser ins Gesicht und zog ihren Morgenmantel an, um hinunterzugehen und Kaffee zu machen. Auf der Treppe roch sie, dass ihr jemand zuvorgekommen war. Im selben Moment ging die Haustür auf und Cal kam mit seinem Vater herein.

»Morgen, Miss Hope«, sagte Caleb.

Cal schloss die Tür und kickte seine Stiefel von den Füßen. »Wir haben Kaffee gemacht, bevor wir nach den Pferden gesehen haben. Willst du?«

»Ja, bitte.« Hope rieb sich die Augen.

»Und wie haben Sie geschlafen?«, fragte Cals Vater.

»Gut, danke. Aber es ist noch soooo früh.«

»Ja, der Jetlag – muss eine echte Strapaze sein, was man so hört.« Cal schenkte Kaffee in drei Becher ein. »Wie trinkst du ihn?«

»Einfach so.« Hope nahm ihm den Becher ab. »Danke.«

Dann setzten sie sich zu dritt an die Theke. Hope deutete um sich herum. »Das Haus ist super.«

Caleb Crow nickte. »Ist das ursprüngliche Siedlerhaus, aber wir haben dieses Jahr einen Durchbruch gemacht und die große Treppe eingebaut.«

»Die ist wunderschön.«

Caleb schien sich zu freuen. »Und? Was haben Sie heute vor?«

Hope zuckte die Schultern. »Mit meinen Projekten weitermachen, denke ich.«

Cals Vater runzelte die Stirn. »Sie können doch nicht den ganzen weiten Weg hierherkommen, nur um im Haus rumzusitzen! Reiten Sie?«

Hope schüttelte den Kopf.

»Cal könnte Ihnen Reitstunden geben. Na, wie wär's, Cal?«

Hope entging der scharfe Blick nicht, den Cal seinem Vater zuwarf. »Nein, nein«, sagte sie, plötzlich wieder schüchtern. »Ist schon gut. Ich brauche keine Unterhaltung. Ich bin das gewöhnt. Aber danke.«

Caleb schaute nicht sie an, sondern seinen Sohn. »Misty ist fast dreißig Jahre alt. Sie kümmert sich gern um Anfänger.«

»Dad …«

»Was? Das alte Mädchen muss bewegt werden.«

Cal presste die Kiefer zusammen. »Ja, gut, klar. Wie du meinst.« Dann nahm er seinen Becher und ging durch die große Glastür nach draußen ins Dämmerlicht. Buddy kam um die Hausecke zu ihm auf die Terrasse gelaufen. Hope starrte in ihren Kaffeebecher.

Eine große Hand legte sich auf ihre Schulter. »Machen Sie sich nichts draus, Schätzchen. Das hat nichts mit Ihnen zu tun.«

»Warum …«

Cal schüttete seinen Kaffee ins Gras und schlenderte ins Haus zurück. Caleb und Hope saßen in verräterischem Schweigen da.

»Wenn du eine Reitstunde willst, musst du sie dir verdienen. Hab vor Sonnenaufgang noch dreißig Pferde zu füttern und sämtliche Wassertröge zu checken. Nach Gypsy und Zach muss ich auch sehen. Und nach Chuck und den Mädels. Welche Schuhgröße hast du?«

»Ähm, fünf.«

»Englisch fünf? Gut. Zieh dich an. Jeans und ein T-Shirt oder so. Um diese Zeit ist es noch kühl draußen. Duschen kannst du dir sparen, kannst du später nachholen.«

Hope stand da und ließ ein wenig eingeschüchtert den Schwall von Kommandos über sich ergehen. Cal ging hinaus und stampfte in seinen Stiefeln über die Veranda. Als sie den Blick hob, sah sie, wie Caleb Crow in seinen Kaffee grinste.

Zehn Minuten später tauchte Hope einsatzbereit an der Vordertür auf. Cal stand auf der Veranda und schaute zu den Pferden hinaus, die sich auf den Koppeln versammelt hatten. Ein leichter Nebel wälzte sich von der Baumlinie herab nach rechts hinter die Scheune. Die Feuchtigkeit kroch am Boden unten auf das Haus zu und winzige Dunstschlieren hingen in der Luft.

»Hier.« Cal reichte ihr ein Paar abgetragene kniehohe Lederstiefel mit klobigen, verstärkten Zehenkappen. »Die meisten Pferde sind momentan zwar nicht beschlagen, aber du willst dir ja nicht die Zehen zerquetschen lassen.«

Eine Stunde später – es war erst halb sieben – hatten sie fast dreißig Pferde gefüttert, indem sie die Futtermischung in die Stahlspender draußen kippten oder in die Tröge der Boxen. Buddy wich ihnen die ganze Zeit nicht von den Fersen. Sie gingen hinaus, um nach den Wassertrögen zu sehen, dann wieder zurück in den Stall. Eine Box am hinteren Ende war ausgespart und diente als Futterkammer. Cal nahm den Deckel von einem Behälter, der wie ein großes Plastik-Ölfass aussah. Er schöpfte etwas mit dem Eimer heraus, prüfte den Inhalt und verlängerte es mit Kleie. Dann gab er eine geschredderte Mischung dazu, außerdem Wasser und eine Handvoll Melasse aus einer Großhandelsdose.

»Gypsys Futter ist speziell für Mütter. Hochkalorisch mit Zusatzstoffen. Sie liebt Melasse. Ist eine richtige Naschkatze. Und ich finde, sie hat eine Belohnung verdient, nachdem sie uns den kleinen Zach geschenkt hat.«

Cal brachte den Eimer in Gypsys Box und kippte ihn in die Futterkrippe. Zach stand auf den Füßen und beobachtete sie. Als seine Mutter geräuschvoll das Futter verschlang, duckte er seinen Kopf unter ihren Bauch und begann zu saugen. Sein flauschiger weißer Schweif wedelte vor Freude.

»Ist der süß«, sagte Hope und lehnte sich an die Box, das Kinn in die Hand gestützt.

»Ja, und er weiß es auch«, sagte Cal. »Das wird mal 'ne richtige Persönlichkeit, der hier.«

Sie fütterten Chuck, der stoisch wie eh und je in seinem Pferch stand, dann luden sie Heuballen und Futtermischung in den Pick-up. Buddy sprang auf die Ladefläche, Cal knallte die Klappe zu und sie fuhren die kurze Strecke zu einem anderen Koppelbereich, in dem eine kleine Büffelherde graste. Sie stiegen aus und Hope trat voll in einen Dunghaufen.

Cal lachte. »Montana-Schuhwichse. Die anderen sind weiter draußen, um die kümmert sich Rich.« Er öffnete das Gatter. »Kannst du kurz dableiben, bis ich den Wagen durchgefahren habe, und dann das Gatter schließen? Keine Angst, die kommen nicht raus, wenn du da bist.«

Zögernd fasste Hope die riesigen Tiere ins Auge. »Und wenn doch?«

»Dann musst du laut rufen. Und mit ausgebreiteten Armen auf sie zugehen. Aber keine Angst, das passiert nicht. Die wissen, dass ihr Frühstück kommt.«

Hope schaute zu einem Büffel in der Nähe. Er glotzte zurück und machte einen Schritt vorwärts, als Cal den Pick-up startete, um ihn rückwärts hineinzufahren. Der Büffel machte noch einen Schritt, Hope packte das Stahltor und knallte es zu. Cal beugte sich aus dem Fenster und manövrierte den Wagen zum Einfülltrichter. Sie folgte ihm, so schnell sie konnte, ohne total uncool zu wirken und in einen panischen Sprint zu verfallen. Die Büffel trotteten jetzt alle auf den Pick-up zu, weil sie die Prozedur kannten. Bis Hope den Wagen im Laufschritt eingeholt hatte, stand Cal bereits auf der Ladefläche, zog ein scharfes kleines Messer aus seiner Tasche und zerschnitt die ganzen Schnüre um die Ballen.

»Nur eine Sekunde, bin gleich fertig.« Er steckte das Messer in seine Hüfttasche zurück, beugte sich herunter und breitete beide Arme aus. »Stell deinen Fuß auf den Reifen.« Hope versuchte es. »Okay, dann stell erst einen Fuß auf die Radfelge und jetzt auf den Reifen, und …« Mühelos hievte er sie hoch.

Sie warfen das Heu in den Trichter und verteilten das Futter über den Boden. Die Büffel schlabberten es auf, die Nasen im Staub. Hope und Cal saßen auf der Seite des Pick-up und schauten zu, während sie Buddys Fell kraulten. Die Sonne ging auf und beschien die sanften, mit Kiefern und Wüstensalbei bewachsenen Hügel, dann ließ sie die riesigen Berge im Westen aufleuchten. Auf den Gipfeln schimmerte Schnee.

»Und? Gefällt dir der Blick?«, fragte Cal.

»Ganz anders als London.«

»Na klar, kann ich mir denken.«

»Machst du das sonst jeden Tag allein?«

»Ja, seit ich vierzehn bin. Damit Dad mal zum Verschnaufen kommt.«

»Vierzehn? Aber wie soll das gehen, ohne den hier?« Hope tätschelte das Dach des Pick-up.

Cal warf einen zärtlichen Blick auf seinen Lieferwagen. »Ich hab schon mit zwölf fahren gelernt – in diesem alten 250er. Das war der Farmlaster von meinem Großvater, er hat ihn '69 neu gekauft. Hab ihn mit dreizehn geerbt, als Pops und meine Großmutter gestorben sind. Ein Unfall. Ihr Stadtauto wurde von einem Lastwagen am Ortsrand von Great Falls gerammt.«

»Das tut mir leid.«

»Ja, mir auch.« Cal sprang von der Ladefläche und öffnete die Beifahrertür. »Frühstück?«

Sie frühstückten mit Cals Vater in der Küche. Meredith war schon aufgebrochen und würde den ganzen Tag wegbleiben. Nach dem Frühstück ging Cal mit Hope zum Stall hinaus, wo einer der Helfer gerade den Sattel auf einem kleinen grauen Pferd prüfte. Cal nahm die Zügel und zog Hope vor sich hin. »Du darfst dich nicht hinter sie stellen, das macht sie nervös. Und wenn du einen Tritt gegen die Brust kriegst, bin ich der Schuldige.«

»Ja, okay.«

»Steigbügel.« Er hielt ihr das Eisenteil hin. »Und Leder.« Seine Finger glitten zu dem Riemen.

»Zu Befehl, Sir.« Hope salutierte.

»Leg deinen Finger auf die Stelle, wo er am Sattel befestigt ist.« Er nahm den Steigbügel, maß ihn an ihrem Arm ab und dann noch kurz weiter unten an ihren Rippen. Er schob sie beiseite und passte die Riemen an. Dann führte er das Pferd zu ein paar Baumstümpfen und übergab es ihr. »Also, das ist Misty«, sagte er. »Jetzt schwing dein Bein rüber, so. Amerikanische Sättel sind nicht wie englische. Du sitzt *in* ihnen, nicht auf ihnen.« Er stellte ihren Fuß in den Steigbügel auf ihrer Seite. »Fersen runter.« Er nahm die Zügel, drückte sie Hope in die Hand und schlang seine Finger um ihre, um ihr zu zeigen, wie man die Zügel hielt. »Misty ist ein braves Mädchen. Du kannst ihr voll vertrauen. Okay, du drückst deine Fersen an ihre Seiten, wenn du willst, dass sie vorwärtsgeht, dann lockerst du deine Beine und ziehst leicht die Zügel an, um ihr zu signalisieren, dass sie stehen bleiben soll. Okay?«

»Okay.«

Zwei Stunden später half Cal ihr von Misty herunter und fing sie auf, als sie auf den Boden glitt und ihr fast die Beine wegsackten, nach der langen Zeit im Sattel.

»Ups!«

»Schön langsam, damit das Blut in deine Füße zurückfließen kann.«

Hope lachte. Ihr war schwindlig vom Reiten und von Cals Armen, die sie umfasst hielten. »Das hat Spaß gemacht, danke! Misty ist so ein tolles Pferd.«

Verlegen wichen sie auseinander.

Cal räusperte sich. »Du siehst ganz schön fertig aus. Am besten, du gehst jetzt ins Haus zurück und trinkst Tee oder legst dich schlafen oder so.«

»Ich muss an meinem Chemieprojekt weiterarbeiten. Mum wird sauer, wenn sie mich tagsüber beim Schlafen erwischt.«

Cal nickte zum Stall, ohne sie anzusehen. »Wenn du ans andere Ende gehst, kommst du zu einer Treppe, die auf den Speicher führt. Da kannst du dich hinhauen, wenn du willst, ohne dass es jemand mitkriegt. Ist allerdings ein bisschen chaotisch – da stehen lauter Kisten mit dem ganzen alten Krempel rum, den Mom aus dem Dachboden rausgeräumt hat. Ich soll es durchsehen, falls irgendwas dabei ist, was ich behalten will, bevor das Zeug in die Verbrennungsanlage kommt. Du kannst gern drin rumstöbern, wenn du willst.«

»Oh, danke. Und dafür auch.« Sie tätschelte Misty. »Das war super.«

Cal nickte und führte das Pferd weg. Hope stieg die Treppe zum Speicher hinauf, der größer war als ihre gesamte Wohnung im Osten Londons. Es war ein einziger Raum, mit einer Spüle und einer Küchentheke, einem Gaskocher mit zwei Ringen und ein paar Regalen am einen Ende, in denen Kaffee und Zucker standen. Den restlichen Platz nahmen ein großes Bett und zwei ramponierte Sofas ein, vor denen ein alter Fernseher stand.

Eine ganze Wand war mit Kisten und Kartons vollgestellt, die offenbar das übliche Dachbodengerümpel enthielten.

In einem der Kartons entdeckte Hope eine riesige Sammlung von relativ neuen Fußballtrophäen, eine Sportmedaille, einen Stapel Schulbücher und einen Zeichenblock mit Pferdeskizzen. Ein zweiter Karton enthielt Kochbücher aus den 1960ern und ein dritter diverse Schätze – einen kleinen Beutel, der mit schwarzen Perlen bestickt war, Nähzeug, eine Brille mit Silbergestell und einen hübschen Schal.

Hope setzte sich im Schneidersitz auf den Boden und betrachtete jeden einzelnen Gegenstand. Ganz unten in dem Karton lag ein kunstvoll verziertes Kästchen aus unterschiedlichen Hölzern; die Einlegearbeiten platzten an manchen Stellen bereits ab. Sie nahm es heraus und öffnete es. Ein kleines Schreibset kam zum Vorschein. Der Deckel ließ sich zu einer leicht geneigten Schreibfläche ausklappen und in dem Innenfach lagen ein vertrocknetes Tintenfläschchen und eine Stahlfeder. Das Ganze fühlte sich seltsam schwer an. Moment mal – was war das? Da bewegte sich etwas im Inneren. Hope runzelte die Stirn und hob das Kästchen hoch, um die Unterseite zu studieren. Nichts. Dann prüfte sie die Seiten. Auf der einen entdeckte sie einen winzigen Falz im Holz, der auf der anderen nicht zu sehen war. Neugierig fingerte sie daran herum, aber nichts rührte sich. Schließlich stand sie auf, legte das Kästchen auf den Tisch und holte ein Messer, um den Falz aufzustemmen. Wieder ohne Erfolg.

Hope gähnte und spürte plötzlich ihre Müdigkeit. Sie warf einen flüchtigen Blick auf das Bett, dann ließ sie sich auf eines der staubig riechenden Sofas fallen, zog die Strickdecke über sich und schlief fast sofort ein.

Als sie aufwachte, war es schon nach zwei – Zeit für ihre Schularbeiten. Das Kästchen lag noch auf dem Tisch, aber die Seite war jetzt offen. Ein abgewetztes schwarzes Buch mit Ledereinband lag darin. Hope öffnete es und starrte auf die hauchdünnen Seiten – dünner als Zwiebelschalen –, die mit einer geübten, flüssigen Handschrift bedeckt waren. Am oberen Rand waren Ratschläge und Sinnsprüche für frischgebackene Ehefrauen abgedruckt. Hope blätterte zur Titelseite vor.

DER GEFÄHRTE DER KÜNFTIGEN BRAUT

Sie kehrte zu der Seite zurück, auf der die handschriftlichen Eintragungen begannen, und las: *Montana, 1867*. Im Hof unten läutete ein Telefon, Hope schreckte auf. Hastig steckte sie das Buch ein und ging zum Haus zurück, um später weiterzulesen.

Hope war so vertieft in ihre Arbeit, dass der restliche Nachmittag im Flug verging. Sprachen, Naturwissenschaften – in allen Fächern hatte sie genaue Stundenpläne und Vorgaben, die den normalen Schulunterricht ersetzten. Lauren, ihre beste Freundin, konnte es kaum fassen, wie viel Lernstoff Hope zu bewältigen hatte. Sie lästerte jedes Mal darüber, wenn sie auf Hopes Bett saß und den farblich markierten Stundenplan an der Wand anstarrte.

Endlich. Hope seufzte. Sie war gerade mit einer Chemiegleichung fertig, als ein Sonnenstrahl auf den Schreibtisch fiel und das abgewetzte Leder des Tagebuchs aufschimmern ließ. Sie legte ihren Stift weg, schlug das Tagebuch auf und stützte ihr Kinn in die Hand.

Eheleben. Ich war noch keine sechzehn …

Da klopfte es und die Tür ging auf. Meredith kam herein.

»Na, wie war dein Tag?«

»Gut, danke«, sagte Hope wahrheitsgemäß. »Und deiner?«

»Ausgezeichnet. Es ist alles, wie ich es mir erhofft hatte, und sogar noch besser. Der Ort hier ist völlig unverschandelt. Ich bringe jetzt gleich meine Notizen ins Reine. Abendessen ist in einer Stunde.«

Hope nickte und merkte plötzlich, wie hungrig sie war.

Noch bevor die Stunde um war, ging sie in die Küche hinunter. Dort traf sie auf Caleb, der sich bereits umgezogen hatte und ein Bier in der Hand hielt. Meredith saß mit einem Glas Wein auf einem Hocker an der Theke. Das Abendessen stand auf dem Esstisch bereit.

»Das ist leider alles, weil Mom noch bei meiner Tante in Kalispell ist«, entschuldigte sich Cal.

»Es sieht fantastisch aus«, sagte Meredith.

»Ist auch 'n guter Koch, mein Sohn hier. Der gibt mal 'ne gute Ehefrau ab«, scherzte Caleb.

Cal verdrehte die Augen, während Meredith missbilligend die Lippen zusammenpresste.

»Ich hab dir extra Pasta dazu gemacht«, sagte Cal zu Hope, »Vegetarier kommen bei uns nicht so wirklich auf ihre Kosten.«

»Hope ist eine heikle Esserin, wie ich Ihnen ja schon in meiner Mail geschrieben hatte.«

Hope umklammerte ihre Gabel so fest, dass ihre Fingerknöchel hervortraten, aber sie sagte nichts. Vor ihnen standen ein Hackbraten, in Butter geschwenkte Kartoffeln, Salat und eine Schüssel Pasta mit etwas Grünem – vermutlich Pesto. Hope nahm eine Pellkartoffel und Salat. Und etwas von der Pasta.

»Sonst isst du doch fast nur Pasta«, bemerkte Meredith und schaute auf Hopes Teller.

Hope legte langsam den Löffel in die Schüssel zurück. »Ich kann mir doch nachnehmen, wenn ich will.«

»Ja, natürlich«, sagte Cals Vater. »Bring der jungen Dame ein Glas Wein. Das heißt, wenn sie will.«

»Ja, bitte ...«

»Nein. Hope trinkt keinen Wein. Und Mr Crow – ich meine, Caleb –, meine Tocher hat einen Namen, genau wie Sie. Sie heißt Hope und ich muss darauf bestehen, dass Sie sie auch so nennen.«

Cal war bereits aufgestanden. Hope fing seinen Blick auf und hielt ihn. Zögernd setzte er sich wieder, die Augen weiter auf sie geheftet.

»Oh, ja, natürlich. Hab mir nichts dabei gedacht.« Danach machte Cals Vater steife Konversation mit Meredith, wobei es natürlich wieder um ihre Forschungen ging.

Hope pickte niedergeschlagen an ihrem Essen herum, der Appetit war ihr vergangen. Die Crows aßen jede Menge, nahmen sich mehrmals nach und lauschten höflich Merediths Vorträgen.

»Wenn man bedenkt, wie sehr Montana in weiten Teilen unter dem Bergbau gelitten hat, ist die Ranch hier eine richtige Erfolgsstory.«

Cals Vater nickte. »Die Probleme sind natürlich eher in Butte unten angesiedelt, aber es stimmt, dieser Staat hat sich eine Menge Ärger durch den Bergbau eingehandelt. Andererseits wäre Montana ohne Bergbau nicht denkbar, so dass sich die Katze hier in den Schwanz beißt.«

Hopes Telefon vibrierte in ihrer Tasche. Sie zog es heraus. Wer in aller Welt schickte ihr um diese Zeit eine Nachricht? In England war es jetzt drei Uhr morgens. Die SMS tauchte auf dem Display auf und Hope steckte das Telefon wieder in ihre Tasche.

»Wer war das?«, fragte Meredith scharf.

»Niemand.«

»Niemand schreibt dir nicht um diese Zeit.«

Hope starrte auf ihren Teller. »Ach, nur das Übliche – willkommen in diesem Land und so.«

Meredith stand auf und streckte die Hand aus. »Gib her.«

»Also ehrlich. Die wollen nur wissen, ob mein Daten-Roaming abgeschaltet ist. Und es *ist* abgeschaltet.«

»Her damit!«

Hope legte das Telefon in die Hand ihrer Mutter. Meredith schwieg lange, dann stieß sie mit wutbebender Stimme hervor: »Du hast mir *versprochen* keinen Kontakt zu ihm aufzunehmen.«

»Hab ich auch nicht. Jedenfalls nicht oft. Er hat gerade Pause in einem Nachtdreh und wollte nur wissen, ob wir gut gelandet sind.«

Merediths Stimme wurde schrill. »Einem Nachtdreh? Für diese lächerliche Krimiserie? Und du hast ihm gesagt, dass wir hierherkommen? Wann?«

»Er hat mir gemailt.«

»Gemailt? Woher hat er deine Adresse?«

Hope zögerte. »James hat mich angeschrieben.«

James war der größere ihrer beiden Halbbrüder, gerade mal drei Monate jünger als sie. Der Streit drohte zu eskalieren und Hope hatte keine Ahnung, was sie dagegen tun sollte.

»Angeschrieben?«

Hope biss sich auf die Lippen. »Über Facebook.«

»Facebook? Waren wir uns nicht einig, dass Facebook nicht gut für dich ist?«

Hopes Finger umklammerten die Gabel so fest, dass ihre Knöchel weiß wurden. »Nein. *Du* hast mir gesagt, dass es nicht gut für mich ist. Du schreibst mir doch immer alles vor.«

Meredith wurde noch lauter. »Ich will dich doch nur schützen. Das ist alles.«

»Ich brauche deinen Schutz nicht. Und vor allem musst du mich nicht vor den Problemen beschützen, die *du* mit ihm hast, weil er sich von dir getrennt hat. Ich will endlich ein eigenes Leben«, brüllte Hope aus vollem Hals zurück.

»Wie kannst du so was sagen? Nach allem, was wir durchgemacht haben? Wie kannst du mir so in den Rücken fallen?« In Merediths Augen schimmerten Tränen. Hope wurde plötzlich schwindlig. Der Felshang draußen kreiste um sie herum, ihre Knie gaben nach und der harte Holzboden der Terrasse raste auf sie zu.

Fünf

Nichts ist verhängnisvoller als fehlgeleitete Empfindungen und kaum etwas führt junge Mädchen so häufig in die Irre wie die Gefühle, die das andere Geschlecht in ihnen erweckt – sei es, dass sie sich hingezogen oder abgestoßen fühlen.

Ich kann nicht sagen, wie lange ich ohnmächtig war. Der Wagen war bei dem Aufprall zerschellt, und ich war auf ein großes Stück des Sitzpolsters geschleudert worden, was mir vermutlich das Leben gerettet hatte. Ich konnte nichts sehen, außer den vier riesigen braunen Hügeln, die die Pferde in meiner Nähe bildeten. Um die Kadaver sammelten sich bereits Fliegen. Eine Krähe hockte auf dem Kopf des nächstliegenden und pickte nach dem Auge des Tieres, was mir fast den Magen umdrehte. Schaudernd wurde mir bewusst, dass mich bald dasselbe Schicksal erwartete, wenn ich nicht aufstand.

Ich versuchte es. Mein Oberkörper war unter einem großen Stück des Wagenschlags eingeklemmt. Es war ein Gefühl, als hätte ich mir jeden einzelnen Knochen im Leib gebrochen, und mein Hinterkopf war ein einziger stechender Schmerz. Mir wurde schon schwarz vor Augen, als ich nur die Hände hob, um die schwere Last von meiner Brust wegzustemmen. Stöhnend sank ich auf die staubigen Steine zurück, die

Korsettstäbe bohrten sich in meinen Körper und brachen mir fast die Rippen. Aus dem Augenwinkel sah ich ein regloses Knäuel aus Rock und Krinoline im stumpflila Farbton von Miss Adams' Gewand. Eine tödliche Stille ging davon aus. Trotzdem war da ein gewaltiges Brausen in meinen Ohren. Ich bewegte leicht den Kopf, um das Geräusch abzuschütteln, und zuckte zusammen, so heftig war der Schmerz, der mir in den Nacken fuhr.

Der Wind hatte aufgefrischt und blies Staub über mich. Am Rand meines Blickfelds sah ich die Bäume auf dem anderen Brückenende schwanken, das wir nie erreicht hatten. Immer mehr Krähen versammelten sich. Die eine, die am Gesicht des Pferdes herumgepickt hatte, ließ jetzt schmierige Innereien aus ihrem Schnabel baumeln. Tränen verschleierten mir die Sicht. Würde ich hier draußen sterben? Es würde Wochen dauern, bis mich jemand vermisste, vielleicht sogar länger, denn die nächste Telegrafenstation, von der Mr Goldsmith meine Eltern über den Stand der Reise hätte benachrichtigen können, lag außerhalb Montanas, in Spokane. Panik stieg in mir auf und ich erstickte fast in meinem viel zu eng geschnürten Mieder unter dem Gewicht des Trümmerteils. Eine Träne tropfte mir aus dem Augenwinkel und hinterließ eine feuchte Spur in meinem schmutzigen Gesicht.

Ich stemmte mich erneut gegen das Wrackteil, aber es rührte sich nicht. Wieder eine Träne.

Meine Stimme gehorchte mir nicht. Wer hätte mich hier auch hören sollen? Seit der letzten Poststation war uns keine Menschenseele begegnet. Das Donnern in meinen Ohren wurde lauter. Ich schluckte mehrmals dagegen an. Dann hielt ich inne. Das Geräusch war nicht in meinen Ohren; es schien von weit her zu kommen. Meine ganze Seite wurde plötzlich eiskalt. Die Kälte breitete sich unter meinen Hüften aus, unter meinen Beinen, in meinen Schuhen. Wasser wirbelte durch mein Haar …

Die Gletscherschmelze. Ich war am Ertrinken! Die Krähen schrien immer lauter, wohl aus Angst, dass ihnen das unverhoffte Festmahl verloren gehen könnte. Ganze Schwärme sammelten sich auf den Pferdekadavern. Jenseits davon, auf einem anderen Teil des Trümmerfelds landete eine Krähe auf Mr Goldsmiths Mantelärmel; seinc staubige Hand lag reglos da, die Handfläche nach oben gekehrt. Von irgendwo kam ein Stöhnen.

»Hallo?« Meine Stimme war kaum mehr als ein Flüstern. »Ist da jemand? Es tut mir leid, aber ich kann mich nicht bewegen.«

Keine Antwort.

Plötzlich fand ich meine Stimme wieder, erhob sie zum ersten Mal in meinem Leben. Die Worte brachen einfach aus mir hervor, von namenlosem Grauen und Angst erfüllt.

»HILFE! So helft mir doch bitte!« Meine Rufe verhallten ungehört in der Schlucht.

Die Krähen, die ich mit meinem Geschrei kurz aufgescheucht hatte, ließen sich bald wieder nieder. Eine landete etwa zehn Fuß neben mir. Wir belauerten einander, ihr Knopfauge ließ keine Sekunde lang von mir ab. Sie hüpfte näher heran, mit ausgebreiteten Flügeln, um die Balance zu halten – wie ein gravitätischer Strafverteidiger im schwarzen Talar. Als sie nur noch zwei, drei Fuß von mir entfernt war, raffte ich eine Handvoll winziger Kieselsteine zusammen und warf sie nach ihr. Die Krähe flog einen halben Meter in die Luft, dann kam sie ein winziges Stück näher wieder herunter. Ich warf noch mehr Steine. Die Krähe setzte dieses Spiel fort, bis meine Bewegungen kraftloser wurden. Die Kälte lähmte mich, mein ganzer Körper schmerzte. Schließlich hüpfte die Krähe auf einen Felsbrocken direkt neben meinem Kopf. Ich versuchte sie wegzustoßen, aber meine Hand platschte hilflos ins Wasser. Die Krähe flog in die Luft, landete mit ausgebreiteten Flügeln auf meiner Brust und klappte drohend mit dem Schnabel, der direkt auf mein Auge zielte.

Im nächsten Moment zerbarst das Tier zu einem Häufchen Federn und Blut spritzte mir ins Gesicht.

Dann drang ein anderes Geräusch durch das Brausen in meinen Ohren: Pferdehufe, die vorsichtig im Wasser näher kamen. Du bist heruntergesprungen, das Gewehr in der Hand, so geschmeidig wie an dem Tag in Helena. Platschend bist du im Wasser gelandet, das Gewicht auf deinem linken Bein, dann hast du dich gebückt und das Wrackteil von mir hochgehoben. Du hast es weggeschleudert und das Trümmerfeld ins Auge gefasst.

»Bitte, ich ... Bitte helfen Sie mir!«

Du hast schweigend dagestanden.

»Die anderen ...«

Du hast dich umgesehen, nach den Pferden zuerst. Eines, das etwas weiter entfernt lag, zuckte noch, rang mit dem Tod; seine Beine waren völlig zerschmettert. Du hast das nasse Gesicht des Pferdes gestreichelt, um es zu beruhigen, hast einen Moment mit ihm geredet, dann bist du aufgestanden und hast ihm in den Kopf geschossen. Die zerschmetterten Beine zuckten krampfhaft, dann lag es still.

Erst jetzt hast du nach den anderen Reisenden Ausschau gehalten.

Das Wasser lief in eisigem Strom an meinem Hals herab. Die Flut schwoll rasch an und deine Hose war nass bis zu den Knien, als du in deinen weichen, vollgesogenen Stiefeln umhergewatet bist. Die Todesangst lastete noch schwerer auf meiner Brust als das Trümmerteil zuvor. Warst du etwa einer der Wegelagerer, die Mr Goldsmith erwähnt hatte, auf der Jagd nach unseren Besitztümern, die überall verstreut lagen und jetzt rasch fortgespült wurden?

Du bist an mir vorbeigewatet, zu der Stelle, an der einer unserer Männer lag. Du hast ihn mit dem Fuß angestoßen und auf ein Lebenszeichen gewartet, hast sein Gesicht hin- und hergedreht und deine Hand an seinen Hals gelegt. Dann hast du dich aufgerichtet, ich hörte es klicken und du hast ihn erschossen, hier, mitten im Flussbett. Ich wollte aufstehen und wegrennen. Wie konnte es sein, dass ich den Sturz überlebt hatte, nur um durch die Hand eines Plünderers zu sterben? Aber meine Beine gehorchten mir nicht und ich plumpste rücklings ins Wasser zurück.

Sofort warst du da, hast dich neben mich gekauert, die Ellbogen auf den Schenkeln, die Hände dazwischen. Meine Zähne klapperten vor Angst und Kälte in dem eisigen Schmelzwasser. Ich wollte mich hochstemmen, aber der Schmerz war so heftig, mein Mieder so einengend, dass ich hilflos ins Nasse zurückfiel. Du hast mich schweigend angesehen, mit deinen seltsam hellen, unlesbaren Augen. Ich spürte, dass ich ohnmächtig wurde. Meine Sicht trübte sich, meine Brust wurde eng und ich hörte jetzt gar nichts mehr. Ich griff nach oben, fasste nach deiner Hand, aber deine Finger glitten weg. Dann wurde alles schwarz.

Irgendwann kam ich zu mir. Hinter meinen Lidern pochte es. Ich blinzelte, ließ mir Zeit, die Dinge ins Auge zu fassen. Verwitterte, weiß gestrichene Balken, die über mir ein spitzes Dach bildeten. Mein linker Schenkel schmerzte und eine kühle Brise wehte über meinen Körper, ein Windhauch, der nach Kiefern und Blumen duftete. Ich erschauerte. Unter meinem Rücken spürte ich eine weiche Matratze, meine Hände lagen auf meinen Rippen, über dem dünnen Leinenhemd, das ich in Fort Shaw angezogen hatte.

Ich überlegte, tastend, benommen, versuchte die wirren Erinnerungen zu ordnen. Endlose Zeltreihen in Fort Shaw. Indianer. Soldaten. Lagerfeuer. Miss Adams in meinem Zimmer. Mr Goldsmiths raue Hand an meinem Ellbogen. Das Rumpeln der Räder. Wie die Brücke einbrach, der Wagen abrutschte, in der Schlucht zerschellte und alles im Inneren durcheinanderpurzelte. Dann Schwärze.

Vorsichtig blickte ich mich um. Die Zimmerwände bestanden aus demselben weiß gestrichenen Holz. Durch das offene Fenster schimmerte viel Blau mit flauschigem Weiß dazwischen und ich nahm Grasgeruch wahr. Von irgendwoher kam ein Geräusch – der Wind in den Bäumen oder vielleicht rauschendes Wasser. Ich schluckte, mein Mund füllte sich mit Speichel, bis mir schwindlig wurde. Langsam atmete ich ein und aus. Wie lange lag ich schon hier? Wo war ich?

Eine Fliege landete auf meiner Wange und ich wollte die Hand heben, um sie wegzuwischen, aber es ging nicht. Ich drehte den Kopf, zuckte zusammen und sah, dass um jedes meiner Handgelenke ein Leinenband geknüpft war. Mein Herz raste und in meiner Kehle stauten sich verzweifelte Hilferufe.

Dann knallte eine Tür und jemand trat ins Zimmer.

»Hallo.« Du hast mir mein verfilztes Haar aus dem Gesicht gestrichen.

»Kalt«, stammelte ich, obwohl ich nicht sagen konnte, ob ich fror oder nicht. Lag es vielleicht daran, dass ich nur ein dünnes Unterkleid trug? Erleichtert stellte ich fest, dass das Schnürmieder verschwunden war und ich zum ersten Mal seit vielen Monaten – zumindest erschien es mir so – frei atmen konnte.

Du hast eine Decke genommen und sie über mich gebreitet. Ich sträubte mich gegen die Fesseln um meine Handgelenke und zog meine Knie an. Du hast eine Hand neben meiner Hüfte aufs Bett gestützt und mit der anderen meine Stirn, mein Gesicht, meinen Hals befühlt und ein Augenlid hochgehoben. So nahe war mir noch nie ein Mann gekommen, nicht einmal mein Vater.

Ich versuchte wieder zu schlucken. Zu sprechen. Du hast mir einen Becher an den Mund gehalten und mit der anderen Hand meinen wunden Kopf gestützt, während ich gierig trank.

»Nicht so schnell.« Du hast den Becher weggezogen.

Die Flüssigkeit tropfte an meiner Brust herunter, kühl und frisch. »Habe ich etwas falsch gemacht?«

Du hast den Kopf geschüttelt. »Hielt es für besser, dass Sie während der Reise betäubt waren, aber die Drogen haben Sie rastlos gemacht. Sie wollten immer wieder aufstehen und sind dann hingefallen. Hab ich schon mal erlebt, also dachte ich mir, das hier würde Sie für eine Weile ruhigstellen. Haben Sie Schmerzen?«

Ich zerrte an den Fesseln. »Ja. Alles tut weh.«

»Sie hatten Glück.« Deine Hand glitt hinter meinen Kopf und du hast mir den Becher erneut hingehalten. »Langsam jetzt.«

Ich trank in vorsichtigen Schlucken, versuchte dabei den Kopf zu heben, um dich anzuschauen, aber ich sah nur deinen dunklen Schopf, ein Hemd, das vielleicht einmal blau war, jetzt aber grau, die Ärmel aufgekrempelt über deinen schmutzig braunen Unterarmen.

Du hast meinen Kopf losgelassen und ich sank ins Kissen zurück. Der Geruch von sauberer Wäsche drang mir in die Nase, bevor es wieder dunkel um mich wurde.

Als ich zu mir kam, war es Morgen. Meine Augenlider flatterten auf. Das Fenster stand noch offen, aber ein beißender Geruch hing in der frischen Luft. Ich wand mich, spürte etwas Nasses. Unter mir spürte ich ein Handtuch und mehrere Leinenlagen über einem Öltuch, alles durchgeweicht. Meine Nerven zuckten, ich versuchte vergeblich meine Hände ans Gesicht zu heben. Und ich konnte doch nicht nach dir rufen. War hier eine Frau, die mir helfen würde? Hattest du eine Frau oder eine Schwester? Wo war ich?

Dann warst du plötzlich da. Ich vergoss heiße Tränen vor Scham. Du bist dir mit der Hand durch dein struppiges Haar gefahren. »Das musste ja irgendwann passieren.«

Ich weinte noch heftiger. »Aber nicht mir.«

»Ja, das denkt jeder. Bis es dann doch passiert.«

Du bist für ein paar Minuten verschwunden und ich lag da, völlig verzweifelt bei der Vorstellung, dass du mich einfach so liegenlassen würdest. Dann kamst du zurück, hast die Fesseln gelöst, meinen Arm um deinen Hals geschlungen und mich auf die Veranda hinausgetragen. Ich schrie auf, als ich in das kalte Wasser eintauchte, mein weißes Leinenhemd blähte sich in dem engen Raum um mich herum.

Du hast dich aufgerichtet, als ich vor dir zurückschreckte. »Sie werden nicht sauber, wenn Sie nur so dasitzen.«

»Und was ist mit den anderen?« Ich konnte doch nicht ganz allein mit ihm sein?

»Alle tot. Nur Sie haben überlebt.«

»Sie haben diesen armen Mann getötet, einen aus unserer Mannschaft.«

Du hast dir übers Kinn gestrichen. »Dem war nicht mehr zu helfen. Hielt es für gnädiger, als ihn ertrinken zu lassen.«

»Aber Sie haben ihn erschossen! So wie Sie die Pferde erschossen haben.«

»Ja, gut, kann nun mal kein Lebewesen leiden sehen.«

»Hätten Sie das mit mir auch gemacht?« Meine Zähne klapperten vor Angst und Kälte.

Stille trat ein. »Zum Glück ist uns diese Entscheidung erspart geblieben.«

Du bist hineingegangen und hast mich frierend und verängstigt im kalten Wasser sitzenlassen.

Alles war still, ich nahm nur Vogelgezwitscher und den Wind in den Bäumen wahr. Vorsichtig schaute ich an mir herunter. Mein Unterhemd hatte nicht nur Flecken, es war auch schweißgetränkt und schmutzig. An manchen Stellen klebten Blätter und Schlammklumpen. Angewidert zog ich es mir über den Kopf und der Schmerz in meinen Armen ließ mich zusammenzucken, als ich das triefnasse Bündel auf den Boden fallen ließ.

Kurz darauf kamst du zurück, lautlos in deinen weichen Stiefeln, ein Stück beißend riechender Seife und eine Flasche mit einer Flüssigkeit in der Hand, die du auf einen Schemel neben der Wanne stelltest. Ich erschrak über dein plötzliches Erscheinen und wich vor dir zurück, die Arme um mich geschlungen.

»Da ist so 'ne feine Haarseife drin. Haben die vorigen Bewohner dagelassen.« Dann bist du wieder verschwunden, so lautlos, wie du gekommen warst.

Ich blinzelte, versuchte meinen Blick zu klären. Wir waren auf einem Berghang, einer Wiese, die an der Vorderseite der Hütte zu einem dichten Gehölz abfiel. Jenseits davon lag ein großer, funkelnder See. Dahinter folgten, so weit das Auge reichte, nichts als Felsklippen,

Bäume und gigantische schwarze Berge mit weiß bedeckten Gipfeln. Es war eine fremde Welt, so fern von allem, was mir vertraut war.

Ich nahm die Seife hoch und begann mich zu waschen, obwohl mich der Schmerz in meinen Armen fast umbrachte. Ich strampelte meine Unterhose im Wasser herunter, zögerte einen Augenblick und ließ sie dann auf den nassen Haufen fallen. Mein Schamgefühl schwand im Handumdrehen dahin. Ich saß jetzt nackt in der Wanne, mein linker Schenkel ein einziger riesiger Bluterguss, der sich bereits gelblich schwarz verfärbte. Wie viele Tage waren vergangen, seit der Wagen über die Brücke gestürzt war?

Nach einer Weile bist du zurückgekommen und hast laut in der Tür geklappert. Ich hielt meine Arme vor die Brust und beugte mich vornüber. Mama hatte mir oft genug eingebläut, dass ich mich niemals nackt sehen lassen durfte.

Du hast dich neben die Wanne gekauert; dein struppiges Haar hing dir ins Gesicht. Offenbar hattest du dich seit Tagen nicht rasiert. Aber das Auffälligste an dir waren deine klaren, leuchtenden Augen – von einem ganz hellen, fast silbrigen Grau. Du hast deine Hand ausgestreckt und einen Emailkrug hochgenommen. »Augen zu.«

Ich gehorchte und du hast mir das Wasser über den Kopf gegossen, deine Hand um meine Stirn, damit mir nichts in die Augen lief. Das war nett von dir. Als du mir die Flasche mit der Haarseife gereicht hast, konnte ich mit meinen zitternden, nutzlosen Händen nicht einmal die dünne Metallkappe abschrauben. Du hast mir die Flasche abgenommen und den Verschluss geöffnet, dann hast du etwas Seife in deine Handfläche gegossen und mir damit die Haare gewaschen. Was blieb mir anderes übrig, als dich gewähren zu lassen? Die Seife duftete nach Blüten. Deine Hände waren sanft und dennoch zuckte ich zusammen, sobald du die Beule auf meinem Kopf oder meinen wunden Nacken berührt hast. Ich sog scharf die Luft ein und deine Bewegungen wurden noch behutsamer.

Dann hast du den Hahn an der Seite des Zubers geöffnet und Wasser herauslaufen lassen. »Können Sie Ihren Kopf irgendwie drunterhalten?«

Ich kauerte mich darunter und kreischte erschrocken, als das eisige Wasser über meinen Rücken lief. Wir wrangen mein Haar aus, bis es sauber war. Dann hast du den Schnitt an meinem Kopf untersucht. Die Stelle fühlte sich wund an und war geschwollen. Ich spürte, wie deine Finger über die schorfige Schwiele unter meinem Schulterblatt glitten.

»Sieht aus, als hätten Sie das schon länger.«

Ich zuckte zurück, versuchte deiner Berührung zu entkommen. Es war falsch und unschicklich, das wusste ich, und mein Kopf war zu voll und alles schmerzte zu sehr. Die Schwiele an meinem Rücken schien mir nicht der Rede wert. »Das kommt von den Korsettstäben. Die Enden scheuern die Haut auf. Auf der Reise wurde es schlimmer.«

Du hast mit deiner Fingerspitze ein sorgfältiges Rechteck darum gezeichnet. »Ah, davon kommt das also! Sie wissen aber schon, dass das nicht in Ordnung ist?«

»Es ist gut für die Haltung«, brachte ich hervor.

»Für gar nix ist das gut. Musste Sie buchstäblich rausschneiden. Hab das Ding zum Feuermachen genommen, als wir hierhergekommen sind.« Du hast ein dünnes, zerknittertes Handtuch auf den Schemel gelegt. »Kommen Sie zurecht?«

Ich nickte und du bist verschwunden. In Wahrheit bezweifelte ich, dass ich allein zurechtkommen würde, denn ich war entsetzlich wacklig auf den Füßen. Und als ich aufzustehen versuchte, plumpste ich geräuschvoll ins Wasser zurück. Ich biss die Zähne zusammen und irgendwie gelang es mir, die klobige Bank an der Hüttenwand zu erreichen.

Mit letzter Kraft trocknete ich mich ab und hüllte mich in das größte der Handtücher, das mir fast bis zu den Füßen reichte. Der Bergwind wehte über meine nackten Schultern hin, während ich mir mit dem abgewetzten Baumwolltuch das Wasser aus meinem Haar wrang, so gut ich konnte. Meine Arme schmerzten jämmerlich und ich fing an zu weinen. Du bist zurückgekommen und hast dich neben mich gesetzt, hast mir das Handtuch vom Schoß genommen.

Behutsam hast du mir die Haare trocken gerubbelt, dann hast du dir das Handtuch über die Schulter geworfen und mich gekämmt. »Na, wer hätte das gedacht? Jetzt hab ich doch endlich Verwendung für all diese Sachen, die ich hier habe, ohne zu wissen, wofür. Dieser Kamm zum Beispiel. Hab mein Lebtag noch nie einen benutzt.«

Deine raue, abgehackte Sprechweise lässt sich nur schwer auf dem Papier wiedergeben. Du hast viele Wörter verschliffen und manchmal sehr seltsame Betonungen verwendet oder französische Ausdrücke gebraucht, die selbst meiner alten Lehrerin unverständlich gewesen wären.

Ich räusperte mich. »Wie haben Sie mich gefunden?«

»Hab Sie rufen hören und den Wagen im Flussbett unten gesehen.« Schweigen. »Waren das Verwandte von Ihnen?«

Ich schüttelte den Kopf.

»Ein Mädchen wie Sie würde doch nicht allein auf einem solchen Trail reisen?«

»Nein. Der große Mann und die Frau haben mich begleitet.«

Du hast nichts gesagt, sondern gewartet.

»Sie sollten mich zu meinen Eltern bringen. Nach Oregon.«

»Von London in England bis Oregon is 'n weiter Weg.«

Ich schaute über meine Schulter und biss die Zähne zusammen, als mir der Schmerz in den Nacken fuhr.

»Woher wissen Sie, dass ich aus London bin?«

»Hab den Barkeeper im Hotel gefragt. In Helena.«

Ich sog die Luft ein, die Angst schnürte mir die Kehle zu. »Sind Sie mir gefolgt?«

Eine lange, missbilligende Pause entstand. »Nein. Hab mich um meinen eigenen Kram gekümmert, als Ihre Leute das Risiko eingegangen sind, diese Brücke zu überqueren. Die ist schon seit letztem Jahr wacklig. War nicht nahe genug, um sie aufzuhalten.« Du hast den Kamm weggelegt. »So, fertig.«

»Danke«, wisperte ich.

»Kommen Sie lieber mit rein. Wäre doch ziemlich dumm, wenn Sie jetzt an einer Lungenentzündung sterben, oder nicht?«

Wir gingen hinein. Ich schaute mich in der Hütte um, nachdem mein Blick sich geklärt hatte und ich etwas sicherer auf den Füßen war, die klein und blass auf den Bodenbrettern aussahen und feuchte Abdrücke hinterließen. Die Hütte bestand aus zwei Räumen. Eine wuchtige Feuerstelle und ein Rauchfang ragten Rücken an Rücken in der Mitte auf, so dass beide Räume mit einem Feuer beheizt werden konnten. Dieser Raum hier, die Küche, war karg ausgestattet – ein großer schwarzer Herd in einer Ecke und ein blank gescheuerter Tisch mit nur einem Stuhl, außerdem ein abgenutzter Sessel vor dem Herd. Daneben stand ein Schemel. Das war alles, abgesehen von einigen Wandhaken, an denen ein Gewehr hing. Du bist ins Schlafzimmer gegangen, das nur teilweise durch den Kamin von dem anderen Raum getrennt war. Wände gab es nicht.

Du hast ein Hemd aus einem wuchtigen Kiefernholzschrank genommen. »Fürchte, ich hab nicht viel an Damenbekleidung zu bieten und Ihr Kleid ist vielleicht ein wenig ... überflüssig hier.«

»Wo ist es?«

»Draußen, zum Trocknen.« Du hast eine Männerhose hochgehalten. »Ich denke, wenn wir die hier ein gutes Stück hochkrempeln und einen Gürtel durchziehen ... Was meinen Sie?«

Niemand hatte mich je gefragt, was ich anziehen wollte. Meine Kleidung wurde von Mama ausgesucht und eine Woche im Voraus geplant, für besondere Anlässe noch länger. Und jetzt stand ich hier, in ein lächerliches Handtuch gehüllt, und ein fremder Mann bot mir Kleidung an, wie sie ein Londoner Bettler tragen würde. Ein Mann, dessen Absichten mir völlig schleierhaft waren.

»Keine Angst, ich tu Ihnen nichts«, sagtest du, als hättest du meine Gedanken erraten. Deine Augen waren eisig in dem klaren Licht, dunkelblaue Ringe um eine helle Iris. Du hast mir das Hemd und die Hose hingehalten und den Gürtel aus deiner Hose herausgezogen. Das Leder war warm von deinem Körper. »Hier. Schön ist es nicht, aber praktisch.«

Ich kleidete mich im Schlafzimmer an, nachdem du hinausgegangen warst, setzte mich auf den Rand der Matratze, um die Männerhose hochzuziehen, da meine Beine immer noch wacklig waren. Das Bett war frisch gemacht und das Öltuch weg. Du hattest mein Malheur vorausgesehen ... Tränen brannten mir hinter den Lidern. Meine neuen Kleider rochen nach der Wiese draußen und nach Seife und ich versank buchstäblich darin. Ich schloss den Gürtel, indem ich das Leder durch die Schnalle zog, da kein Loch darin eng genug für mich war, dann bückte ich mich, um die Hosenbeine mehrmals umzukrempeln. In das Hemd hätten drei von meiner Größe hineingepasst und der oberste Knopf fehlte, meine kalten Finger tasteten vergeblich danach. Ich sah bestimmt wie eine Armenhäuslerin aus. Ich ging zur Hüttentür, ließ meine Hand einen Augenblick zögernd auf dem Messingknopf ruhen. Du hattest auf dem kleinen Lagerfeuer draußen nicht den üblichen ungenießbaren Kaffee gekocht, sondern Tee.

Ich nahm den Becher, den du mir gereicht hast. »Hab 'ne Kiste davon gefunden. Sie war aus dem Wagen gefallen und aufgebrochen. Zum Glück war noch kein Wasser drangekommen. Dachte, Sie mögen das vielleicht, als Engländerin.«

»Danke.«

Wir setzten uns auf die Bank, aber nicht zu dicht nebeneinander. »Wie heißen Sie?«

»Emily. Forsythe.«

Du hast mir die Hand hingehalten. »Nate.«

Ich nahm sie, senkte jedoch den Kopf, eingeschüchtert von dir, von deiner Wildheit. Eine dicke Haarlocke fiel mir ins Gesicht. Du hast deine Hand ausgestreckt und sie zurückgestrichen. »Und wie fühlen Sie sich jetzt?«

Ich zuckte die Schultern, denn deine Berührung brachte mich aus der Fassung – eine unschickliche Geste.

»Und wie soll ich das jetzt verstehen? Sagt mir 'nen feuchten Dreck.«

Ich holte Luft. »Mein Kopf tut weh und alles dröhnt. Und ich habe das Gefühl, dass ich nicht richtig sehen kann.«

Du hast mein Kinn mit deiner rauen Hand hochgehoben und mir in die Augen gesehen. »Folgen Sie meinem Finger.«

Doch stattdessen fiel mein Blick auf deine gebräunten Wangenknochen und die glatten, geraden Augenbrauen. »Sind Sie Arzt?«

»Nein.«

»Woher wissen Sie dann, was zu tun ist?«

»Gibt nichts Besseres als einen Krieg, um zu lernen, was ein Mensch aushalten kann.« Dann hast du mich losgelassen.

Der Amerikanische Bürgerkrieg. Ich hatte noch nie einen Mann kennengelernt, der im Krieg gewesen war, außer Papa. Keinen jüngeren.

Du hast auf die Landschaft hinausgeschaut. »Möchten sich Ihre Eltern in Oregon ansiedeln?«

»Sie bereiten meine Hochzeit vor.«

Wieder Schweigen. »Und wie ist er?«

»Ich ... ich habe ihn nie gesehen. Noch nicht.«

Du bist aufgestanden und hast deinen Tee auf den Boden geschüttet. »Na dann – klingt verlockend.«

Du hast dich auf die Treppe fallen lassen, mit dem schlechten Bein zuerst. Das war einer der Tricks, mit denen du dein Hinken zu kaschieren versuchtest. Ich lernte mit der Zeit noch alle kennen. Du hast über deine Schulter gedeutet und gesagt: »Machen Sie es sich bequem, English.«

Ich kehrte ins Bett zurück und schlief fast sofort ein, trotz meiner Ängste. Als ich erwachte, sickerte graues Dämmerlicht durch die Tür und das Fenster herein, die beide offen standen. Ich setzte mich auf, die Haare feucht und platt gedrückt vom Schlaf, mit schmerzenden Armen und Beinen.

Du hast mit verschränkten Armen am Rauchabzug gelehnt. »Möchten Sie was essen?«

Mein Magen knurrte als Antwort. Du hast dich gebückt, um mich hochzuheben.

»Nein, bitte, ich kann selber gehen!« Ich stemmte mich im Bett hoch, weg von dir. Mama hatte sehr strikte Regeln, was Berührungen von Männern betraf. »Danke, aber es geht wirklich.«

Du hast dich aufgerichtet. »Dann kommen Sie.«

Als ich mich steifbeinig und wund hinausgeschleppt hatte, hast du auf die Bank gezeigt und einen kleinen Tisch herangezogen, den ich bis dahin noch nicht gesehen hatte. Ein Topf mit braunem Fleisch in dicker Soße stand darauf. Dazu ein Blechteller mit Brot und etwas, das nach dickblättrigen gelben Wiesenblumen aussah. »Ich entschuldige mich im Voraus für die schlechte Küche in diesem Etablissement.«

»Schlimmer als das Essen in den Gasthäusern kann es nicht sein«, murmelte ich vor mich hin und griff nach dem Löffel.

Du hast gelacht. »Sparen Sie sich Ihr Urteil für später auf, Em.«

Em? So hatte mich noch niemand genannt. Das Fleisch war schmackhaft, aber mein Magen rebellierte und ich würgte, hielt mir schnell die Hand vor den Mund und schaute auf den Berghang. Die Wiese war mit leuchtenden Blumen übersät, von denen einige wie die scharf schmeckenden gelben Blüten aussahen, die wir gerade aßen, aber ich entdeckte auch Glockenblumen darunter. Mein Blick fiel auf einen kleinen Pferch – Korral hatte Mr Goldsmith dazu gesagt – mit einem hohen Lattenzaun, daneben ein breiter Wildbach, in dem das Schmelzwasser schäumte. Die braun-weiße Stute graste, streunte frei umher.

»Läuft Ihr Pferd nicht weg?«

Du hast den Kopf geschüttelt. »Sie bleibt da, wo ich bin.« Dann hast du zwei Becher geholt und mit Wasser aus dem Hahn gefüllt. Einen hast du mir hingehalten. »Morphiumpulver trocknet einen ganz schön aus.«

Ich nahm den Becher. »Morphiumpulver?«

»In Wasser aufgelöst. Mir wäre es lieber gewesen, wenn Sie es aus meiner Hand genommen hätten, aber dazu waren Sie nicht in der Lage.«

»Aus ... Ihrer Hand?«

Du hast deine Handfläche an dein Gesicht gehoben. »Ja, ablecken, verstehen Sie. Das wirkt schnell, aber es wirft einen nicht so um und hält länger vor.«

Aus deiner Hand lecken? Der Gedanke war nicht nur schockierend, sondern inakzeptabel. Mama nahm immer Laudanum gegen ihre Kopfschmerzen, in einem Kristallglas, zusammen mit einem Kräuterlikör. Mir hatte sie es auch gegeben, als ich zum ersten Mal meine Monatsschmerzen bekam. Ich mochte es nicht – diese seltsame Benommenheit, die so schwer auf mir lastete – und hatte es danach jedes Mal weggeschüttet.

Ich trank noch einen Schluck Wasser. Der See funkelte im Sonnenuntergang. Auf den oberen Ästen der Bäume ließen sich Vögel nieder, hoben sich schwarz gegen das helle Wasser ab. Krähen. Schon wieder. Ich schauderte.

»Essen Sie noch was.«

Ich würgte noch einen Löffelvoll hinunter. Mein Magen ächzte und schlingerte.

»Und dieser Mann, den Sie heiraten sollten? Was ist das für einer?«

Ich biss mir auf die Lippen, wollte nichts sagen, was dich wieder in Zorn versetzen könnte. Eine Weile herrschte Schweigen.

»Reich?«

Ich schwieg.

»Ich meine, ein lupenreiner Diamant wie Sie reist ja nicht wegen irgendeinem gewöhnlichen Jack oder Joe durch die halbe Welt.« Du hast weitergegessen, den Löffel in deinen wettergegerbten Fingern. Deine Tischmanieren waren besser als die der meisten Männer in Fort Shaw, aber Mama wäre trotzdem entsetzt gewesen. »Also nehme ich an, dass er reich ist.«

»Meine Eltern lieben mich!« Die Worte kamen wie aus dem Nirgendwo: Ich neigte sonst nicht zu solchen Ausbrüchen.

»Na sicher doch«, hast du geschnaubt.

»Sie werden mich zurückholen und sie werden gut dafür bezahlen.«

Deine Augen wurden plötzlich eiskalt – ebenso kalt wie hell. »Sie glauben doch nicht, dass ich darauf aus bin? Geld?« Deine Stimme klang tonlos und hart.

Ich kroch in meinen Panzer zurück wie ein aufgescheuchter kleiner Krebs. »So hatte ich es nicht gemeint, tut mir leid.«

Du hast deinen Löffel weggelegt und dich mit verschränkten Armen zurückgelehnt, die Schultern an der Bretterwand der Hütte. Aus dem Augenwinkel sah ich, wie du dir mit einer Hand übers Gesicht gestrichen hast, als wärst du plötzlich todmüde. »Ach, egal. Wir raufen uns schon zusammen, müssen uns erst noch besser kennenlernen.«

Ich wusste natürlich, dass es Tage dauern würde, bis ich gefunden wurde oder du mich zu einem Handelsposten bringen konntest. Schweigend tunkte ich ein Stück Brot in meinen Eintopf.

»Wie ist das Essen?«, hast du geknurrt und ebenfalls wieder zu essen begonnen.

»Sehr gut«, antwortete ich. »Vielen Dank.«

Als die Nacht anbrach, glitten Fledermäuse durch die Luft, schossen klickend um die Hütte. Ich schaute in die Ferne, spähte nach Lichtern oder Anzeichen von Menschen aus. Aber da war nichts. Keine Lichter, kein Rauch, nichts. Nur unzählige Sternennester. Ein Knirschen irgendwo in der Nähe drang an mein Ohr. Ich zuckte zusammen. Eine bleiche Silhouette ragte in der Dunkelheit auf – das gescheckte Pferd. Und das Knirschen entstand, als es Gras rupfte. Du hast leise mit der Zunge geschnalzt, es hob den Kopf und schaute dich an.

»Das ist Tara.«

»Ah, dein Pferd. Es ist hübsch.«

»Tara. Eine Sie. Präriepferd, eine Scheckstute. Schecken haben den besten Charakter von allen Pferden, die Sie je unter dem Sattel haben werden. Und Tara ist die allerbeste. Eins fünfundfünzig. Gebaut wie eine Dampflokomotive, mit dem passenden Herzen dazu.«

Es war die längste Rede, die ich bis jetzt von dir gehört hatte.

»Sie sehen müde aus. Möchten Sie schlafen?«

»Ich … ich muss …«

»Ah, gut. Okay.« Du bist in der Hütte verschwunden und kurz darauf mit einer Laterne zurückgekommen. Ich folgte dir von der Veranda herunter, etwas hangabwärts, auf den Waldrand zu. Dort war der schnell fließende Bach, der über Felsen stürzte. Er plätscherte laut. Ein kleines Klohäuschen ragte darüber hinaus. Du hast mir die Laterne gegeben.

»Schaffen Sie es alleine zurück?«

Ich nickte schnell und dachte an Mr Goldsmiths tröstliche Worte, wenn ich unterwegs auf dem Trail um eine kleine Pause hatte bitten müssen. »Miss Forsythe, das ist nichts, wofür Sie sich schämen müssten. Jeder muss mal austreten, egal wie hoch oder niedrig geboren.«

Zwei Minuten später tastete ich mich zur Hütte zurück, die nackten Füße im kühlen Gras. Nachtfalter rumsten gegen die Laterne. Du warst drinnen und hast das Geschirr weggeräumt. Lächelnd hast du zu mir aufgeblickt und dein Gesicht wurde vom Licht der Laterne überschattet, als ich sie auf den Tisch stellte.

»Soll ich in diesen Sachen schlafen?«

»Ja, sicher, wenn Sie nicht nackt schlafen wollen.«

Ich wich entsetzt zurück und du hast beschwichtigend die Hand gehoben. »Wollte Sie nur ein bisschen hochnehmen.«

»Also dann gute Nacht«, wisperte ich.

Du hast mich nur angesehen.

Ich kletterte ins Bett, legte mich hin und lauschte auf das Geschirrklappern. Dann versank ich in der Schwärze des Schlafes, völlig gerädert, als purzelte ich von einem steilen Klippenrand.

Sechs

Als Hope erwachte, strömte Licht durch die offene Balkontür. Der Türgriff wurde herumgedreht.

»Hope?«, fragte Meredith leise.

Hope rollte sich in dem kühlen Laken zusammen und wälzte sich auf die andere Seite, den Rücken zur Tür.

Der Türgriff klickte erneut. »Ich dachte, wir hätten ausgemacht, dass wir nie unsere Türen abschließen. Dass wir uns niemals gegenseitig aussperren.« Dann eine Pause. »Ich komme später zurück, dann können wir reden, vor dem Abendessen.«

Kann's kaum erwarten.

Sobald sich die Schritte ihrer Mutter entfernt hatten, drehte Hope sich wieder um und stöhnte bei der Erinnerung an den vorigen Abend: Wie sie auf der Couch zu sich gekommen war und gezuckerten Tee trinken musste, während Meredith um sie herumgluckte und die Crows verlegen dabeistanden. Wie sie hartnäckig geschwiegen hatte und, ohne die anderen eines Blickes zu würdigen, ins Bett gegangen war, sobald sie es die Treppe hinaufgeschafft hatte. Kurz vor sieben.

Sie schlüpfte aus dem Bett, tappte die Treppe hinunter und ging in die Küche. Dort stellte sie den Wasserkessel auf den Herd und versuchte herauszufinden, wie die Gasflamme anging.

»Hey.« Cal kam durch die Glastür, er sah frisch aus und roch nach draußen.

Hope konzentrierte sich auf den Herd. »Wie muss ich …?«

Cal betätigte einen Knopf und ein blauer Flammenring ging unter dem Kessel auf. Hope stützte ihre Handballen auf die Küchentheke, dann wurde ihr bewusst, dass sie nur ihre schlabbrige Schlafjacke und die dünnen Baumwollshorts trug. Hastig verschränkte sie die Arme. »Tut mir echt leid wegen gestern Abend. Du bist bestimmt geschockt, worauf du dich da eingelassen hast.«

»Ach, das ist nur der Jetlag. Und du müsstest mal meine Mutter sehen, wenn sie einen Wutanfall kriegt. Der reinste Hurrikan. Dad verkriecht sich dann im Schutzraum, unten im Keller.«

Hope lächelte schwach. »Schutzraum? Kann man den zufällig für die nächsten vier Wochen mieten?«

»An deiner Stelle würde ich es nicht zulassen, dass sie ihre Probleme auf deinem Rücken austragen.«

Hope schaute weg. »Das ist leicht gesagt.«

»Ja, tut mir leid, war ein dummer Spruch.« Er öffnete den Schrank. »Was willst du essen?«, fragte er, nahm eine Müslipackung heraus und stellte sie neben Hope. »Du isst doch so was?«

Hope zuckte die Schultern. »Ich … ich mag keine Rosinen, tut mir leid.«

»Wir haben auch eins ohne Rosinen«, sagte Cal und riss die Schranktür wieder auf, um ihr die Packungen zu zeigen. »Oder …« Er nahm eine Bratpfanne, wirbelte sie in seiner Hand herum und richtete sie auf sie. »Ich könnte dir ein paar rosinenfreie Blaubeerpfannkuchen machen. Aber nur, wenn du brav bist.«

Hope lächelte über seinen Scherz. »Ich bin immer brav«, sagte sie und hob ihr Kinn.

»Okay.« Er reichte ihr eine Packung Teebeutel. »Mach den Tee und dann setz dich dorthin.« Er deutete auf die Hocker unter der Theke.

»Tee! Oh, fantastisch! Wir haben unseren vergessen.«

»Dachte mir schon, dass ihr lieber Tee trinkt, und hab im Internet gesucht. Dann hab ich Matty dazu gebracht, den Tee in den Laden zu bestellen.«

»Danke.« Sie bereitete den Tee zu und beobachtete fasziniert, wie Cal amerikanische Pfannkuchen machte, von A bis Z, Teig und alles, und schließlich gefrorene Blaubeeren in die Mischung kippte. »Wer hat dir das beigebracht?«

»Mom. Sie ist eine super Köchin. Du wirst sie ja bald kennenlernen. Sie kommt diese oder nächste Woche nach Hause – fürs Wochenende haben wir ein Barbecue geplant, das wird sie bestimmt nicht verpassen wollen. Ihre Schwester ist mit einem Rancher in der Nähe von Kalispell verheiratet, sie ist letzte Woche vom Pferd gestürzt. Deshalb ist Mom eine Weile hingefahren, um ihr zu helfen. Im Kühlschrank sind noch Erdbeeren. Kannst du die klein schneiden?«

Er backte die Pfannkuchen aus und briet Speck, während Hope die Erdbeeren zerkleinerte. Dann trug er das Essen auf, und sie setzten sich nebeneinander. Der Speck lag als knuspriges Häufchen auf seinen Pfannkuchen, zusammen mit den Früchten.

Hope stibitzte sich ein Stück und biss hinein, während er Ahornsirup über die Pfannkuchen goss. Er starrte sie an.

»Ich dachte, du bist Vegetarierin?«

»Na ja, nur Teilzeit.« Hope hielt sich beim Sprechen die Hand vor den Mund. »Seit ich gebratenen Speck entdeckt habe. Aber sag's bitte nicht Mum.«

Cal lachte und schüttelte den Kopf.

Nach dem ersten Bissen legte Hope die Gabel weg.

Cal warf ihr einen Blick zu. »Schmeckt's dir nicht?«

Hope legte ihre Finger an den Mund. »Mir ist ein bisschen schlecht, das ist alles.«

»Hey, wie lange ist es her, dass du was gegessen hast?«

»Gestern Abend.«

»Was? Du hast gestern Abend gegessen? Ist mir gar nicht aufgefallen. Muss also noch länger her sein.«

»Zu Hause.«

»Hast du ein Essproblem?«

Hope starrte ihn erschrocken an. So direkt hatte sie das noch niemand gefragt. »Nein«, sagte sie langsam. »Ich ... ich kann nur nicht essen, wenn ich gestresst bin. Dann ist mein Magen wie zugeknotet.«

»Ja, gut, das musst du irgendwie in den Griff kriegen.«

Cal stand auf und holte eine Packung Milch und zwei Gläser aus dem Kühlschrank. Er goss die Gläser voll und schob ihr eines hin. »Gut für den Magen.«

Hope trank einen Schluck.

Cal aß weiter. »Also, deine Mom nimmt heute einen von den Lastwagen und fährt in die Hügel hinauf. Weißt du schon, was du machen willst?«

»Über die gepfefferte Gardinenpredigt nachdenken, die ich mir hinterher anhören muss?«

Cal lächelte. »Da drüben ist unser Spielzimmer und die Bibliothek, falls du dich langweilst«, sagte er.

»Bibliothek?«

»Ja, du weißt schon – Bücher.« Grinsend fügte er hinzu: »Die ganzen Klassiker, zum Beispiel die Hinterwäldler-Bibel und ›1001 Arten, mit Waschbären umzugehen‹.«

Hope lachte.

»Und du weißt ja, wo der Fernseher hängt, und Internet gibt es auch.«

»Danke. Ich hab ein Notizbuch in einem der Kartons auf dem Speicher gefunden. Sieht wie ein Tagebuch aus. Ein altes.«

Cal, der gerade Tee einschenkte, hielt inne. »Sag mir jetzt bloß nicht, dass es von meiner Mom ist.«

Hope lächelte schüchtern. »Nein, ich meine *richtig* alt. Es gehörte einem englischen Mädchen, in Montana 1867.«

Cal zog die Augenbrauen hoch. »Der Staat war damals noch ganz neu, erst drei Jahre alt. Keine Ahnung, wo das herkommt und wie es in unseren Krempel geraten ist.«

»Es war in einem Schreibset, in einer der Kisten. Das Mädchen ist in meinem Alter, na ja fast, und sie reist zu dem Mann, den sie heiraten soll. Jetzt sind sie gerade in einem Hotel in Helena angekommen. Ich würde es gern lesen, wenn das okay ist.«

»Klar doch.«

Sie redeten die ganze Zeit beim Essen. Hope fiel auf, dass Cal das Gespräch jedes Mal sofort auf sie zurücklenkte, wenn sie ihn etwas fragte. Es war ungewohnt für sie, über sich selbst zu sprechen, und seine Aufmerksamkeit machte sie nervös.

Als sie fertig waren, räumten sie zusammen auf.

Hope wandte sich vom Geschirrspüler ab, presste ihre Hände zusammen und drehte sie hin und her. »Danke für das Frühstück. War echt lecker.«

»Das freut mich.«

Sie zögerten beide. »Okay, dann bis später«, sagte Hope schließlich und tappte die Treppe hinauf. Als sie vom Absatz oben herunterschaute, war er weg.

In ihrem Zimmer nahm Hope das schwarze Buch vom Schreibtisch und ging damit auf den Balkon. Der Felshang fiel unter ihr ab, scharf umrissen und atemberaubend im Morgenlicht. Sie setzte sich auf einen der silbrig schimmernden alten Holzstühle und schlug die Stelle auf, an der sie abgebrochen hatte. *Und dann sah ich dich …*

Hope hatte erst ein paar Seiten gelesen, als eine Nachricht in ihrem Laptop angezeigt wurde. Sie chattete eine Weile mit Lauren, die noch so spät auf war, weil sie einen Aufsatz fertig zu schreiben hatte. Dann ging sie die Treppe hinunter. Der Geruch nach frisch gebrühtem Kaffee wehte durch das weite, kühle Crow-Haus. Hope machte einen Erkundungsgang, durchquerte das Spielzimmer mit dem Billardtisch, einem weiteren Fernseher und mehreren Sesseln, dann einen Raum, dessen Wände mit Büchern bedeckt waren und der auf die Wiese hinter dem Haus hinausging. Als sie ein Geräusch in der Küche hörte, spähte sie vom Wohnzimmer aus hinein und sah, wie Caleb Crow sich Kaffee einschenkte.

»Oh, hallo, Miss Hope. Wie geht's denn?«

»Gut, danke, Mr Crow.«

»Wir sind hier nicht so förmlich auf dem Land, Hope. Sagen Sie einfach Caleb, ja?«

»Gern.«

»Braves Mädchen. Nehmen Sie sich irgendwas zum Frühstück, wenn Sie wollen. Im Schrank sind jede Menge Müslisorten und Eier gibt es auch.« Er hielt inne. »Oder essen Vegetarier vielleicht gar keine Eier?«

Hope lächelte. »Also ich ja – ich mag Eier. Aber ich hab schon gefrühstückt, danke. Cal hat mir was gemacht.«

»Ah, gut. Ich würde ihm ja sagen, dass er sich ein bisschen mehr um

Sie kümmern soll, aber er fährt gleich nach Kalispell rauf, zu meiner Schwester. Kommt erst in ein paar Tagen zurück.«

»Oh.« Hope konnte ihre Enttäuschung kaum verbergen.

Caleb schenkte sich Kaffee nach. »Elizabeth, meine Frau, hat angerufen. Ihrer Schwester geht es schon viel besser, deshalb fährt Cal jetzt hoch, um sie abzuholen und zwei von den Pferden mitzubringen, damit ihre Schwester etwas entlastet ist. Ist ziemlich weit dorthin. Und er fährt gern durch den Nationalpark.« Caleb legte den Kopf zur Seite, was die Ähnlichkeit mit seinem Sohn noch deutlicher hervortreten ließ. »Warum fahren Sie nicht mit?«

»Oh ... ich ... ich glaub nicht, dass ich ihm eine große Hilfe wäre.«

Caleb winkte mit der Hand ab. »Er braucht nicht viel Hilfe, aber er hat sicher gern Gesellschaft.« Er warf einen Blick durch das Fenster an der Vorderseite. »Da ist er ja – fragen wir ihn doch einfach selber«, sagte er und ging aus der Küche zur offen stehenden Haustür. »Cal!«

Cal verstaute eine Seilrolle im Pick-up hinten. »Ja?«

»Wir wär's, wenn du Miss Hope auf deinen Trip mitnimmst?« Caleb wandte sich zu Hope um. »Er fährt mitten durch den Gletscher-Nationalpark. Das ist eine schöne Strecke.«

Cal richtete sich langsam auf und schaute von seinem Vater zu Hope.

Hope krümmte sich vor Verlegenheit. *Du musst nicht*, formte sie mit den Lippen.

»Bist du sicher, dass sie mitkommen will?«

»Klar will sie!«

Cal fing wieder an irgendwelche Sachen auf der Ladefläche umzuschichten. »Aber es wird unbequem, wir schlafen draußen.«

Caleb legte Hope eine Hand auf die Schulter. »Ich wette, sie ist taffer, als sie aussieht. Und sie hat sicher keine Lust, eine unserer schönsten Naturlandschaften von einem roten Touristenbus aus zu sehen. Du kannst mit ihr zum Polebridge Mercantile Camp rauffahren und ihr den Ausblick zeigen. Und mir kannst du ein paar von diesen Huckleberry-Bärenklauen mitbringen, die sie dort oben machen.«

»Dad, dafür brauchen wir mindestens einen halben Tag länger.«

»Aber es ist ein toller Ausflug und ihr habt es doch nicht eilig.«

»Und was ist mit deiner Mom?«, fragte Cal, ohne Hope anzusehen.

Hope wurde immer verlegener. Das alles war schließlich nicht ihre Idee gewesen.

»Ich regle das schon mit Ms West.«

Cal stemmte seine Hände in die Hüften und schaute seinen Vater lange an. »Bist du sicher, dass das eine gute Idee ist, Dad?«

Etwas Unausgesprochenes hing zwischen ihnen, dann tätschelte Caleb Hopes Schultern. »Klar bin ich sicher! Das wird ein richtiges Abenteuer!«

Cal schaute zum Himmel auf. »Kannst du in einer Stunde fertig sein?«

Eine Stunde später trug Hope ihre Tasche die Treppe hinunter, dann fiel ihr ein, dass sie vielleicht noch ein letztes Mal auf die Toilette gehen sollte. Als sie wieder herauskam, hörte sie Stimmen auf der Veranda. Cal und sein Vater. Cal fuhr sich mit der Hand durch sein zerzaustes Haar.

»O Mann. Ich meine, stell dir doch bloß vor, was die Leute sagen würden? Was *ihre Mutter* sagen würde, wenn sie es wüsste?«

Hope schlich näher zur Tür.

»Es kümmert mich einen feuchten Dreck, was die Leute sagen. Und der Trip wird euch beiden guttun. Ich seh doch, dass du sie magst, da kannst du noch so ’n Pokerface aufsetzen – genau wie dein Grampa.«

»Ja und? Das ändert doch nichts, ob *ich* sie mag oder nicht?«

»Also, jetzt nimm mal ’nen guten Rat von deinem alten Pa an, Junge – man trifft im Leben nicht viele Frauen, die einem so unter die Haut gehen wie die Kleine dir offenbar. Ich bin doch nicht blind.« Hope hielt den Atem an. »Und sie strahlt wie eine Sonne, sobald du in ihrer Nähe auftauchst. Hättest mal ihr Gesicht sehen sollen, als ich ihr gesagt habe, dass du wegfährst.«

Hope zuckte zusammen. *Sieht man mir das so an?*

»Sie ist sechzehn. Und Engländerin.«

»Was hat das denn damit zu tun?«

»Drei Jahre und viertausend Meilen dazwischen.«

»Das ist doch alles Bullshit, wenn ihr euch mögt. Nimm mal mich und deine Mom. Willst du die Wahrheit hören? Wir waren total verrückt nacheinander, aber ich wusste praktisch nichts von ihr, als wir geheiratet haben. Und es hat doch funktioniert, oder?«

»Um Himmels willen, Dad …«

Hope sackte das Herz in die Hose. Cal wollte sie wirklich nicht dabeihaben. Sie nahm das Tagebuch, um sich damit in eine Ecke zu verkriechen und zu lesen, bis Cal fort war. Dann heulte eine Polizeisirene auf.

Die beiden Polizisten, die sie in Fort Shaw getroffen hatten, kamen vorgefahren und stiegen aus dem Wagen. Vater und Sohn gingen bereits auf sie zu.

»Was kann ich für dich tun, John?« Calebs Stimme klang ungewohnt feindselig. Seine Schultern hatten sich gestrafft und plötzlich wirkte er sehr groß und einschüchternd.

Officer Jones sprach als Erster. »Wir haben eine Anzeige erhalten, dass Sie hier Illegale beschäftigen.«

Cal trat vor. »Und wer sagt das?«

Sein Vater warf ihm einen warnenden Blick zu.

»An deiner Stelle würde ich schön den Mund halten, Bürschchen«, knurrte der Polizeichef.

»Wie viele Arbeiter haben Sie im Moment hier, Mr Crow?«, fragte der andere Polizist.

»Vierundzwanzig. Alle legal. Wie ihr sehr wohl wisst.«

»Und was ist mit dem kleinen Mexikaner, den ich in der Stadt gesehen habe?«

Caleb Crow verdrehte die Augen. »Jesus? Der ist seit vier Jahren hier. Er hat schon zweimal seine Papiere vorgezeigt.«

»Ja, gut, dann soll er sie noch mal vorbeibringen, nur der Sicherheit halber«, sagte Officer Hart. »Und dieser große schwarze Kerl auch, der deine Fahrzeuge in Stand hält. Er war ein paarmal in der Bar, ich würde gern seine Anmeldebescheinigung sehen. Im Moment kommen jede Menge Illegale für die Sommerarbeiten hierher. Muss schließlich auf dem Laufenden bleiben.«

»Cal, gehst du schnell ins Büro und holst die Fotokopien von Jesus und Sebastian?«

Cal drehte sich wortlos um, ging zum anderen Flügel des Hauses und verschwand türenknallend im Bürotrakt.

»Und? Wie geht's Elizabeth?«, fragte Chief Hart mit einem hämischen Unterton.

»Gut, wie immer«, erwiderte Caleb knapp.

»Tolle Frau.«

»Da erzählst du mir nichts Neues.«

»Ist 'ne Schande, so eine Frau hier draußen zu verstecken. Das hab ich mir immer gedacht.«

Caleb Crows Kiefermuskeln zuckten. »Du meinst, statt sie in einen Glaskäfig einzusperren und Tickets verkaufen zu lassen, oder was?«

Cal kam mit einem Papierstapel in der Hand zurück und reichte ihn Chief Hart. Der riesige Polizist würdigte die Papiere keines Blickes, sondern starrte weiter Caleb Crow an.

»Schätze, die werde ich für unsere Akten auf der Wache behalten müssen. Angesichts der Tatsache, dass deine Männer natürlich im Besitz der Originale sind. Sag ihnen, sie sollen sie mitbringen, wenn sie das nächste Mal in die Stadt kommen. Nur zur Sicherheit.«

Caleb Crow verschränkte die Arme und verlagerte sein Gewicht auf eine Hüfte, eine Haltung, die Hope von Cal kannte.

Die beiden Polizisten machten keine Anstalten wegzugehen. »Ihr habt also zwei Engländerinnen als Gäste im Haus. Mutter und Tochter? Die Tochter hübsch natürlich und ungefähr sechzehn.«

»Ganz recht«, sagte Caleb.

In diesem Moment begriff Hope, dass alle längst gemerkt hatten, dass sie hier in der Tür stand.

»Vielleicht schauen wir hin und wieder vorbei, nur mal nachsehen, ob sie okay ist.« Der Chief drehte sich um und tat so, als sähe er Hope erst jetzt. »Hey, Kleine! Wie gefällt's Ihnen bei den Crows?«

»Ich ... alles bestens, danke.«

Chief Hart salutierte mit dem Papierstapel. »Gut, aber nehmen Sie sich in Acht, Süße, hören Sie?«

»Kleine«? »Süße«? Krass.

Die beiden Männer stiegen wieder in den Streifenwagen und fuhren eine weite Kurve, so dass Cal aus dem Weg gehen musste. Vater und Sohn schauten dem Wagen nach, dann redeten sie leise und aufgeregt miteinander, während sie zum Korral hinuntergingen, wo Cals Pick-up stand.

Hope folgte ihnen zögernd. Cal lehnte an der Seite, die Arme verschränkt, einen Knöchel über dem anderen. Caleb stand vor ihm. Sie waren ganz in ihr Gespräch vertieft und Cal war sichtlich aufgewühlt. Buddy drückte sich an sein Bein, wie üblich.

»Hart ist 'n richtiger Bluthund. Das war er immer, genau wie sein Daddy früher, und jetzt auch sein Sohn.«

Cal holte Luft. »Dan und Steve waren in der Stadt, als wir vom Flughafen zurückgekommen sind. Die sind an uns vorbeigezischt und haben einen halb vollen Becher auf den Pick-up geworfen, um Hope zu erschrecken.«

»Ja, gut, die haben halt keine Manieren, die beiden«, sagte Caleb und seine sonst so ruhige Stimme klang unerwartet heftig. »Was ja wohl stadtbekannt ist.«

»Gibt aber noch ein paar andere Dinge, die stadtbekannt sind«, sagte Cal.

»Hör mal, Junge, was du gemacht hast, war richtig, und das weißt du. Es war nicht leicht, einfach so von der Schule abzugehen, weg von deiner Mannschaft, aber es war richtig. Wir sind stolz auf dich.«

»Aber Tyler hat es nichts geholfen, oder?«, murmelte Cal bitter. »Der Chief …«

»Ach, vergiss alles, was John Hart sagt.«

Cal klemmte sich einen Augenblick seinen Daumennagel zwischen die Schneidezähne. »Er sagt nur, was alle anderen denken.« Dann sah er Hope und richtete sich abrupt auf.

Caleb warf ihm einen letzten Blick zu und lächelte Hope an. »Na also, da sind Sie ja – und gut gerüstet für die Wildnis.«

Hope schaute an sich herunter. Waren ihre Boots und ihr Cardigan das richtige Outfit für einen Abenteuertrip?

Caleb ging zur Haustür, packte ihre Tasche und nahm einen langen Regenmantel von einem Haken. »Hier, Hope, nehmen Sie den. Nur für alle Fälle.«

»Ich sage Ihrer Mom, wo ihr hingefahren seid und dass ihr in ein paar Tagen zurückkommt. Bisschen Abstand zwischen Ihrer Mom und Ihnen kann nicht schaden, was? So habt ihr Zeit, nachzudenken und vielleicht die Kirche im Dorf zu lassen, meine ich.« Er verstaute die Tasche und den Regenmantel auf der Rückbank. »Passen Sie auf meinen Jungen hier auf.«

Hope wurde rot. Cal schaute weg und hustete leicht.

»Hopp, Buddy.« Der Hund sprang auf die Ladefläche des Pick-ups.

Vater und Sohn umarmten sich. Dann machte Cal sich von seinem Dad los und öffnete die Beifahrertür für Hope. Ein paar Sekunden später schlüpfte er auf den Fahrersitz. Seine langen Finger angelten nach dem Zündschlüssel, der im Schloss steckte, und er startete den Wagen.

Sie fuhren durch den rückwärtigen Teil der Ranch in die Hügel hinauf. Im Pick-up war es warm und Hope zog ihren Cardigan aus. Im Radio kamen Wettermeldungen.

»Schnall dich lieber an.«

»Du bist aber auch nicht angeschnallt.«

»Ja, aber bei dir ist das was anderes«, sagte er trocken. »Ich bin für dich verantwortlich.«

Hope schnallte sich an. »Tut mir echt leid. Dein Dad hat dich dazu gedrängt.«

»Wieso? Wie meinst du das?«

»Du willst mich doch nicht dabeihaben.«

Ohne seine Augen von der Straße zu nehmen, streckte Cal die Hand aus und berührte ganz kurz ihren Arm. »Nein, das ist es nicht.«

Hope schluckte und betete, dass er die Gänsehaut nicht bemerkt hatte, die sich sofort auf ihrem Arm gebildet hatte. Die Frauenstimme im Radio las die Temperaturen vor, die in Butte, Great Falls, Missoula und Kalispell erwartet wurden.

»Dieser Polizist – warum benimmt er sich so?«

Es dauerte lange, bis Cal antwortete. »Unsere Familien sind seit Generationen miteinander verfeindet.«

»Aber warum?«

Cal hob die Schulter. »Weiß nicht. Anderer Menschenschlag, wahrscheinlich.« Eine Weile schien es, als wollte er nichts weiter dazu sagen, aber dann fügte er hinzu: »Die Harts sind keine netten Leute, um die Wahrheit zu sagen. Und Chief Hart ist ein Typ, der andere gern fertigmacht. Besonders mich. Aber das ist natürlich meine Meinung – kannst du glauben oder nicht.«

Hope schaute ihn an. »In London könnte der sich nicht so aufführen.«

Cals Mund verzog sich. »Ja, gut, aber das hier ist nicht London – wie ich schon sagte.«

Hope wusste nicht, was sie darauf antworten sollte, also hielt sie den Mund. Nachdem sie eine Weile gefahren waren, wurde das Schweigen unangenehm. Nur das Radio knisterte vor sich hin. Schon wieder ein Wetterbericht.

»In Montana gibt's anscheinend jede Menge Wetter.«

»Das oder der Kirchensender.« Er schaute auf seine Uhr. »Wir könnten vielleicht gerade noch die Predigt erwischen.« Er bog von dem Kiesweg in zwei bleiche Spuren im wehenden Gras ab. Der Hänger hinter ihnen ratterte.

Sieben

Die Blüte der Keuschheit ist schnell verwelkt
und unwiederbringlich.

Als ich erwachte, sickerte rosiges Dämmerlicht zum Fenster herein und irgendwo krähte ein Hahn. Das Bett war herrlich warm und bequem, die Matratze straff und gut gepolstert, die Decke ganz um mich gewickelt. So wohl hatte ich mich seit Wochen nicht mehr gefühlt. Ich wand und streckte mich und mein nackter Fuß stieß irgendwo an etwas Warmes. Haut, mit einem weichen Haarbüschel. Ich erstarrte. Ich hörte es atmen, leise und flach.

Hastig strampelte ich mich frei, wälzte mich aus dem Bett und stolperte, als mein verletztes Bein mir den Dienst verweigerte. Du lagst rücklings auf den Decken, einen Arm über dem Kopf, ganz nackt außer einer weißen Leinenunterhose, die unziemlicherweise nur bis zur Mitte der Schenkel reichte, von der Art, wie ich sie an den Wäscheleinen in den Camps unterwegs gesehen hatte. Dein Bauch über dem Gummizug war hart und flach, deine andere Hand lag über deiner Brust. Deine seltsame heidnische Halskette hing über dem Bettpfosten. Eine Decke lag teilweise über deinen Hüften, aber dein schlimmes Bein ruhte darauf und jetzt sah ich den Grund für dein Hinken: eine lange violette Narbe, die sich von einer Stelle direkt über deinem Knie bis zu deinem Fußrücken hinunterzog.

»Nur gut, dass es mir nichts ausmacht, wenn Sie mich anstarren, English.« Du hast gelächelt und dich auf deine Ellbogen aufgestützt.

Ich hob mein Kinn, ohne deinem Blick zu begegnen, mein Gesicht stand in Flammen. »Ich ... mir ... mir war nicht klar, dass Sie ... bei mir ... hier schlafen würden.«

»Das ist *mein* Bett.« Du bist aufgestanden und warst mir plötzlich viel zu nahe.

»Fassen Sie mich nicht an«, sagte ich, so energisch ich konnte, machte aber das Ganze zunichte, indem ich ein »Bitte« hinterherwisperte.

»Sie hatten wohl nie Mannsleute um sich, wie?« Du hast die Tür geöffnet und nach dem Wetter draußen gesehen, dann hast du dich gestreckt, so dass deine Rückenmuskeln unter der Haut spielten. Es war ein schöner Tag, der Himmel durchsichtig blau. Tara wartete bereits auf dich und du bist die Treppe hinunter ins Gras gehinkt, um ihr den Hals zu kraulen und leise mit ihr zu reden.

Ich saß drinnen auf der Truhe am Fußende des Bettes, zutiefst verzweifelt. Was sollte hier aus mir werden, an einem Ort, an dem meine bisherigen Lebensregeln nichts galten? Ich hatte unwissentlich mit einem Mann im Bett gelegen, obwohl ich doch die Verlobte eines anderen war! Ich legte meinen Kopf in die Hände und weinte beinahe wieder. Aber es kamen keine Tränen. Ich dachte an Papa und den Rat, den er mir vor der Reise gegeben hatte: dass die kommenden Wochen eine Prüfung für mich sein würden, dass ich tapfer sein und allzeit mein Bestes geben müsse. Er hatte Recht. Warum sollte ich mich gehenlassen? Das hier war das Abenteuer, das ich mir insgeheim gewünscht hatte, und später, in den Salons von Larkin, konnte ich es auf Abendgesellschaften erzählen und über meine Zeit als Siedlerfrau scherzen. Obwohl meine schöne, stille Mama Scherze jeglicher Art unter Frauen verabscheute.

Ich holte den Kamm und flocht mein Haar so ordentlich, wie ich konnte, denn ich hatte mir noch nie selber die Haare gerichtet. Leider besaß ich nichts, um den Zopf zuzubinden. Ein Schatten fiel im Sonnenlicht über mich und ich schaute überrascht auf den Schnürsenkel, den du mir reichtest. Ich hatte dich nicht hereinkommen hören.

Ich band meinen Zopf zu, doch der Schnürsenkel glitt sofort von meinen glatten Haaren herunter und fiel noch eingerollt auf die Bodenbretter. Seufzend hast du dich neben mich gesetzt, halb bekleidet, wie du warst.

»Das wird wohl nicht halten, wenn Sie es so machen, wie?« Kopfschüttelnd hast du den Schnürsenkel weiter oben durch den Zopf gefädelt, um ihn dann mehrmals zu einem sauberen Strang zu wickeln und zuzubinden. »Hätte nicht gedacht, dass ich eines Tages noch die Kammerjungfer spielen muss, aber Teufel auch …«, hast du lächelnd gesagt.

Mein Gesicht färbte sich erneut puterrot. Flüche hatte ich bisher nur in den Straßen von London gehört. Und einmal von Mr Ellis, als die Schnur meines Mieders in seiner Hand gerissen war, und das ausgerechnet vor Papas jährlichem Weihnachtsfest für die anderen Botschafter. Mr Ellis entschuldigte sich sofort bei Mama, aber ich glaube, sie war so schockiert über den Gedanken, wie lange es dauern würde, eine acht Meter lange Schnur erneut einzufädeln, dass sie es gar nicht bemerkte.

»Möchten Sie sich waschen? Im Bach gibt es eine Stelle, die ich Ihnen zeigen kann. Oder ich kann den Waschzuber füllen.«

Ich schüttelte den Kopf, erschrocken über die Vorstellung, dass ich wieder nackt vor dir sein würde. »Nicht jetzt. Ich glaube, ich würde mich erkälten. Aber danke.«

»Ist Ihnen denn kalt?«

Ich nickte.

»Aber es ist warm heute, für diese Jahreszeit.«

»Ich friere leicht.«

»Das wundert mich nicht. Zu wenig Fleisch auf den Knochen.« Du hast ein Handtuch von dem Haken neben der Tür genommen und bist hinter der Hütte in Richtung Bach verschwunden.

Als du zurückgekommen bist, saß ich auf der Bank und genoss den Ausblick. Dein Haar war nass und an deiner Brust hingen Wassertröpfchen.

Ich mied deinen Blick. »Wie weit ist es bis zu der Stelle, an der der Wagen abgestürzt ist?«

»Warum?«

»Ich dachte ... wir könnten vielleicht nachsehen, ob noch Sachen von mir dort sind. Meine Kleider. Oder ein Paar Schuhe. Bevor Sie mich zurückbringen.«

Du hast mich lange angesehen. »Nein, das ist zu weit. Und Sie hatten nur einen Schuh an, als ich Sie gefunden habe. Ein einzelner Schuh taugt nicht viel, dachte ich mir. Außerdem saß uns die Schneeschmelze im Nacken.«

»Aber ich kann doch nicht diese Sachen hier tragen. Und ich habe keine Schuhe.« Ich schaute auf meine nackten, kalten Füße hinunter.

»Heute Morgen haben Sie zumindest die Sprache wiedergefunden, wie? Niemand wird diesen Wagen je wiederfinden, so zertrümmert, wie er war. Ihre Sachen sind längst fort.«

»Also ... nun ja, vielleicht ist es nicht so wichtig. Wie weit ist es nach Helena? Oder nach Fort Shaw?«

Der Kessel schrillte auf dem Herd drinnen und du bist in die Hütte hineingegangen. »Helena? Ungefähr zweihundert Meilen«, hast du herausgerufen und herumgeklappert. »Und Fort Shaw ungefähr hundertdreißig oder so.«

Mir wurde ganz kalt. Einhundertdreißig Meilen? Eine unüberwindliche Entfernung.

Dann bist du wieder aufgetaucht, voll angekleidet, und hast zwei dampfende Teebecher, einen Blechteller voll Röstbrot, ein Messer mit einem Elfenbeingriff und einen Tonkrug herausgebracht. Du hast dich zu mir gesetzt, den Deckel abgenommen und ein Stück von einer Honigwabe herausgewühlt, das du auf die Brotscheiben gestrichen hast.

»Und wie soll ich bitte nach Oregon kommen?«

Du hast die Schultern gezuckt und mir das erste Brot gegeben.

Ich nahm es. »Danke. Aber Sie sind nicht sehr hilfreich.«

Du hast mich mit hochgezogener Augenbraue angesehen. »Nicht hilfreich? Ich habe Sie aus dem Bach gezogen und Ihnen das Leben gerettet. Ich habe Sie verarztet, gefüttert, angekleidet und sogar die Kammerjungfer für Sie gemacht. Und jetzt sagen Sie, ich sei nicht hilfreich?«

Ich errötete. »Es tut mir leid. Und ich bin Ihnen wirklich dankbar. Bitte glauben Sie mir. Aber ich stelle wohl zu viele Fragen.«

»Sie können fragen, was immer Sie wollen. Mag sein, dass ich keine Antwort darauf habe, aber fragen können Sie. Und jetzt essen Sie erst einmal«, hast du mir befohlen und in dein eigenes Brot gebissen.

Ich aß.

»Erklären Sie mir noch mal, warum Sie nach Oregon müssen?«

Ich atmete irritiert aus und legte die Brotscheibe weg. »Das wissen Sie doch.«

»Ja, aber Sie möchten diesen Kerl doch gar nicht wirklich heiraten?«

Ich faltete die Hände im Schoß. »Das ist nicht der Punkt.«

»Ein verdammter Bockmist ist das.«

Ich schnappte nach Luft.

»Tut mir leid, ich entschuldige mich für meine Sprache, Ma'am«, hast du gesagt und dir an einen imaginären Hut getippt.

»Bitte machen Sie sich nicht über mich lustig.«

»Oh, tut mir leid.« Aber du warst kein bisschen zerknirscht, wie immer, wenn dir ein Schimpfwort entschlüpfte. Das tat dir am allerwenigsten leid. Doch als die erste Träne fiel, warst du entsetzt. »Jesus, English ... bitte nicht weinen.« Du hast weggeschaut, auf den See hinunter und warst plötzlich ganz verlegen.

»Ich kann hier nicht alleine mit Ihnen bleiben, das wissen Sie doch.«

Du hast die Schultern gezuckt und weiter meinen Blick gemieden. »Hab Ihnen doch gesagt, dass ich Ihnen nichts tun werde. Glauben Sie mir etwa nicht?«

»Ich ... ich glaube Ihnen, aber ...« Nein, darüber ließ sich nicht diskutieren. Ich wischte mir die Wangen ab und die Neugier siegte über meine Tränen. »Ist es nicht schrecklich einsam hier?« Vielleicht war es das. Vielleicht warst du einsam.

Erneutes Schulterzucken. »Hatte 'nen Hund, als ich das erste Mal hier raufkam, aber der ist umgekommen. Ich vermisse ihn immer noch. Einsam bin ich trotzdem nicht, brauch keine Leute um mich. Oder jedenfalls nicht solche, wie man sie in den Städten findet. Bars interessieren mich nicht. Dieser ganze Lärm und die Huren, die einen belästigen ...«

»Was sind Huren, bitte?«

Das verschlug dir einen Moment die Sprache. »English, so langsam habe ich das Gefühl, dass wir beide in verschiedenen Welten leben, Sie und ich.«

Ich runzelte verwirrt die Stirn. »Aber Sie waren in der Hotelbar. In Helena.«

»Ich bin Eisenbahn-Scout. Und Pferdehändler. Deshalb war ich in Helena – Pferdegeschäfte.«

»Und Sie arbeiten für die Eisenbahngesellschaften?«

»Ja.« Du hast einen Schluck Tee getrunken und deinen Kopf an die Hüttenwand sinken lassen. »Das heißt, wenn ich nicht hier oben bin. Hatte vor, diesen Sommer wieder mal oben zu bleiben. Wegen einem Pferd in der Gegend, auf das ich ein Auge geworfen habe.«

»Ein Wildpferd?«

Ein Lächeln huschte über dein Gesicht und du warst plötzlich wie verwandelt – als leuchtetest du von innen heraus. »Ein Jahrhundertpferd, das Pferd meines Lebens. Vielleicht sogar mehr als das. Ist schon das zweite Jahr, dass ich ihm nachspüre. Deshalb war ich auch hier, als Ihr Wagen abgestürzt ist.«

Die Vögel zwitscherten und zankten geräuschvoll.

»Mein Verlobter ... Mr Anthony Howard Stanton. Seine Familie baut die Eisenbahn, die hier durchführt.«

Du hast mich angeschaut, mit deinen hellen Augen abgeschätzt. »Vergessen Sie es. Die werden hier nie 'ne Eisenbahn bauen.« Du hast die Arme über die Berge geschwenkt und dein Gesicht verzogen. »Sehen Sie sich das an. Ist schlicht unmöglich.«

»Die Eisenbahnen werden den Westen erobern, hat Mr Stanton mir in einem Brief geschrieben …«

»›Eisenbahnen‹. ›Hat Mr Stanton mir geschrieben‹«, hast du mich nachgeäfft. »War Ihr Mr Stanton jemals hier draußen im Westen? Weiß er, wie Montana aussieht?«

Ich zuckte zusammen, stellte meinen Becher ab und rutschte gekränkt von dir weg. »Die Stantons sind eine der bedeutendsten Pionierfamilien.«

»Ah ja? Und genießen ihr Pionierleben in ihrem feinen Wohnzimmer in San Francisco.« Schnaubend bist du aufgestanden, um etwas auf der Veranda ins Auge zu fassen. Es war ein Schmetterling, schön gemustert, mit ausgespannten Flügeln. Du bist in die Hütte gegangen und kurz darauf mit einem Löffel zurückgekommen. Dann hast du dich neben den Schmetterling gesetzt.

»Was wird das? Wollen Sie ihn fangen?«, fragte ich gereizt.

»Wozu?«

»Was machen Sie dann?«

Deine hellen Augen waren weiter auf den Schmetterling geheftet. »Diese Winzlinge ruhen sich normalerweise mit hochgeklappten Flügeln aus. Der hier hat seine Flügel unten, er muss vollkommen erledigt sein. Manchmal bringt man sie mit Honig wieder auf Trab.« Du hast auf den Löffel gezeigt, der auf den Brettern lag, und ich sah, wie der Schmetterling seinen winzigen Saugrüssel in den zuckrigen Fleck am Ende tunkte. Vor unseren Augen saugte er den Honig auf, pumpte im Sonnenschein mit den Flügeln und flatterte davon.

Ohne ein weiteres Wort bist du deinen Arbeiten nachgegangen. Als wäre ich gar nicht da. Ohne Schuhe konnte ich nicht weit gehen und der kalte Wind draußen drang mir bis ins Mark, nachdem ich nun nicht mehr die zahlreichen Schichten meiner Reisekleidung trug.

Ich fand mein Kleid an einer Wäscheleine, die zwischen der Hütte und dem Klohäuschen hing. Die Seide war noch feucht, aber trotzdem steif, eingeschrumpelt und mit Wasserflecken übersät. Ein nutzloser Stofffetzen zu neunzehn Guineen und ich ließ ihn, wo er war.

Ganz in der Nähe thronte ein Hühnerhaus auf einem Pfosten; eine seltsame, kammähnliche Leiter führte hinauf. Im Gras ringsum stolzierten magere, struppige Hühner umher.

Die Hütte selbst war sehr adrett für eine Behausung in der Wildnis. Die Bauweise war ungewöhnlich, der Grundriss nahezu quadratisch, die Veranda schön gestaltet, mit einem umlaufenden Geländer; und unter dem Giebel, der darüber aufragte, waren Geweihe und verzwirbelte Äste angenagelt. Ich zählte acht Schiebefenster, alle mit Läden versehen, zwei davon auf jeder Seite, so dass es drinnen genauso hell war wie draußen. Ein erstaunlicher Luxus an einem solchen Ort.

Als ich die Verandastufen hinaufstieg und die Hütte betrat, hast du am Küchentisch Brotteig geknetet, die Arme bis zu den Ellbogen im Mehl. Ich hatte niemals einen Mann Haushaltsarbeiten verrichten sehen, abgesehen von unseren Dienstboten. Meine Verwunderung stand mir wohl ins Gesicht geschrieben, denn du hast dich langsam aufgerichtet und mich angesehen.

»Was ist? Möchten *Sie* das lieber machen?« Die Frage klang nicht gerade freundlich.

»Ich weiß nicht, wie es geht.«

»Dann wird's Zeit, dass Sie es lernen.«

Du hast auf den Teigklumpen gezeigt und deine Haare zurückgeworfen. »Na, kommen Sie schon, English«, hast du mit einem belustigten Lächeln hinzugefügt. »Ist gar nicht so schwer.« Du hast mich mit deiner weiß bemehlten Hand am Arm genommen, nach meinen Fingern gegriffen und sie in die Teigkugel gedrückt. »Machen Sie einfach, was ich gerade gemacht habe.«

Ich versuchte es, aber meine Faust hinterließ nur eine lächerlich kleine Mulde.

»Probieren Sie es noch mal«, hast du geduldig gesagt und mir dabei aufmunternd über die Schulter geblickt. »Sie werden den Dreh schnell raushaben. Der Teig gibt schon nach. Das heißt, er ist bald so weit.«

Ich knetete und ließ mir dabei von dir das Brotrezept erklären. »Das ist keine exakte Wissenschaft«, hast du gesagt, »man muss einfach nur ein Gespür dafür bekommen. Und an Ihrer Stelle würde ich es genießen, solange es vorhält – wir werden bald genug auf gebratene Maisfladen zurückgreifen müssen.«

Ich strich mir mit meinen mehligen Fingern eine Haarsträhne aus dem Gesicht. »Das ist schwieriger, als ich dachte.«

Du hast mir mit dem Handrücken das Mehl von der Wange gewischt und ich errötete unter deiner Berührung. »Ist mit allem so, was gut ist.« Dann hast du den Teig auf ein gefettetes, schwarzes Blech gelegt und auf den Herd gestellt. »Muss erst noch ein bisschen gehen, sonst wird es steinhart.« Grinsend hast du hinzugefügt: »Ist schon verrückt, dass ausgerechnet ein unbedarfter Junggeselle wie ich Sie im Backen unterrichten muss.«

Ich lächelte unwillkürlich zurück, plötzlich sehr befangen unter deinem warmen Blick. »Ja, nicht wahr?«

»Na ja, so ganz unbedarft vielleicht doch nicht. Von Momma haben wir gelernt aus dem wenigen, das wir hatten, was Anständiges zu machen. Sie hat so ’nen Teig wie den hier zu kleinen Fladen flach geklopft

und dann in Öl ausgebacken. Wir haben Mais und Bohnen dazu gegessen und manchmal auch Fleisch, wenn wir was kriegen konnten.«
Du hast zur Tür gedeutet und wir gingen zum Bach hinunter und wuschen unsere Hände im klaren Wasser. Als wir uns wieder aufrichteten, kam Tara angetrottet und schnoberte an deinen Taschen, auf der Suche nach einem Leckerbissen. Du hast sie unter ihrer dicken Stirnlocke gekrault.

»Ihre Mutter? In Ihrer ersten Familie?«

»Ja. Momma und Pa sind anno dreiundvierzig aus dem Osten gekommen, um sich in Oregon anzusiedeln. Die Regierung hat damals Land an verheiratete Paare verteilt.«

»John Gantts Wagenzug. Darüber habe ich gelesen.«

Du hast mir einen überraschten Blick zugeworfen. »Wirklich? Tja, ich glaube, eine Weile ging alles gut. Momma bekam ein kleines Mädchen, Faith. Dann sind Faith und mein Pa gestorben, während Momma mit mir schwanger war.«

»Das tut mir leid.«

Du hast die Schultern gezuckt. »War ja noch vor meiner Geburt. Auf jeden Fall war's ihr nicht geheuer, mit 'nem Neugeborenen allein dort draußen, und deshalb ist sie mit dem nächstbesten Treck nach Osten zu ihren Leuten zurückgegangen. Ich wurde unterwegs geboren und Momma ist in einem Handelsposten gelandet, der jetzt Fort Shaw heißt. Dort hat sie 'nen Indianer geheiratet, als ich erst ein paar Wochen alt war.«

Ich starrte dich an. »Aber Ihre Mutter war ...«

Du hast gelacht. »Ja, sie war weiß. So wie Sie. Und ja, sie hat 'nen Indianer geheiratet. Red Feather. Er war mein Vater, solange ich denken kann.«

»Können Sie deshalb so gut mit Pferden umgehen?«

Du hast die Schultern gezuckt. »Vielleicht, ja.«

»Tara betet Sie an.«

»Ja, gut. Sie hätten Tara mal sehen sollen, als ich sie aus der Prärie geholt habe. Die war vielleicht wild. Hatte natürlich 'ne Höllenangst. Aber wir haben sie gezähmt.«

Eine Anspielung, die mir nicht entging. Ich räusperte mich. »Und was war dann? Was wurde aus Ihrer Familie?«

»Momma ist gestorben, hat zu viele Kinder bekommen. Red Feather hat sofort wieder geheiratet. Und um dieselbe Zeit ließ mein Granddaddy verbreiten, er habe gehört, dass ich noch am Leben sei, und wolle mich zurückholen. Seine Familie hatte es gut in Massachusetts getroffen. Aber dann war der Bruder meiner Mutter, Granddaddys Nachfolger, gestorben, so dass ich jetzt der einzige lebende Erbe war. Und irgend so ein alter Bibelfanatiker hat ihm eingeredet, dass er mich zu Hause brauche und jeden Preis bezahlen müsse, um mich vor den Heiden zu retten.« Nach einer Pause hast du hinzugefügt: »Also wurde ich gegen eine beachtliche Anzahl von Pferden ausgetauscht.«

»Ausgetauscht?« Meine Stimme wurde unwillkürlich schrill.

Du hast zu mir heruntergeschaut. »Was? Warum so entsetzt? Das, was Sie in Oregon erwartet, ist doch auch nicht besser?«

Ich klappte den Mund zu.

»Ich wurde also zu Granddaddy gebracht, und weil ich ja 'n kleiner Wilder war, haben sie mir die Haare geschnitten, mich in Hosen gesteckt und in die Schule geschickt. Ich musste stillsitzen und in die Kirche gehen. Hab immer ganz allein vorne auf der Armesünderbank gesessen und um Vergebung für meine heidnischen Bräuche gebetet.«

Das empörte mich. Papa hatte immer gesagt, es sei grausam, andere Menschen zu demütigen, egal wen. Er ging auch nicht zur Kirche. Mama und ich mussten alleine hin. »Und dann?«

Du hast Luft geholt. »Tja, war wohl mehr, als ich verkraften konnte. Bin also eingerückt und mit der Union rumgezogen und schließlich in Sheridan's Kavallerie gelandet. Dann kam der Krieg und mir wurde fast das Bein weggeschossen. Danach bin ich hierher zurückgekehrt. Hab 'ne Weile in Fort Shaw gelebt, aber das war nichts für mich. Da kommt kein Mensch zur Ruhe. Jedenfalls ich nicht.« Deine Miene verdüsterte sich. »Da sind schlimme Dinge passiert und ich hielt es für besser, mich vom Acker zu machen. Vor zwei Jahren bin ich dann bei einem meiner Kundschafterjobs auf diesen Fleck hier gestoßen. Die Hütte sah aus, als seien die Besitzer nur kurz weggegangen und würden jeden Moment zurückkommen. Da dachte ich mir, ich bleib erst mal da, bis sie wieder auftauchen. Sind sie aber nie.«

Ich tätschelte vorsichtig Taras Hals. Sie beachtete mich nicht, nahm nur dich wahr und stieß ihre Nase in deine hohle Hand. Ihre Haut war warm und seidig. Ich spürte die Adern unter ihrem glatten Fell.

»War es schlimm im Krieg?«

»Ja. Hab Dinge gesehen, die ich einfach nur vergessen wollte, aber ich hab sie nie mehr aus dem Kopf gekriegt, ist nicht mehr zu ändern.«

Ich sah, wie sich deine Augen verengten. Das kannte ich von Papa, der im Krimkrieg gekämpft hatte, als ich noch ein kleines Mädchen war. Papa sagte immer, als Offizier sei er bei weitem besser dran gewesen als »seine Männer«. Und du warst nur ein einfacher Soldat gewesen.

»So viel sinnlos vergeudetes Leben, so viel Kanonenfutter«, hatte ich Papa einmal sagen hören. Doch als ich ihn über den Krieg ausfragen wollte, starrte er durch das Fenster der Bibliothek in den Regen hinaus und war plötzlich sehr weit weg. Er erzählte mir nichts, tätschelte mir nur die Wange und sagte, eine junge Dame wie ich müsse sich über solche Dinge nicht den Kopf zerbrechen.

Deine Finger glitten unter Taras dicke weiße Mähne und streichelten ihren Hals. Meine Frage hatte wohl dunkle Erinnerungen in dir wachgerufen. Ich schämte mich, hätte mich gern bei dir entschuldigt, wagte es aber nicht. Stattdessen legte ich meine Hand neben deine, als du das nächste Mal Taras Hals gestreichelt hast, und ahmte deine Bewegungen nach. Du hast mich misstrauisch angesehen und bist davongehinkt. Ich stand allein bei Tara und wir starrten dir beide verwirrt nach.

Später aßen wir auf der Veranda zu Mittag. Das Brot war noch warm. Ein leichter, stetiger Regen fiel, den ganzen Vormittag schon. Es tropfte überall um uns herum, auf das Hüttendach, auf die Blätter der Bäume am Bach unten.

»Was ist das für Fleisch, bitte?«

Du hast mich lange angesehen.

Ich schluckte. »Vielleicht sollte ich es lieber nicht so genau wissen?«

»Ja, vermutlich.«

»Wann können Sie mich zurückbringen? Klart das Wetter morgen auf?«

Du hast von deinem Teller aufgeschaut, in den Nieselregen gestarrt und die Schultern gezuckt.

»Es macht nichts, wenn ich nass werde«, fuhr ich fort. »Wir können auch bei diesem Wetter reisen.«

Du hast deinen Löffel weggelegt und deine Hände flach auf die

Tischkante gestemmt. Der Wind fegte über die Hütte und der Regen peitschte gegen die Veranda. »Ich bringe Sie nicht zurück.«

Ein unheilvolles Schweigen dehnte sich zwischen uns aus.

»Ich verstehe nicht …«

»Ich sagte, dass ich Sie nicht zurückbringe.«

»Aber …« Ich starrte ihn hilflos an. »Ich bin aus London!«

»Na wennschon. Meinetwegen können Sie auch vom Mond sein.«

»Ich muss nach Portland.«

»Em …«

»Bitte nennen Sie mich nicht ›Em‹. Mein Name ist Emily.«

»Ich nenne Sie, wie's mir passt. Und soweit ich sehe, ist das der einzige Name, auf den Sie hier hören.« Du hast einen Augenblick überlegt. »Könnte mir auch so 'nen frommen alten Siedlernamen für Sie aussuchen. Providence. Oder Purity. Oder wie wär's mit Helpless?«

Ich wich vor dir zurück. »Mein Name ist Emily. EMILY.«

Du bist aufgestanden und die Treppe hinuntergegangen, um nach Tara zu sehen, die unter einem Baum vor dem Regen Schutz gesucht hatte.

»Mein Name ist Emily und man wird nach mir suchen!«, rief ich ihm hinterher.

Du bist zurückgekommen und die beiden Stufen heraufgestiegen. Die erste war ziemlich hoch, ein großer Schritt von der abschüssigen Erde; die zweite, flachere ging in die Bodenbretter über. »Sollen sie nur. Aber täuschen Sie sich nicht, Emily – die werden Sie für tot halten, so wie die anderen.«

»Ich bin aber nicht tot!«

Du bist im Haus verschwunden und hast eine Kiste unter dem Tisch hervorgezogen. Den Inhalt – verschiedenes Zaumzeug-Zubehör – hast du auf der Tischplatte ausgebreitet. Ich rang nach Luft, brachte aber kein Wort mehr heraus. Du hast mich spöttisch angesehen.

»Was ist? Hat's Ihnen die Sprache verschlagen?«

Ich war dazu erzogen, stets freundlich und fügsam zu sein, und kämpfte mit meinen Worten. »Was ist? Sie halten mich hier fest, *das* ist!«

»Ich halte Sie nicht fest. Sie können jederzeit gehen.« Du hast auf die Berge draußen gezeigt. »Hier, bitte.«

»Aber ich ... weiß ja nicht, wohin.«

»Ach wirklich?«

»Das ist nicht anständig von Ihnen«, wisperte ich mit aufgerissenen Augen.

»Das ganze Leben ist nicht anständig. Sie werden sich schon wieder beruhigen.«

»Reden Sie nicht so mit mir! Ich bin nicht Tara. Ich bin kein willenloses Haustier!«, stieß ich heftig hervor.

Du hast die Schultern gezuckt und zwei verschiedene Schnallen an einen Lederstreifen gehalten. »Ehrlich gesagt glaube ich, dass Sie nie was anderes waren als ein willenloses Haustier«, hast du vor dich hin gebrummt.

»Nein, das bin ich nicht und mein Name ist Emily. Nicht English, oder was immer Sie sagen. Ich heiße Emily!« Auf dem Tisch lag eine Stahltrense, ein D-förmiger Ring, der auf ganzer Länge durchbrochen war. Ich griff danach, schlang meine Finger durch und schleuderte den Ring nach dir. Du hast dich weggeduckt, aber nicht schnell genug; der Ring prallte an deiner Schulter ab und klirrte auf den Boden.

»Verdammt, Emily!«

Ich weiß nicht, welcher Teufel mich ritt, aber in meiner Wut riss ich das Gewehr vom Wandhaken. Ich hatte noch nie eine Waffe in der Hand gehalten. Ich legte meinen Finger auf den Abzug und zielte blind.

Du hast dir kopfschüttelnd dein Schulterblatt gerieben. »Was wird das jetzt?« Stille. Du hast auf deine Rippen gedeutet. »Versuchen Sie's mal hier. Aus dieser Entfernung treffen Sie mich vielleicht sogar. Das bringt mich nicht gleich um, aber ich werde ein paar Tage schrecklich leiden.«

Ich sackte zusammen, den Tränen nahe. Du hast nach dem langen Gewehrlauf gegriffen und ihn zur Decke gerichtet, dann hast du meinen Finger auf den Abzug gedrückt. Ein lauter Knall zerriss die Luft und ich stürzte vor Schreck zu Boden, während du mir das Gewehr aus der Hand wandest und eine Wolke aus Kalkstaub von der Decke auf uns herabrieselte.

Hastig rappelte ich mich auf und ergriff die Flucht. Ich rannte die Wiese hinunter zum Wald, ohne zu wissen, wo ich hinsollte. Und es war mir auch egal.

Acht

»Siehst du den Steilhang dort?« Cal zeigte mit dem Finger darauf. »Wie der hinter unserem Haus? Dort haben die Indianer früher die Büffel runtergetrieben. ›Büffelsprung‹ nannte sich das.«

»Na toll!«, sagte Hope sarkastisch und schaute auf die vorbeigleitende Landschaft. Eine wilde, atemberaubende Gegend. Zackige Klippen ragten in die Höhe, die schwarzgrauen Felsmaserungen hoben sich scharf gegen den blauen Himmel ab. Die weite Kuppel über ihnen war mit weißen Schäfchenwolken betupft. Hier und da ragten Baumgruppen auf, die sich zu ganzen Wäldern verdichteten. Und an einigen Stellen, direkt am Wegrand, rieselten und plätscherten kleine Bäche und Rinnsale. Manchmal tauchten Pferde auf, zu zweit oder dritt, streunten frei umher. Das Gras um die Bäume herum war blütenübersät, wie ein farbenprächtiger Teppich.

»Der Taxifahrer, der uns zum Flughafen gebracht hat, meinte, hier draußen tauchen Leute unter, Verbrecher, die auf der Flucht sind, und so.«

Cal lächelte ihr zu. »Schon möglich, aber ich glaube, die meisten kommen hierher, um die Weite und die Einsamkeit zu genießen. Weniger Kopfrauschen, verstehst du?«

Sie schwiegen eine Weile.

Dann sagte Cal: »Da oben soll es ein Pferd geben, das seit Jahrhunderten in der Gegend umherstreift. Ein weißer Hengst mit Glasaugen, wie wir das nennen. Helle, fast durchsichtige Augen. Pops hat immer gesagt, dass dieser Hengst der Stammvater der Crow-Pferde sei. Das ist mir wieder eingefallen, als der kleine Zach auf die Welt kam. Ist aber wohl nur Wunschdenken.«

»So wie dieses mythische Pferd, was?«

Cal lächelte. »Dad hat ihn gesehen. Es heißt, dass der Hengst jedem von uns Crows einmal in seinem Leben erscheint.«

Hope dachte an das Tagebuch und zog den kleinen Band aus ihrer Tasche. »Das ist das Tagebuch vom Speicher oben.«

Cal schaute sie an. »Und? Ist es interessant?«

»Ja. Sie fährt nach Portland, zu dem Mann, den sie heiraten soll und den sie noch gar nicht kennt. Die Stantons, so heißt seine Familie, bauen dort eine Eisenbahn.«

Cal dachte darüber nach. »Wahrscheinlich haben sie diesen Weg genommen, um der Cholera zu entgehen ... und vielleicht auch den Sioux-Kriegen ...«

»Genau. Das sagt sie auch. Komisch ist nur, dass das Tagebuch wie ein Brief geschrieben ist. Ein Brief an einen anderen Mann mit hellen Augen und einem verkrüppelten Bein. Bin mal gespannt, wer das ist. So weit bin ich noch nicht.«

»Und sie? Wer ist sie?«

»Emily Forsythe. Ihr Dad ist ein angesehener Londoner Diplomat. Total viktorianisch das Ganze. Sie wird von einer Art Gouvernante, einer gewissen Miss Adams, nach Portland begleitet, eine verbitterte alte Jungfer offenbar. Sie reisen in einem Pferdewagen mit einer Begleitmannschaft aus Chicago.«

»Okay ...«

»Okay?«

»Na, dann lies doch mal vor, Cooper!«

Hope wandte sich schnell ab, um ihr verlegenes Lächeln zu verbergen, und las vor, wie Emily und Miss Adams in den Wagen einstiegen und Fort Shaw verließen. Ihr Lächeln erlosch. »O Gott, sie ist grässlich.«

»Ja, klingt nicht besonders lustig.«

»Arme Emily. Sie muss einen Mann heiraten, den sie überhaupt nicht kennt.«

»Andere Zeiten damals.«

Hope beugte sich vor und legte das Tagebuch aufs Armaturenbrett.

»Hey, Vorsicht, sonst rutscht es einfach durchs Fenster raus. Ich weiß das aus Erfahrung. Leg's lieber in die Jockey Box.« Er zeigte unter das Armaturenbrett auf Hopes Seite.

»Ah, du meinst das Handschuhfach.«

»Ja, gut, sind aber keine Handschuhe drin«, sagte Cal lächelnd.

Hope öffnete es und legte das Tagebuch hinein. »Jockeys auch nicht.« Sie zog etwas heraus, einen seltsamen, geriffelten Gegenstand, ungefähr so groß wie ihr Daumennagel, der sich trocken und zerbrechlich anfühlte. »Was ist das?«

Cal warf einen Blick darauf. »Die Rassel von einer Klapperschlange, die ich letzten Sommer auf der Straße erlegt habe. Bringt Pech, wenn man sie nicht mitnimmt.«

Hope ließ die Rassel ins Handschuhfach zurückfallen, knallte es zu und wischte sich die Handflächen an ihren Shorts ab. »Krass.«

Cal lachte.

»Also, wir holen jetzt die Pferde deiner Tante ab.«

»Ja. Und meine Mom.«

»Ist deine Mutter auch von hier?«

»Mom? Nein, die kommt aus dem Osten. Vermont.«

»Und wie haben deine Eltern sich kennengelernt?«

»Meine Mom hatte hier einen Ferienjob als Assistentin bei einem Dokumentarfilmer. Und Dad hat sie kennengelernt, als sie ein Rodeo gefilmt haben. Hat anscheinend sofort gefunkt. Sie ist nur noch für ein paar Monate nach Hause zurückgeflogen, dann haben sie geheiratet.«

»Einfach so?«

»Ich war schon unterwegs. Das dürfte die Dinge ein bisschen beschleunigt haben.«

»Wow.«

Cal nickte. »Und damals hat Dad das Pferd gesehen. An dem Morgen, als Mom schluchzend aus Vermont anrief und ihm sagte, dass sie in den nächsten Bus steigen würde. Ihre Eltern hatten sie rausgeschmissen, wegen mir. Dad ist ihr sofort nach Chicago entgegengefahren. Das Pferd hat er gesehen, als er von der Ranch abgebogen ist. Sie sind zusammen zurückgekommen und haben eine Woche später geheiratet, das war's dann. Hier müssen wir den Trail wechseln. Wir verlassen jetzt unser Land und kommen in den Nationalpark. Ab jetzt wird es rauer.« Er sah, dass Hope neugierig auf die Kontrollanzeige starrte. »Willst du fahren?«

»Oh, ähm, nein. Danke.«

»*Kannst* du fahren?«

»Ich lebe in London. Dort gibt es öffentliche Verkehrsmittel.«

Cal schnalzte mit der Zunge und bremste. Er stieß seine Tür auf, stieg aus und kam auf ihre Seite herüber. »Dann wird's Zeit, dass du es lernst.«

»Ich glaub nicht …«

»Na, komm schon, Cooper. Sei kein Feigling.«

Hope stieg aus und sie wechselten die Seiten. Das Problem war nur, dass Hope nicht an die Pedale heranreichte.

Cal saß schon auf ihrem Platz. »Du musst dich weiter nach vorne setzen. Den linken Fuß brauchst du nicht, den kannst du an der Lehne dort halten. Das Pedal links ist dann die Bremse, Gas ist rechts. Setz deinen Fuß auf die Bremse und leg den Gang hinter dem Lenkrad ein.«

»Hab ich.« Hope nickte.

»Und jetzt nimm deinen Fuß langsam von der Bremse, dann rollt er los. Das dauert 'n Moment, wegen dem Hänger.«

Der Pick-up kroch langsam vorwärts.

»Und jetzt ganz leicht aufs Gaspedal tippen.«

Der Wagen nahm Tempo auf. Hope lenkte ihn vorsichtig über den Trail.

»Das macht Spaß.«

»Sag ich doch.«

Sie fuhren im Winkel zu einer Bergkette. Ein Stück weiter vorne stieg das Land an, es gab jetzt mehr Bäume. Davor klaffte eine tiefe Spalte in der Landschaft, mit einer Brücke darüber, auf die sie zufuhren.

Hope konzentrierte sich ganz auf die paar Meter vor dem Pick-up. »Ich weiß nicht, ob ich das im Straßenverkehr auch könnte …«

»Stopp, Hope! Halt den Wagen an. Sofort!«

Hope verwechselte in der Aufregung die Pedale, trat mit dem linken Fuß auf die Bremse und mit dem rechten gleichzeitig aufs Gas. Der Pick-up schoss vorwärts und röhrte gegen die Bremse an. Cal griff herüber und nahm den Gang heraus.

»Füße vom Pedal«, bellte er.

»Tut mir leid!« Hope hielt die Hände hoch und zog ihre Knie an.

»Steig aus.«

Hastig öffnete sie die Tür, ohne wirklich zu begreifen, was sie falsch gemacht hatte. Als sie vorne um den Pick-up herumgingen, um die Plätze zu wechseln, murmelte sie »'tschuldigung«.

Cal packte sie am Arm. »Ist nicht deine Schuld. Hier, schau!«

Hope spähte in die Richtung, in die er zeigte. Am anderen Ende der Brücke, fast schon darauf, stand ein prachtvolles, schimmerndes Pferd. Mähne und Schweif waren lang und schneeweiß. Sein Blick war direkt auf sie gerichtet. Aber sie waren zu weit weg, um die Farbe seiner Augen zu erkennen.

»Steig ein.«

Hope kletterte hastig auf den Beifahrersitz.

»Schnall dich an.« Cal legte bereits den Gang ein und beschleunigte.

Der Pick-up erreichte die Brücke. Hope streckte ihre Hand aus, wobei sie fast Cals T-Shirt berührte, und spähte erschrocken durch die Windschutzscheibe. »Nein, warte, ist das nicht gefährlich? Die sieht aus, als wäre sie mindestens hundert Jahre alt.«

»Bin schon oft drübergefahren.«

Das weiße Pferd stand noch immer am anderen Ende der Brücke, als sie hinauffuhren. Hope schaute durch das Fenster auf das praktisch leere Flussbett hinunter, in dem nur ein paar dünne Rinnsale dahintröpfelten.

Cal bremste hart. »Da fehlen ein paar Planken. Wurde wahrscheinlich nach dem Winter nicht repariert. Verdammt, das hätte ich vorher checken müssen. Rückwärts runterfahren ist ein Albtraum.«

Von der Brücke unter ihnen kam ein unheilvolles Ächzen. Das Ganze fühlte sich ziemlich wacklig an.

»Shit«, stieß Cal hervor, dann drang das Ächzen erneut an ihre Ohren.

Cal beschleunigte und lenkte den Pick-up über die Lücke. Der Hänger hinter ihnen ratterte, knallte hart in das Loch. Mit einem grässlichen Laut brachen die Holzplanken darunter ein und der Hänger schlitterte nach links. Dann ein endloser Schreckensmoment, als die Zugstange sich durchbog. Aber sie hielt.

Der Pick-up holperte rückwärts und glitt auf die eingebrochene Stelle in der Brücke zu. Hope schrie und Buddy jaulte. Cal trat auf sämtliche Bremsen und der Wagen blockierte. Ein paar Sekunden lang, die wie eine Ewigkeit waren, passierte nichts. Der Hänger ragte immer noch über die Brücke. Cal rammte den Gang in Parkposition und stemmte seinen Fuß mit aller Kraft auf die Bremse. Der Motor röhrte laut in der Stille.

»Hope, mach deine Tür auf und steig aus.«

»Nur wenn du mitkommst.«

»Mach ich ja, aber du gehst sofort, okay? Buddy? Raus mit dir, Buddy!«, brüllte er dem Hund zu, der sich ganz nach hinten in die Ladefläche des Pick-ups verkrochen hatte.

Cal versetzte Hope einen Stoß, während sie am Türgriff zog und gleichzeitig mit ihrem Sicherheitsgurt kämpfte. Die Tür flog auf und im selben Moment landete Buddy mit einem dumpfen Aufprall auf der Brücke. Der Hänger ächzte und schwankte. Der Pick-up rutschte ein paar Zentimeter.

Das weiße Pferd drehte sich um und verschwand in den Bäumen.

Hopes Seite des Fahrzeugs drehte sich nach oben und die Tür knallte wieder zu. Sie waren jetzt in der Kabine eingeschlossen.

Cal packte Hopes Hand, als der Pick-up mit einem ohrenbetäubenden Knirschen über den Rand kippte.

Hopes Nacken schmerzte, alles tat weh. Sie hing kopfüber in ihrem Gurt. *Wie lange war ich bewusstlos?* Sie schaute zu Cal hinüber. Er klebte wie eine verzwirbelte Peitschenschnur an der Deckenverkleidung des umgestürzten Pick-ups. Wahrscheinlich lagen sie im Bachbett. Die Vorderseite des Pick-ups war gegen einen der Brückenpfeiler gerutscht, was vermutlich ihre Rettung war, weil die Kabine auf diese Weise nicht völlig zerquetscht wurde. Wasserbäche liefen durch die Kabinenfenster, durchnässten Cals Kleidung, rannen durch sein Haar.

Wo kommt das her? Hope blinzelte, um ihre Augen freizubekommen, und rieb sich das Gesicht mit ihren nassen Händen. Irgendwo hörte sie aufgeregtes Bellen. Sie fummelte an ihrer Gurtschnalle herum und öffnete sie mühsam. Im selben Moment stürzte sie in das anschwellende Wasser unter ihr und schürfte sich das Gesicht und die Schulter an einer Kante im Dach auf. Ihre Wange brannte – Blut rann ihr übers Gesicht. Auf Händen und Knien stemmte sie sich in dem engen Raum hoch und tätschelte beschwörend Cals Gesicht.

»Cal?«

Seine blauen Augen flogen auf, er schüttelte sich wie ein Hund und fluchte laut. Von seinem nassen Haar spritzten Wassertropfen auf die Innenseite der zerbrochenen Windschutzscheibe. Die Rinnsale im Flussbett waren jetzt keine getrennten Bäche mehr, sondern bildeten eine einzige Sturzflut, die durch die Kabine fegte. Cal streckte die Hand aus, packte Hope am T-Shirt. Er war jetzt hellwach. »Wenn ich dir diesmal sage, dass du rausgehen sollst, dann gehst du, klar?« Er kickte die Reste der Windschutzscheibe mit drei wuchtigen Tritten heraus. Knisternder Glasschutt fiel zurück. Hope spürte, wie er sie mit dem Stiefel vorwärtsstieß, als sie hinauskletterte, die ganze Hand voller Glaskörner. Ihre Ohren hallten vom Donnern des Wassers wider. Es wurde immer lauter. Cal versuchte das Gewehr hinter den Nackenstützen abzuschnallen.

Das Tagebuch! Hope kletterte durch das zertrümmerte Beifahrerfenster zurück, zog das Handschuhfach auf und angelte das kleine Buch heraus. Sie stopfte es in ihre Tasche. Cal kämpfte immer noch mit dem Riemen, der das Gewehr festhielt.

Durch Hopes Stiefelsohle quoll Wasser, drang bis zu ihren Knöcheln hinauf, fegte durch das verbogene Fahrerfenster. Cal war in der Kabine drinnen inzwischen völlig durchgeweicht. »Komm jetzt!«

»Komme!«

Der Lärm steigerte sich um das Zehnfache. Hope schaute in die Richtung, aus der das Tosen kam, und sah eine Wasserwand den Bach herunterschießen, so hoch wie sie selbst.

»SOFORT!«

Cal kletterte auf allen vieren aus der Kabine, das Gewehr über der Schulter. Er packte Hopes Hand, zerrte sie zu einer tiefen Spalte im gegenüberliegenden Ufer. Hoch über ihnen lief Buddy hin und her und bellte sich die Kehle heiser. Cal stieß Hope vor sich her und hievte sie tiefer in die Spalte hinein. Das Wasser schwappte ihnen um die Schenkel.

Dann legte er seine Hand unter Hopes Hintern und schob. »Da rauf, los!«

»Ich versuch's ja!«

Ein paar Sekunden später fand ihr Fuß Halt und sie begann zu klettern, stieß sich an den felsigen Rändern der Spalte ab. In ein paar Sekunden schaffte sie es auf die Grasböschung hinauf. Sie wälzte sich auf den Bauch, griff hinunter, packte Cals Hand und hielt sie mit aller Kraft fest, während Buddy wild um sie herumsprang. Ihre Handgelenke brannten wie Feuer, als Cals Stiefel abrutschten, aber schließlich fand er Halt und hievte sich die letzten paar Meter herauf. Keuchend lagen sie nebeneinander, während das Schmelzwasser durch die Schlucht unter ihnen donnerte.

Neun

Gewiss mag es auch edle, großherzige Männer geben, die sich zartfühlend gegenüber Frauen verhalten und sich als treue Gefährten erweisen. Doch solche Beispiele sind beklagenswert selten.

Als ich den Waldrand erreichte, war ich bereits außer Atem und ging nun langsamer weiter. Es gab keinen Weg. Keinen Pfad, keine Spur. Nichts. Das Kieferngestrüpp wurde dichter, je tiefer ich in den Wald kam. Und kein erkennbarer Weg weit und breit. Ich war völlig durchnässt, obwohl es nur leicht regnete, und meine Füße wurden allmählich wund.

Der Angstschweiß rann mir in mein kaltes, nasses Hemd und ließ mich erschauern. Was hatte ich nur getan? Wie sollte ich allein in der Wildnis überleben? Der Boden war schwammig von Moos und Kiefernnadeln. Dann stach mir etwas in den Fuß. Ich zuckte zusammen und untersuchte die gerötete Stelle, während ich mich mit einer Hand an der rauen Rinde eines Baums abstützte. Der Wald vibrierte von Vogelstimmen, ragte wie eine lärmende Geräuschkuppel über mir auf. Der Regen hatte offenbar aufgehört, jetzt sickerte Licht durch die Bäume, verfing sich in den Flügeln der Schmetterlinge und ließ das Unterholz aufleuchten. Zweimal musste ich umkehren, weil das Dickicht undurchdringlich wurde. Ich hielt an und ruhte mich auf einem umgestürzten Baum aus, durstig und mit wunden Füßen. In der Nähe plätscherte Wasser. Als ich wieder zu Atem gekommen war, folgte ich dem Geräusch. Aber das Wasser war braun und schlammig, also ging ich weiter.

Als die Nachmittagskälte einsetzte, stieß ich auf eine Art Trail oder Wildpfad. Meine Füße wurden langsam taub. Ich ging weiter, um warm zu bleiben, aber dann stieß ich im schwindenden Licht auf einen großen Fels mit einem Baum daneben. Ich kauerte mich nieder und schlang die Arme um mich. Meine Kleider und Haare waren durchnässt. Warum hatte ich nicht wenigstens eine Decke mitgenommen oder etwas Wärmeres zum Anziehen? Ich rieb mir meine wunden Füße. Sie waren ganz zerschrammt und mit roten Flecken übersät, der rechte war blutverschmiert von einem Splitter, den ich mir eingetreten hatte, und die Nägel waren an den Rändern blau vor Kälte.

Bald wurde es dunkel und ich konnte mich des Gefühls nicht erwehren, dass der Wald Augen hatte. Etwas bewegte sich im Unterholz. Ich unterdrückte einen Aufschrei, als ein Reh aus der Dunkelheit sprang. Durch die Angst wurde mir noch kälter, obwohl meine Haut sich plötzlich etwas wärmer unter meinen Händen anfühlte und das heftige Zittern nachließ. Um mich herum raschelten und huschten die Nachtgeschöpfe, erschreckten mich mit ihren unheimlichen Lauten, bis sie nach und nach verstummten und kaum noch ein Murmeln zu hören war. Der Mond hoch über mir ließ das Kieferngeäst wie zarte, durchbrochene Spitze schimmern.

Kurz vor Tagesanbruch schreckte ich hoch. Im ersten graublauen Dämmerlicht, das durch die Bäume sickerte, brach ich wieder auf, steif vor Kälte. Nach ein paar Minuten stolperte ich in einen Bach. Dankbar wusch ich mir Gesicht und Hände und trank ein wenig. Nach einer Ewigkeit, wie mir schien, öffnete sich der Wald und ich trat in eine Grasebene hinaus.

Die Sonne ging auf und ich wandte mich in die Richtung, die ich für Osten hielt. Meine Füße brannten, ich hatte Kopfschmerzen vom Wassermangel und mein leerer Magen knurrte lautstark. Irgendwann nach Mittag, ich irrte noch immer durch das endlose Grasland, den See zu meiner Rechten, stolperte ich vor Erschöpfung und fiel auf die Knie. Ich wischte mir den Schweiß und ein paar Tränen des Selbstmitleids vom Gesicht, als ich plötzlich hochschreckte: Ein leises Knurren drang an mein Ohr, ich hob den Kopf.

Am Rand der Bäume, kaum zehn Meter entfernt, ragte ein Felsausläufer empor, vielleicht etwas höher als ich. Eine riesige lohfarbene Raubkatze kauerte darauf, den Bauch an den Stein gepresst. Ein amerikanischer Berglöwe – ein Puma. Das Tier fletschte die Zähne, stieß ein langes, leises Fauchen aus und seine Beine spannten sich, bereit zum Angriff.

Ich schrie auf, taumelte zurück und stürzte zu Boden. Der Puma setzte zum Sprung an und im selben Moment hallte ein Schuss durch die Berge, Steinsplitter spritzten unter den Pfoten der Raubkatze auf. Sie wich einen Augenblick fauchend zurück, dann hetzte sie zwischen den Bäumen davon.

Ich rang verzweifelt nach Luft. Deine Hand fasste mich hart unter dem Arm. »Hoch! Aufstehen!« Ich kämpfte mich auf die Füße, wehrte mich gegen deinen Griff. Du hast mich an den Armen gepackt und grob geschüttelt. »Das reicht jetzt.«

»Lassen Sie mich gehen!« Ich schlug um mich und stieß dich weg.

»Möchten Sie als Katzenfutter enden?« Nach einem letzten wütenden Ruck hast du mich losgelassen.

Ich gab mit einem Schlag jeden Widerstand auf und eine Träne rollte mir über die Wange. Wir standen da, starrten einander an und rangen beide nach Luft. Du hast mir seufzend die Wasserflasche gereicht. Ich hätte sie dir am liebsten aus der Hand geschlagen, aber ich war so durstig, dass ich sie nahm und gierig trank.

»Was zum Teufel hab ich Ihnen getan, dass Sie sehenden Auges in den Tod rennen?«

Ich schaute auf die Feldflasche in meinen Händen und wischte eine weitere Träne weg. »Ich hatte gehofft auf Menschen zu treffen – Leute, die mir weiterhelfen können.«

»Glaube kaum, dass Sie hier auf Leute treffen – oder höchstens solche, auf deren Hilfe Sie gut verzichten können«, hast du mich angeherrscht. »Sie haben ja keine Ahnung, was die Goldschürfer und Trapper hier draußen mit Ihnen machen würden!«

»Hören Sie auf! Bitte!«

»Warum? Sind Ihre Ohren genauso prüde wie der ganze Rest von Ihnen?«

»Hören Sie auf! Hören Sie auf, mir Angst zu machen!« Eine ungeahnte Wut schoss in mir hoch und ich warf dir die Feldflasche an die Brust. Ich kann mich nicht erinnern, dass ich vor dem Unfall jemals so außer mir gewesen war.

Du hast die Wasserflasche aufgefangen und an dich gedrückt, die andere Hand warnend erhoben. »Und Sie hören gefälligst auf Sachen nach mir zu werfen. Hab mein Lebtag noch nie die Hand gegen eine Frau erhoben, aber Sie stellen meine Geduld auf eine harte Probe.«

»Sie haben mir versprochen, dass Sie mir nichts tun werden.«

»Ja, aber da hatten Sie mich noch nicht zur Zielscheibe auserkoren.« Kopfschüttelnd hast du hinzugefügt: »Also kommen Sie jetzt. Zeit, nach Hause zu gehen.« Du hast mich an der Schulter gefasst und zu Tara gezogen. »Und da Sie nun mal hier festsitzen, werden Sie sich mit den Bräuchen in dieser Gegend abfinden müssen. Ohne Pferde geht gar nichts. Lektion eins: Wie steigt man auf ein Pferd? Links ist die körpernahe Seite, rechts die andere. Steigen Sie immer auf der nahen Seite auf …«

Ich stieß dich von mir, schlug deine Hand mit aller Kraft weg. »Ich kann nicht reiten.«

Du hast dich an der Wange gekratzt. »Okay – ist es Ihnen lieber, wenn ich Sie über den Sattel werfe wie einen Kartoffelsack?«

Ich drehte mich zu Tara um.

»Gut. Eine Hand auf ihrem Widerrist – ja, der Kamm hier – und die andere auf ihrem *Hintern*. Ja, *Hintern* hab ich gesagt. Das macht ihr nichts aus. Tara ist nicht so zimperlich wie gewisse andere Ladys.« Du hast dich gebückt, mein linkes Schienbein umfasst und mit deinen Fingerknöcheln hinter mein Knie geklopft. »Und jetzt Knie beugen und ein bisschen auf dem rechten Fuß wippen, und wenn ich ›Los!‹ sage, lassen Sie sich von mir hochhieven und schwingen Ihr rechtes Bein hinüber. Gebrauchen Sie Tara. Dazu ist sie da.«

Ich wich vor deinem Griff zurück. »Aber ich kann nicht im Herrensitz reiten, nur im Damensitz.«

Du hast dich aufgerichtet. »Hab keinen dabei, Gnädigste.«

Meine Lippe zitterte. »Ein Gentleman würde das nicht von mir verlangen.«

Daraufhin zerriss ein fürchterlicher Fluch die Stille – eine Unflätigkeit, wie ich sie nie zuvor vernommen hatte. Du hast mit dem Finger auf dich selbst gedeutet und gesagt: »Schauen Sie mich gut an, Emily – hab ich auch nur das Geringste an mir, was nach einem Gentleman aussieht?«

Ich musterte dich von oben bis unten, von deinem langen Haar über die Sammlung von Federn und anderem Krimskrams um deinen Hals bis zu deinen alten Kleidern und kniehohen Indianerstiefeln hinunter.

Mit einem Stoßseufzer drehte ich mich wieder zu Tara um und legte meine Hände auf sie, wie du es mir befohlen hattest. Der erste Versuch misslang kläglich. Du hast dich aufgerichtet. »Lassen Sie einfach locker, dann hieve ich Sie hinauf. Schön ruhig.«

»Ich bin aber nicht ruhig«, stieß ich unter Tränen hervor.

»Herrgott noch mal, Emily.« Du hast dir verzweifelt das Gesicht gerieben. »Sie können doch nicht gleichzeitig stur wie ein Esel und eine solche Heulsuse sein. Das macht mich noch verrückt.« Dann hast du mich an den Schultern gefasst und mit dem Gesicht zum Sattel gedreht. »Versuchen Sie es noch mal. Eins, zwei, drei … Los!«

Zu meiner Überraschung saß ich eine Sekunde später auf Tara, die ganz stillhielt. Du hast sie zu einem Baumstumpf geführt, während ich mich panisch an ihrer Mähne festklammerte, und dich daraufgestellt. Dann hast du dich auf Taras Rücken gleiten lassen, die Zügel in eine Hand genommen und mich mit der anderen festgehalten. Es war alles haarsträubend unschicklich. Bei dem bloßen Gedanken, dass ihre Tochter rittlings auf einem Pferd sitzen könnte, wäre meine Mutter in Ohnmacht gefallen, ganz zu schweigen von unserer momentanen Haltung – deine Arme um meine Hüften geschlungen, deine freie Hand auf meinen Schenkel gestützt, während du die Zügel ausgerichtet hast.

»Lassen Sie doch das Zappeln. Sie sind kein Aal und Tara mag das nicht.«

Tara schien sich aber nicht das Mindeste daraus zu machen. Sie war ruhig und gefügig wie immer. Du hast ihr fast ganz die Zügel gelassen.

»Wie weit bin ich gekommen?«, fragte ich gequält.

»Ungefähr vier Meilen. In die falsche Richtung.«

Wir waren jetzt wieder im Wald und das Wetter klarte zwar nach der morgendlichen Diesigkeit auf, aber in den Bäumen blieb es dunkel, wenn auch längst nicht so unheimlich wie am Tag zuvor, als ich dort allein herumgeirrt war.

Kurze Zeit später trotteten wir aus dem Waldesdunkel ins Licht hinaus. Ich beschirmte mit einer Hand meine Augen. Meine nackten Füße baumelten herunter und ich stieß mit den Fersen an deine Schienbeine, während Tara trittsicher den Grashang hinaufkletterte, um schließlich vor unserer Veranda anzuhalten. Du bist abgestiegen, mit deinem guten Bein zuerst, dann hast du mir heruntergeholfen. Ich zuckte zusammen, als du mich auf die Füße stelltest.

»Ist ganz allein Ihre Schuld.«

Erschöpft drehte ich mich zur Hütte um.

»Ah-ha. Haben Sie nicht was vergessen?«

Ich wandte mich wieder um. »Warum? Ich verstehe nicht.«

Du hast auf Tara gezeigt, die brav dastand.

»Was?« Meine Stimme klang beleidigt und mürrisch, selbst in meinen eigenen Ohren.

»Hören Sie, Em, ich weiß, dass Sie müde sind. Aber als Erstes kümmern Sie sich um das Pferd, bevor Sie an sich selbst denken. Dauert nur 'n paar Sekunden, sie abzuzäumen. Oder wollen Sie sie einfach so stehenlassen?«

Ich hob unsicher meine Hände an ihr Gesicht.

»Nicht den Kinnriemen. Lösen Sie nur den Kehlriemen dort. Den dünnen. Ja, so. Und jetzt zwischen die Ohren greifen und den Stirnriemen packen. Und ziehen – schön vorsichtig.« Der Zügel fiel in meine Hand und Tara ließ die Trense aus ihrem Maul gleiten, dann schüttelte sie den Kopf und trottete davon, nachdem du ihr die Schulter getätschelt hattest. Du hast mir den Zügel abgenommen, ihn an einen Nagel am Geländer gehängt und auf die Bank auf der Veranda gezeigt. »Und jetzt lassen Sie mich nach Ihrem Fuß sehen.«

Ich sank auf die Bank, steif und wund gescheuert, während du Tee kochtest. Mit zwei Bechern in den Händen bist du wieder herausgekommen und hast mir einen davon gegeben. Dann hast du dich hingekniet, um meinen Knöchel mit den Fingern zu umfassen. Du hast meinen Fuß hochgehoben, die Sohle untersucht und missbilligend mit der Zunge geschnalzt. »Was soll ich nur mit Ihnen machen, Emily?«

»Nichts. Gar nichts sollen Sie mit mir machen.«

»Spinnenbiss«, hast du festgestellt, nachdem du den Fuß gründlich untersucht hattest. Du hast die Haut ringsum befühlt, die sich inzwischen schwarz verfärbt hatte wie von einem Bluterguss.

Ich riss meinen Fuß weg und krümmte mich vor Schmerz. »Autsch.«

»Stellen Sie sich nicht so an. Ist Ihnen heiß? Oder schlecht?«

»Nein, mir ist kalt. Ich friere, das ist alles.«

»Kein Wunder. Sie sind nicht dafür geschaffen, im Freien zu schlafen. Sie haben sich ja nicht mal 'nen Unterschlupf gemacht.«

»Dann sind Sie mir also gefolgt?«

»Was denken Sie denn?« Du bist aufgestanden und zum Waschzuber gegangen. Dann hast du den Hahn aufgedreht und die Wanne mit kristallklarem Wasser gefüllt.

»Warum haben Sie mir gestern Nacht nicht geholfen? Ich hatte solche Angst!« Mein Kinn zitterte.

Du hast die Stirn gerunzelt und ein verlegener, seltsam schmerzlicher Ausdruck trat in dein Gesicht. »Dachte, Sie kommen wieder zur Vernunft und drehen von selber um. Konnte ja nicht wissen, wie verdammt dickköpfig Sie sind.«

»Und da wollten Sie mir wohl eine Lektion erteilen?«, stieß ich in einem Tonfall hervor, der zugleich würdevoll und gekränkt klingen sollte, wie ich es von Mama gelernt hatte.

Du bist aufgestanden und hineingegangen. Ich vergrub meinen Kopf in den Händen und weinte ein paar Tränen der Erschöpfung, ohne zu merken, dass du zurückgekommen warst, bis du mir ein Handtuch in den Schoß geworfen hast. »Hören Sie um Himmels willen zu weinen auf, das ist ja zum Steinerweichen.«

Ich setzte mich auf und schleuderte das Handtuch nach dir. »Was kann ich dafür, wenn Sie mich ständig zum Weinen bringen!« Das Handtuch klatschte auf deinen Bauch, dann fiel es auf die Bodenbretter.

»Hab ich nicht gesagt, dass Sie keine Sachen nach mir werfen sollen?«

Schweigen.

»Waschen Sie sich erst mal, Emily. In sauberem Zustand sieht die Welt gleich viel besser aus«, hast du schließlich gesagt und bist hineingegangen. Die Tür fiel hinter dir zu.

Ich wischte mir mit dem Handrücken die Nase ab, unterdrückte ein Schluchzen und zerrte meine schmutzigen Kleider herunter, bevor ich mich in dem eisigen Wasser wusch.

Als ich aus dem Zuber stieg, hast du durch die Tür gerufen: »Kann ich herauskommen?«

Dann hast du die Tür geöffnet, in einer Hand eine Emailschüssel, in der anderen einen Kessel. Ein Büschel getrockneter Kräuter schwamm darin. Du hast die Schüssel auf den Boden gestellt und Wasser aus dem Kessel hineingegossen. Ein wohlriechender Dampf stieg auf. Dann hast du Wasser aus dem Zuber dazugeschüttet und prüfend einen Finger hineingehalten.

»Füße rein.«

Ich gehorchte wortlos. Du hast mir eine Decke gereicht, in die ich mich einwickelte. Dann hast du dich niedergekniet, meinen Fuß aus dem Wasser genommen und sorgfältig alle Dornen und Splitter herausgezogen, wo nötig, mit einer Stahlpinzette. Ich krümmte mich.

»O nein, Lady, das haben Sie verdient – jedes bisschen davon. Sie werden noch 'ne Weile einen dicken Fuß von dem Spinnenbiss haben, aber Sie sind noch mal gut weggekommen.«

»Bin ich nicht«, sagte ich leise. »Ich bin überhaupt nicht weggekommen.« Der Wind in den Bäumen war einen Moment lang das einzige Geräusch in der Stille. »Bringen Sie mich zurück – bitte.«

Du hast meinen Fuß losgelassen, bist aufgestanden, mit schief gelegtem Kopf, deine hellen Augen auf mich gerichtet. »Bitten Sie mich um was anderes – mit dieser Stimme. Wenn Sie meinen Namen so sagen, können Sie alles von mir haben, was ich Ihnen geben kann.«

Ich schluckte. »Ich verstehe nicht.«

»Doch, Sie verstehen mich sehr gut, Emily.«

Ja, ich verstand dich. Aber was du damit andeuten wolltest, war schlicht unmöglich. »Wir kennen uns doch gar nicht.«

»Na und? Sie kennen den Mann, den Sie heiraten sollen, doch auch nicht.«

»Meine Eltern, sie ...«

Du bist mir zornig ins Wort gefallen. »Ihre Eltern verschachern

Sie. Begreifen Sie das denn nicht? Ich weiß, was das für ein Gefühl ist, Emily, und es ist weiß Gott kein gutes.«

Meine Heirat war nicht so, wie du es hinzustellen versuchtest. Nein, ich würde es gut haben, das hatten mir alle gesagt. Ich musste es dir nur irgendwie begreiflich machen. Vielleicht würdest du mich dann zurückbringen. »Ich kenne ihn … besser, als Sie glauben. Wir schreiben uns. Und ich … ich habe Fotografien von ihm gesehen. Ich …«

»Fotografien?« Du hast die Fäuste geballt und bist ins Haus hineinstolziert.

Als ich mich zur Tür wagte und vorsichtig hineinspähte, hast du über dem Spülbecken gekauert, die Schultern eingezogen.

»Ich gehöre nicht hierher«, sagte ich mit bebender Stimme an der Tür. Meine Füße hinterließen feuchte Flecken auf den Dielenbrettern.

Du bist hochgefahren und hast in einem plötzlichen Wutanfall deinen Becher ins Spülbecken gepfeffert, so dass er noch mehr Dellen bekam. Ich zuckte erschrocken zurück. »Sie wissen einfach nicht, wo Sie hingehören, Emily, das ist Ihr Problem.«

Zwei Tage vergingen. Du bist gekommen und gegangen, hast mich kaum beachtet. Wenn ich ein Gespräch anzuknüpfen versuchte, hast du dich jedes Mal abgewandt, bis mir unter deinem hartnäckigen Schweigen die Worte im Hals stecken blieben. Ich war nur froh, wenn ich Tara draußen grasen sah, weil ich dann wusste, dass du dich irgendwo in der Nähe aufhalten musstest. Der Gedanke, allein in dieser Wildnis zurückzubleiben, jagte mir Angst ein. Oft hast du beim Korral gestanden und ein Lasso nach einem Holzpfosten geworfen, immer wieder, und wenn die Schlinge sich festzurrte, ratschte das Seil laut über das Holz. Du warst sehr geschickt darin und manchmal schaute ich von der Veranda aus zu, wie das Seil über deinem Kopf herumwirbelte, ja sogar um deinen Körper, eine geschmeidige, endlose Schlaufe.

Am zweiten Tag hast du etwas weiter entfernt von dem Pfosten gestanden und mit einem kleinen, robusten Bogen auf einen Sack aus Wildleder gezielt, der mit Erde gefüllt war. Du hast erst aufgehört, als der Sack mit Pfeilen gespickt war. Du wolltest keine Munition für die Jagd vergeuden, weil jede Kugel zählte, erklärtest du mir später.

Ich nahm meinen Mut zusammen und ging zu dir hinunter. Ohne mich anzusehen, hast du einen neuen Pfeil eingelegt. »Was gibt's?«

Ich holte Luft. »Warum reden Sie nicht mehr mit mir, wenn ich fragen darf?«

»Hab's versucht und es lief nicht so gut, oder? Dachte mir, mal sehen, wie es wird, wenn wir nicht reden.«

»Ist es ... ist es, weil Sie nicht damit einverstanden sind, dass meine Eltern mich verheiraten wollen?«

»Nein.« Du hast den Bogen ein wenig sinken lassen, dann hast du ihn auf Augenhöhe angehoben und gezielt. Der Pfeil schlug mit einem dumpfen Geräusch in den Sack ein. »Aber ich finde es trotzdem nicht richtig. Wenn Sie mich schon fragen.«

»Na und? Ich brauche Ihre Zustimmung nicht«, sagte ich und reckte das Kinn in die Luft.

»Nein, das ist richtig.« Du hast einen neuen Pfeil aus dem Köcher an deiner schlechten Hüfte genommen und in den Bogen eingelegt. »Aber Sie brauchen meine Hilfe. Und da ich nichts von dieser Heirat halte, sehe ich keinen Grund, warum ich Ihnen helfen sollte.«

»O bitte.«

Du hast den Kopf geschüttelt. »O nein.«

»Wenn Sie mir nicht helfen, werde ich Ihnen das nie verzeihen«, stieß ich mit Tränen in den Augen hervor, machte auf dem Absatz kehrt und lief zur Hütte zurück.

Der Pfeil zischte in den Ledersack und verspritzte Erde über die Wiese.

»›Nie‹ ist eine lange Zeit!«, hast du mir nachgerufen.

Ich schlief nachts im Bett, stand beim ersten Hahnenschrei auf und fegte jeden Zentimeter der Hütte. Ich wusste zwar, dass du die Hütte gewissermaßen geerbt hattest, aber nicht, von wem. Das hattest du mir nicht verraten. Die Truhe im Schlafzimmer lieferte mir ein paar Antworten. Zwei Decken, ein hübsches Leinennachthemd in einem Spitzenbeutel. Ein seltsames Büchlein mit guten Ratschlägen für jung verheiratete Frauen, außerdem leere Seiten für persönliche Anmerkungen. Auch ein paar Goldmünzen waren darunter, in einer Sprache geprägt, die mir unbekannt war, aber eine gewisse Ähnlichkeit mit dem Deutschen hatte. Überall Lavendelbüschel, die aus jeder Kleidungsfalte fielen.

Die Truhe sprach von Neuvermählten, von Familiengründung, vielleicht sogar von Liebe. All das, was ich nun nie in San Francisco erleben würde, denn im tiefsten Herzen wusste ich, dass Mr Stanton mich nicht mehr heiraten würde, selbst wenn ich irgendwie zu Mama und Papa nach Portland gelangte. Und warum sollte er auch? Es gab keine plausible Erklärung für mein Nichterscheinen und die Wahrheit – dass ich in der Wildnis bei einem Pferdehändler gelebt hatte – würde meinen Wert als Braut zunichtemachen.

Ich erkundete die Küche und entdeckte große Tontöpfe mit getrockneten Erbsen und Bohnen. Da ich nicht wusste, dass man sie vor dem Zubereiten einweichen musste, kochte und kochte ich sie, ohne dass sie je genießbar wurden. Ich fand auch Mehl, Zucker, Maismehl, Hafer und getrocknete Maiskörner. Unter der rauen Küchentheke waren Holzkisten mit sorgfältig verpackten getrockneten Kräutern verstaut. Ich versuchte mich im Kochen und übte Brotbacken, obwohl ich bald merkte, dass ich viel zu große Mengen verwendete, so dass meine Teigkugeln wie unförmige Klötze wurden und das Ergebnis steinhart.

Solange ich den Mund hielt, durfte ich dir über die Schulter sehen, wenn du auf deine einfache, praktische Weise Essen zubereitet hast.

Nur zu bald stellte sich heraus, dass ich alles andere als eine mustergültige moderne Hausfrau war, geschweige denn eine Siedlerfrau. Ich zuckte vor jeder Spinne im Klohäuschen zurück und kreischte laut wegen einer armen kleinen Feldmaus, die mich an Miss Adams erinnerte. Ich müsste lügen, wenn ich behaupten wollte, dass ich meine Begleiterin vermisste. Aber der Tod von Mr Goldsmith, der immer so freundlich zu mir gewesen war, ging mir sehr zu Herzen.

Du hast kaum mit mir gesprochen, wenn du da warst. Manchmal hast du auf der Treppe gehockt und dich mit einem geraden Barbiermesser rasiert, ohne Spiegel, nur nach Gefühl, danach hast du die Klinge unter dem Wasserhahn abgespült.

Einmal hast du einen ganzen Tag lang Holz gespalten und das unablässige Krachen der Axt erfüllte die Luft; die Hütte bebte an der Seite, wo du Holzscheite unter dem Vordach aufgestapelt hast. Du hast ohne Hemd gearbeitet und ich stand im Halbdunkel am Rand des Hüttenfensters und starrte gebannt auf deine Brust- und Armmuskeln, die wie Stahltrosse unter deiner Haut spielten. Dass du sehr stark warst, war mir nicht entgangen, denn du konntest mich mühelos hochheben. Aber jetzt erkannte ich, dass deine Körperkräfte das Ergebnis endloser Plackerei waren; das harte Leben in ständiger Bewegung hatte deine

Muskeln gestählt. Ich dagegen war nach meinem behüteten Dasein, das nur aus Unterrichtsstunden, Lesen und gemächlichen Spaziergängen bestand, kaum stärker als ein junges Kätzchen.

Es wäre dir ein Leichtes gewesen, mir etwas anzutun. Und doch ... hättest du es dann nicht längst getan?

Die Tage schleppten sich dahin. Wenn ich dich, wie so oft, auf der Wiese sah, zog es mich unwillkürlich zu dir hin, aber ich befürchtete, dass du mich wegschicken würdest. Ich langweilte mich, litt unter der Einsamkeit. Und der nächtlichen Kälte.

Nach jener ersten Nacht, als du auf den Decken neben mir geschlafen hattest, bist du nicht mehr in dein Bett gekommen. Bei schlechtem Wetter hast du dich in der Küche niedergelegt, bei schönem Wetter auf der Veranda; aber meistens hast du überhaupt nicht viel geschlafen und manchmal plagten dich in den frühen Morgenstunden böse Träume. Eines Nachts warst du wieder einmal bleich und verschwitzt auf dem Boden neben dem Herd erwacht, die Decken hattest du weggestoßen. Ich hatte lange auf deinen Atem gelauscht, der unregelmäßig und stoßweise ging, und ich schaute auf dein Gesicht, das vom rötlichen Widerschein der Herdtür halb beleuchtet war. Endlich hast du tief Luft geholt und dich aufgerichtet. Nach einer Weile bist du aufgestanden und leise hinausgegangen.

Ich zögerte, erhob mich ebenfalls und ging auf die Veranda. Du hast am Boden gesessen, den Rücken zur Hüttenwand, und hast zum Mond aufgeschaut. »Brauchen Sie etwas?«, hast du in gereiztem Ton gefragt.

»Sie haben wieder geträumt.«

»Kommt vor.«

»Mama sagt, Laudanum hilft beim Einschlafen. Vielleicht würde das Pulver, das Sie mir gegeben haben ...«

»Nein. Diesen Weg bin ich schon einmal gegangen und das werde ich mir nie wieder antun.«

Ich saß ein paar Schritte von dir entfernt auf der Treppe und schaute mit dir in den Mond, die Hände unter meinen Armen, um sie warm zu halten. Ich hatte mein leinenes Unterkleid als Nachthemd an und die Luft war eisig. »Kann ich vielleicht irgendwie helfen?«

Schweigen. »Haben Sie nicht gesagt, Sie würden mir nie verzeihen?«

»›Nie‹ ist länger, als ich dachte.«

Du hast leise gelacht.

»Soll ich Tee kochen?«

»Gehen Sie schlafen, Emily. Hat keinen Sinn, wenn wir beide hier draußen sitzen und uns die Nacht um die Ohren schlagen.«

Ich kehrte ins Bett zurück und schlang die Arme um mich, während in der Ferne die Wölfe heulten. Die Dämmerung wollte und wollte nicht kommen.

Am nächsten Tag war es, als hätte es diese Nacht nie gegeben. Du hast mich mit einem unwirschen Grunzen begrüßt und dabei in einem Sack voller Nägel gekramt. Dann hast du einen Hammer in deinen Hosenbund gesteckt, um aufs Dach zu klettern und die Schindeln zu flicken, die ich zerschossen hatte und durch die jetzt der Regen hereinsickerte.

Später hast du »Kekse« gebacken, wie du es nanntest, obwohl sie nichts mit den Keksen gemein hatten, die ich von zu Hause kannte, sondern eher wie kleine weiche Kuchen waren. Wir aßen sie zusammen mit Eiern am Küchentisch. Die gesprenkelten kleinen Eier waren in einer Schüssel aufgehäuft und noch heiß vom Kochen.

Als ich ratlos hinstarrte, hast du eines genommen und geschickt abgeschält, dann hast du es über dem Keks auf meinem Teller aufgeschlagen, so dass das heiße hellgelbe Eigelb darüberquoll. Ich hatte von Mama gelernt Mahlzeiten zu planen, ja sogar große Botschaftsbankette. Und dennoch war ich unfähig auch nur ein gekochtes Ei aufzuschlagen.

Du hast deine Ellbogen auf den Tisch gestützt und mich angesehen. »Na, da scheint aber jemand tief nachzudenken.«

Ich zuckte schüchtern die Schultern. »Ich bin keine große Köchin, nicht wahr?«

»Nein«, hast du zugestimmt, »und wenn Sie noch einmal den Deckel von meiner Kekspfanne nehmen, werden Sie das bitter bereuen.«

Ich schaute auf meinen Teller und stotterte: »Es tut mir ...«

Aber du hast mir einen warnenden Blick zugeworfen.

Ich biss mir auf die Lippen, nahm mein Messer und meine Gabel auf. »Ich war nur neugierig«, sagte ich fest. »Woher sollte ich wissen, dass der Deckel zubleiben muss?«

Ganz flüchtig berührte dein Handrücken meine Finger und der Hauch eines Lächelns spielte um deine Lippen.

Nach dem Essen bist du verschwunden. Ich wusch ein paar von meinen Kleidern und ein Laken im Zuber, stampfte die Seife mit einem langstieligen Holzgerät hinein. Ich gewöhnte mich langsam an die ständigen Kälteattacken von den Bergen her, die Arbeit hielt mich warm. Still war es hier nie, denn tagsüber war die Luft vom unablässigen Vogelgezwitscher erfüllt und bei Nacht von den Lauten der Wildtiere.

Mit der Wäsche kam ich inzwischen besser zurecht und besaß jetzt einen brauchbaren Kleidervorrat, auch wenn ich mich immer noch hauptsächlich mit deinen Hemden und einem Häufchen Unterkleidung begnügen musste. Was wohl Mama von meinen Waschtagen halten würde, von den Sachen, die wir uns teilten, von meiner geerbten Leibwäsche? Der Gedanke an das Gesicht, das sie dazu machen würde, entlockte mir ein Lächeln. In der Ferne spielten zwei Füchse auf der Wiese, purzelten immer wieder übereinander, als balgten sie sich im Inneren einer Kugel. Hoch oben am Himmel zogen Wolken vorüber, warfen Schatten über das wehende, silbrige Gras. Die Atmosphäre war so friedlich, dass ich ganz in meiner Arbeit aufging und die drei Reiter nicht bemerkte, die sich vom Wald her näherten.

Ihre Pferde waren groß und dunkel, ganz anders als Tara. Auch die Reiter waren groß und dunkel, trugen schlammbraune Kleidung im gleichen Farbton wie ihre wettergegerbte, ungewaschene Haut; ihre Staubmäntel waren fleckig und zerlumpt. Aber es waren Weiße. Und ich war allein. Sie ritten in aller Seelenruhe näher und der Anführer, denn das war er eindeutig, sprach erst, als sie direkt vor der Veranda anhielten. Ich hatte mich zu meiner vollen Größe aufgerichtet, sobald ich die Männer entdeckt hatte, aber damit konnte ich sie natürlich nicht einschüchtern, so viel war mir klar. Trotzdem verlieh es mir etwas mehr Sicherheit.

Die Männer zügelten ihre Pferde.

»Sieh mal an, Nate hat sich ’n Spielzeug zugelegt.«

Ich sagte nichts, denn darauf gab es keine höfliche Antwort.

Der Mann, vielleicht so alt wie Papa, aber unrasiert und sichtlich ungewaschen, schnalzte mit der Zunge. »Was hat ’n so ’ne Rose wie Sie bei diesem hinkenden Wilden verloren? Warum legen Sie sich nicht ’n richtigen Kerl zu?«

Die Männer lachten rau. Einer spuckte einen schmutzig braunen Schleimpfriem ins Gras. Kautabak. Eine widerliche Angewohnheit.

»Nate ist nicht da«, sagte ich und versuchte das Beben in meiner Stimme zu unterdrücken. Im selben Moment wurde mir bewusst, dass ich einen verhängnisvollen Fehler begangen hatte, denn ihr Gesichtsausdruck veränderte sich abrupt.

Der Anführer schwang sich vom Pferd. »Wo is er denn?« Er stolzierte auf mich zu, groß und bedrohlich, mit klirrenden Sporen. Er hatte ein grob geschnittenes Gesicht, über seinem Auge zog sich eine kleine Narbe entlang und eine zweite, größere unter seinem Kiefer, was, wie Papa mir erklärt hatte, bei armen Leuten von vereiterten Zähnen herrührte. Um den Hals des Mannes war ein schmutziges Taschentuch geknotet. Wäre er noch näher gekommen, hätte ich ihn mit Sicherheit riechen können.

Ich bot ihm die Stirn. »Draußen. Beim Jagen«, log ich sinnloserweise, »aber er wird jeden Moment zurück sein.«

»Ah, Engländerin, was? Richtig feine englische Lady.« Seine Augen wurden schmal. »Wo hat er Sie gefunden?«

»Das geht Sie nichts an«, sagte ich in würdevollem Ton.

Die Männer lachten. Einen Augenblick verharrten sie völlig reglos, nur der Kiefer des Tabak kauenden Kerls mahlte unablässig.

»Woll'n Sie uns nicht reinbitten?«, sagte der Anführer.

Ich holte tief Luft, um ihm die gebührende Antwort zu erteilen.

»Wohl kaum, Hart, weil es mir nämlich den Magen umdreht, wenn ich nur dieselbe Luft mit dir atmen muss.« Du bist hinter der Hütte hervorgehinkt, das Gewehr über dem Arm, und hast den Anführer böse angefunkelt. An deiner Hüfte hing eine Pistole, die ich nie zuvor gesehen hatte, und dein Gurt war mit Patronen gespickt.

Ich war so erleichtert, dass mir ein Seufzer entwich. Hart zwinkerte mir zu. »Wollten nur höflich sein, Nate.«

Du bist die Treppe heraufgestiegen, um dich zwischen mich und Hart zu stellen. »Kümmert euch um euren eigenen Dreck.«

»Na, na – was is 'n das für 'ne Begrüßung nach fast sechs Monaten? Und wie ich sehe, hast du's seither nicht mal zum Barbier geschafft.«

Schweigen.

»Hab 'n Job, Mann.«

»Solche Jobs nehme ich nicht mehr an.«

Hart zuckte die Schultern. »Ist nicht, was du denkst. Brauchst dir nicht die Hände dabei schmutzig machen, versprochen. Ist 'n Scouting-Job. Von den großen Eisenbahnbossen.«

Mein Herz machte einen Satz. Eisenbahnbosse? Dein Rücken versteifte sich, ich spürte deine Anspannung, obwohl deine Stimme ruhig blieb. Du hast auf meine Reaktion gewartet und gleichzeitig mit den Männern verhandelt.

»Im Indianerland oben. Muss sofort erledigt werden und wir haben sowieso dort oben in der Prärie zu tun. Ich nehm nur meinen üblichen Anteil.«

»Hab jetzt 'nen zweiten Mund zu füttern. Brauch mehr Geld.«

Hart schnaubte vor Lachen und spuckte auf die Veranda. »Die sieht mir aber nicht so aus, als würde sie dir die Haare vom Kopf fressen. Hey, und wir schauen gern mal nach ihr, solange du weg bist. Bisschen nachsehen, ob sie auch gut versorgt ist.«

Deine Stiefel scharrten auf dem Boden.

Hart bleckte seine gelben Zähne zu einem breiten Grinsen. »Gut, gut. Nehm ich halt weniger. Is 'n Freundschaftsdienst, den alten Zeiten zuliebe. Aber meine Jungs hier und ich haben 'ne Menge Zeit gebraucht, um dich aufzuspüren, und dafür müssen wir entschädigt werden. War nicht so einfach, Mann. Dachten schon, du bist zu deinen Leuten zurück.« Er schaute sich um und fuhr fort: »Hab von dem gottverlassenen Fleck hier gehört und dass du dich hier oben verkriechst. Hab's allerdings für 'n Gerücht gehalten. Ich meine, wer in aller Welt hängt hier ganz allein herum, wenn er noch alle Tassen im Schrank hat?«

Du hast nichts gesagt.

»Zwei fünfzig.« Hart öffnete seinen schmutzstarrenden Mantel, griff in eine Innentasche und zog ein großes Papierpäckchen hervor, das er dir vor die Füße warf.

»Wie lange hab ich Zeit?«

»'nen Monat, so ungefähr. Wir kommen zurück.«

Du hast das Päckchen ignoriert. »Nein, ich komme in die Stadt.«

»Is nicht möglich. Und das hübsche Dingelchen da willst du hier draußen alleine lassen? Und wo is 'n überhaupt deine schöne Stute? Die, die immer so treue Hundeaugen macht, wenn sie dich anschaut. Willst du sie mir nicht endlich verkaufen, jetzt, wo du dir 'ne richtige Frau zugelegt hast?«

»Halt endlich dein Schandmaul, sonst kannst du dir den Job sonst wohin stecken. Und ich knall dich ab, sobald du mir den Rücken kehrst.«

»Na klar doch – was will man von 'nem Deserteur und Mörder auch anderes erwarten?«, gab Hart milde zurück.

Du hast dein Gewehr in beide Hände genommen.

Hart wich rückwärts von der Veranda herunter. »Was bist 'n gleich so empfindlich, Nate? Ich würd sie ja auch nicht allein lassen.«

Dann stieg er auf sein Pferd. Der Mann mit dem Kautabak spuckte erneut und verschandelte die Blumen vor der Hütte. Im nächsten Moment wirbelten alle drei Reiter auf ihren Pferden herum und jagten davon.

Wir sahen ihnen nach. Du hast reglos dagestanden, eine Ewigkeit, wie mir schien, deine hellen Augen zu schmalen Schlitzen zusammengekniffen.

Als die drei Gestalten endlich im Wald verschwunden waren, bist du hineingegangen und hast dein Gewehr an einen der Haken gehängt.

Ich folgte dir.

»Wer war das?«

Du hast nach etwas gesucht und mit den Schranktüren geknallt. »Trapper-Abschaum. Von Fort Shaw. Die nehmen jeden Job an, egal von wem. Obwohl sie keinen Finger dafür krumm machen.« Dann bist du hinausgegangen, hast den Eimer neben der Tür genommen und am Wasserhahn gefüllt. Mit dem Fuß hast du Harts Päckchen weggestoßen, seinen Speichel von den Bodenbrettern abgewaschen und das restliche Wasser über die braunen Tabakspritzer im Gras geschüttet. Ich verzog den Mund vor Ekel.

Du bist in die Hütte zurückgegangen und hast auf dem Weg dorthin das Päckchen aufgelesen. »Er ist ein Schwein. War er immer schon.« Deine Stimme klang scharf.

Drinnen hast du die zusammengefalteten Papiere aus dem Päckchen gezogen und auf dem Tisch ausgebreitet. Es waren mehrere Karten. Mein Herz machte einen Satz, denn die größte war in der Ecke mit dem Schriftzug »Stanton« markiert. Du hast beide Hände auf den Tisch gelegt und dich darübergebeugt. »Gibt es Tee?«

Ich ging zum Herd, um dir einen Becher einzuschenken. Die Haut über deinen Wangenknochen war straff gespannt.

»Was hat ...«

»Lass gut sein, Emily, ja?«

Du hast deine Hände im Nacken verschränkt. »Ich will nicht, dass *er* – Hart – weiß, dass du hier bist, okay? Ich will nicht, dass er herkommt. Da entsteht nichts Gutes draus. Glaub mir. Dachte, ich wär weit genug fortgangen, dass sie mich nicht finden.«

Ich stand schweigend da.

Du hast tief durchgeatmet. »Manche Leute machen alles kaputt und der ist so einer.«

Dann hast du dich wieder über deine Karten gebeugt und ich biss mir auf die Lippen. Ich wusste, dass es jetzt besser war, das Thema zu wechseln. Aber mein nächster Versuch war nicht glücklicher. »Stanton. Das sind Stanton-Karten.« Ich beugte mich mit dir darüber und fuhr den Namenszug unten nach.

»Wie auch nicht? Ist ja seine Gesellschaft«, hast du geknurrt, die Augen auf meinem Finger.

»Stanton Railways. San Francisco. 1867.«

In die Karte war ein versiegelter Brief mit näheren Anweisungen eingefaltet gewesen, was Hart offenbar entgangen war. Du hast den Umschlag weggeschoben. Ich griff danach.

»›Anweisungen an Agenten‹«, las ich auf der Außenseite.

»Ja, ja.«

»Wollen Sie das nicht lesen?«

»Mach ich nie.«

Stirnrunzelnd öffnete ich den Brief und überflog das Papier. »Ich glaube, da steht drin, wo Sie suchen sollen. Meinen Sie nicht …«

»Nein«, hast du gefaucht. »Ich geh nach der Karte.«

»Aber der Brief ist von Mr Meard unterzeichnet, dem Agenten der Stantons. Er erwartet sicher, dass Sie das lesen.«

Du hast mir das Papier weggenommen und säuberlich in zwei Hälften zerrissen, dann hast du es mir zurückgegeben und wieder auf die

Karte geschaut. »Kann nicht. Bin gerade mal bis zum ABC gekommen in dem einen Jahr in der Schule, bevor ich abgehauen bin. Ich kann Hotel und Saloon und Telegraf lesen. Und 'n paar Ortsnamen. Und ich kann Nathaniel aufs Papier bringen, wenn es sein muss.«

Ich starrte dich mit offenem Mund an.

Du hast warnend den Kopf geschüttelt. »Wagen Sie es nicht, mich zu bemitleiden, Emily.«

»Nein, gewiss nicht«, sagte ich ein bisschen zu schnell.

Du wolltest mir das Papier abnehmen, aber ich wich zurück. Ich fügte die beiden Hälften zusammen, wandte mich von dir ab und überflog die Seite. Du solltest nicht sehen, dass ich den gedruckten Briefkopf mit den Augen verschlang, den Namen »Stanton« vorsichtig mit der Fingerspitze berührte. »Es ist auch nichts weiter. Aber sie erwarten, dass der Auftrag so schnell wie möglich erledigt wird, zum vereinbarten Preis von fünfhundert Dollar.«

Du hast laut geflucht – ein langer Strom von Schimpfwörtern, der mit »Dieser verdammte Betrüger!« endete. »Letztes Mal hat er mir zweihundert bezahlt und das war ein viel längerer Job.«

Dein gelegentliches Fluchen brachte mich nicht mehr aus der Fassung. Ich drehte mich zum Tisch um, legte die beiden Papierhälften auf die Karte und schaute zu dir auf. So dicht hatte ich selten bei dir gestanden. »Sie sollten den Preis mit Mr Hart neu aushandeln. Und vergessen Sie nicht, dass Sie mir jetzt mindestens hundert Dollar zusätzlich verdanken.«

Wir sahen einander an. Du hast geschmunzelt und ich unterdrückte ebenfalls ein Lächeln. Dann schoss mir ein entsetzlicher Gedanke durch den Kopf.

»Wann brechen Sie auf?«

Du hast eine Augenbraue hochgezogen. »Sie meinen wohl, wir?«

»Aber wie soll ich denn mitkommen? Ich kann doch kaum reiten und habe keine Schuhe.«

»Das Reiten lernen Sie und Schuhe brauchen Sie auf dem Pferderücken nicht. Kommt nicht in Frage, dass Sie allein zurückbleiben, nachdem die jetzt das Versteck hier kennen.«

Ich atmete auf. »Aber wir haben nur ein Pferd«, wandte ich mit einem Anflug von Panik ein.

»Ja, gut, aber wir legen am Anfang keine großen Strecken zurück, und sobald wir im Indianerland sind, kann ich uns ein zweites Pferd besorgen. Bis dahin sind Sie sattelfest. Mit Tara werden Sie keine Probleme haben. Sie ist ein braves Mädchen. Und sie mag Sie.«

»Ich glaube eher, sie mag *Sie*.«

»Was heißt hier mögen – sie *liebt* mich«, hast du mit deinem frechen Grinsen gesagt.

Ich holte Luft, überwältigt von deiner unverhofften Wärme. Es war, als sei die Sonne wiedergekehrt.

»Und wann brechen wir auf?«

»Sobald Sie allein auf einem Pferd sitzen können.«

Am nächsten Morgen erhielt ich meine zweite Reitstunde. Tara war bereits gesattelt, als ich angekleidet auf die Veranda trat. Du hast die Zügel eingerichtet und mich hergewinkt.

Ich ging zu dir hinüber. »Zweite Lektion: Sattelgurt«, hast du gesagt und die Sattelklappe angehoben. »Sehen Sie das hier? Es wäre grausam, den Gurt so eng zu lassen, wenn sie nur herumsteht, also machen wir das nicht. Aber bevor Sie wieder aufsteigen, müssen Sie den Gurt fester anziehen, sonst rutscht der Sattel. Haben Sie das verstanden?«

»Ja, natürlich.«

»Gut. Das hier ist der Gurtring, ja? Sehen Sie diesen Riemen hier? Der geht bis zu dem Ring hinauf, der unter dem Fender liegt – der ist dazu da, ihr Bein zu schützen. Sie brauchen auf jeden Fall zwei Durchzüge. Bei drei wird's schwierig, also lassen wir's auf zwei. So, jetzt ist es locker, sehen Sie? Das ist nicht gut, also fassen Sie jetzt die innere Schlaufe. Ja, so. Wenn Sie dann den Gurt rauslassen, bläht das Pferd sich auf. Das machen sie alle und ganz Schlaue wie Tara machen es auch, wenn Sie herkommen, um den Gurt wieder anzuziehen. Das heißt, Sie müssen ihr dabei ein bisschen das Knie in den Bauch drücken.«

Ich schaute zu dir auf.

»Na kommen Sie, das tut ihr nicht weh. Direkt hinter dem Gurt. Und schön ziehen. Sie kennt die Prozedur.«

Ich folgte deinen Anweisungen und staunte, wie stark das Leder nachgab. Dann wiederholte ich das Ganze mit der äußeren Schlaufe.

»So, jetzt gut festhalten und dann den Riemen durch den Ring ziehen.« Du hast den Fender abgehalten, um mir zu helfen. Wie sollte man das bloß ohne drei Hände bewerkstelligen?

»So, fertig. Gut gemacht, English.« Du hast prüfend am Riemen gezerrt und ihn abgebunden. »Das müsste gerade ausreichen, dass Sie Ihre Finger zwischen den Gurt und ihren Bauch schieben können. Probieren Sie's mal. Sehen Sie? Und jetzt eine Hand auf das Sattelhorn, eine auf den Sitz. Und ... hopp!«

Kaum saß ich im Sattel, hast du mir die Zügel gereicht, Tara am Halfter gefasst und uns den Hang hinuntergeführt.

»Ich kann reiten!«

Du hast mir einen Blick über die Schulter zugeworfen. »Ach wirklich? Ist mir nicht aufgefallen.«

Ich errötete. »In London bin ich auch geritten.«

»Auf einem abgehalfterten alten Pony?«, hast du verächtlich geschnaubt.

Unten auf der Wiese hast du die Steigbügel eingerichtet und den nahen ruhig gehalten, während du mir gezeigt hast, wie ich Tara mit leichtem Fersendruck lenken konnte.

»Versteht sie das denn auch? Ich habe ja nicht einmal Stiefel an, geschweige denn Sporen.«

Du hast mir einen irritierten Blick unter deinen dunklen Wimpern zugeworfen und geknurrt: »Wenn Sie nicht ohne Stiefel und Sporen reiten können, sind Sie keine gute Reiterin. Tara reagiert auf Ihre Beine genauso gut wie auf alles andere. Und so soll's auch sein.«

Du hast eine Leine durch Taras Trensenringe gezogen und bist etwa fünfzehn Fuß zurückgetreten, die Enden in deiner Hand. »Und jetzt lassen Sie sie im Kreis gehen und geben ihr den linken Fuß frei, so dass sie sich zu mir drehen kann. Nein, nein! Verdammt, English, zerren Sie doch nicht so barbarisch an ihrem Maul! Beide Zügel in eine Hand, ja, genau so, und jetzt nehmen Sie sie in der Richtung, die Sie einschlagen wollen, über ihren Hals. Sie weicht dem Druck aus ... ja. Und jetzt lernen Sie.«

Lektion zwei hatte ernsthaft begonnen.

Ich staunte, wie wortgewandt und gesprächig du warst, sobald es darum ging, mich mit Tara vertraut zu machen. Ich war nur froh endlich wieder deine Stimme zu hören, und genoss deine langen Tiraden. »Kommen Sie sofort zurück, English! Hierher, na los! Und tief in den Sattel setzen, wenn sie trabt, das ist die einzig wahre Art.«

Dieser Vormittag hätte allerdings beinahe schlimm geendet. Du hast Tara von der Leine gelassen und ich sollte sie die Wiese hinunterführen und dann zu dir zurücktraben. Das Unglück wollte es, dass sie ein Waldhuhn aus einem Grasbüschel aufscheuchte, und der Vogel flatterte ihr direkt ins Gesicht. Tara bäumte sich erschrocken auf, mein Fuß glitt aus dem Steigbügel und ich fiel nach links, so schnell, dass ich nicht mehr nach dem Horn greifen konnte. Ich landete auf dem Boden und verstauchte mir die Hand, die ich instinktiv ausgestreckt hatte, um meinen Fall zu bremsen. Tara hatte sich bereits wieder beruhigt und stand schützend über mir. Ich wollte mich gerade aufrichten, als du zu mir heruntergeschlittert kamst, um mich in deine Arme zu reißen.

»Emily!«

Ich war so erschüttert über deine plötzliche Fürsorglichkeit, dass ich in Tränen ausbrach.

»Wo tut es dir weh? Ist es die Schulter?« Vorsichtig hast du mein Schlüsselbein abgetastet. »Du darfst nie die Hand ausstrecken, wenn du stürzt, Emily. Du musst deinen Arm am Körper behalten und dich abrollen. Verdammt, ich hätte dich warnen müssen.«

Ich schüttelte den Kopf und blieb stumm, während mir eine einsame Träne vom Kinn tropfte.

Du hast deine Arme um mich geschlungen und mich zu beruhigen versucht. »Na, na, ist ja nichts passiert. Das war nur der Schock.«

Ich war noch nie so gehalten worden, so warm und fest. Behutsam hast du meine verstauchte Hand untersucht.

»Nichts gebrochen.« Du hast mir einen Kuss auf meine Fingerknöchel gehaucht und im selben Moment erschien Taras Gesicht über uns. Sie blies uns sanft an, die Ohren aufgestellt. »Ja, ich weiß, du wolltest Emily nicht abwerfen. Sie ist ja auch nicht böse mit dir, was, Em?«

Ich löste meine Augen von deinem Gesicht und streichelte Taras samtige Nase. »Nein, natürlich nicht.«

Tara schnaubte und wir lachten. Ich fasste nach dem Lederband um deinen Hals und ließ meine Finger an den Federn herabgleiten, die zusammen mit anderem Krimskrams an deiner Brust ruhten. Du hast mich sanft weggeschoben.

Entsetzt wurde mir bewusst, dass ich mich an dich geschmiegt hatte. »Es tut mir so leid, ich ...«

Du bist aufgestanden und hast abgewinkt. »Dem Knie hier bekommt das Knien nicht, das ist alles.«

Ich stand auf und wischte mir mein tränenfeuchtes Gesicht mit dem Ärmel ab. »Oh, das wusste ich nicht ...«

Du hast Taras Zügel genommen und mit den Schultern gezuckt, ohne mich anzusehen. »Zumindest erspart es mir den Kirchgang.«

Meine Reitstunden gingen in den nächsten drei Tagen weiter, obwohl mein ganzer Körper schmerzte, aber dafür hatten sich meine Reitkünste entschieden verbessert. Der Reitunterricht in London und die Spazierritte im Park waren also doch nicht ganz umsonst gewesen, denn ich lernte schnell. Tara war gefügig und geduldig – am letzten Tag flogen wir die meiste Zeit im gestreckten Galopp die Wiese hinauf und – noch viel herrlicher! – wieder hinunter. »Ja, so ist's gut! Schön vorbeugen, Knie andrücken und auf die Fersen gehen! Gut so, ja! Und jetzt probierst du eine Kehrtwendung. Aber Vorsicht, sie wirbelt herum wie der Teufel, also pass auf und geh mit!«

Ich genoss das Reiten. Nein, ich *liebte* es! Und allmählich liebte ich auch Tara, die so freundlich zu mir war, selbst wenn ich mich noch so ungeschickt anstellte.

Nachts schlief ich wie ein Stein, völlig erschöpft, und am dritten Abend sank mir buchstäblich der Kopf ins Essen vor Müdigkeit und ich kam nur einen Augenblick zu mir, als du mich aufs Bett getragen und das Geschirr aufgeräumt hast, um dich dann auf der Veranda schlafen zu legen.

So hangelten wir uns durch die Tage und mir wurde bewusst, dass ich nicht mehr nachrechnete, wie lange ich hier ausgeharrt hatte. Ich war doch sicher schon sechzehn geworden? Manchmal, wenn ich mit Tara arbeitete, hast du mich nach meinem Leben ausgefragt. Und manchmal versuchte ich *dich* auszufragen, aber du hast den Spieß ruck, zuck wieder umgedreht.

Am fünften Morgen nach dem Zwischenfall mit den Männern brachen wir auf. Erst als du das letzte Bündel auf Tara festgeschnallt und die Tür zugesperrt hattest, wurde mir bewusst, dass wir nun diesen Ort verließen, an dem ich mich fast schon zu Hause gefühlt hatte. Die Kleidung zum Wechseln war hinter dem Sattel verstaut und ich trug einen »Allerweltsbeutel« an meinem Körper, wie du es nanntest. Du hast dich auf Tara geschwungen und mir dann heraufgeholfen. Wir setzten uns im Sattel zurecht.

»Ist das nicht zu viel für Tara?«

»Nein, Lasten tragen ist sie gewöhnt. Ich habe kein zusätzliches Gepäck bei mir und du wiegst ja ohnehin fast nichts.«

»Und was ist mit den Hühnern?«

»Die können für sich selber sorgen. Sie waren schon vor mir da. Und sie scheinen zu wissen, wie man kleine Küken in die Welt setzt und hier oben überlebt. Keine Ahnung, wie sie das machen. Als ich das Hühnerhaus gesehen habe, war ich mir sicher, dass ein Wiesel raufschleichen und sie holen würde, noch ehe die Woche um ist, aber meine Vorgänger verstanden ihr Geschäft, so ausgeklügelt wie diese Leiter ist.«

Ich warf einen Blick auf die Hennen, die zwischen der Hütte und dem Bach herumscharrten. »Was ist aus den Leuten geworden, die hier gelebt haben?«

»Sind einfach gegangen. Konnten vielleicht die Einsamkeit nicht ertragen. Das passiert hier draußen öfter. Dafür muss man gebaut sein, sonst kann es einen umbringen.«

»Die Einsamkeit?«

»Ja. Manche werden verrückt, hören auf zu essen, reden mit sich selber. Hab letztes Jahr auf dem Trail 'nen Kerl getroffen, der über seine Leute in St. Louis geflucht hat. War nur noch Haut und Knochen, der Mann, und seine Pferde waren nicht viel besser. Wollte partout keine Hilfe annehmen, der wollte nur noch nach Osten zurück. Am nächsten Tag hab ich seine Leiche auf der Straße gefunden. Der hat sich buchstäblich zu Tode marschiert, mit seinem Pferd im Schlepptau.«

Ich runzelte die Stirn, denn ich konnte ein solches Verhalten nicht mit unserer ordentlich gehaltenen kleinen Hütte in Verbindung bringen. »Aber sie haben doch so viel Mühe auf das Haus verwendet. Sie haben sogar Bienen mitgebracht. Und Hühner. Weil …«

»Ihr Pech. Unser Glück.«

»Und wenn sie zurückkommen?«

»Tun sie nicht.« Du hast dein Gewehr in der Schlinge hinter deinem Bein verstaut und umständlich herumhantiert.

»Und wenn doch? Dann müssten wir ihnen die Hütte zurückgeben.«

»Ich sage dir doch, sie kommen nicht. Sind nach Westen gezogen, nehme ich an.«

Wir brachen auf. In ein neues Abenteuer, das mich für immer verändern würde.

Zehn

Hope und Cal lagen lange auf der Flussböschung, bis ihr Atem sich allmählich beruhigte. Buddy leckte Cals Gesicht und schließlich stieß Cal ihn weg, so dass er winselnd und zitternd ins Gras plumpste. Cal lag immer noch auf dem Rücken, aber jetzt nahm er seinen BlackBerry aus der Hüfttasche, kniff die Augen gegen das Sonnenlicht zusammen und schaute darauf.

»Shit. Tot. Das Wasser.« Er ließ seinen Arm zur Seite fallen, das nutzlose Telefon in der Hand.

Hope wühlte in ihren Taschen. Nur das Tagebuch war noch da. »Meins muss bei dem Sturz rausgefallen sein.«

Cal stemmte sich auf die Ellbogen hoch, fasste sich an den Kopf und zuckte zusammen. »Hast du dir was gebrochen?«

Hope tastete sich kurz ab. »Nur verstaucht, glaube ich. Und du? Du warst eine Weile bewusstlos.«

»Dad sagt, wir Crows sind zäh wie Sattelleder. Ich schätze, er hat Recht. O Mann, dein Gesicht!« Er legte ihr eine Hand an die Wange. »Du hast da einen höllischen Bluterguss.«

Hope brach in Tränen aus. Cal drückte sie an sich und sagte beruhigend: »Hey, hey, ist ja gut. Wir sind okay. Wir leben noch. Und ich kenne dieses Land. Kein Grund zur Sorge, wir kommen schon klar.«

Hope unterdrückte einen Laut, der halb Schluchzer, halb Hickser war, und nickte.

Cal strich ihr mit beiden Händen das Haar aus dem Gesicht. »Wir schaffen das, Hope. Wir müssen nur einen Unterschlupf finden, ein bisschen Essen und … durchhalten. Spätestens übermorgen Abend werden sie merken, dass was nicht stimmt, weil wir sonst längst da wären, selbst wenn wir den Abstecher zum Mercantile gemacht hätten. Dann schlagen sie Alarm und lassen uns suchen. Dad kennt den Trail, den ich genommen habe. Komm schon.«

Er half ihr auf und klopfte den Schmutz ab, der ihnen in nassen Klumpen an den Kleidern hing. Dann schaute er sich um, versuchte sich zu orientieren. »Okay, wir nehmen den Weg dort drüben und schlagen uns zum St. Mary Lake durch, bevor es dunkel wird. Dort übernachten wir. Und morgen suchen wir die alte Hütte, in der meine Großeltern immer den Sommer verbracht haben. Das ist nicht weit vom Seeufer. ›Crow Mountain‹, so nennen wir den Ort, obwohl das nicht der offizielle Name ist. Die Hütte dürfte jetzt ziemlich heruntergekommen sein, aber vielleicht haben wir wenigstens ein Dach über dem Kopf, bis sie uns finden. Gutes Trinkwasser gibt's dort auch. Außerdem wird mein Dad als Erstes an die Hütte denken. Hoffe ich jedenfalls.« Er hielt ihr seine Hand hin.

Mit Buddy im Schlepptau marschierten sie auf die Bäume zu. Im schattigen Wald wurde es merklich kühler und Hope begann zu frieren. Sie rieb sich die Arme, um warm zu bleiben.

»Sobald wir am See sind, mach ich uns ein Feuer, aber heute Abend wird's lausig kalt. Viel kann ich nicht dagegen tun.«

Hope trottete hinter ihm her, das Dorngestrüpp zerkratzte ihr die Beine. Der Wald war voller Geräusche und Gerüche. Die Kreaturen im Unterholz kümmerten sich nicht weiter um die beiden Menschen in ihrer Mitte. Hin und wieder verharrte ein Reh zwischen den Bäumen oder stürzte vor ihnen heraus. Das erste Mal schrie Hope vor Schreck, aber danach biss sie tapfer die Zähne zusammen. Ihre ganze rechte Gesichtshälfte brannte, die Schulter ebenso. Das Zittern, das sie auf der Uferböschung erfasst hatte, bekam sie einigermaßen in den Griff, indem sie in Bewegung blieb, aber ihre Hände zuckten, wenn sie sie vor sich ausstreckte. Cal warf ihr einen Blick über die Schulter zu, als sie stehen blieb und daraufstarrte.

Er kehrte um und nahm ihre Finger in seine warmen Hände. Hope spürte, wie das Zittern durch ihre Arme lief.

»Das ist nur der Schock, Hope. Wenn wir einfach weitergehen und du dich einigermaßen warm hältst, lässt es in ein paar Stunden nach. Ich steh auch unter Schock. Siehst du? Das ist ganz normal.«

Hope nickte. Cal behielt ihre Hand in seiner und führte sie zwischen den Bäumen hindurch. Das Tageslicht verblasste nach einiger Zeit. Hope sank der Mut bei dem Gedanken an die bevorstehende Nacht.

Dunkelheit breitete sich im Unterholz aus, an manchen Stellen war es schon pechschwarz. Oder stimmte etwas mit ihren Augen nicht? Ihre Füße und Knöchel waren von den nassen Socken und Stiefeln ganz wund gescheuert.

»Jetzt ist es nicht mehr weit«, versicherte Cal und im selben Moment stolperte Hope, stürzte mit dem linken Knie auf den Boden und schürfte sich das rechte Bein auf. Cal war sofort zur Stelle, fasste sie unter den Armen, hob sie hoch und drückte sie an sich. »Versprochen, Hope. Nur noch ein kleines Stück.«

Sie nickte, taub vor Kälte und so niedergeschlagen, dass sie kein Wort hervorbrachte.

Hope hatte keine Ahnung, wie viel Zeit vergangen war – fünf Minuten oder eine ganze Stunde –, als sie endlich aus dem Wald traten. Ein riesiger, von hohen Bergen gesäumter See dehnte sich vor ihnen aus und die verschneiten Gipfel funkelten in der Abendsonne. Cal zog Hope ans Seeufer und setzte sie auf einen Stein.

»Du bleibst hier. Ich hol nur schnell ein paar Sachen.«

Hope gab keine Antwort. Sie war starr vor Kälte und Schock. Cal ging um das Ufer herum, bückte sich von Zeit zu Zeit und sammelte etwas auf, dann kam er zurück und häufte alles zu säuberlichen Stapeln auf, um gleich wieder zu verschwinden. Buddy wich ihm nicht von der Seite. Die meiste Zeit konnte Hope Cals helles Hemd im Unterholz ausmachen oder Buddy, dessen Silhouette sich vor einer der stämmigen Kiefern abzeichnete. Aber wenn die beiden aus ihrem Blickfeld verschwanden, drang die Angst in ihren umnebelten Verstand durch und sie fing wieder an zu zittern. Endlich hatte Cal einen ansehnlichen Stapel Feuerholz beisammen und jede Menge anderes Zeug – Moos und Flechten, wenn sie sich nicht täuschte, und haufenweise dürres Gras und Äste. Er ging in die Knie, häufte trockene Schwämme und etwas Moos auf einen kleinen, faustgroßen Stein. Dann zog er einen weiteren Stein aus der einen Tasche und sein Klappmesser aus der anderen und schlug damit Funken aus dem Stein. Seine Hände zitterten immer noch.

»Der verdammte Kiesel war das Härteste, was ich bei diesem Licht finden konnte«, brummte er vor sich hin.

Immer wieder flogen Funken auf, aber der Wind trug sie davon. Hope schüttelte sich, stand auf und kniete neben Cal, um die Hände um das Mooshäufchen zu halten.

Nach ein paar weiteren Anläufen fing es endlich Feuer. Hope behielt die Hände darum und schirmte das Moos vor dem Wind ab, während Cal vorsichtig dürres Gras dazugab, bis das Häufchen zu brennen anfing. Dann legte er die dünnsten Zweige und trockenes Gestrüpp darüber. Selbst Buddy war näher gerückt und starrte ins Feuer, ohne zu verstehen, was daran so aufregend sein sollte. Cal riskierte es jetzt, den ersten der größeren Stöcke hinzuzufügen. Er fing fast sofort Feuer und Cal atmete erleichtert auf.

»Wenn es erst mal richtig brennt, ist alles gut.« Der Wind fachte das Feuer jetzt an, statt es auszublasen, und bald knisterte es fröhlich. Hope fror immer noch bis ins Mark. Sie setzte sich wieder auf den Stein. Cal ließ sich neben ihr nieder und zerrte seine Stiefel herunter. »Deine auch«, sagte er. »Die müssen runter. Der Pulli auch. Ist besser, wenn wir möglichst trocken werden, solange es geht.«

Hope machte, was er sagte, und reichte ihm wortlos ihre Sachen. Obwohl der Cardigan immer noch feucht gewesen war, schauderte sie, als die eisige Luft über ihre nackten Arme strich. Jenseits des Feuers waren noch mehr Felsbrocken, die direkt aus der Uferböschung ragten und eine Art Unterschlupf bildeten.

»Hier. Da sind wir aus dem Wind.«

Hope tastete sich vorsichtig über den steinigen Grund und setzte sich mit dem Rücken an den Fels, die Knie angezogen.

»Komm, Buddy.« Cal befahl seinem Hund, sich auf Hopes kalte Füße zu legen, wie eine Felldecke, dann zog er sie an sich und schlang einen seiner langen Arme um sie. Hope schaute auf das Feuer und ihre feuchten Kleider, die davor ausgebreitet waren. Das Gewehr lag in Reichweite von Cals linker Hand.

»Hoffentlich brauchen wir das nicht«, sagte sie.

»Das hoffe ich auch. Sind nur zwei Runden drin«, brummte er.

Inzwischen war es stockdunkel geworden. Von Zeit zu Zeit stand Cal auf, um das Feuer in Gang zu halten. Einmal verschwand er im Unterholz und Hope hörte ihn pinkeln. Sie waren beide ganz steif und kalt und todmüde von dem Unfall. Das Feuer knisterte, um sie herum raschelte und huschte es im Wald. Irgendwo aus der Ferne kam ein gespenstisches Heulen, das über das Wasser wehte, bevor es langsam verhallte. Hope schoss kerzengerade in die Höhe. Buddy ebenfalls. Das Heulen wurde vom anderen Seeufer her, ihrer Seite, beantwortet. Dann noch einmal und noch einmal, bis sie wie eingehüllt in diesen Laut waren. Hope hielt sich mit einem gequälten Aufschrei die Ohren zu.

»Hope? Hör mir zu, Hope.« Cal kniete vor ihr und versuchte ihr Kinn hochzuheben, dann schlang er seine Arme um ihren Kopf, als sie vor ihm zurückwich. »Sie kommen nicht bis zum Feuer. Wirklich nicht, glaub mir. Hör mal hin – das ist schön!«

Schließlich nickte Hope, holte tief Luft und atmete seine tröstliche Wärme ein. »Okay«, sagte sie und im selben Moment stieg die nächste weithin hallende Salve um sie herum auf.

Es dauerte eine gute Stunde, bis die Wölfe verstummten. Endlich döste Hope an Cals Schulter ein und nach einer Ewigkeit, wie ihr schien, kroch die Dämmerung über die Bergkette am östlichen Seeufer und warf rote und goldene Streifen über das wogende Wasser.

Das Feuer flackerte noch. Cal stand langsam auf und ging herum, um ihre Sachen in Augenschein zu nehmen. Er reichte Hope ihre Socken und Stiefel. Die Stiefel waren noch feucht und klamm, aber das war nichts im Vergleich zu der triefenden Nässe vom Vortag. Sie zog die Socken an, um sich aufzuwärmen, und legte die Stiefel für ein paar letzte Minuten ans Feuer zurück.

»Hier müsste irgendwo Wasser sein, du brauchst was zu trinken, sonst trocknest du aus. Bin gleich zurück. Okay?«

»Können wir nicht das Seewasser trinken?«

»Nein, fließendes Wasser ist mir lieber. Bis gleich.« Er wandte sich ab und ging am Seeufer entlang.

Hope setzte sich wieder und schaute zu, wie die Sonne aufging. Sie zog das Tagebuch aus ihrer Tasche und untersuchte es. Es hatte den Sturz heil überstanden und fühlte sich nicht einmal feucht an. Um sich abzulenken, schlug sie es an der Stelle auf, die sie zuletzt gelesen hatte.

Bald darauf kam Cal mit Buddy zurück und trat das Feuer aus. »Ich hab Wasser gefunden.«

Hope schaute von ihrem Tagebuch hoch. »Cal?«

»Was?«

»In diesem Tagebuch ...«

»Was ist damit?«

»Der Wagen ist gerade in eine Schlucht gestürzt, die sich mit Schmelzwasser füllt. Die Brücke war eingebrochen.«

Sie hielt ihm die aufgeschlagene Seite mit der Beschreibung des Unfalls unter die Nase. Cal las die Passage, gab ihr wortlos das Buch zurück und schlug dann den Weg ein, auf dem er gerade gekommen war. Hope folgte ihm zu einem kleinen Zufluss. Sie fühlte sich schmutzig und klebrig und spritzte sich Wasser ins Gesicht. Immer noch schweigend gingen sie am Seeufer entlang zurück.

»Was meinst du dazu?«, fragte Hope schließlich.

Cal blieb stehen und schaute auf die Landschaft. Er drückte sich vor einer Antwort und sagte nur: »Was ich meine? Also ich meine, wir müssen erst mal aus dem Wald herauskommen, höher hinauf, damit ich die Kammlinie sehen kann. Pops hat mir eingeschärft, dass ich nach der Klippe über der Hütte Ausschau halten soll. Die ist unverwechselbar. Und wenn wir sie finden, finden wir auch die Hütte. Was ist? Bist du fit genug, um durch den Wald hochzusteigen?«

»Was bleibt mir denn anderes übrig?«

Cal gab keine Antwort, sondern führte sie auf einem Wildpfad oder etwas Ähnlichem durch das Unterholz, das ihr stellenweise bis zu den Schultern reichte.

Nach einer guten Stunde kamen sie zu einer kleinen Lichtung, in der ein Bach einen Teich bildete. Grünpflanzen mit speerförmigen Blättern wucherten im Wasser.

»Oh, schau mal – Frühstück«, sagte Cal.

Er griff in den Schlamm am Grund. Die Ärmel bis zu den Ellbogen hochgekrempelt, wühlte er darin herum und zog schließlich etwas hervor, das wie eine Kreuzung zwischen einer Kartoffel und einem Cocktailwürstchen aussah. Er warf es schlammtriefend ans Ufer und holte noch mehr von diesen Knollen heraus. Als er einen ganzen Stapel beisammenhatte, wusch er sie im Teichwasser ab und reichte Hope eine davon.

»Was ist das?«

»Wir nennen es Entenkartoffeln. Die Pflanze heißt Pfeilkraut.« Cal biss krachend in eine der Knollen und kaute sie wie ein Radieschen.

Hope lachte. »Hab keinen Hunger, danke.«

»Die haben viel Stärke und geben dir Energie.« Cal hielt ihr weiter die Knolle hin. Hope nahm sie und studierte sie eine Weile, bevor sie vorsichtig ein Stück vom Rand abbiss. Es schmeckte wie rohe Kartoffeln, was nicht toll war, aber auch nicht schlimm.

»Willst du noch was? Ist noch jede Menge da«, sagte Cal, als sie ihre erste Knolle verspeist hatten.

Hope schüttelte den Kopf und kraulte Buddy hinter den Ohren. »Was soll *er* denn fressen?«

Cal verdrehte die Augen. »Alles, was er kriegen kann – um ihn mach ich mir keine Sorgen.« Er spähte wieder durch den Wald. »Und? Gehen wir weiter?«

Hope gab sich einen Ruck und kam auf die Füße.

Zwei Stunden später öffnete sich der Wald auf einen struppigen Hang, der mit Schiefersplittern und Grasbüscheln bedeckt war, dazwischen wuchsen Wildblumen. Nach einem steilen Aufstieg ragte endlich der Bergkamm vor ihnen auf, Felszacken und Gipfel, die eine horizontal gestreifte, schwarzgraue Kette bildeten. Cal wandte sich nach Westen, das Gewehr über der Schulter, und behielt die ganze Zeit die Kammlinie im Auge. Nach ein paar Minuten zeigte er mit dem Finger hinauf. »Siehst du, dort? Der rechteckige mit der schwarzen Kuppe? Da müssen wir hin.«

Hope sank der Mut. »Okay«, sagte sie so fröhlich wie möglich.

Dann brachen sie auf.

»Sobald wir Wasser finden, machen wir Rast. Und wenn mich nicht alles täuscht, können wir dann eine kleine Abkürzung zum Loop Trail nehmen. Der geht fast bis zur Hütte – von da sind es nur noch zweihundert Meter. Und das Gehen ist leichter. Vielleicht treffen wir sogar auf ein paar Wanderer oder einen Ranger, obwohl es dafür noch ein bisschen früh im Jahr ist.«

»Was meinst du, wie weit wir gegangen sind?«

»Vielleicht sieben Meilen?«

Kurz darauf stießen sie auf einen Bach und setzten sich ans Ufer, um zu trinken und auszuruhen. Die Sonne stand jetzt direkt über ihnen und die Luft war warm. Hope legte sich auf den Rücken und schaute ins Blau hinauf. Cal legte sich neben sie. Sie schwiegen lange. Hoch über ihnen kreiste ein riesiger Vogel und stieß einen durchdringenden Schrei aus, wie eine Überschallexplosion, die durch die Berge hallte.

»Weißkopfseeadler«, sagte Cal.

»Zwischen dem hier und Hackney liegen Welten ...«

»Hackney? Ich dachte, du lebst in London.«

»Hackney, das ist in Ostlondon, ein total quirliges, schmutziges Viertel, wo's super Kaffee gibt und nette Leute und Cafés. Massenhaft Menschen. Und Fahrräder. Und Parks. Eichhörnchen auch. Ach, und Hackney Marshes. Da sind auch Vögel, kleine Vögel. So groß wie mein Handteller.« Sie hielt eine Hand hoch, die Handfläche nach oben. »Keine Flugsaurier, so wie hier.«

Cal lachte und sprang auf. Er wirkte erstaunlich ausgeruht. »Lass uns weitergehen. Vielleicht schaffen wir es bis zum späten Nachmittag.«

Sie stießen bald auf den Rundweg und das Gehen wurde tatsächlich leichter. Hin und wieder fiel Hope zurück, dann gab sie sich einen Ruck und lief schneller, um Cal wieder einzuholen. Schmetterlinge und Bienen schwebten über den Blüten und einmal huschte etwas, das Cal als Wiesel identifizierte, über ihren Weg. Buddy schoss hinterher, wurde aber mit Leichtigkeit abgehängt und kam mit hängender Zunge zurück. Die Sonne ging schon langsam unter und ein kühlerer Wind, der die eisige Gletscherluft mit sich führte, kam auf. Endlich bog Cal vom Weg ab.

»Es ist da oben, ganz bestimmt«, sagte er vor sich hin.

»Warst du oft hier?«

»Ja, als ich noch klein war. Aber seit Pops und Gramma tot sind, nicht mehr. Meine Eltern wollten danach nicht mehr hinfahren, weil es sie nur traurig machte. Wir reden oft davon, dass wir mal wieder hinmüssen – aber irgendwie haben wir es nie geschafft.«

Der Berghang war nicht übermäßig steil, trotzdem kam Hope ins Keuchen. Sie drangen in ein dichtes Wäldchen ein und das Unterholz zerkratzte ihr die Beine.

»Autsch!«, keuchte sie.

Cal nahm ihre Hand und zog sie weiter. »Komm schon, wir sind fast da«, drängte er, »versprochen!«

Als sie am anderen Ende herauskamen, sank die Sonne gerade auf den Bergkamm.

Eine verfallene Hütte stand am Hang. Hoch darüber zeichnete sich der Fels ab. Und unterhalb der Hütte breitete sich eine blumenübersäte Wiese wie ein weiter grüner Teppich aus. Hope ließ Cals Hand los und schlang ihre Arme um seinen Hals. Ihre Schüchternheit war vergessen und sie schluchzte halb vor Erschöpfung und Erleichterung. Cal riss sie einen Augenblick von den Füßen und drückte sie so fest an sich, dass sie seine eigene Erleichterung spürte. Dann lösten sie sich voneinander und gingen mit beschwingteren Schritten zu der Hütte.

Beim Näherkommen zeigte sich, dass die Zeit ihre Spuren hinterlassen hatte. Eines der vorderen Fenster war herausgebrochen und auf der Veranda fehlten ein paar Bretter. Ein großer Waschzuber stand darauf, voller Sprünge und Risse und stellenweise schon ganz abgeblättert. Cal ging die beiden Stufen hinauf und rüttelte an der Tür. Der Griff drehte sich quietschend und die Tür knarzte auf. Hope kam zu Cal herauf und spähte ihm über die Schulter.

»Wow.«

Cal machte die Tür weiter auf, sie traten ein. Staubflocken wirbelten um sie auf. »Ja. Wow.«

Im Inneren deutete einiges darauf hin, dass die Hütte benutzt worden war – vielleicht hatten Wanderer hier übernachtet. In einer Ecke stand ein Herd, daneben lagen Anfeuerholz, ein paar große Scheite, und – das Beste – obenauf eine Schachtel Zündhölzer, aus der eines griffbereit herausragte. Eine zerfetzte blaue Windjacke war über einen Holzstuhl drapiert und auf dem Tisch stand ein kleines Glas Nescafé, das noch halb voll war.

Die Wandhaken neben der Tür waren leer. Der Hauptofen, der beide Räume beheizte, war voller Asche, in die es häufig durch den Rauchfang hineingeregnet haben musste, so dass das Wasser in tintenschwarzen Linien an den Steinen abgelaufen und auf die Bodenbretter getropft war. Eine ganze Wand wurde von einem flachen Steinbecken und der Küchentheke eingenommen. Im Schlafzimmer stand ein roh gezimmerter Kiefernholzschrank, außerdem eine Truhe. Das uralte Bett mit dem Seilrost war zerlegt und an die gegenüberliegende Wand gelehnt worden. Hope betrat den abgeteilten Raum, um sich die Truhe anzusehen. Sie war verschlossen. Im Schrank fand sie ein paar alte Kleidungsstücke, unter anderem einen riesigen, schweren Leinenkittel.

»Der muss Pops gehört haben.«

Hope zog ein kariertes Hemd hervor, aber es bestand fast nur noch aus Lumpen, die an einem Faden hingen. Außerdem kam ein dicker Strickpullover zum Vorschein.

»Kann ich den anziehen?«

»Du musst mich doch nicht fragen«, sagte Cal zerstreut, während er Holz im Kamin aufschichtete.

Hope zog den Pulli über den Kopf. Die Ärmel fielen ein gutes Stück über ihre Hände herunter, der Saum bedeckte ihre Shorts, ihr Haar stand zerzaust vom Kragen ab.

Cal hielt bereits ein Streichholz an einen Holzspan. »Hoffentlich ist dieses Ding nicht total verstopft, so dass es nicht mehr anzieht.«

Das war zum Glück nicht der Fall, denn bald brannte das Feuer fröhlich hinter der offenen Tür. Hope stellte sich neben Cal, der auf dem Holzstuhl saß und in die Flammen schaute.

»Du hast doch gesagt, dass die Hütte eurer Familie gehört?«

»Ja, ich glaube, sie gehörte uns mal, aber wir haben alles aufgegeben, was auf dieser Seite des Flusses liegt, als der Nationalpark vor hundert Jahren gegründet wurde. Für Pops war jedenfalls klar, dass sie ihm gehört. Aber das alles ist so lange her ... liegt ehrlich gesagt ein bisschen im Nebel.« Cal streckte die Hand aus und nahm das Glas mit dem Instantkaffee hoch, drehte den Deckel ab und schnupperte hinein. »So alt ist der noch gar nicht.« Er blickte sich um, stand auf und griff nach einem kleinen Topf. »Ich hole Wasser im Bach unten und seh mich ein bisschen um. Du kannst ja schon mal was suchen, woraus man trinken kann.«

Er ging hinaus und Hope schaute sich nach zwei Bechern um. Im Schrank standen ein paar aus Email. Ganz hinten entdeckte sie zwei verbeulte Blechbecher, einer davon völlig verbogen. Hope nahm die Emailbecher heraus und stellte sie auf die Theke neben das Spülbecken. Als sie einen der Blechbecher herauszog, rasselte es. Sie kippte ihn aus und ein Schlüssel fiel auf die Theke. Hope nahm ihn und schaute über die Schulter ins Schlafzimmer zu der Truhe dort. Sie ging hinein, kniete sich davor und steckte den Schlüssel ins Schloss. Im ersten Moment ließ er sich nicht umdrehen, doch dann gab das Schloss nach.

Sie stemmte den Deckel auf, spähte hinein und unterdrückte einen Freudenruf. Eine große Steppdecke lag darin, säuberlich zusammengefaltet, zart und verblichen. Behutsam hob sie sie heraus. Darunter kamen Decken und Laken zum Vorschein, mit Zedernholzstücken und Lavendelbüscheln dazwischen, die so alt waren, dass der Duft sich verloren hatte. Ganz unten lag eine riesige, schön verarbeitete Tierhaut, die zu Hopes Entsetzen von Chuck hätte stammen können. Sie war mit kleinen Löchern übersät, als wäre sie im Lauf der Jahre von Motten zerfressen worden. Ein perlenbestickter Beutel lag obenauf, alt und abgeschabt. Hope nahm die Steppdecke und ging damit auf die Veranda, dann zog sie das Buch aus ihrer Tasche, zerrte ihre feuchten Stiefel und Socken herunter, kuschelte sich ein und machte es sich im Schneidersitz bequem. Endlich wurde ihr wieder etwas wärmer.

Sie schlug das Tagebuch auf und fing an zu lesen. Ein paar Minuten später sprang sie auf die Füße und rief: »Cal! Cal!«

Cal tauchte sofort auf, mit Buddy auf den Fersen. »Was ist? Alles okay?«

»Sie sind hier!«

»Was, jetzt schon? Dann muss der Pick-up sofort gefunden worden sein.«

»Nein, Emily und der Mann, der sie nach dem Unfall im Flussbett gefunden hat. Sie ist gerade aufgewacht und beschreibt die Hütte.« Hope verließ die Veranda und ging ihm entgegen, während sie laut vorlas: »›Wir waren auf einem Berghang, auf einer Wiese, die an der Frontseite der Hütte zu einem dichten Gehölz abfiel. Dahinter lag ein großer, funkelnder See …‹« Sie schaute in Cals verwirrtes Gesicht, drehte sich um und zeigte auf den Berg. »Es ist diese Hütte hier. Dieser See. Es muss so sein.« Sie schaute zur Hütte zurück, dann wieder auf das Tagebuch. »Fast, als wären sie noch da.« Ein Vogel schrie, weit weg über dem Wasser. Sie schauten beide in die Richtung, aus der das Geräusch gekommen war. Als Hope den Mund wieder öffnete, wusste keiner von ihnen, wie viel Zeit vergangen war – eine Sekunde oder eine Minute.

»Nein, eher so, als hätten wir sie ganz knapp verpasst.«

Elf

In der Welt des guten Geschmacks ist Zartgefühl von allen Tugenden, die einer jungen Dame zur Zierde gereichen, die unentbehrlichste.

Wir ritten langsam den Berg hinunter und wandten uns nach Osten, am See entlang.

Kurz vor Nachteinbruch hielten wir an der Uferböschung der östlichen Seeseite an; von dort würden wir in die Prärie hinunterreiten. Das Wasser glühte golden, als die Sonne über dem Berg versank, und unser Lagerfeuer loderte hell. Ich streckte meine Beine aus und rieb meine wund gescheuerten Schenkel aneinander.

»Alles okay mit dir?«

»Ja«, sagte ich schnell und errötete in der Dunkelheit.

Du hast mir einen misstrauischen Blick zugeworfen.

Wir aßen Brot und Honig aus den Vorräten in unserem Gepäck. Du hast Wasser in einem Zufluss geschöpft und wir tranken und putzten uns die Zähne mit Salz und einem Waschtuch. Ich verbarg mein Gesicht, als ich in den Schlamm spuckte, und sah dich grinsen. Mir war sofort aufgefallen, dass du sehr schöne Zähne hattest, die du sorgfältig pflegtest. Ich fragte dich einmal danach, woraufhin du mir einen für deine Verhältnisse sehr wortreichen Vortrag gehalten und über die Dummköpfe geschimpft hast, die ihre Zähne vernachlässigen – »ein Mann ohne Zähne kann gleich den Löffel abgeben und sich zum Sterben hinlegen, der taugt zu nichts mehr, so viel steht fest«. Ich musste mich erst an das Salz gewöhnen, aber bald fand ich es besser als das grobkörnige, scharfe Zahnpulver, das Mama mir immer gegeben hatte.

Inzwischen war es stockdunkel. Ich zuckte bei jedem Knacken des Feuers zusammen. Ganz in der Nähe schrie eine Eule und ich sprang auf vor Schreck. Du hast unsere Sachen wieder verstaut und die restlichen Essensvorräte in einen Baum gehängt, ein gutes Stück von uns entfernt.

»Das wird die Bären und großen Raubkatzen nicht aufhalten, aber wenigstens fressen sie uns dann nicht mit auf – hoffe ich jedenfalls«, hast du grinsend gesagt.

Ich schauderte. Wie konntest du nur Witze darüber machen? Ich schaute dir beim Ausbreiten der »Bettrolle« zu. So hatte Mr Goldsmith diese Vorrichtung genannt, als ich einmal in Fort Shaw Soldaten darin hatte schlafen sehen. Du hast dich hingelegt und einen Zipfel der Decke aufgehalten.

»Na, nun komm schon.«

Ich starrte dich an.

Seufzend hast du gesagt: »Em, wir waren uns doch einig, dass du nicht dafür gebaut bist, im Freien zu schlafen. Und ich habe nur diese eine Rolle. In der Armee haben wir gelernt uns warm zu halten, indem wir die Rolle mit einem anderen Soldaten teilten. Das ist kein romantischer Antrag, hörst du? Ich weiß, dass du dich für Mr Railway aufsparst.«

Mama hätte wahrhaftig der Schlag getroffen, wenn sie mich jetzt gesehen hätte. Vorsichtig stand ich auf und ging zu dir hinüber. Ich kroch neben dich in die enge Bettrolle, drehte mich verlegen zur Seite und du hast uns eingewickelt wie in einen Wattekokon.

Der Boden war hart, ich spürte meine strapazierten Muskeln und aufgeschürften Stellen. Taras Satteldecke diente uns als Kopfkissen und verströmte einen würzigen Pferdegeruch.

Wir suchten nach einer bequemen Haltung. »Hast du schon einmal so mit einem anderen Soldaten geschlafen?«

»Oft genug.« Gähnend fügtest du hinzu: »Das hier ist eine echte Verbesserung.«

Ich wusste nicht, was ich darauf antworten sollte, aber mich quälte schon seit Tagen eine Frage, und die erzwungene Intimität unserer Bettrolle verlieh mir plötzlich den Mut, sie zu stellen. »Dieser Mann. Hart. Er hat dich als Deserteur beschimpft.«

»Besser ein Deserteur als ein Scheißkerl«, hörte ich dich hinter mir sagen.

Ich ignorierte deine Ausdrucksweise. »Wie meinst du das?«

Eine Weile herrschte Schweigen. Ich dachte schon, du wärst eingeschlafen. Dann hast du gesagt: »Wie ich das meine? Während der ›Schlacht in der Wildnis‹ habe ich einen großen Granatsplitter in mein Bein bekommen und wurde mit den ganzen anderen verwesenden Leichen zurückgelassen, weil man mich für tot hielt. Es war ja auch mehr oder weniger ein Todesurteil, im Kavallerieregiment in diesem Gebiet zu kämpfen, und wir hatten unsere Position und den Weg verloren. Eine Plündererin, die mir die Knöpfe abschneiden wollte, hat mich gefunden. Das Bataillon, in dem ich gekämpft hatte, war fast ausgelöscht. Ich landete in einem gottverlassenen schmutzigen Feldlazarett und ich wusste, das würde mich vollends umbringen – ich würde in die Hände eines Knochensägers fallen, der ganz wild drauf war, mir mein Bein abzunehmen.«

Ich wälzte mich auf den Rücken, damit ich dein Gesicht sehen konnte. Den Kopf auf die Faust gestützt, hast du die Decke über mir zurechtgezogen und deine Hand in meine Hüftmulde unter der dicken Decke gelegt. Sie war überraschend schwer.

»Ich hatte in meinem Stamm einiges über Wundheilung gelernt und ich wusste, dass ich schleunigst von dort wegmusste, um meine Wunde ordentlich reinigen zu können. Dann bestand wenigstens eine Chance, dass ich mein Bein behalten konnte. Hab's also geschient, hab mir 'ne ordentliche Dosis Morphiumpulver geklaut, ein Pferd organisiert und bin abgehauen.«

Ich sah, wie der Feuerschein über dein Gesicht flackerte. »Du bist also desertiert?«

»Vorübergehend. Ich hatte vor zurückzukommen, aber auf zwei Beinen.«

»Und was ist dann passiert?«

»Hab mich bei der Armee gemeldet, sobald ich wieder aufrecht stehen konnte, aber die wollten mich als Deserteur erschießen. Also bin ich desertiert.«

»Und wie?«

»Zwei Kameraden haben mir da rausgeholfen, in letzter Sekunde – kurz vor Morgengrauen. Jeb Mullins und Al Donaghy. Die sagten, sie hätten keine Lust, mir nach all den Jahren eine Kugel ins Herz zu jagen. Ich bin in den Fluss gewatet und hab mich ein paar Meilen stromabwärts treiben lassen, dann hab ich mich nach Montana abgesetzt.«

»Also stimmt es, was Hart gesagt hat?«

»Ja. Ich bin ein Deserteur. Ein Feigling. Was meinst du dazu, Emily Forsythe?«

»Papa sagt, Deserteure müssten erschossen werden. Als abschreckendes Beispiel für die anderen Männer.«

»Was dein Daddy sagt, interessiert mich nicht. Ich will wissen, was du dazu meinst.«

Ich studierte dein Gesicht, deine Augen. »Sie hätten dich ja sowieso begnadigt oder nicht? Wegen deinem Bein.«

»Sie wollten ein Exempel an einem Feigling wie mir statuieren.«

»Aber woher weiß Hart das?«

»Die Armee hat in jedem Staat eine Liste der Deserteure in Umlauf gebracht. Und leider ist Hart aufgrund unserer langen, unseligen Verbindung einer der wenigen, die mich unter allen meinen drei Namen kennen. Dem Familiennamen meiner Mutter, dem meines Vaters und dem Namen des Stammes, in dem ich aufgewachsen bin.«

»Und warum das?«

»Seine Familie lebt schon eine Ewigkeit hier draußen, länger als die meisten anderen. Trapper ursprünglich, verstehst du, Schmutzfinken mit räudigen Waschbärenmützen und drei Zahnstummeln im Mund.« Deine Stimme triefte vor Verachtung.

Ich spürte, dass noch mehr dahintersteckte. »Und weiter?«

»Als Momma in Fort Shaw war, mit mir an der Brust, hatte Hart ein Auge auf sie geworfen. Er hat natürlich gesehen, dass sie nicht wusste, wie sie uns beide durchbringen und wo sie was zu beißen hernehmen sollte.« Du hast dich warm geredet, die Geschichte wühlte dich sichtlich auf. »Die Tage vergehen also und Hart lässt sich nicht abwimmeln, weil er meint, er sei der große Boss hier. Sie macht ihm 'ne Szene und da reißt er mich ihr aus den Armen und schlägt sie brutal zusammen. Zufällig ist Red Feather im Camp, ein wilder Krieger mit 'ner großen Speernarbe, die ihm von der Wange übers Kinn bis auf die Brust geht. Aber trotzdem, Red Feather hatte wenigstens noch 'n Quäntchen Anstand, besonders was Frauen anging. Er konnte es einfach nicht mit ansehen, wenn sie verprügelt wurden, egal welche Hautfarbe. Die anderen im Camp, Indianer wie Weiße, standen nur dabei, aber Red Feather hat eingegriffen. Hat diesem Mistkerl von Hart die Prügel seines Lebens verpasst. Und das war's dann. Red Feather hatte gerade seine Frau durch irgendein Fieber verloren, also hat er Momma und mich zu sich genommen.«

Ich runzelte die Stirn. »Aber ... Was war mit deiner Mutter? Wollte sie das denn?«

Du hast die Schultern gezuckt. »Hat sie mir nie gesagt. Aber sie war gern im Dorf und hat viel gelacht, hat nie 'nen unglücklichen Eindruck gemacht. Im Gegensatz zu Hart. Der konnte es nicht verwinden, dass ihm ein Indianer den Rang abgelaufen hatte. Bildete sich ein, dass Momma ihm gehört. Hat ihr das Leben zur Hölle gemacht, als sie mit uns Kleinen ins Camp gekommen ist.«

Ich lauschte schweigend.

»Schwamm drüber. Die Armee kannte jedenfalls nur den Namen meines Vaters, aber die Sache hat sich bis Fort Shaw herumgesprochen. Hart hat zwei und zwei zusammengezählt und jetzt reibt er's mir unter die Nase, wann immer er meint, dass er damit punkten kann.«

»Aber er würde es doch niemandem erzählen? Er würde dir doch keinen Ärger machen?«

»Hat er schon versucht«, hast du gestöhnt.

Wir waren uns so nahe, dass du mich jederzeit hättest küssen können. Jetzt, im Nachhinein, wünsche ich mir, du hättest es getan, weil ich glaube, dass es uns auf Dauer viel Verdruss erspart hätte.

»Ja, und wie ich nach Fort Shaw zurückkomme, sieht er mich und versucht mich als Unruhestifter hinzustellen, damit ich keine Arbeit bekomme. Bezahlt einen Mann, der auf der Straße Streit mit mir anfangen soll.«

»Und was ist passiert?«

»Hab ihn umgelegt«, hast du schulterzuckend gesagt.

»Aber warum?«

»Damit er sein Schandmaul hält, vor allen Dingen.«

Ich schnappte nach Luft.

Dein Blick begegnete meinem. »Mir steckt noch zu viel Krieg in den Knochen, was? Danach musste ich gehen. Und jetzt muss ich jeden Job annehmen, den Hart mir aufhalst, oder er bringt mich wieder in die Klemme und sorgt dafür, dass ein Kopfgeld auf mich ausgesetzt wird.«

»Warst du ... warst du gern in der Armee?«

»Hat mir nichts ausgemacht, vor dem Krieg. Ich hatte hauptsächlich mit Pferden zu tun, weil ich ein Händchen dafür habe und so. Und ich bin stolz drauf, dass ich für die Befreiung der Schwarzen gekämpft habe. Sklaverei ist nicht in Ordnung. Menschen sind kein Besitz.«

Wir sahen uns einen Moment lang an, ließen die unausgesprochenen Worte in dem engen Raum zwischen uns hängen.

»Trotzdem, die Armee scheint mir jetzt auch nicht mehr das Richtige zu sein.«

»Warum nicht?«

Du hast an einem Wulst in der rauen Decke gezupft. »Weil Männer dort in einer Weise zusammengeschweißt werden, die sie im Handumdrehen zu Kameraden macht. Als Soldat musst du dich auf die anderen verlassen können, komme, was wolle. Und dann werden sie alle in den Krieg geschickt und in die Luft gejagt und fertig.« Wieder trat der entrückte Ausdruck in deine Augen.

»War es so schlimm, was du gesehen hast?«

»Ja. Hab viele sterben sehen. Und viele getötet. Irgendwie lässt mich das nicht mehr los. Dafür hatte ich auch ein Händchen.« Du hast deine Hand gehoben, langsam und vorsichtig, als wolltest du mich nicht erschrecken, dann hast du mir über die Wange gestrichen. »Hast du jetzt Angst vor mir?«

Die Wölfe und Kojoten begannen zu heulen. Ich schauderte und drehte mich von dir weg, legte meine Hände unter meine Wange und starrte in die Flammen.

Deine Stimme hinter mir wurde leise und traurig. »Achte nicht auf sie. Sie kommen nicht in die Nähe dieses Feuers.«

Ich war schon auf, hatte mich gerade im See gewaschen, als du am nächsten Morgen zurückgekommen bist. Ich war allein in unserer Bettrolle erwacht, die Decken um mich hochgezogen, das Gesicht feucht vom Tau. Das Feuer war wieder entfacht worden und in einer Dose brodelte Wasser. Du konntest nicht lange fort gewesen sein. Neben den Bechern lag ein Häufchen grüner Blätter. Ich nahm eines hoch und schnupperte daran. Minze.

Nachdem ich Tee gekocht hatte, wusch ich mich im kalten See und bewunderte die grünen, roten und grauen Sprenkel der Steine im kristallklaren Wasser. Kurz darauf bist du mit Tara zurückgekommen. Deine Haarspitzen waren feucht und dein Hemd klebte dir ein wenig am Körper. Ich begriff, dass du dich ein Stück entfernt hattest, um deine Morgentoilette zu verrichten, damit wir beide unsere Privatsphäre hatten. Du hast den Becher genommen, den ich dir hinhielt, und wir setzten uns zusammen auf die Decken. Wir waren beide verlegen. Du hast auf deine Hände mit dem Blechbecher hinuntergesehen und deine hellen Augen waren umschattet. Deine Frage hing noch immer in der Luft. Hatte ich Angst vor dir? Du hast mir einen verstohlenen Blick zugeworfen und plötzlich sah ich den kleinen Jungen vor mir, der als Außenseiter in zwei so unterschiedlichen Welten aufgewachsen war – den Jungen, der in den Krieg zog, und den Mann, der sich am Rand der Gesellschaft ein Leben aufzubauen versuchte.

Ich holte Luft. »Nein«, sagte ich. »Nein, ich habe keine Angst vor dir. Jetzt nicht mehr.«

Du bist so heftig aufgesprungen, dass ich zusammenzuckte. »So«, du hast mir den restlichen Brotlaib gereicht und für dich selbst etwas aus dem Bündel gezogen, das wie eine alte Schuhsohle aussah. »Das Wetter sieht gut aus und ich denke, wir können es bis heute Nachmittag ins Indianergebiet schaffen, aber wir müssen uns beeilen.«

Du hast deine Schuhsohle gekaut und an dem Pfefferminztee genippt, als hätte unser Gespräch in der vorigen Nacht nie stattgefunden.

»Was ist das, bitte?«

Du hast mich angesehen. »Was?«

»Das hier.« Ich zeigte auf das Leder, an dem du kautest.

»Pemmican. Büffelfleisch. Trailnahrung für die Indianer. Ich mache es manchmal, wenn ich Fleisch in die Finger bekomme. Aber ich kann keinen Büffel nur für mich alleine töten, deshalb tausche ich meistens etwas dafür ein. Und meins ist das Beste, ehrlich gesagt. Man muss das Nierenfett dazugeben, damit es richtig gut wird.« Du hast mir ein Stück hingehalten. »Hier, probier mal. Es sind getrocknete Schwarzbeeren drin.«

Ich nahm es vorsichtig und versuchte ein Stück abzubeißen. Ich musste es praktisch mit den Zähnen abreißen, was ziemlich undamenhaft war. Ich schmeckte Salz und Fett und die leichte Süße der Beeren.

Du hast eine Augenbraue hochgezogen, den Kopf zur Seite gelegt. »Und? Was sagst du?«

Ich fasste mir an die Lippen, während ich eifrig kaute. »Nicht so schlecht, wie ich dachte. Sehr ... würzig.«

»Ja, hat mir mehr als einmal meinen verdammten Arsch gerettet, wenn ich auf einer Erkundungstour war. Ich werde mir etwas als Vorrat für den Winter anlegen, für alle Fälle.«

Ich weiß nicht, ob ich in diesem Moment deine Anspielung auf die Zukunft und alles andere, was du damit sagen wolltest, überhaupt zur Kenntnis genommen habe. Etwas Merkwürdiges war geschehen: Zum ersten Mal in meinen sechzehn Jahren lebte ich ganz im Moment. Ich stand nicht länger unter dem Zwang, mich auf einen Tag vorzubereiten, der nicht kommen würde. Ich musste nichts an mir verändern oder verbessern, um anderen zu gefallen. Ich brauchte nur noch mir selber zu gefallen. Und als du die Karte ausgebreitet hast, deine hellen Augen aufmerksam auf das Papier gerichtet und halb zu dir selbst, halb zu mir gesprochen hast, begriff ich mit freudigem Erschrecken, dass ich mich auch nicht verändern musste, um dir zu gefallen.

Auf einmal merkte ich, dass du verstummt warst und ich kein Wort von deinem Vortrag gehört hatte. »Em? Das mit der Schlucht war nur ein Scherz. Ist nicht gefährlich. Die Schneeschmelze ist vorbei.«

Ich starrte dich an und versuchte etwas Zusammenhängendes zu sagen.

»Em?«

»Es ist okay«, sagte ich. »Ich war nur in Gedanken.«

Du bist in gespieltem Entsetzen zurückgezuckt. »Es ist *okay*? Hab ich mich verhört oder hast du gerade wirklich okay gesagt, English? He, warte mal – hab wohl Wasser in den Ohren.« Kopfschüttelnd hast du mich angesehen, die Augen voller Spottlust.

Ich errötete.

Immer noch lachend hast du mich mit der Schulter angestoßen und auf einen Punkt auf der Karte gezeigt. »Schau mal. Wir sind hier.«

Jetzt sah ich, wie weit es bis Helena und Fort Shaw war. Du hast mit dem Fingerknöchel auf die Karte geklopft, in nordwestlicher Richtung. »Und dort müssen wir hin. Mr Railway meint, er kann da rüber, durch Blackfoot-Land, am Rand der Flathead- und Kutenaigebiete.«

»Und was meinst du?«

Du hast die Schultern gezuckt. »Ich meine, dass er keinen verdammten Schimmer von den Bergen oder den Indianern hier hat. Aber ich werde nicht dafür bezahlt, meine werte Meinung kundzutun, also seh ich mir einfach das Land an.«

»Aber wir brauchen doch Tage, um in diesem Tempo dorthin zu kommen.«

»Ich sag dir doch, dass wir uns ein zweites Pferd besorgen.«

»Von wem?«

Du hast die Karte auf deinen Schoß gezogen. »Wird sich finden. Im Indianerland ergibt sich immer was.«

Wir brachen unser Lager ab und ich zuckte zusammen, als du mir auf Tara hinaufgeholfen hast. Nach fünf Tagen Reiten, einen davon ohne Steigbügel und mit meinem ganzen Gewicht im Sattel, war ich mehr als wund. Du hast die Arme hochgestreckt, mich um die Taille gefasst und wieder heruntergehoben. Es hatte lange gebraucht, bis ich mich an so viel Nähe gewöhnt hatte, und jetzt stand ich verwirrt da, während du eine der Decken hinter dem Sattel heruntergezogen und über den Sitz gelegt hast. Dann hast du die Steigbügel auf beiden Seiten eingerichtet.

»Warum hast du nichts gesagt?« Deine Stimme klang vorwurfsvoll. »Herrgott, Emily. Das musst du mir doch sagen. Ich bin kein Bühnenmagier, der in deinen Kopf sehen kann.« Dein Finger schnippte gegen meine Schläfe und ich schlug deine Hand weg. »Fürchte, du wirst dich irgendwann entscheiden müssen, was empfindlicher ist – dein Arsch oder dein Stolz.« Damit hast du dich in den Sattel geschwungen und die Decke vor dir festgesteckt. Dann hast du mich hochgehoben. »Setz dich richtig drauf. Ja. Füße in die Steigbügel. Hätte ich schon gestern machen sollen. Hab nicht dran gedacht, ich Dummkopf. Wenn es dir unbequem wird, steh auf und streck dich ein bisschen.«

»Und du?«

»Em, ich sitze im Sattel, seit ich gehen kann, mein Hintern ist zäher als Pemmican.«

Ich konnte mir das Lachen nicht verkneifen. Oder vielmehr ein Kichern, wie meine Mutter es genannt hätte – und in ihrer Vorstellung kicherten nur Küchenmädchen.

Du hast die Zügel in eine Hand genommen und die andere um mich geschlungen. »Das war mit Sicherheit der süßeste Laut, den ich seit langem gehört habe.«

Wir ritten stundenlang, ließen das Bergland hinter uns und umrundeten die Ebenen im Osten. Du hattest Recht, mit den Steigbügeln und der Decke ging es viel besser. Auch meine Füße wurden nicht taub vom Herunterhängen. Hin und wieder hast du mir den rechten Steigbügel gestohlen, um dein Bein zu entlasten.

»Tut es weh?«, fragte ich, als du ihn zu mir zurückgeschubst hast.

»Na und wie – geht mir verdammt auf den Arsch.«

»Oh, ich ...« Wie bitte? *Dort* tat es weh?

Du hast lachend deinen Arm um mich geschlungen. »Nein, Emily. Keine Schmerzen. Höchstens bei Schneewetter. Meistens ist das Bein nur ein bisschen taub und nutzlos, aber ich bin froh, dass ich es noch habe. Na egal, lass uns nicht darüber reden. Es ist, wie es ist, dagegen kann man nichts machen.«

Wir schwiegen eine Weile.

»Erzähl mir von dir«, hast du gesagt, nachdem wir kurz angehalten hatten, um Tara im Bach zu tränken, und dann durch das Wasser zum gegenüberliegenden Ufer gespritzt waren.

»Von mir?«

»Ja, von dir.«

Ich sank in mir zusammen. »Ich habe dir schon alles erzählt, denke ich.«

»Ja, gut – du hast mir erzählt, was du musst oder sollst, aber noch nie, was du gern gemacht hast. Bevor wir uns begegnet sind.«

Ich dachte einen Augenblick nach. Niemand hatte mich das je gefragt. »Lesen. Briefe schreiben. Sprachstunden. Ich hatte viele Lehrer. Und einen kleinen Hund. Einen Spaniel. Sie hieß Tippet.«

Du hast mir die Haare aus dem Gesicht gestrichen. »Hast du sie geliebt?«

»Oh, ja, sehr. Aber Mama fand, dass Tippet mich zu sehr ablenkte, und hat sie weggegeben.«

Du hast geschwiegen.

»Und ich habe Gedichte gelesen. Milton und Dryden und Shakespeare.«

Das schien dir nichts zu sagen. Ich lehnte mich an dich, meine Schultern an deiner Brust. Dir gefiel es so, glaube ich. Ich hielt meine Hände in Position eins über Taras Hals, als wäre es eine Klaviertastatur. »Und ich spiele Klavier. Mozart, Beethoven, alles Mögliche.«

Du hast die Zügel in die andere Hand genommen und deinen Arm wieder um mich gelegt. »Aha. Wenn wir mit dem Eisenbahn-Job fertig sind, kann ich dich also in einem Saloon ans Klavier setzen?«

Diesmal kicherte ich laut. »Vielleicht. Ich bin jedenfalls nicht fähig meinen Lebensunterhalt auf anständige Weise in einer Bäckerei zu verdienen.«

Du hast gelacht und dein Gesicht in meinen Nacken geschmiegt. Dann hast du deine Nasenspitze daran hochgleiten lassen und mir ins Ohr gepustet. Deine Hand ruhte ganz leicht auf meiner Taille, aber plötzlich gab es nur noch dich und die Stellen, an denen unsere Körper sich berührten. Ich konnte kaum atmen, fühlte mich, als wäre ich wieder in mein Schnürmieder eingezwängt. Ich erstarrte. Du hast mich sofort losgelassen und dich aufgerichtet. Tara trottete weiter und die Ordnung in unserer kleinen Welt war wiederhergestellt.

Am späten Nachmittag überquerten wir die Ebene. Die Landschaft erschien mir nicht sonderlich reizvoll nach unserem Berghang, trotz der grenzenlosen Weite, an die ich mich schon während des Trecks gewöhnt hatte. Auch war die Prärie seltsam stumm nach dem unablässigen Vogelgezwitscher und den vielen Tierlauten um unsere Hütte. Rechts von uns ragte ein kahler Bergkamm auf, das Land vor uns war leicht hügelig, ein Gesprengsel aus Grün und Braun. Du hattest mir vor einer guten Stunde gesagt, dass wir jetzt bald ins Schwarzfußland kommen würden. Deine Angespanntheit verriet mir, dass etwas nicht stimmte. Nach unserem kleinen Geplänkel waren wir verstummt, hatten uns ganz in Taras Rhythmus eingefügt. Du hast alle paar Sekunden zu einem Vogelschwarm aufgeschaut, der in der Ferne kreiste.

»Was ist denn?«

»Hier müsste es zu dieser Jahreszeit vor Büffeln nur so wimmeln. Und Gabelböcke ... so 'ne Art Antilope – die müssten auch hier sein. Und wir müssten jetzt Leute sehen. Indianer.«

»Ich verstehe nicht.«

Du hast dir auf die Unterlippe gebissen und nicht geantwortet.

Wir ritten weiter.

»Riechst du das?«

»Was soll ich denn riechen?«

Deine Antwort ließ auf sich warten. Du hast Tara zum Stehen gebracht und die Landschaft mit den Augen abgesucht. »Das gefällt mir nicht.« Dann hast du mit dem Finger auf etwas gezeigt. »Siehst du die Kuppe dort? Da will ich hinauf und mich mal umsehen.« Du hast meine Hände auf das Horn gelegt. »Gut festhalten, ja?«

Tara verfiel in einen leichtfüßigen Galopp. Bald flogen wir in halsbrecherischer Geschwindigkeit über die Ebene, der Boden sauste unter uns vorbei. Mühelos und anmutig jagte Tara auf die Klippen vor uns zu, den Hals gestreckt, voller Freude am Laufen. Als der Grund anstieg, wurden wir langsamer und du hast Tara zum Stehen gebracht. »Em, kannst du jetzt ein bisschen gehen?«

Ich schaute auf den Boden. »Ich glaube schon.«

Du bist heruntergesprungen, hast mich aus dem Sattel gehoben und die Zügel über Taras Kopf geworfen. »Selbst mit nur drei gesunden Beinen sind wir jetzt schneller zu Fuß«, hast du gesagt und auf den nächsten Felsüberhang gezeigt.

Wir begannen den Aufstieg, ließen Tara auf einem Felssims zurück. Ich war bald völlig erhitzt. Nein, ich *schwitzte* – Pardon, Mama! Du hast mir auf Felssimse hinaufgeholfen, für die meine Beine zu kurz waren, aber mein Stolz gewann die Oberhand und ich kletterte bald schon ohne Hilfe hinauf. Nachdem ich mich auf eine größere Stufe gehievt hatte, drehte ich mich um und streckte unwillkürlich die Hände nach dir aus. Nach kurzem Zögern hast du meine Unterarme umfasst, ich zog, du hast nachgeholfen, und im nächsten Moment warst du an meiner Seite.

Du bist auf das Plateau gestiegen und zum anderen Ende gegangen, um in drei Himmelsrichtungen auf die Ebene hinauszuspähen – Westen, Norden und Osten.

Plötzlich sah ich dich erstarren. Ich trat hinter dich, der Präriewind blies mir die Haare aus dem Gesicht und kühlte den Schweiß auf meiner Stirn und Oberlippe. Tief unter uns, so weit das Auge reichte, lagen Büffel zu Dutzenden im Staub hingestreckt. Schwärme von geflügelten Aasfressern kreisten über ihren gewaltigen Körpern.

Mir traten fast die Augen aus den Höhlen und ich unterdrückte ein Würgen.

»Die schlimmste aller Seuchen. Der Mensch.«

Ich fasste die Kadaver näher ins Auge. »Aber ... Ich ... Sie haben sie gehäutet. Oder?«

»Ganz recht.« Deine Stimme klang bitter.

»Es sind so viele«, sagte ich dumpf und hätte mir am liebsten auf die Zunge gebissen. Es war eine dumme Bemerkung, Mama und Papa hätten mich sehr dafür getadelt.

»Mindestens hundert, wenn ich mich nicht täusche. Und eine Menge Kälber darunter.«

Eine Stimme hinter mir ließ mich herumwirbeln. Vor mir stand ein riesiger Indianer. Seine Brust war bis auf den Gewehrriemen nackt, der Lauf ragte über seiner Schulter auf. Er trug weiße Beinlinge mit Perlen am äußeren Nahtstreifen, ein Lendentuch aus Wildleder und lange, weiche Stiefel. Beide Gesichtshälften waren mit einem roten Streifen bemalt und quer über seine Augenbrauen und Schlupflider hatte er eine kanariengelbe Paste geschmiert. Er hatte eine schmale Adlernase und eine breite Stirn. Sein Haar, das so schwarz wie meines war und fast so lang, war zu zwei Zöpfen geflochten.

Ich huschte hinter dich.

»Was hat er gesagt?«, wisperte ich. In meiner Einfalt dachte ich natürlich, dass alle Indianersprachen gleich seien.

»Er hat gesagt, alle weißen Männer sind Bastarde.«

Ich wich zurück, mit großen Augen, während ihr euch lachend umarmtet. Dann habt ihr euch an den Unterarmen gehalten und von oben bis unten gemustert. Du warst größer, aber längst nicht so kräftig gebaut wie der Indianer. Ihr habt euch in einer Sprache unterhalten, von der ich kein Wort verstand; sie klang mir so fremdartig in den Ohren, als würden Würfel in einem Becher gerüttelt und gleichzeitig Sandpapier geraspelt. Du bist zurückgetreten, hast meine Hand genommen und dich zu meinem Ohr heruntergebeugt, um mir zuzuflüstern:

»Wenn er mit dir spricht, musst du *ka-hay* sagen. Sonst nichts.«

Dann hast du wieder mit dem Indianer geredet. Er starrte mich lange neugierig an, was in jeder zivilisierten Gesellschaft als unhöflich und beleidigend gegolten hätte. Musterte mich von meinen nackten Füßen bis zu meinem wilden Haarschopf.

Dann nickte er und redete zu mir.

»Ka-hay«, antwortete ich.

Seine Augen schnellten zu dir hinüber. Du hast die Schultern gezuckt und etwas gesagt, eine Hand auf meiner Schulter. Ich erkannte nur ein einziges Wort: English.

Der Indianer versuchte es nachzusprechen: »English.«

Du hast mich an deine Seite gezogen. »Em, das ist mein Bruder, Little Elk. Momma hat immer in unserer eigenen Sprache mit mir gesprochen, und als er geboren wurde, nannte ich ihn Lucky.«

Ich schaute zu ihm auf. »Dein Bruder?«

»Der Sohn von Momma und Red Feather.«

Der Indianer – Lucky – starrte mich immer noch neugierig an. Ich ertappte mich dabei, dass ich zurückstarrte.

Du hast erneut gesprochen und auf die Prärie gezeigt. »Lucky ist erst heute Morgen hierhergekommen. Sieht so aus, als wäre das gestern passiert. Vielleicht vorgestern. Großes Gemetzel, das. Viele Helfer. Die Kadaver sind noch frisch. Richtiger Überfall. Viele Repetiergewehre und jede Menge Messer, um die Häute so schnell und sauber runterzukriegen. Siehst du die Wagenspuren? So viele Weiße hier oben, das ist neu. Wird jede Menge Ärger geben.«

Die Wut in der gemessenen, beherrschten Stimme des Indianers schimmerte deutlich durch, auch wenn ich kein einziges Wort verstand.

»Rose?«, hast du plötzlich gefragt.

Lucky nickte.

»Rose?«, fragte ich.

»Meine Schwester. Halbschwester. Hab sie fast ein Jahr lang nicht gesehen.« Dein Gesicht hatte sich etwas aufgehellt. Ich beobachtete dich, während du in das Gespräch mit deinem Bruder vertieft warst.

Ich konnte keine Ähnlichkeit zwischen euch erkennen und fragte mich, wie deine Schwester wohl aussah.

Ich sollte es bald herausfinden. Lucky entdeckte sie, eine Gestalt auf einem grauen Pferd, die durch das Büffelmassaker trottete. Wir kletterten von dem Felsplateau herunter. Lucky und ich wechselten einen Blick, als du ungeschickt auf einer Stufe aufgekommen bist und dein Knie einknickte. Es dauerte einen Augenblick, bis du dich gefangen und umgedreht hattest, um mir herunterzuhelfen. Das Gesicht des Indianers blieb undurchdringlich, aber wir hatten uns verständigt. Als wir unten ankamen und Tara holten, die neben Luckys Pferd wartete, war die Reiterin nur noch wenige Minuten entfernt.

Falls ich vor der Begegnung mit Rose überhaupt eine Vorstellung von Indianerfrauen gehabt hatte, beschränkte sie sich auf die Squaws, die in Fort Shaw auf ihren Ponys ein und aus ritten, manchmal mit einem Baby im Wiegenbrett. Rose war ganz anders. Sie saß mit derselben Leichtigkeit auf ihrem Pferd wie du, ihre langen Beine baumelten ohne Steigbügel herunter, die über dem Horn oben gekreuzt waren. Sie hatte eine schmale, gebogene Nase und eine schöne Stirn. Ihr Haar war schulterlang und sie trug es offen, mit einem Mittelscheitel, der ihre hohen Wangenknochen zur Geltung brachte. Ihr Mund war breit und ausdrucksvoll, so wie deiner. Sie trug Beinlinge aus Wildleder und eine perlenbestickte Tunika. Über ihrer Schulter hing ein Gewehr. Sie musterte mich von oben bis unten, bevor sie abstieg. Sie war kleiner als ihr Bruder, aber nicht viel. Später las ich, dass die Menschen deines Stammes alle hochgewachsen sind, die meisten Männer über eins achtzig.

Ihr habt euch umarmt und sie grinste, das gleiche wölfische, übermütige Lächeln wie deines. Die gleichen weißen Zähne. Sie konnte nicht viel älter sein als ich, aber sie war stark und kräftig, mit sehnigen rotbraunen Unterarmen. Du hast ihr die Haare zerzaust, deine Stimme klang scherzhaft und sie boxte dich spielerisch gegen die Brust. Später erklärtest du mir, Haare seien in deinem Stamm etwas Heiliges und daher sei es eine sehr vertrauliche Geste, das Haar eines anderen zu berühren.

Dann kam ich an die Reihe, das nächste Begrüßungsritual. Rose war ebenso reserviert wie ihr Bruder, aber nicht unfreundlich, obwohl sie dich ausgiebig ausfragte und dabei mich ansah. Sie ging sogar ungeniert um mich herum und musterte mich erneut von oben bis unten. Du hast hin und wieder gelacht, aber du hast mir nicht gesagt, welche Fragen sie dir stellte. Endlich habt ihr zu dritt lange über die Büffel gesprochen, eure Gesten wurden dabei immer heftiger. Lucky hob nicht die Stimme – das tat er nie –, aber du und Rose, ihr habt euch am Ende fast angebrüllt. Rose hielt den Zeigefinger der einen Hand hoch, dann den der anderen. Ich stand bei Tara, streichelte ihre Nase und fühlte mich überflüssig.

Das Gebrüll verstummte. Rose fummelte an ihrem Gewehrriemen herum und machte ein verdrossenes Gesicht. Der Gesprächston hatte sich verändert. Plötzlich begriff ich, dass ihr über mich geredet habt. Ich senkte den Kopf.

Nach einer letzten Bemerkung in ihre Richtung hast du meine Hand genommen und mich zu Tara gezogen. Im nächsten Moment warst du im Sattel. Du hast dich umgedreht, mich von hinten unter den Armen gepackt und mühelos hochgehoben. Ich bin nicht so federleicht, wie du immer sagtest. Aber du warst wirklich stark und ich war es inzwischen gewohnt, von dir auf Tara hinauf- und heruntergehoben zu werden. Ich zog mein Bein über das Horn und ließ mich in den Sattel sinken. Du hast die Zügel genommen und die anderen abwartend angesehen. Sie stiegen ebenfalls auf.

Wir wandten uns nach Westen, trabten in den Sonnenuntergang.

»Was ist denn?«

»Sie kommen mit uns. Auf diese Weise können wir den Kundschafter-Job in einem Drittel der Zeit erledigen.«

»Und wo reiten wir jetzt hin?«

»In ihr Lager.«

»Oh.« Tausend Fragen lagen mir auf der Zunge.

»Was ist?« Deine Stimme klang belustigt.

»Was hat Rose gesagt?«

Du bist plötzlich ernst geworden. »Das eine zieht das andere nach sich. Der Tod eines Büffels, einfach so, diese ganze Verschwendung ... Jeder tote Büffel wird einen Indianer das Leben kosten, wenn erst der Winter kommt.«

»Ist das wahr?«

»Vielleicht. Genauso hat es die Regierung in den letzten paar Jahren mit den Navajos gemacht. Der Plan ist aufgegangen. Und das waren nur Schafe.«

Ich nahm meinen ganzen Mut zusammen. »Aber was hat sie über mich gesagt?«

»Wollte wissen, wie viel du mich gekostet hast.«

Ich drehte mich zu dir um und runzelte die Stirn über den Spott in deiner Stimme. »Hoffentlich hast du ihr die Wahrheit gesagt.«

»Natürlich. Hab ihr gesagt, dass du mich keinen Penny gekostet hast, nur meinen Seelenfrieden und mein Bett.«

Ich schnaubte und lehnte mich wieder an dich, ließ mich in Taras geschmeidigen Rhythmus sinken und spielte mit der Zügellänge, die von deiner Hand am Sattelhorn herunterbaumelte.

»Wie alt ist sie?«, fragte ich und riskierte einen schüchternen Blick zu ihr.

»Kann ich nicht sagen. Aber sie ist die Jüngste von uns Geschwistern, die noch leben. Momma war ganz vernarrt in sie, im Gegensatz zu Red Feather, der sich nie viel um seine Töchter gekümmert hat. Deshalb hat Momma sie Rose genannt. Hat gesagt, sie wollte schon immer ein kleines Mädchen haben, das Rose heißt.«

In diesem Moment strauchelte die sonst so trittsichere Tara und stieß mit der Nase auf den Boden. Du hast die Zügel angezogen und mich festgehalten, als sie zur Seite schlitterte, um wieder auf die Füße zu kommen, und dabei fast auf den glitzernden, fliegenverseuchten Kadaver eines Büffelbullen prallte. Eine summende Wolke stob auf. Wir zuckten beide zusammen und du hast Tara schnell weggelenkt. Ich zog mir einen Hemdsärmel über die Hand herunter und hielt mir damit Mund und Nase zu, bis wir aus dem Fliegenschwarm heraus waren.

Erst als wir die anderen fast eingeholt hatten, ließ ich meine Hand sinken. »Hast du noch mehr Geschwister?«

Ich spürte wieder die Anspannung in deinem Körper. »Einen Bruder noch. Who Walks. Er war der Krüppel in der Familie, schon vor mir. Jünger als Rose. Hatte 'n verkümmertes Schambein, so dass er nie auf einem Pferd sitzen konnte. Er ist gestorben, kurz nachdem ich in den Osten gegangen bin. Irgendwas mit seinen Gedärmen.«

»Das tut mir leid. Hast du sie sehr vermisst, als du fort warst?« Ich warf dir einen Blick über die Schulter zu und sah deine verkniffenen Lippen.

»Immer.«

»Warum bist du dann zur Armee gegangen? Warum bist du nicht einfach zu ihnen zurückgekommen?«

»Ich weiß wirklich nicht, was ich dir darauf antworten soll. Vielleicht weil ich das Gefühl hatte, dass ich dort auch nicht hingehörte, nachdem sie mich für ein paar Pferde verschachert hatten. Dachte mir, ich sollte mir vielleicht ein Leben bei meinen eigenen Leuten aufbauen. Aber wie sich herausstellte, konnte ich mit den meisten nicht viel anfangen.«

»Das tut mir leid«, sagte ich wieder.

Du hast mir meine Haare um den Hals geschlungen wie einen Kragen und dein Kinn auf meinen Kopf gedrückt. »Einige von euch sind gar nicht so übel.«

Ich stieß deine Hand weg, weil ich plötzlich ein seltsames Kribbeln im Bauch hatte. Wir umrundeten immer noch das Schlachtfeld. Zum Glück ritten wir gegen den Wind, trotzdem hielt ich weiter mein Gesicht von dem grässlichen Anblick der Büffelkadaver abgewandt, die auf der Grasebene verstreut lagen. Wir waren nahe genug, um die Fliegenschwärme zu sehen, und der Gestank des verwesenden Fleischs wehte zu uns herüber, als wir die andere Seite erreichten.

Ich schluckte und würgte vor Ekel. »Das ist alles so eine schreckliche Verschwendung.«

»Bedank dich beim weißen Mann«, hast du verächtlich geschnaubt. »Und die Eisenbahn macht es nur noch schlimmer. Trennt die Herden, hindert sie daran, frei durch die Prärie zu streifen. Je mehr Eisenbahnen, desto mehr vereinzelte Herden, desto mehr Leute und Jäger. Die Züge werden ihrem Leben hier ein Ende setzen, sie wahrscheinlich sogar auslöschen. Und die Prärie-Indianer mit ihnen.«

»Und warum hilfst du ihnen dann? Ich meine, der Eisenbahngesellschaft?«

»Ich helfe ihnen nicht. Ich werde ihnen sagen, wo sie keine Eisenbahnlinie bauen können. Und das ist die reine Wahrheit. Ich mag arm sein, aber ich bin kein Lügner.«

»Aber du nimmst doch ihr Geld. Ist das nicht Heuchelei?«

»Em, falls du es noch nicht bemerkt hast: Ich bin ein Krüppel. Das Leben, das ich jetzt führe, ist das einzige, wozu ich hier draußen tauge. Ich könnte es vielleicht als Trapper versuchen und Felle verkaufen, aber es macht mir keinen Spaß, Tiere zu töten, die ich nicht essen kann. Und ich kann vielleicht ein, zwei Pferde auf einmal zähmen und zureiten. Aber darin bin ich sehr wählerisch. Bei Pferden und Käufern. Das ist keine Goldgrube.« Dein Tonfall war geduldig, vernünftig, verriet deinen praktischen Pioniersinn. »Und außerdem muss ich auch an dich denken.«

»An mich?« Ich schaute dich über die Schulter an.

»Du brauchst alles Mögliche. Kleider. Schuhe. Feine Haarseife. Mehr Zeug, als du jetzt hast, auf jeden Fall. Und dass ich Geld von Mr Railway nehme, um alles Nötige für dich zu kaufen, finde ich nur gerecht.«

Anthony Howard Stanton war mir inzwischen so fern, dass mir deine Verbindung mit ihm, und sei es auch nur über diesen kurzfristigen Auftrag, realer erschien als meine eigene noch vor wenigen Wochen. Eine Heirat kam jetzt natürlich nicht mehr in Frage, aber seltsamerweise ging mir das nicht zu Herzen. Nur der Gedanke, dass Mama und Papa unzufrieden mit mir waren, quälte mich. Aber hier in der Prärie rückte selbst das in weite Ferne.

Vor uns schälte sich etwas aus dem Dunst, das wie ein Lager aussah. Ich machte drei weitere Pferde aus und auf dem Boden einen Stapel Gepäck und Decken. Eine Frau, die die gleichen langen Zöpfe trug wie Lucky, aber ein weißes Wildlederkleid über ihren Beinlingen anhatte, stand an einem Feuer und buk Brot auf den flachen Steinen darum herum.

»Wer ist das?«

»Das ist Luckys neue Frau ... Clear Water.«

»Du klingst überrascht.«

Du hast gelacht. »Bin ich auch. Er hat sie immer nur gehänselt, als wir noch Kinder waren.«

Ich schaute zu dem einschüchternden Indianer hinüber, dessen bemaltes Gesicht unlesbar blieb. »Gehänselt? So sieht er gar nicht aus.«

»Ah, das kommt daher, dass er sich in den Kopf gesetzt hat, eines Tages Häuptling zu werden. Er ist ein richtiger Witzbold, wenn man ihn näher kennt.«

Ich sagte nichts.

Du hast dich zur Seite gebeugt, um mein Gesicht zu sehen. »Glaubst du mir etwa nicht?«

»Doch, natürlich. Wenn du es sagst. Er sieht nur nicht besonders ... humorvoll aus.«

»Du auch nicht.«

Ich fuhr entrüstet hoch. Du hast gelacht und Tara zum Stehen gebracht, dann bist du abgestiegen und hast mich zu dir heruntergehoben. Clear Water kam lächelnd zu uns herüber, sie war sichtlich erfreut dich zu sehen. Sie war groß und hübsch, wirkte aber etwas scheu – längst nicht so selbstbewusst wie Rose –, als du mit ihr gesprochen hast. Mit großen Augen sah sie mich an. Du hast sie nicht berührt, nur kurz begrüßt und uns einander vorgestellt, dann bist du weggegangen, um mit Rose Luckys Pferde zu begutachten. Du hast deine Hände über ihre Beine gleiten lassen und in ihre Mäuler geschaut. Am meisten hatte es dir ein hochbeiniges rotes Pferd mit einem feinen Kopf und nervösen Bewegungen angetan. Mich hattest du offenbar ganz vergessen.

Ich wartete beklommen. Clear Water war nicht zu ihrem Feuer zurückgekehrt, sondern beobachtete mich und wirkte genauso verlegen wie ich. Nach einer Minute winkte sie mir und ging zum Feuer, wo sie sich hinkauerte und mit geschickten Händen das heiße Brot wendete. Ich kniete mich neben sie und schaute zu, nickte hin und wieder – an der richtigen Stelle, wie ich hoffte.

Dann bist du herübergekommen. »Wir verbringen die Nacht hier und brechen morgen in aller Frühe auf. Du und ich reiten ins Flathead-Gebiet, Lucky und Rose können die Kutenais übernehmen. Sie sprechen die Sprache ein bisschen.«

»Du nicht?«

»Kutenai? Nur wenig. Die ist nicht wie unsere. Und auch nicht wie die der anderen Stämme.«

Der einzige Unterschlupf, den das Lager bot, war eine Gruppe von Felsen, die zu einer kleinen Kuppe anstiegen.

An diesem Abend saßen wir alle um das Feuer. Du und ich, Lucky und Clear Water und dann noch Rose, die sich etwas abseits hielt. Rose saß wie meistens alleine. Ihr habt alle geredet. An eurem Tonfall konnte ich ablesen, dass ihr Nachrichten ausgetauscht und euch Geschichten erzählt habt. In diesem Moment warst du einer der Ihren, und der Nate, den ich auf dem Berghang kennengelernt hatte, war plötzlich ein Fremder, dessen Gesicht vom Feuerschein verdunkelt wurde und über dessen Lippen fremdartige Laute kamen. Das machte mir Angst; aber dann hast du, mitten im Reden und ohne mich anzusehen, deine

Hand nach mir ausgestreckt und mir eine Haarsträhne hinters Ohr gestrichen.

Als wir unseren Blechteller mit einer undefinierbaren braunen Soße und etwas Mais darin aufgegessen hatten, dazu das köstliche Brot, machten wir uns zum Schlafen fertig. Wir gingen zum Bach zurück und unsere Bettrolle erschien mir mit einem Mal wie eine Zuflucht, ein Zuhause, und ich schmiegte mich hinein wie ein Tier in seinen Bau, in deinem gewachsten Baumwollüberzieher, den ich an kalten Abenden trug. Ein paar Minuten später bist du aus der Dunkelheit aufgetaucht, hast deinen Patronengurt abgenommen und auf den Boden neben unser Pferdekissen gelegt. Unter den Decken hast du einen Arm um mich geschlungen.

»Bist du okay?«

»Ja. Danke.«

Du hast mich ein bisschen gedrückt. »Aber was?«

»Ihr redet alle so viel.«

»Ja, sicher – wir sind Geschwister. Und wir haben uns lange nicht gesehen. Redest du nicht mit deiner Familie?«

»Mama sagt, oberflächliches Gerede ist unvornehm. Und ich spreche mehrere Sprachen, aber hier nützt mir das gar nichts, weil ich die richtige nicht kann. Ich mag es nicht, wenn ich nichts verstehe.«

»Ich verstehe viel in dieser Welt nicht. Manchmal muss man die Dinge einfach nehmen, wie sie sind. Und sich nicht davon die Laune verderben lassen.« Du hast die Decken noch enger um mich festgesteckt und dich dann zum Schlafen eingerollt.

Das Feuer sprühte Funken, jagte winzige orange Glühwürmchen in die Nacht hinauf. Ich konnte Rose am Feuerrand ausmachen. Es sah aus, als schliefe sie schon, die Haare über ihrem Gesicht und eine Hand ins Gras gestreckt. Auf der anderen Seite, gegenüber von uns, waren Lucky und Clear Water in ihre Decken eingemummt. Ich konnte sie von meinem Platz aus deutlich sehen. Sie tuschelten miteinander. Dann küssten sie sich mit offenen Mündern. Ich sah, wie Luckys Hand unter ihr Kleid glitt und es aufzerrte. Ich schnappte nach Luft und zuckte zurück.

»Em?« Deine Stimme klang schläfrig und unsicher.

Ich drehte mich in unserer Bettrolle um, verbarg mein Gesicht in den Händen und schmiegte mich an deine Brust. »Nate ...«

Die Schläfrigkeit wich aus deiner Stimme und du hast dich halb aufgerichtet. »Was ist?«

»Sie ... ich ...«

Du hast mich angeschaut, einen Arm über meiner Schulter, dann hast du dich grunzend auf Taras Decke zurückfallen lassen. »Jesus, Emily, was ist schon dabei?«

Ich war schockiert. Schockiert über ihr Verhalten und über die Tatsache, dass es dir egal war. Hattest du so etwas auch schon gemacht? Ich bekam kaum Luft, lag erstarrt unter den Decken.

Du hast dich auf den Rücken gewälzt und mich an deine Brust gezogen. »Jetzt mach kein Theater, das lohnt sich nicht. Versuch einfach zu schlafen.«

Das Feuer krachte wieder hinter mir und ich zuckte zusammen, als hätte mich ein Schuss getroffen. Ich fühlte mich sehr seltsam unter deiner Berührung. Alles hier war so merkwürdig. Ich hielt es nicht mehr aus. Ich rappelte mich auf, zog die oberste Decke weg, wickelte sie um meine Schultern und stampfte zu der Felsengruppe davon.

Die Nacht war dunkel, der Mond nur eine schmale Sichel und ich konnte nichts sehen. Blindlings lief ich weiter, bis ich gegen einen Stein prallte und mir das Knie aufschlug. Ich tastete mich vorwärts und kauerte mich an einen aufrecht stehenden Felsen, zog die Füße an und lehnte meinen Kopf an den Stein. Das Feuer brannte noch immer, sehr weit weg von mir. Ich schloss die Augen, wollte nichts sehen. Vor allem *sie* nicht. Und dich.

Am nächsten Morgen erwachte ich bei Tagesanbruch. Ich dehnte meine verkrampften Glieder, schaute zu der wässrigen Sonne hinauf, dann zum Lager. Das Feuer rauchte und Clear Water kauerte daneben. Rose war fort, ebenso ihre Pferde. Du warst bei Tara und den anderen Pferden und Lucky schwang seine Arme in dem kalten Morgenlicht. Ich war verlegen und schüchtern, wusste, dass ich mich zum Narren gemacht hatte. Ich nagte an meiner Unterlippe, eine schlechte Angewohnheit, für die Mama mich immer bestraft hatte. Endlich stand ich von dem Felsen auf und ging zu dir. Du warst ganz auf die Pferde konzentriert, hast mit ihnen geredet. Als ich näher kam, rief Lucky etwas zu dir herüber und deutete mit dem Kopf auf mich. Du hast geantwortet, ohne ihn anzusehen, und den Huf des roten Pferdes hochgenommen.

Ich tätschelte Tara. Du hattest sie schon gesattelt und ich machte mich an ihrem Gurt zu schaffen. Endlich brachen die Worte aus mir hervor. »Ich konnte es einfach nicht ertragen!«

»Was ertragen?« Du hast den Huf des roten Pferdes fallen lassen und dich aufgerichtet.

»Das. Gestern Nacht.«

Du hast mich eine Ewigkeit angesehen. »Was soll daran schlimm sein? Ist nur Natur.«

Dann hast du mir ein paar verirrte Haarsträhnen aus dem Gesicht gestrichen und ich schnaubte. »Aber nicht *meine.*«

»Nein«, hast du friedfertig geantwortet und mit geübten Bewegungen Halfter und Zügel aus einem langen, dünnen Seilstück um deinen Ellbogen geformt. »Nicht deine.«

Die anderen aßen das geröstete Brot zum Frühstück. Ich stand schmollend bei Tara und streichelte ihr weißes Gesicht.

Als wir aufstiegen, hast du mir die Wasserflasche gereicht. »Du musst trinken, wenn du schon nichts isst.«

Ich trank und gab die Flasche zurück, ohne dich anzusehen. Mit einer schnellen Bewegung warst du plötzlich auf dem roten Pferd, ohne Sattel, denn Lucky hatte keinen Reservesattel. Du hast die Zügel genommen und gesagt: »Komm schon, English. Steig auf. Auf uns wartet Arbeit.« Du hast dein Pferd herumgewirbelt und mich neben Tara stehen lassen. Ich stieg in den Sattel, so schnell ich konnte.

Wir ritten vom Lager weg. Lucky galoppierte in eine Richtung davon, die ich für Nordwesten hielt. Wir beide bewegten uns stetig nach Westen.

»Wo reiten wir hin?«, fragte ich mürrisch.

»Zu einer Stelle auf der Eisenbahnkarte, die ich mir ansehen will. Muss prüfen, ob die Felsen dort gesprengt werden können oder nicht. Ob es Wasser gibt. Erhebungen. Landschaft.«

»Oh.« Noch etwas, das ich nicht verstand. Ich seufzte und schaute auf meine Hände am Sattelhorn hinunter. Mama wäre schockiert gewesen, wenn sie meine Sonnenbräune hätte sehen können. Du hast dich herübergebeugt, Taras Zügel gefasst und mit deinen zusammen angezogen, so dass wir zum Stehen kamen.

»Em? Was ist los?«

Ich sagte nichts.

Du hast hörbar geseufzt. »Hast du vergessen, was ich dir gesagt habe? Dass man manche Dinge einfach hinnehmen muss?«

Ich nickte, aber ich sah dich trotzdem nicht an, also hast du die Hand ausgestreckt, eine meiner widerspenstigen Haarsträhnen hinter mein Ohr gestrichen und an der Locke gezogen. »Die Leute, mit denen ich aufgewachsen bin, sind nicht wie du«, hast du mit einem Anflug von Bosheit in der Stimme gesagt.

»Das sehe ich«, erwiderte ich steif.

»Aber deshalb sind sie nicht schlechter. Nur anders.«

Ich drehte den Kopf weg.

»Sie sind auch keine Wilden. Und du bist verdammt hübsch, wenn du schmollst, nur hab ich leider nichts für Schmollmünder übrig.«

Ich biss mir auf die Unterlippe. Du hattest Recht, Schmollen war dumm und unhöflich. »Aber sie ... das gehört sich doch nicht«, sagte ich kleinlaut.

Deine Reaktion war überraschend heftig. »Ich hab schon gemerkt, dass du nichts verstehst. Wirklich. Aber sie haben nichts Unrechtes getan. Meinst du, Soldaten gehen anders mit den Frauen um, mit denen sie sich auf dem Marsch einlassen?«

»Einlassen ...? A-aber ... hast du das auch gemacht?«, fragte ich schockiert und mit weinerlicher Stimme.

Du hast tief Luft geholt. »Hör mal, mir wäre es auch lieber, wenn Lucky warten würde, bis wir eingeschlafen sind, aber sie sind frisch verheiratet. Was erwartest du? Er kann sich partout nicht erklären, warum du bei den Felsen geschlafen hast – *falls* du geschlafen hast –, und er fragt mich dauernd, ob ich vergessen habe, wie man eine Frau glücklich macht, seit ich wie ein Weißer lebe?«

Du hast dich heruntergebeugt, um meinen Blick aufzufangen, und ich erhaschte das belustigte Blitzen in deinen Augen. Ich drehte schnell den Kopf weg, damit du mein Gesicht nicht sehen konntest.

»Ach komm schon, ist ja nicht so, als würde es ihr wehtun, oder? Sie …« Dann bist du verstummt, als bei dir der Groschen fiel. »Emily? Was in aller Welt glaubst du denn, was sie machen?«

Ich wäre am liebsten im Erdboden versunken und fummelte verlegen an Taras Zügeln. Sie bewegte sich, spürte meine Unsicherheit.

Du hast mir unters Kinn gefasst und mein Gesicht hochgehoben, so energisch, dass jeder Widerstand zwecklos war. »Sieh mal einer an, was bist du doch für ein Pflänzchen Rühr-mich-nicht-an – ganz die feine Lady, mit deinem Mozart und deinem Milton und deinen vornehmen Manieren. Du hast wirklich keine Ahnung, wie? Du weißt rein gar nichts vom Leben. Und deine Momma verschachert dich an einen Fremden am anderen Ende der Welt, ohne auch nur … Eine Schande ist das!« Angewidert bist du verstummt und hast mich losgelassen.

›Eine Schande‹. In deinen Augen war meine Unwissenheit etwas, wofür man sich schämen musste.

In der Ferne stieg ein Geräusch auf, das rasch näher kam. Rose galoppierte über die Ebene. Ihr Anblick war atemberaubend. Hoch aufgerichtet im Sattel, mit wehenden Haaren. Kraftvoll, stark, geschickt. Alles, was ich nicht war. Mit einem aufgeregten Wortschwall kam sie aus vollem Galopp zwischen uns zum Stehen.

Ihr habt geredet und dein rotes Pferd tänzelte immer nervöser herum. Du hast dich energisch auf seinen blanken Rücken gesetzt und es beruhigt, ohne dabei dein Gespräch mit Rose zu unterbrechen. Plötzlich wirbelte sie herum und jagte davon, den Kopf tief über den Hals ihrer Stute gebeugt und ohne sich im Sattel zu bewegen.

Ich räusperte mich. »Ist sie immer so theatralisch?«

Du hast mir einen langen Blick zugeworfen und dich zu einem »Ja, schon« herabgelassen.

»Und was hat sie gesagt?«

»Dass die Büffeljäger im Schwarzfußland sind.«

Ich holte Luft und nahm meinen Mut zusammen. »Und was machen wir jetzt?«

Ein ärgerliches Schulterzucken war die Antwort. »Nichts. Was können wir schon tun? Rose ist dafür, die Blackfoot-Krieger zusammenzutrommeln, aber es ist riskant, die Indianer gegen die Weißen aufzuwiegeln.«

»Meinst du, sie hören auf sie?«

»Na ja, unser Stamm verträgt sich normalerweise nicht so gut mit den Blackfoot. Aber die sind für jedes Scharmützel zu haben und es braucht nicht viel, um sie anzustacheln. Rose und Lucky sind ihr ganzes Erwachsenenleben lang durch dieses Gebiet gestreift. Und Rose hat überall Freunde, so wie sie nun mal geartet ist.«

»Wie meinst du das?«

»Hast du Roses Aufmachung bemerkt?«

»Ja.«

»Und? Sieht sie deiner Meinung nach eher wie Lucky oder wie Clear Water aus?«

Ich dachte darüber nach. »Wie Lucky. Sie kleidet sich wie ein Mann.«

Du hast genickt. »Kämpft auch wie ein Mann. Zäh wie Leder. Die Leute sagen, in ihrem Körper wohnen zwei Geister – ein Krieger und eine Frau. Das gilt hier draußen als was Heiliges. Rose ist hochgeachtet in der Gegend.«

»Rose kämpft? Mit Männern?«

Du hast gegrinst. »Als wir noch Kinder waren, hat sie sich wie eine Wildkatze auf die Jungs gestürzt. Ist mit dem ersten Gefechtstrupp rausgeritten in dem Jahr, in dem Momma gestorben ist. Die ganzen alten Veteranen haben über sie gelacht, weil sie so ein wildes kleines Ding war. Aber das Lachen ist ihnen vergangen, als sie mit 'nem Skalp am Sattel zurückgekommen ist.« Du hast ihr nachgeschaut, plötzlich wieder ernst. »Aber neuerdings ist Rose auf dem Kriegspfad. Und das macht mir Sorgen.«

»Gehen wir denn nicht mit ihr?«

»Nein. Ich lass mich da nicht mit reinziehen. Hab schon genug am Hals. Und ich muss mich jetzt schließlich um mein Zuhause kümmern. Um dich und Tara und diesen Burschen hier. Ich hab nicht vor, wieder meinen verdammten Arsch hinzuhalten, nur weil Rose der Hafer sticht, was weiß Gott nichts Ungewöhnliches ist, das kannst du mir glauben.«

»Aber wenn das Töten weitergeht, werden die Blackfoot dann im Winter nicht verhungern, ohne Büffel?«

Du hast mich mit hochgezogenen Augenbrauen angesehen. »Klingt fast so, als wolltest du mit ihr reiten?«

Ich überlegte kurz. Ich wollte kein weiteres Büffelmassaker erleben. Und ich machte mir Sorgen um Rose. Papa sagte immer, dass Frauen auf dem Schlachtfeld nichts zu suchen haben. Aber andererseits hatte er mir auch gepredigt, dass ich tun sollte, was ich für richtig erkannt hätte, und dass ich zu meinen Überzeugungen stehen sollte.

»Ich finde, wir müssen ihnen helfen«, sagte ich in die Stille der Prärie hinein.

»Warum, Emily? Was bringt dich dazu, mit Indianerkriegern über das Schicksal von ein paar dummen Hornviechern zu palavern?«

Ich ließ mir Zeit mit meiner Antwort, überlegte mir genau, was ich sagen wollte. »Weil das hier falsch ist. Ein sinnloses Töten, und es spielt doch keine Rolle, ob es Tiere oder Menschen sind. Und in diesem Fall geht es ja um beide. Papa wäre auch der Meinung, dass wir ihnen helfen sollen.« Ich reckte mein Kinn vor, um meinen Worten Nachdruck zu verleihen.

»Es ist aber riskant.«

Ich zuckte die Schultern, gab mich ungerührt. »Und wennschon? Ich weiß doch längst nicht mehr, was Sicherheit bedeutet.«

Du hast mit zusammengekniffenen Augen in die Ferne geschaut. »Okay, English. Wenn du es so willst.«

Du hast die Fersen angedrückt und das rote Pferd schoss vorwärts. Tara galoppierte hinterher und wir jagten über die wogende Prärie.

Als wir Rose endlich einholten, stand sie bei Lucky und Clear Water, die zwar das Lager abgebrochen hatten, aber nicht weit gekommen waren. Clear Water saß still auf ihrem Rotschimmel, aber Rose und Lucky redeten. Du hast dein Pferd neben ihnen zum Stehen gebracht und dich in die Diskussion eingemischt.

Ich rang noch immer nach Luft, als ihr euch geeinigt hattet.

»Gut, das ist also abgemacht. Wir gehen zu den Blackfoot.«

»Wie weit ist das?«

»Ich weiß nicht. Wir müssen das Lager finden, das am nächsten an den Jägern dran ist. Als ich letztes Jahr hier oben war, haben wir eins gefunden, das ungefähr einen Zweistundenritt von hier entfernt war. Das müsste nahe genug sein. Ich hoffe nur, dass alle ihre Krieger im Lager sind.«

Wir brachen auf und erreichten wenige Stunden später ein Felsplateau, das zu einer großen, weitläufigen Siedlung aus Büffelhautzelten in unterschiedlichen Größen abfiel. Kleine Lagerfeuer brannten dort, über einigen hingen Töpfe, andere rauchten nur. Frauen in langen, ärmellosen Kleidern gingen mit großen Holzschüsseln auf den Hüften umher oder schwatzten miteinander; Kinder spielten zu ihren Füßen. Überall waren Hunde, viele davon mit den Kindern. Als wir einritten, wurde es lebendig im Lager und die jungen Männer kamen uns auf ihren Pferden entgegen. Die meisten trugen einfache Wildlederhemden und ihr Haar war ganz anders als das von Lucky; sie trugen es auf unterschiedliche Art. Auch waren sie nicht so groß und sehr schmächtig. Die meisten waren ungefähr in meinem Alter. Sie drängten sich zusammen und versperrten uns den Weg.

»Nicht hinstarren, Emily«, hast du mich aus dem Mundwinkel ermahnt. »Ist nicht höflich.«

Ich senkte meine Augen. Ein hagerer alter Mann näherte sich zu Fuß. Ihr seid alle sofort abgestiegen und auch ich glitt von Tara herunter und landete ungeschickt auf meinen Füßen, die ganz taub nach dem langen Ritt waren. Der Häuptling kannte euch, das sah ich an der Art, wie er euch begrüßte und mit euch redete. Er führte euch fast sofort in eine der Behausungen und schloss die Zeltklappe hinter euch.

Ich stand bei Clear Water und lockerte die Sattelgurte aller Pferde um uns herum. Andere Frauen kamen zu uns her. Sie waren fasziniert von meinen Augen und meiner hellen Haut und redeten miteinander, während sie mich ausführlich musterten. Als sie schließlich anfingen mein Gesicht und meine Kleidung zu berühren, griff Clear Water ein. Sie gab mir zwei der Wasserflaschen und ich folgte ihr zum Bach hinunter, der an der Rückseite des Lagers entlangfloss. Ein Junge, ungefähr in meinem Alter, stand hüfttief im Wasser und bespritzte sich. Er schüttelte das Wasser aus seinem Haar, wie mein kleiner Hund Tippet es immer gemacht hatte, und watete aus dem Fluss. Nackt. Ich starrte ihn mit großen Augen an, als er ein Lendentuch vom Ufer aufhob und sich damit abtrocknete. Clear Water unterdrückte ein Kichern, als sie mich mit offenem Mund dastehen sah. Ich fuhr zusammen, warf ihr einen verlegenen Blick zu und füllte die Wasserflaschen.

Clear Water und ich saßen eine Weile am Ufer und verfolgten das Lagerleben. Es war ein schöner Tag und uns wurde warm in der Sonne. Clear Water holte etwas Hartes, Keksähnliches aus ihrer Tasche und gab es mir, wobei sie mir mit überdeutlichen Kaubewegungen zu verstehen gab, dass ich essen sollte. Ich dankte ihr höflich. Dann stand ich auf, um nach den Pferden zu sehen, die brav neben einem der großen Zelte warteten. Ich sah dich bei Rose stehen und eine maschinengedrehte Zigarette mit ihr rauchen. Rose starrte mich an, verzog ihren Mundwinkel nach oben und sagte etwas zu dir.

Du hast den Kopf geschüttelt, ihr die Zigarette weggenommen, um sie mir anzubieten, eine Augenbraue herausfordernd hochgezogen. Ich verdrehte die Augen – Rauchen war auch eine dieser schmutzigen Angewohnheiten, die Mama zutiefst verabscheute – und nahm Tara und das rote Pferd, um sie im Bach zu tränken.

Ich war so in ihr Grunzen und Schlürfen vertieft, dass ich den Jungen von vorhin nicht bemerkte, bis er direkt hinter mir stand. Er trug Beinlinge und eine Tunika und sein feuchtes Haar war zu einem dicken, glatten Pferdeschwanz zusammengebunden. Er lächelte.

»Hallo.«

Meine Augen weiteten sich. »Hallo.«

»Du wunderst dich, dass ich deine Sprache spreche.«

»Ein wenig, ja.«

Er tätschelte das rote Pferd und strich mit einer Hand an seiner Flanke herunter.

»Ich bin oft in Fort Shaw, mit meinem Vater – Two Tails. Er ist der Häuptling hier.«

»Oh.« Ich überlegte fieberhaft. Es war wichtig, eine Gemeinsamkeit zu finden. »Mein Vater ist auch ein Häuptling bei unseren Leuten.« Das war nicht einmal gelogen.

Sein Gesicht leuchtete auf. »Du wirst ›English‹ genannt, ja? Wie deine Sprache?«

Ich sah keinen Grund, ihn zu verbessern. »Ja.«

»Sie sind alle neugierig.« Er deutete auf das Lager. »Sie haben gehört, dass du Pale Eye gehörst, und wollen jetzt seine Frau sehen.«

»Ich bin nicht seine Frau«, sagte ich entschieden und erschrak über meinen eigenen Tonfall.

Der Gesichtsausdruck des Jungen veränderte sich. »Aber er hat doch die Erlaubnis deiner Familie?«

»Ich ... ähm ...« Ich verstummte.

Der Junge sah mich an, seine glatte kupferfarbene Haut glänzte in der Sonne. »Pale Eye hat gesagt, dass du ihm gehörst. Vor meinem Vater. Ich habe es selber gehört.«

Dass ich ihm gehöre? Wie bitte?

»Dog Child? Willst du, dass ich Ärger bekomme?« Urplötzlich bist du hinter ihm aufgetaucht, hast Tara aus dem Weg geschoben und einen großen, flachen Sattel auf das rote Pferd gelegt.

Der Junge zuckte unbeirrt die Schultern. »Ich habe ihr nur unsere Bräuche erklärt. Wenn du nicht die Erlaubnis ihres Vaters hast, wenn du nichts mit ihm ausgehandelt hast, dann bist du nicht verheiratet und sie gehört nicht dir.«

Du hast dich unter das Pferd geduckt, den Gurt gepackt und festgezurrt, indem du ihn durch die Ringe gezogen hast. »Jetzt lauf und schieß mit deinem Spielzeugbogen.«

»Ha! Vielleicht wird der Pfeil sich gar nicht so klein anfühlen, wenn er in deiner Brust steckt, Pale Eye.«

Du hast schallend gelacht. »Was ist, English? Hast du dich jetzt auf den Heiratsmarkt geworfen und suchst dir einen neuen Verehrer? Ist mir noch gar nicht aufgefallen.«

Die Bemerkung verwirrte den jungen Krieger. Er schaute mich ein letztes Mal mit seinen dunklen Augen an, dann ging er weg.

Du hast den Kopf geschüttelt. »Kaum lasse ich dich für eine Minute allein, schon fängst du ein Techtelmechtel mit dem Sohn des Häuptlings an.«

»Hab ich nicht!«, sagte ich entrüstet. »Er ist hergekommen, um mit mir zu sprechen.«

»Was gegen die Regeln ist, und das weiß er.«

»Regeln? Ach ja, richtig – du hast dem Häuptling gesagt, dass ich dir gehöre«, entgegnete ich scharf, denn plötzlich kochte die Wut in mir hoch. »Ich wusste nicht, dass Indianer ihre Frauen verlosen. Wollten sie dein Gewinnlos sehen?«

Du hast gelacht, so getan, als würdest du erschrocken zurücktaumeln, und dir ans Herz gefasst. »Gut gekontert, English. Aber es hat ihn offenbar nicht dran gehindert, sein Glück zu versuchen, oder?«

»Was für ein Glück? Ich verstehe nicht«, sagte ich verwirrt.

»Muss ich dir denn alles erklären, Emily?« Du hast mit der Zunge geschnalzt und mir unters Kinn gefasst. »Wenn du mit deinen blauen Augen zu ihm aufschaust, als wäre er der einzige Mann auf der Welt, weiß der arme Junge doch nicht mehr, wo ihm der Kopf steht.«

»Was um Himmels willen willst du damit …«

Du hast mir das Wort abgeschnitten. »Deine Momma hat dich nicht gut erzogen, denn du verdrehst jedem Mann den Kopf, indem du nur mit ihm redest, und das weißt du genau.«

Du hast den Sattel zurechtgerückt und hinzugefügt: »Im Ernst – sie haben dich so gründlich verdorben, dass du es nicht mal selber merkst, wenn du einen Mann verrückt machst.« Du hast mich angesehen. »Vielleicht.«

»Wenn du nicht aufhörst, dann …«

»Dann was?«, hast du gespottet. »Legst du mich übers Knie?« Umständlich hast du deine Taschen abgeklopft. »Oh, schade, hab keine überzählige Trense bei mir, die du nach mir werfen kannst. Oder willst du's vielleicht wieder mit dem Gewehr versuchen?«

»Ach, sei still«, sagte ich und schlug mir vor Schreck über meine schlechten Manieren die Hand vor den Mund.

Du hast den Kinnriemen an deinem roten Pferd festgeschnallt und lauthals gelacht. »Ich habe dich nur als meine Frau ausgegeben, weil wir uns jetzt auf den Weg machen. Wenn sie denken, dass du mir gehörst, bist du in Sicherheit, bis wir zurückkommen. Okay?«

»Oh.«

»Aber der Sohn des Häuptlings hat vielleicht mehr Mumm und er hat eindeutig zwei gute Beine, nicht nur eins, wär also ein guter Zeitpunkt, mal die Seiten zu wechseln.« Damit hast du dich zu deinem roten Pferd umgedreht.

»Hör auf, bitte. Das ist nicht witzig, sondern geschmacklos.«

Du hast mich stumm nachgeäfft und dabei weiter deine Ausrüstung hinter dem Sattel geprüft.

Ich schaute mich um und sah, dass im Lager Aufbruchstimmung

herrschte. Frauen trugen Sättel zu den Pferden ihrer Männer, Krieger palaverten in kleinen Gruppen. Zwei dünne, sehnige Männer bemalten sich gegenseitig die Gesichter mit schwarz-weißen Streifen über den Augen. Clear Water und Lucky standen eng neben seinem Pferd beisammen, fast ohne sich zu berühren, aber ich konnte sehen, dass Clear Water ihren Mann vergötterte. Ich schaute weg, weil ich nicht indiskret sein wollte, und plötzlich wurde mir meine Lage in aller Deutlichkeit bewusst. »Wie ... wie lange bleibst du fort?«, fragte ich deinen Rücken.

»Weiß nicht«, hast du schulterzuckend gesagt, immer noch ohne mich anzusehen.

»Was habt ihr vor?«

»Uns gegen die Büffelschlächter zur Wehr setzen. Vielleicht einen staatenweiten Krieg anfangen und damit den Zorn der sogenannten *Volks*regierung auf diese armen Tröpfe von Indianer heraufbeschwören. Und mir vielleicht meinen Kopf wegpusten lassen.« Du hast geseufzt, ohne dich umzudrehen. »Dich ganz allein zurücklassen.«

»Nein!«

Du hast die Zügel über den Hals des Pferdes geschlungen. »Du hast es so gewollt, oder nicht?«

»Aber ich ...«

In diesem Moment kam Rose angeritten und bellte eine Frage, ohne mich eines Blickes zu würdigen. Ich stand da, mit Taras Halfter in meiner schlaffen Hand, und starrte zu ihr hoch. Du hast etwas geantwortet und dich dann zu mir umgedreht.

»Also, Emily, war mir ein Vergnügen.« Du hast dich zu mir heruntergebeugt und mich flüchtig auf die Stirn geküsst, ohne mein erschrockenes Luftholen zu beachten. »Grüß mir Mr Railway. Und mach dir keine Sorgen, was immer auch passiert.«

Am anderen Ende des Lagers stiegen Krieger auf ihre Pferde. Du hast dich in den Sattel geschwungen. Was in aller Welt sollte ich tun, wenn du erschossen würdest und ich dich nie wiedersehen würde? Dann würde ich hier in diesem Lager festsitzen, wo ich angestarrt und angestupst wurde wie ein aufgespießter Schmetterling? Nein, das waren weiß Gott keine verlockenden Aussichten. Aber wenn es zu einer Schlacht kam, hatte ich dort nichts zu suchen. Und doch konnte ich nicht ohne dich im Lager bleiben. Rose blieb schließlich auch nicht da. Ich zurrte Taras Gurt enger und stellte meinen Fuß in den Steigbügel. Dann packte ich das Horn und eine Sekunde später ließ ich mich in den Sattel fallen. Du bist verstummt und hast mich angestarrt.

Ich versammelte die Zügel und sah dich an. »Wie du ganz richtig bemerkt hast, war das alles meine Idee.«

»Em ...«

Mein Magen flatterte vor Angst, aber ich versuchte meine Stimme ruhig zu halten. »Warum nicht?«

»Da ist kein Platz für Frauen.«

Ich ließ das Leder durch meine Finger gleiten, ohne dich anzusehen. »Rose kommt auch mit.«

»Rose kann auf sich selber aufpassen, wie du weißt. Und nicht nur das, sie wird wahrscheinlich etliche von ihnen außer Gefecht setzen. Ich will mir keine Sorgen um dich machen müssen.«

Ich dachte an die endlosen diplomatischen Verhandlungen meines Vaters in unserem Empfangssalon mit der roten Samttapete und den leuchtend grünen Farnen. »Wenn das so ist, Pale Eye, hättest du mich im Flussbett liegen lassen müssen.«

Rose schaute zwischen uns hin und her und zog eine ihrer pechschwarzen Augenbrauen hoch.

Du hast den Kiefer zusammengepresst. »Also gut, Emily Forsythe, dann lass uns aufbrechen.«

Wir trieben unsere Pferde an, trabten zügig aus dem Lager und wandten uns nach Osten.

Das Lager, erfuhr ich später, war groß für ein Blackfoot-Camp und zählte vielleicht zweihundert Seelen, dreißig davon Krieger. Du bist mit Lucky geritten, flankiert von Two Tails und seinen Söhnen, darunter auch Dog Child. Rose hielt sich etwas abseits. Ich blieb hinten, die einzige andere Frau. Die Männer ignorierten mich. Tara hielt mühelos Schritt und in diesem Moment war ich froh über meine Entscheidung, mitzukommen.

Dann hielt der Trupp an und es folgte ein kurzes Palaver. Wir waren zu viele, unsere Gruppe war zu auffällig, das sah selbst ich. Dog Child war abgestiegen und untersuchte den Boden. Ich schaute hinunter, sah die Radspuren, die sich durch das Gras zogen. Der Jäger waren ebenfalls hier durchgekommen.

Als die Gruppe sich aufteilte und nach Norden und Süden davonwirbelte, bist du zurückgefallen und hast auf Tara und mich gewartet.

»Wir werden nicht viel Zeit haben, wenn wir auf sie stoßen. Von einem Überraschungsschlag kann hier draußen keine Rede sein. Du bleibst zurück, wenn ich es dir sage, und falls alles zum Teufel geht, reißt du Tara herum und reitest, so schnell du kannst, ins Lager zurück. Ja?«

Ich nickte. »Wir überfallen sie aus drei verschiedenen Richtungen«, hast du, halb zu dir selbst, hinzugefügt, »und wir haben einen doppelten Plan: Erst treiben wir die Herde auseinander, dann machen wir so viele Jäger unschädlich, wie wir nur können. Es wird nicht schön, Emily, das ist dir doch hoffentlich klar?«

»Ja«, sagte ich so fest wie möglich.

»Und falls es zum Schlimmsten kommt, falls mir etwas passiert und du nicht flüchten kannst, bleibst du bei Rose, sie wird sich um dich kümmern. Lucky ebenso, okay?«

»Aber dir passiert doch nichts?«

»Ich hoffe nicht, aber wenn deine Stunde geschlagen hat, kannst du nichts machen.«

Ich rutschte unbehaglich im Sattel herum. Der Blackfoot-Kundschafter kehrte zurück. Er hatte die Wagen gefunden, die ein Stück weit von der Herde entfernt angehalten hatten, um die Büffel zu überraschen. Die Wagen wurden von drei jungen Kutschern bewacht, die sich offenbar bereit machten den Jägern zu folgen. Rose wollte sie sofort erledigen, aus dem Hinterhalt, falls möglich, um nicht die anderen Männer zu alarmieren, die ein gutes Stück voraus waren und sich jetzt der Herde näherten. Als du mir ihren Plan erklärt hattest, starrte ich sie an. Rose wollte sie töten. Menschen würden sterben.

Rose und zwei Krieger ritten davon. Kurz darauf kamen sie zurück. Die Männer in den Wagen waren tot, zwei waren durch Roses Messer gestorben. Wir bewegten uns vorwärts; meine Hände zitterten und ich schlang sie um das Horn und klammerte mich daran fest, auch wenn ich so wie ein Kind auf einem Strandesel aussah.

Als wir über die Hügelkuppe ritten, schaute ich auf die Szene unter mir. Drei Wagen mit je zwei Pferden standen dort. Am Boden lagen drei Tote, einer etwas weiter entfernt – er hatte offenbar wegzulaufen versucht. Ein Pfeil steckte in einem grotesken Winkel in seinem Körper. Ein Krieger beruhigte die Pferde vor einem der Wagen.

Rose bückte sich, um den Pfeil aus dem Toten zu ziehen, und riss heftig daran, als er nicht gleich herausging. Mein Magen rebellierte und ich kämpfte gegen den Würgereiz an. Als wir näher kamen, kniete Rose sich auf den Boden und zog ihr Messer heraus. Sie packte den Mann am Schopf, trennte ihm den Skalp ab und stopfte ihn in den Beutel an ihrer Hüfte. Ich unterdrückte einen Schrei.

Du hast warnend eine Hand ausgestreckt. »*Du* wolltest das. *Du*. Also hältst du jetzt einfach still und schluckst es, Emily.«

Rose erhob sich mit geröteten Wangen. Sie stiegen wieder auf, nachdem sie dem Kundschafter ihre Pferde abgenommen hatten, und wir ritten weiter, mit dem Kundschafter an der Spitze.

Der Weg ging stetig aufwärts. Rechts von uns ragte ein hoher Berg empor, links ein zweiter und ein Fluss schlängelte sich am Grund des Tals entlang.

Wie hätte ich ahnen sollen, dass die Herde gleich hinter der nächsten Erhebung stand?

Plötzlich das ferne Donnern eines Büffelgewehrs – die ganze Luft hallte davon wider. Du hast geflucht und einen Finger auf den Boden gerichtet.

»Warte hier! Genau hier! Du rührst dich nicht vom Fleck, Emily, oder ich prügle dich grün und blau.« Du hast dein Gewehr von der Schulter genommen, dem Roten die Fersen gegeben und aus deiner Kehle drang ein wilder, kehliger Schrei. Dann bist du mit den anderen über den Hügel gejagt, in einer Phalanx aus kreischenden, johlenden Kriegern, die Gewehre und Bogen im Anschlag.

Mein Herz raste, als ich dich verschwinden sah. Die ersten Büffel flüchteten in der entgegengesetzten Richtung über die Hügelkuppe und stürmten direkt auf uns zu. Ein Büffel wiegt gut eine Tonne, hattest du mir gesagt. Tara stand da wie eine tapfere kleine Statue, als sie auf uns zudonnerten, dass der Boden unter ihnen erbebte. Ich klammerte mich am Horn fest. Etwa zwanzig Tiere in allen Größen, riesige ausgewachsene Bullen bis hin zu kleinen Kälbern, galoppierten in einer schwitzenden, schnaubenden, stinkenden Masse an uns vorbei.

Ich krallte mich in Taras Mähne und der Schweiß tropfte mir unter dem Hemd am Körper herunter, als das Donnern ihrer Hufe hinter uns verhallt war.

Dann war ich allein mit Tara, mitten auf einer leeren Anhöhe, und von unten drang Kampflärm herauf. Jemand schrie.

Ich trieb Tara an, wir ritten über die Hügelkuppe und schauten auf das Schlachtfeld hinunter. Immer noch flüchteten Büffel in alle Richtungen, aber direkt unter uns tobten die wildesten Kämpfe. Meine Augen suchten dich. Das Gewehr, das du immer griffbereit hieltest, hatte eine sechsschüssige Trommel, wie ein Revolver mit einem langen, tödlichen Lauf. Damit warst du ein gefährlicher Gegner, was ich in diesem Moment natürlich nicht wusste. Aber die Büffeljäger erkannten es schnell und griffen dich von allen Seiten an. Es waren etwa zwanzig Männer, alle mit schweren Sharps-Gewehren bewaffnet und alles hervorragende Schützen, wie du mir später erzähltest.

Mindestens sieben Büffelkadaver lagen auf der Erde. Überall krachten Männer und Pferde aufeinander und ich konnte sehen, was du mir später erklärtest, dass die Pferde ebenso ihren Part in der Schlacht hatten wie die Männer, indem sie das gegnerische Reittier rammten, Schulter gegen Schulter, und wild herumwirbelten.

Ich sah dich auf dem roten Pferd, nicht weit von mir, du hast ruhig im Sattel gesessen und dein Gewehr durchgeladen. Hast es an die Augen gehoben und geschossen, wenn sie daherjagten, aber du bist nicht in Deckung gegangen, als hättest du es darauf angelegt, von einer Kugel getroffen zu werden.

Ich wollte rufen, dich anflehen in Deckung zu gehen, aber ich brachte keinen Ton heraus, konnte nur hilflos zuschauen. Du hast drei der Jäger getötet, bis einer von ihnen, der mit einem eurer Krieger gekämpft hatte, herumwirbelte und auf dich zugaloppierte.

Ich bereute es bitter, dass ich mitgekommen war, denn ohne mich hättest du jetzt auf Tara gesessen. Der hochbeinige Rote, der noch jung und unerfahren war, scheute heftig, als das andere Pferd auf euch zudonnerte, so dass du mit dem ganzen Gewicht auf dein schlechtes Bein geworfen wurdest. Du bist aus dem Sattel gestürzt, beide Hände am Gewehr, und am Boden aufgeprallt, wobei sich ein Schuss löste. Der Jäger wirbelte herum und raste erneut auf dich zu. Mir gefror das Blut in den Adern: Am Boden warst du langsam und unbeholfen.

Was dann passierte, ist mir bis heute unerklärlich.

Tara schoss in die Ebene hinunter und ich trieb sie an, das Gesicht auf ihrem Hals, die Beine angedrückt, die Zügel lose in den Händen. Tara wusste, was von ihr verlangt wurde, wie immer, und jagte in gestrecktem Galopp auf den großen Fuchswallach des Jägers zu. Die Erde wirbelte unter ihren Hufen auf, als wir auf sie zudonnerten, und im selben Moment bist du auf die Füße gekommen. Der Jäger legte auf dich an; er hatte sich Zeit gelassen, brachte triumphierend sein Pferd zum Stehen, um dich aus einer Entfernung von kaum drei Metern zu erschießen. Du hast reglos dagestanden und auf das Unausweichliche gewartet. Was Tara an Masse fehlte, machte sie durch Schnelligkeit wett. Sie krachte mit einer solchen Wucht gegen die Schulter des Wallachs, dass meine Zähne aufeinanderschlugen und ich mir das rechte

Bein einquetschte. Ich flog gegen das Horn und rutschte halb an Taras Flanke herunter.

Ich hielt mich gerade noch im Sattel, schließlich war ich gewappnet gewesen. Hastig zog ich mich wieder hoch und schaute auf den Jäger hinunter ... Hart. Sein Gesicht war wutverzerrt, sein Gewehr lag am Boden. Mein Aufprall auf dem Horn war so heftig gewesen, dass ich nach Luft rang. Tara wirbelte herum und fiel in einen tänzelnden Galopp. Ich fasste nach den Zügeln, die mir aus den Händen gefallen waren, und trieb sie zurück, während du dein Gewehr wieder an dich gerafft hast. Ich wollte mich zwischen dich und Hart schieben, dir Zeit geben, wieder in den Sattel zu kommen, aber ich verschätzte mich und plötzlich war der Fuchswallach neben uns. Hart griff herüber, fasste mich an meinem langen Zopf und zog mich so dicht zu sich heran, dass er mich packen und auf seinen Sattel zerren konnte. Er riss sein Pferd herum, benutzte mich als Schutzschild. Der Wallach kam zum Stehen und tänzelte unruhig auf der Stelle. Tara hielt wenige Meter entfernt abrupt an und schaute herüber.

Hart keuchte heftig, sein stinkender Atem streifte meine Wange. »Na los, mach schon! Drück ab! Jag ihr ruhig 'ne Kugel in den Bauch.«

Ich wehrte mich verzweifelt, aber er hielt mich eisern fest. Du hast langsam dein Gewehr ans Auge gehoben.

Hart zog ein Messer aus seinem Gürtel und hielt es mir an die Kehle. »Schieß nur, wenn du glaubst, dass du gut genug bist!«

Schweigend hast du Hart ins Visier genommen. Ich schloss die Augen, spürte, wie das Messer in meinen Hals schnitt. Ein scharfer Stich und mir tropfte das Blut in meine verschwitzte Halsgrube. Um uns herum tobte die Schlacht.

Der Schuss hallte weithin über die Prärie.

Hart wurde aus dem Sattel gerissen und ich stürzte mit ihm herunter. Wir prallten hart am Boden auf, er über mir, so dass mir die Luft abgedrückt wurde. Hilflos lag ich da, Harts Gestank würgte mich in der Kehle. Du hast ihn heruntergezerrt und mich hinter einen riesigen abgeschlachteten Büffel geschleudert, der noch ganz warm war. Dann bist du in die Knie gegangen, hast mir das Gewehr in die Hände gedrückt und das Gefecht eröffnet.

»Die Trommel ausschütteln. Nachladen, nimm die von der linken Seite in meinem Gurt.« Du hast deine Pistole von der rechten Hüfte gerissen und auf einen Jäger gezielt, der sich in Roses Nähe auf sein Pferd schwingen wollte, während sie am Boden mit einem anderen kämpfte.

Ich griff um dich herum, zog eine Patrone aus deinem Gurt und schob sie in die Trommel, dann noch eine. Eine Kugel zischte durch die Luft und traf ihr Ziel. Du bist herumgewirbelt, hast dich blitzschnell gegen die Flanke des Büffels geworfen. Ein blutiger Riss klaffte in deinem Hemdsärmel.

»Autsch! Verdammt!«

»Du bist getroffen!«, schrie ich entsetzt.

Du hast mich angefunkelt und den Riss untersucht, dann hast du dich umgedreht und geschossen. Die Kugel streckte den Angreifer nieder. »Nur ein Kratzer«, hast du gekeucht, als der Mann zu Boden stürzte.

Du hast die Waffe mit mir getauscht und mit noch offener, kreisender Trommel geschossen, so dass die verbrauchten Kartuschen ins Gras fielen. »Rechte Seite.« Ich begann nachzuladen, während du das Gewehr gehoben und auf den Jäger angelegt hast, der verbissen mit Two Tails kämpfte. Die Schusswaffen wurden weggeworfen, jetzt blitzten Messer auf. Du hast Luft geholt und den Atem angehalten. Dein Finger drückte den Abzug und der Jäger stürzte krachend aus dem Sattel. Two Tails blickte zu dir auf, riss johlend sein Messer über den Kopf, bevor er herumwirbelte und seinem Sohn nachjagte.

Ich weiß nicht, wie lange die Schlacht andauerte; die Sonne war ein gutes Stück weitergewandert. Die Büffel waren längst fort, abgesehen von den Kadavern im Gras. Siebzehn Jäger lagen dazwischen verstreut und sechs tote Pferde, aber wunderbarerweise kein einziger Indianerkrieger. Rose hatte drei Skalps in ihrem Beutel und einen tiefen Schnitt am Arm. Lucky hatte sich die Brust beim Sturz von seinem Pferd verletzt, das unter ihm getötet worden war, aber er blieb unerschütterlich wie immer. Einer der Krieger hatte einen Streifschuss an der Schulter. Two Tails bellte Befehle und zwei jüngere Krieger sammelten die Pferde der toten Jäger ein, die sich über die Ebene zerstreut hatten. Der Kundschafter jagte auf dem schnellsten Pony des Trupps über den Hügel davon.

»Was ist denn nun?«, fragte ich zitternd.

Du hast deine Pistole ins Halfter zurückgesteckt und das Gewehr geschultert. »Die Männer werden die Tiere schlachten und die Frauen das Fleisch holen.«

Im selben Moment kam ein Röcheln von dem Büffel, hinter dem wir in Deckung gegangen waren. Sein Gesicht lag auf der Erde, die Beine hatte er unter den Körper gezogen. Du hast dich neben seinen Kopf mit den qualvoll geblähten, feuchten Nüstern gesetzt. Blut spritzte ins Gras. Auch aus den zahlreichen Wunden in der Flanke des Büffels strömte Blut – die meisten Kugeln hatten ihn getroffen, als wir hinter ihm Schutz gesucht hatten.

»Komm her, English.«

Ich kniete neben dich und du hast ein Messer aus der Hülle an deiner Schulter gezogen. Rose tauchte auf, ging ebenfalls in die Knie und beugte sich von der anderen Seite über den dicken Hals des Büffels.

»Gib mir deine Hand.« Du hast mein Handgelenk gepackt, mir das Heft des Messers in die Finger gedrückt und deine darübergelegt. Mit der freien Hand hast du den Hals des Büffels abgetastet. Ich wich zurück, aber du hast mich eisern festgehalten und das Messer in die Halsschlagader des Büffels gestoßen. Dickes Blut schoss auf, spritzte auf meine Kleider, über deinen Schenkel. Der Büffel atmete röchelnd aus und das Blut gurgelte aus der Halswunde, in der noch immer das Messer steckte. Die großen braunen Augen trübten sich. Du hast seinen Kopf berührt und etwas gesagt, das ich nicht verstand, während Rose sich vorbeugte, ihre Hand in das Blut tauchte und damit über mein Gesicht fuhr. Ich zuckte zurück.

»Lass sie, das ist der Brauch.« Du hast meine Arme festgehalten.

Die Luft roch nach Eisen, Salz und Dung, als wir uns aufrichteten. Two Tails kam uns entgegen und musterte mich mit undurchdringlicher Miene. Er fasste das Blutbad um uns herum ins Auge, dann schaute er wieder mich an. Deine Hand lag auf meinem Rücken. Eine Fliege landete in dem Blut auf meiner Wange, aber ich hielt Two Tails' Blick stand. Er sah dich an, zog kaum merklich eine Augenbraue hoch. Du hast etwas gesagt und gelächelt. Two Tails hob sein Gewehr über den Kopf, stieß einen gellenden Schrei aus, in den die Krieger ringsum einstimmten, während sie sich an den Büffeln zu schaffen machten. Endlich wandte der Häuptling sich ab und ich konnte wieder atmen.

Du hast auf mein blutiges Gesicht heruntergeschaut. »Um Himmels willen, Emily!«

»Was hab ich falsch gemacht?« Tara schnoberte an meiner Schulter, ich nahm ihre Zügel.

»Du hättest dich beinahe umgebracht, das ist alles.«

Hinter dir zerrten zwei Männer die Leber aus einem Büffelkadaver; sie steckten bis zu den Ellbogen in den Gedärmen. Weitere Krieger arbeiteten ein Stück entfernt an den anderen Kadavern.

»Mir fehlt nichts«, sagte ich leise und spielte mit Taras Zügel, während ich ihren flachen Hals streichelte.

Alle Krieger, einschließlich Rose, hackten große Stücke von der weichen, bibbernden Leber und schlangen sie hinunter.

Ich schauderte. »Bitte sag mir, dass ich das nicht auch machen muss.«

Du hast gebrüllt vor Lachen, es hallte in der Luft wider, bis hinauf zu den Aasvögeln, die bereits über dem Schlachtfeld kreisten.

Als endlich die Frauen mit ihren Ponys und Schlitten für die Beute auftauchten, war ich müde und durstig. Selbst ein paar Kinder, die ihre Hunde vor kleinere Schlitten gespannt hatten, halfen mit.

Ich saß auf dem Hang, trank aus deiner Wasserflasche und schaute zu. Auf den toten Jägern sammelten sich Fliegen. Du bist heraufgehinkt und hast dich neben mich gesetzt, auf die Ellbogen gestützt, dein schlimmes Bein ausgestreckt.

Ich reichte dir die Feldflasche. »War das richtig, was wir gemacht haben?«

Du hast getrunken und darüber nachgedacht. »Ich weiß nicht, Em. Um diesen Bastard von Hart tut's mir nicht leid, genauso wenig wie um die anderen, aber die Fahrer, das waren einfach nur Männer, die Arbeit gebraucht haben und wahrscheinlich nach dem letzten Winter schwer zu kämpfen hatten. Jetzt liegen sie mit aufgeschlitzter Kehle da, nur wegen ein paar Dollar.« Du hast dich ins Gras zurücksinken lassen. »Ich hab jedenfalls genug von diesem ewigen Töten, so viel steht fest. Aber irgendwie erwischt es mich jedes Mal, wenn ich von diesem Berg runterkomme, und ich muss mir wieder mal die Hände schmutzig machen.« Du hast deine raue, staubige Hand ausgestreckt, die blutverschmierte Handfläche nach oben, um deinen Worten Nachdruck zu verleihen.

Ich schaute sie an, legte meine Hand darauf, ohne deinen überraschten Blick zu erwidern. »Und wie geht es jetzt weiter?«

Wir sammelten die Pferde ein. Du hast Harts Pferd eingefangen und mir die Zügel in die Hand gedrückt. »Bring den hier ins Dorf zurück. Dann ist er dein Coup.«

»Coup? Das französische Wort?«

Du hast genickt und dich in den Sattel des roten Pferdes geschwungen. Es war zum Glück nicht allzu weit weggelaufen und wieder zurückgetrottet, während wir uns zum Aufbruch bereit machten. »Ein Coup ist, wenn du das Pferd eines Feindes erobert oder einen Skalp genommen hast oder wenn du dich mitten ins Kampfgetümmel stürzt und heil wieder herauskommst.«

»Und wie viele hast du schon gewonnen?«, fragte ich neugierig.

»Genug jedenfalls. Meinen Anteil.«

Wir kehrten ins Blackfoot-Lager zurück, zusammen mit Rose, ungefähr zehn Kriegern und den Wagen. Mein Gesicht war klebrig und spannte. Die Dämmerung setzte ein und ich konnte mich nur mühsam wach halten, so wie Tippet früher, als sie noch ein Welpe war. Alle paar Minuten kippte ich auf das Horn, um sofort wieder hochzuschrecken, eine Hand um die Zügel von Harts Pferd verkrampft.

Im Lager ging es hoch her. Du hast mir heruntergeholfen und wir führten Tara und die anderen Pferde zum Trinken an den Bach. Ich hob ihren Sattel herunter, während sie das Flusswasser schlürfte. Du hast ihren schweißnassen Hals getätschelt und mit ihr geredet. Ihre Decke war feucht, als ich sie ausschüttelte. Ich rieb Tara trocken, dann schmiegte ich meine Wange an ihre und küsste dankbar ihr weiß-braunes Gesicht. Sie schnaubte mir über die Schulter, ließ Speichel auf meinen Rücken tropfen.

Du hast dich neben uns bis zur Hüfte ausgezogen und dir mit deinem Hemd dein schmutziges Gesicht und deine Hände gewaschen; dann hast du dir den Nacken abgerieben und den blutigen Striemen an deinem Arm begutachtet.

»Das tut sicher weh.«

»Brennt 'n bisschen, ist aber nichts weiter. Bin Schlimmeres gewöhnt.«

Clear Water tauchte neben uns auf, ein wattiertes Tuch und einen Tontopf mit Salbe in den Händen. Lächelnd reichte sie mir beides und deutete auf deinen Arm. Du hast dich bei ihr bedankt.

Ich befeuchtete das Tuch und nahm deinen Ellbogen in meine Hand, die Finger in deiner weichen Armbeuge. Es war wirklich nur eine Schramme, die sich über die glatte Wölbung deines Armmuskels zog. Blut war kaum geflossen. Ich trug die Salbe auf.

»Na, Dr. English? Was meinst du?«

Ich errötete, ließ dich los und wich verlegen zurück. »Sollen wir es verbinden?«

»Nein, lass es trocknen. Ich muss nur die Wunde sauber halten, das ist alles.« Du hattest dir bereits ein frisches Hemd aus unserem Sattelpack übergestreift.

Am Fluss unten wurde es dunkler und ich zuckte zusammen, als ich die ersten Trommeln hörte. Überall im Lager brannten kleine Feuer –

feux de joie, nanntest du sie – und etwas weiter entfernt loderte ein größeres zum Himmel. Riesige Büffelstücke brieten über dem Feuer. Der Fleischgeruch erfüllte die Luft und am Rand des Feuerscheins saßen Kinder und aßen Röstbrot, das sie in den Fleischsaft tunkten. Rose saß in einer Männerrunde. Die Frauen versammelten sich in Grüppchen um sie. Ich sah Clear Water, aber sie schaute mich nicht an.

Wir setzten uns im Schneidersitz in den Kreis der Krieger. Der Mann zu deiner Linken ließ eine Flasche herumgehen und du hast getrunken, Luft durch die Zähne gesaugt und dir den Mund mit dem Handrücken abgewischt. Hustend hast du mir die Flasche weitergereicht. Ich nahm einen Schluck und erstickte fast daran, dann gab ich dir die Flasche zurück, immer noch prustend.

»Nein, nein. Nimm noch einen. Einen ordentlichen Mundvoll diesmal. Dann gibst du die Flasche weiter.«

Ich holte Luft, würgte einen zweiten Schluck hinunter und reichte die Flasche dem Krieger neben mir. Rose lachte, als ich mir keuchend mit den Fingern über die Lippen wischte. Meine Augen tränten.

Mein Kopf drehte sich vor Hunger und Erschöpfung. Du hast eine hölzerne Schale mit gebratenem Fleisch und Röstbrot für uns beide gebracht, während das Singen begann, und ich war sehr dankbar für das Essen. Blackfoot-Musik ist einzigartig, hast du mir erklärt und mir einen säuberlich zusammengeklappten Maisfladen mit knusprigem Rand und Fleisch gereicht. Schöne, betörende, unablässig wiederholte Gesangsphrasen stiegen auf und ich lauschte gebannt.

Ich aß wie eine Wilde, mit Händen und Zähnen, das Gesicht blutverschmiert, und schaute zu, wie unsere Gastgeber johlend und schreiend im Rhythmus der Trommeln tanzten.

»So ist es immer nach einer Schlacht«, hast du gesagt. Ich trank noch mehr Wasser. Und auch Feuerwasser, das mir von einem betrunkenen Krieger gereicht wurde und über mein emporgewandtes Gesicht tropfte, als ich nichts mehr hinunterbrachte, weil meine Kehle wie Feuer brannte.

Du hast gelacht, als ich keuchte und prustete. Gebannt verfolgte ich, wie Dog Child mit einem Mädchen tanzte. Sie umkreisten sich stampfend, Glocken an den Knien, während ich an deinen angezogenen Beinen lehnte und mich sicher und geborgen in dieser fremden Welt fühlte, in der ich gestrandet war. Ich genoss es, mich gehenzulassen und an dich geschmiegt zu sitzen, nachdem ich den größten Teil meines Lebens allein in meinem grässlichen Miederkäfig zugebracht hatte. Irgendwann krabbelte Two Tails' winziger Sohn zu mir her und ließ eine lange braune Feder in meinem Schoß fallen.

»Coup-Feder. Für deine erste Schlacht«, hast du mir geklärt.

Ich griff nach dem Lederband an deinem Hals und betrachtete die Anhänger. Die Federn, Muschelschalen, einen silbernen Knopf und ein Regimentsabzeichen; das Messer, das du nie benutzt hast.

»Sind das Coups?«

»Ja, Emily. Meine Coups.«

Ich ließ die Muschelschalen in meiner Hand klimpern. »Das hast du mir nie gesagt.«

Du hast mir mein verfilztes Haar aus dem Gesicht gestrichen und mir ins Ohr geflüstert: »Ja, stimmt – aber ich hab dir gesagt, du rührst dich nicht von der Stelle, sonst prügle ich dich grün und blau.«

Ich schaute in die Flammen und auf die Tänzer, zufrieden und schläfrig, und genoss die Wärme und Vertrautheit in deiner Stimme. »Ich bin schon seit Tagen grün und blau. Und ich habe dir das Leben gerettet.«

Lachend hast du deine Arme um mich geschlungen. »Das ist wahr.«

Irgendwann überwältigte mich der Schlaf, und als ich einmal kurz erwachte, lag ich auf einem Stapel Büffelfelle in dem Zelt, das uns am Rand des Lagers zur Verfügung gestellt worden war, und du hast mich an deine Seite gezogen. Dein warmer Atem streifte meinen Nacken. Die Zeltklappe war offen, und bevor ich wieder einschlief, sah ich hoch oben am Himmel einen Stern, der über die funkelnde Nachtkuppel schoss.

Zwölf

Hope las aus dem Tagebuch vor, während Cal in der Küche hantierte und alles etwas wohnlicher machte.

»Morgen früh such ich uns was zu essen.« Er schüttelte die Decken aus und richtete ein Bett vor dem Feuer her, das er im Kamin angezündet hatte. Die Hütte war trotz der kühlen Nachtluft, die durch die zerbrochene Scheibe drang, einigermaßen warm, nachdem Cal nicht nur im Kamin, sondern auch im Herd Feuer gemacht hatte. Hope kam herüber und setzte sich im Schneidersitz auf das Bettzeug. Buddy plumpste neben sie.

»Er bringt sie nicht zurück.«

Cal setzte sich zu Hope und Buddy und kraulte seinem Hund die Ohren. »Na ja, ist ein langer Weg und er hat die Reise doch gerade erst hinter sich.«

»Das ist nicht der Punkt, das weißt du genau«, sagte Hope.

Cal seufzte. »Ich will nur den Mann nicht gleich verteufeln. Wenn er ihr was Böses wollte, hätte er das längst tun können, wie er ganz richtig sagt.«

Hope unterdrückte ein Gähnen. »Hmmm.«

»Müde?«

»Ja. Wenn ich doch wenigstens eine Zahnbürste hätte.«

Cal stand auf, kramte im Küchenschrank und öffnete Dosen und Gläser. Als er gefunden hatte, was er suchte, kam er mit zwei Bechern zurück.

»Alter Hinterwäldlertrick. Salz und ein feuchtes Tuch. Reib dir damit die Zähne und spül deinen Mund aus.«

Sie spuckten das Salzwasser über die Veranda und schauten zum Mond auf.

»Krass.« Hope schüttelte sich.

»Krass, aber wirksam«, sagte Cal und wischte sich den Mund ab.

Sie gingen wieder hinein und schlüpften in voller Montur unter die Steppdecke und das andere Bettzeug. Nach der Nacht im Freien war es keine große Sache mehr, nebeneinanderzuschlafen. Ihre leeren Mägen knurrten und Hope zitterte und stopfte den zusammengerollten Mantel unter ihren Kopf.

»Frierst du?«

»Mir ist eiskalt.«

Cal zog sie in seine Arme, so dass sie mit dem Rücken an seiner Brust lag, und wickelte sie noch enger in die Decke ein. »Besser?«

»Ja, danke«, sagte Hope, obwohl ihr nicht wärmer wurde, denn Cal war fast genauso ausgekühlt wie sie selbst. Aber sie fühlte sich definitiv besser in seinen Armen, also war es auch nicht gelogen. Buddy lag auf ihren Füßen, als sie erschöpft einschlief, eine Hand auf dem zugeklappten Tagebuch, die andere in Cals Hand unter der Steppdecke geschmiegt.

Cal weckte sie kurz nach Tagesanbruch. »Cooper?«, flüsterte er und stieß sie an. »Du liegst auf mir. Und ich muss mal raus.«

»'tschuldige«, murmelte sie schläfrig, glitt von ihm herunter und rollte sich in die Decke ein.

Cal und Buddy verschwanden aus der Hütte. Hope rieb sich die Augen und setzte sich auf; wieder ein schöner Tag.

Sie ging hinaus, pinkelte im Wald hinter dem Haus und wusch sich Hände und Gesicht im Bach.

Cal kam zurück und brachte ein paar frische Entenkartoffeln und Wasser mit. Sein Haar war feucht und das Hemd klebte ihm an der Brust.

Sie frühstückten schweigend. Schließlich legte Cal etwas für später beiseite und sagte: »Sie müssen ziemlich oft in Fort Shaw gewesen sein, in diesem ersten Jahr, seit es offiziell existierte. Davor war es nur ein militärischer Außenposten namens Camp Reynolds.« Er schaute nach dem Wasser, das endlich zu kochen begann. »Ich hätte es gern gesehen. Liest du mir noch was vor?«

Hope konnte es kaum erwarten, bis der Kaffee fertig war. Sie nahmen ihre Becher, gingen auf die Veranda hinaus und setzten sich auf die Treppe.

»›Der Angstschweiß lief mir unter dem kalten, feuchten Hemd über den Rücken und ich schauderte. Was hatte ich nur getan? Wie sollte ich allein in der Wildnis überleben? …‹« Hope brach ab und schaute auf die Wiese hinunter. »Ich hab Angst um sie.«

»Hauptsache, *du* rennst nicht so kopflos den Berg runter, dann kann nichts passieren. Und jetzt suchen wir was zu essen.« Cal nahm ihr das Tagebuch aus der Hand und legte es auf die Veranda, dann zog er sie auf die Füße.

»Ich wüsste doch gar nicht, wohin.« Hope ließ ihren Blick über die Wildnis um sie herum schweifen. »Und überhaupt – was suchen wir? Und wo?«

»Du wirst schon sehen.« Cal griff nach dem Gewehr und schlang es über die Schulter.

»Warte.« Hope brachte das Tagebuch hinein und kam mit dem bestickten Beutel zurück, den sie sich um den Hals hängte. »Vielleicht können wir den hier noch gebrauchen.«

»Gute Idee.«

Sie gingen den Hang hinunter. Cal suchte mit den Augen den Boden ab.

»Wonach schaust du?«

»Nach essbaren Pflanzen. Ich pflücke später welche. Das bringt zwar keine Kalorien, aber das Essen schmeckt besser damit.«

Sie durchquerten den Wald und Hope kam ins Schwitzen, bis sie das Seeufer erreichten. Sie spritzte sich Wasser ins Gesicht und schrie auf, so eisig war es.

Cal grinste. »Ganz schön kalt, was? Aber weißt du, was das bedeutet?«

Hope schüttelte den Kopf.

»Dass die Fische hier gut sind. Forellen, hauptsächlich.«

»Und wie willst du sie fangen?«

Cal hielt seine Hand hoch und wedelte mit den Fingern. »Damit.«

Hope rümpfte die Nase. »Als ob das funktionieren würde – so was gibt's doch nur im Kino.«

»Wart's nur ab«, lachte er und ging an der Uferlinie entlang zu der Stelle, an der der Zufluss von der Hütte austrat. Der Bach war breiter und reißender hier unten und ungefähr hüfttief. Das Ufer war von rauem Gras und Gestrüpp überwuchert. Cal legte sich auf den Bauch, schaute in das klare Wasser und Hope glitt neben ihn, auf ihre Ellbogen gestützt. Jetzt kam auch Buddy angelaufen, krabbelte auf Cal hinauf und plumpste ihm ins Kreuz.

Cal schaute über die Schulter. »Mann, Buddy, du bist echt keine Hilfe.«

Buddy hechelte unschuldig. Hope unterdrückte ein Kichern. Vom See her wehte eine steife Brise, und weiter draußen, auf einer kleinen Insel mit dichtem Kiefernwald, brandeten weiß gekrönte Wellen an. Riesige Klippen ragten ringsum auf und die Kiefern schwankten. Der Bach strömte schnell.

»Da, siehst du?« Cal zeigte ins Wasser und bewegte seine linke Hand ein bisschen.

Hope robbte weiter vor und schaute gebannt zu. »Nein ...«

»Große Forelle, ungefähr fünfzehn Zentimeter unter der Oberfläche. Direkt unter dem Felssims.« Cal ließ seine Hand ins Wasser gleiten und näherte sie langsam dem Fisch. Behutsam berührte er ihn, die Hand unter seinem Bauch.

»Wie lange dauert das?«, wisperte Hope.

»Schwer zu sagen. Man weiß nie, ob es funktioniert, bis man ihn ans Ufer rauswirft«, wisperte Cal zurück. Hope hielt den Atem an. Plötzlich merkte sie, wie Cals Muskeln sich spannten. »Buddy steh auf, du Klotz.« Buddy stand sofort auf und wich ein paar Schritte zurück. »Na, hast du nicht gesagt, das funktioniert nicht?«

Cal setzte sich auf und warf den Fisch ins Gras. Dann nahm er sein Gewehr und schlug die Forelle mit dem Kolben einmal hart auf den Kopf. Hope zuckte zusammen.

»Tut mir leid, hätte dich warnen sollen«, keuchte er, weniger von der Anstrengung als vom Adrenalinschub.

Der Fisch lag reglos da, er glitzerte am Ufer. Es dauerte eine gute Stunde, bis Cal einen zweiten gefangen hatte, und die ganze Zeit döste Hope in der Sonne an Cals warmer Schulter.

Dann gingen sie in vertrautem Schweigen wieder den Hang hinauf. Schmetterlinge flatterten um sie herum über den Frühlingsblumen.

»Ich muss dauernd an sie denken. Ich meine …« Hope deutete auf den Hang, »dieser Ort hier hat sich kaum verändert, seit sie da waren.«

Cal nickte nachdenklich. »Schau mal, dort oben. Links von der Hütte. Siehst du das? Die ganzen verfallenen Zäune? Ich schätze, das war der Korral.«

Hope folgte seinem Finger. »Ja, ich seh's.«

Sobald sie die Hütte erreichten, ging Cal zu dem kleinen Bach neben dem Korral hinunter, um die Fische auszunehmen und zu waschen. Kurze Zeit später kam er mit einem Stock zurück, auf den die beiden Fische gespießt waren. Hope saß auf der Veranda und las im Tagebuch, Buddy zu ihren Füßen.

»Hey, du kannst doch nicht einfach ohne mich weitermachen«, protestierte Cal. Er ging in die Küche und lehnte den Fischspieß über das Steinbecken. Dann kam er heraus und setzte sich neben Hope. »Okay, wie geht's weiter?«

»Nate redet nicht mehr mit ihr. Er hat ihr mehr oder weniger seine Liebe gestanden, aber sie hat es nicht kapiert oder tut zumindest so. Das Problem ist nur, dass sie ohne ihn nicht in der Wildnis überleben kann, also sitzt sie hier fest. Wie eine Gefangene.«

»Gibt schlimmere Gefängnisse.«

Hope beugte sich vor und umschlang ihre Knie. »Ich finde es komisch, dass er da war, um sie zu retten – ich meine, mitten in der Wildnis, wo sonst kein Mensch unterwegs ist?«, sagte sie und starrte auf die Landschaft hinaus.

»Vielleicht hat er den Unfall sogar verursacht.«

»Aber warum? Emily wäre doch fast gestorben. Und wenn er sie will, bringt er sie doch nicht in Lebensgefahr. Hey, das wäre ja so, als ob ich den Wagen absichtlich zu Schrott gefahren hätte, nur um dich hier raufzukriegen!«

Hope lachte. »Ach ja? Warst du deshalb so wild drauf, dass ich mich anschnalle?«

Cal schüttelte grinsend den Kopf. »Weißt du was, Cooper? Mit deiner Fantasie solltest du wirklich Schriftstellerin werden.«

Der Tag verging. Sie saßen fast die ganze Zeit beisammen, lasen im Tagebuch und schauten zu, wie die Wolken Schatten über die Berge warfen.

Hope hielt einen Augenblick inne, weil ihre Stimme langsam heiser wurde. »Okay, meinst du, sie wissen jetzt, dass uns was passiert sein muss?«

Cal nickte. »Ja, denk schon. Obwohl ich mich öfter verspäte, also werden sie nicht gleich ausflippen. Ich schätze, sie wundern sich erst, wenn es Nacht wird und ich nicht an mein Handy gehe. Oder du nicht an deins. Obwohl – hier draußen gibt's sowieso kaum irgendwo ein Netz. Das wird erst besser, wenn man aus dem Nationalpark rauskommt. Vielleicht merken sie also nicht gleich, dass was im Busch ist.«

Hope sackte das Herz in die Hose. »Und was meinst du, wann sie zu suchen anfangen?«

Cal überlegte einen Moment. »Morgen vielleicht.«

»Dann finden sie uns also morgen?«

»Vielleicht, wenn sie tagsüber schon mit der Suche anfangen. Mom ist da ziemlich cool. Kann sein, dass sie sogar bis zum nächsten Abend wartet. Schlimmstenfalls sitzen wir hier noch achtundvierzig Stunden fest, bis jemand kommt, schätze ich.«

Hope seufzte. »Okay.« Sie strich mit den Händen über das geschlossene Tagebuch. »Wenigstens können wir uns damit die Zeit vertreiben.«

Cal nickte und ließ eine Hand über Buddys Fell gleiten. Der Hund hechelte in der Sonne. Hope starrte auf ihr Tagebuch.

Cal brach als Erster das Schweigen. »Erzähl mir von deinen Freunden zu Hause.«

»Meine Freunde? Da gibt's nicht so viel ... Außer Lauren. Wir wohnen schon ewig in derselben Straße und sind oft zusammen, wenn ich zu Hause bin. Lauren geht an eine normale Schule und sie ist super. Aber sie hat natürlich auch andere Freunde ... Manchmal nimmt sie mich mit, was nicht so gut klappt, weil ich irgendwie schüchtern in großen Gruppen bin. Na, und dann ist da noch Scott. Der ist ein richtiges Genie und der witzigste Mensch, den ich kenne. Wir hängen meistens am Wochenende miteinander herum.«

»Scott?«

»Ja. Er hat auch Hausunterricht, weil er zu intelligent für eine normale Schule ist und wegen seinem Autismus-Problem. Sein Dad ist Professor für Quantenmechanik oder so. Ich hab Scott letztes Jahr in einem Spanischkurs kennengelernt.«

Cal studierte Buddys Ohren. »Und warum willst du ihn dann nicht als Freund?«

»Hmm ... könnte ich mir überlegen. Falls ich Lust hätte, ihn mit seinen Computer Games und seinen durchgeknallten japanischen Comics zu teilen.«

Sie lachten beide. Die Luft wurde langsam kühler und Cal stand auf. »Ich seh mal nach, ob das Feuer im Kamin noch brennt, und dann bau ich den Grill für die Fischspieße.«

Mit einem flachen Stein grub er eine kleine Mulde in die Erde, nahm ein brennendes Scheit aus dem Kamin und zündete damit ein Feuer an.

Hope suchte unterdessen zwei gegabelte Stöcke, die sie mit einem Stein in die Erde rammten. Dann legten sie den Fischspieß darauf. Das Feuer brauchte Stunden, um heiß genug zu werden, aber als die Sonne unterging, glühte es hellorange in der Mitte.

Es war ein prächtiger Sonnenuntergang, der einen rötlichen Glanz über die Wiese und den See warf. Hope schlang ihr Haar am Hinterkopf zu einem lockeren Knoten.

»Wie machst du das?«, fragte Cal.

»Was?« Hope sah ihn überrascht an.

»Dass es oben bleibt, ohne Spange.«

»Ach, ich weiß nicht«, sagte Hope erfreut, obwohl sie unter seinem Blick verlegen wurde. »Ist einfach so.« Sie ging hinein und holte einen Topf Wasser für die Entenkartoffeln. Cal hatte noch etwas Grünzeug gepflückt.

»Wilder Lattich. Schmeckt gut. Ess ich manchmal auf der Ranch, wenn ich was finde.«

Hope brachte die Blechteller heraus. Ihr Magen knurrte vor Hunger. Cal löste kleine Stücke von dem Fisch, um zu testen, ob er durch war. Er legte eine Portion auf ihren Teller zu den Entenkartoffeln. Dann nahm er sich selber von dem Fisch. Hope saß im Schneidersitz neben ihm, den Teller in der Hand.

Gierig machten sie sich über ihre Teller her, ohne ein einziges Wort zu reden. Hope aß alles auf, sogar den Wilden Lattich. »Schmeckt wirklich gut.«

Dann spülten sie die leeren Teller im Bach ab und wuschen ihre fettigen Hände. Als sie fertig waren, gingen sie zurück und setzten sich dicht ans Feuer.

»Kann ich dich was fragen?«, sagte Hope.

»Klar.« Cal legte Holz nach.

»Warum hast du die Schule nicht fertig gemacht? Den Büchern nach, die ich auf dem Speicher oben entdeckt habe, musst du doch ziemlich ... schlau sein und so. Außerdem warst du ein Football-Champion.«

Cal schwieg eine Weile. »So schlau auch wieder nicht. Und ich war auch kein Champion. Hab 'nen großen Fehler gemacht.«

Hope wartete.

Cal holte tief Luft und begann zu erzählen: »Es war wegen Tyler Cross, einem aus unsrer Mannschaft, der brutal gemobbt wurde. Keine Ahnung, warum sie alle auf ihm rumhackten. Ich wollte das nicht, hab aber nichts gesagt. Und der Coach auch nicht, niemand. Dann kamen ein paar wichtige Spiele und Tyler hat echt Mist gebaut, der hat jeden Pass verfehlt. Ich meine, klar, er stand ja auch total unter Druck. Also jedenfalls, am schlimmsten waren Dan und Steve Hart, die beiden Typen, die neulich den Becher auf den Pick-up geworfen haben. Das waren die Anführer. Dan ist Chief Harts Sohn und Steve ein Cousin von Dan. Die haben Tyler total fertiggemacht. Und dann haben wir gegen Billings verloren, in 'nem Heimspiel. Ich meine *Billings!*« Er schaute Hope an, die nur die Schultern zuckte. »Ach, egal. Nach dem Spiel haben sie Tyler in der Umkleide abgepasst und diesmal sind sie aufs Ganze gegangen. Ich war schon fast zur Tür raus, weil zu Hause 'ne Menge Arbeit auf mich wartete, aber plötzlich hab ich gesehen, wie sie Tyler auf den Boden geworfen und ihm die Kleider runtergezerrt haben. Die hatten eine Großpackung Kleber und 'nen ganzen Sack voll Federn dabei, Mann! Mit dem Spiel hatte es also gar nichts zu tun, die hätten es sowieso gemacht.«

»Was gemacht?«

»Ihn federn und mit Handschellen an sein Auto fesseln. Mitten auf dem Parkplatz.«

Hope verzog das Gesicht.

»Ja. Genau.«

»Und was hast du gemacht?«

Cal rutschte verlegen herum. »Na ja, stolz bin ich nicht drauf.« Er holte Luft und fuhr fort: »Dan war immer der Schlimmste von allen. Ich hab ihn auf den Boden geworfen und dann sind irgendwie sämtliche Gäule mit mir durchgegangen. Hab ihn mit Kleber vollgeschmiert und die ganzen Federn auf ihn gekippt. Die anderen standen nur dabei, haben keinen Finger gerührt. Nicht mal Steve, als er gesehen hat, wie sein Cousin zugerichtet war.

Dann hab ich Dan auf den Parkplatz rausgeschleppt und ihn mit den Handschellen an seinen Pick-up gekettet. Den Schlüssel hab ich in die Büsche geworfen und Dan einfach dagelassen, vor den ganzen Leuten, die noch aus dem Stadion gekommen sind.«

Hope schlug sich die Hände vors Gesicht. »O Gott.«

»Ja, ich meine, Dan und ich, wir konnten uns noch nie leiden, aber das hat dem Ganzen natürlich die Krone aufgesetzt. Hat aber sowieso nichts genützt. Wurde alles nur noch schlimmer.«

»Wieso?«

»Ty hat sich in derselben Nacht das Leben genommen.«

Hope schnappte nach Luft. »Das tut mir leid ... wirklich«, stammelte sie.

Schweigen breitete sich aus, nur der Wind und die Vögel waren zu hören.

Cal nickte. »Und danach ... ich hab's einfach nicht mehr ausgehalten. Das war alles so verfahren. Tyler hatte einen Abschiedsbrief hinterlassen, ohne Namen zu nennen, und weil ich das mit Dan gemacht hatte, hielten mich so ziemlich alle in der Mannschaft für den Rädelsführer.«

»Das ist unfair.«

Cal zuckte die Schultern. »Tyler ist tot. Unfair oder nicht, was heißt das schon? Macht ihn auch nicht wieder lebendig, oder? Und was ich getan habe, war falsch.«

»Aber Dan hatte es verdient.«

»Ja, hat er. Aber ich hätte mich viel früher für Tyler einsetzen müssen.« Cal kniff die Augen zusammen und schaute in die Ferne. »Und das hab ich nicht.«

Das Schweigen wurde drückend. »Lass uns weiterlesen.« Hope stand so abrupt auf, dass ihr der Kopf dröhnte, was seit dem Unfall manchmal vorkam.

Sie ging in die Hütte, kam mit dem Buch und einer Decke wieder heraus und setzte sich in den Schneidersitz. Dann schlug sie das Buch auf und las weiter.

An der Stelle, als Nate und Em sich stritten, zeigte Cal auf einen einsamen, schiefen Korral-Pfosten, der als einziger übrig geblieben war. Auf die Ellbogen gestützt, lehnte Cal sich nach hinten und schaute ins letzte Abendlicht, das den See aufschimmern ließ, während Hope weiterlas, bis die Männer aus Fort Shaw vor der Hütte auftauchten.

»Warte«, sagte Cal und hob die Hand. »Hart?«

Hope schaute wieder in das Tagebuch. »Ja, Hart. Meinst du, der ist mit diesem Polizeichef verwandt?«

»Muss wohl. Die Harts leben genauso lange in der Gegend wie wir oder jedenfalls, seit es Fort Shaw gibt. Und wir sind seit jeher verfeindet, obwohl niemand genau weiß, warum. Nach der Sache mit Dan wurde es natürlich noch tausendmal schlimmer. Für den Chief war es das gefundene Fressen. Der hat dafür gesorgt, dass alles noch mehr aus dem Ruder lief. Er legt sich mit fast jedem an. Und er hasst Ureinwohner – die hätten Blut an den Händen, was seine Familie anginge, behauptet er immer. Obwohl er nichts weiter rauslässt.«

Hope biss sich auf die Lippe. »Soll ich weiterlesen?«

Cal nickte nachdenklich.

Als sie zu Emilys Reitstunden auf Tara kam, hielt Hope inne. Inzwischen war es dunkel und Emilys Schrift mit den altmodischen Schnörkeln war nicht immer leicht zu entziffern. »Nate ist eine irre Mischung von allem, was ich mit Amerika in Verbindung bringe. Cowboy und Indianer in einem, verstehst du? Und er hat im Bürgerkrieg gekämpft, das muss man sich mal vorstellen ...«

Cal stemmte die Ellbogen auf seine gebeugten Knie und nickte.

Hope war völlig im Bann der Geschichte. »Er liebt sie wirklich. Ich meine, vielleicht will er es gar nicht, aber er kann nicht anders. Deshalb hat er ihr nie was getan.«

Irgendwo in der Nähe zirpte eine Grille.

»Oder er hat ihr nichts getan, weil er einfach nicht der Typ dafür ist«, sagte Cal in ungewohnt scharfem Ton.

Hope nickte. »Ja. Aber es war auch Liebe auf den ersten Blick. Bei beiden.« Cal schwieg und sie fügte hastig hinzu: »Glaub ich jedenfalls.«

Er schnippte gereizt einen Kieselstein von der Veranda.

»Tut mir leid, wenn ich was Falsches gesagt habe«, entschuldigte sich Hope.

»Hast du nicht. Vergiss es.« Cal holte Luft. »Hör mal, Hope, ich mag dich wirklich, aber ...«

Hope fuhr hoch, das Tagebuch in der Hand, und ließ ihre Decke auf den Boden fallen. Cal stand ebenfalls auf und Buddy schaute verwirrt von einem zum anderen.

»Also was soll das jetzt? Wie kommst du auf so was? Ich hab nicht … Ich meine, so hab ich's doch nicht gemeint … Und ich hab nie gesagt, dass *ich* was von dir will.«

»Und ich hab nie gesagt, dass ich *nichts* von dir will.«

»Oh.«

Cal fuhr sich mit der Hand durchs Haar. »Ich bin nur realistisch, verstehst du? Du lebst so weit weg, auf einem anderen Kontinent, und du bist erst sechzehn, Mann! Ich kann mich doch nicht mit 'ner Sechzehnjährigen einlassen, nachdem …«

»Für mein Alter kann ich nichts. Oder ist es ein Verbrechen, erst sechzehn zu sein?«

»Quatsch, aber … Was soll ich sagen? Ich hatte Probleme, verstehst du? Nach der Sache mit Tyler sind die Dinge eskaliert …«

Hope wich einen Schritt zurück. »*Was?* Wir sind hier meilenweit von der Zivilisation entfernt und du erzählst mir, dass du Probleme hattest?« Sie drückte das Tagebuch an sich. »Willst du mir Angst machen?«

Cal holte tief Luft. »Nein, hab keine Angst, bitte. Das geht nur mich was an, das ist alles.«

Sie schwiegen wieder, nur die Geräusche der Wildnis waren zu hören.

Endlich sagte Hope: »Allein ist nicht gut. Vielleicht kann ich dir helfen?«

»Weiß nicht. Ich hab einen großen Fehler gemacht. Richtig schlimm. Und dann sind bestimmte Dinge passiert …« Buddy winselte. Cal beugte sich zu ihm hinunter und schlang seine Hand um die Schnauze des Hundes. »Ist ja gut, alter Junge.«

Schweigen machte sich breit – lange.

»Vielleicht ist es gar nicht so schlimm«, sagte Hope zögernd.

»Ach, du hast ja keine Ahnung.« Cals Stimme war so dunkel wie die Nacht um sie herum.

Dreizehn

Allein der Ausdruck »Liebe auf den ersten Blick« hat schon unsagbares Unheil angerichtet, da er in jungen Mädchen die Vorstellung erweckt, gegen Liebe sei kein Kraut gewachsen und man müsse ihr auf jeden Fall nachgeben, sei es auch noch so unvernünftig.

Am nächsten Morgen brachen wir früh auf, um das Land für die Stanton Railway zu erkunden, was uns die nächsten zwei Wochen beschäftigt halten würde. Wir waren zu fünft: du, ich, Lucky, Clear Water und Rose. Eine seltsamere Reisegesellschaft hätte man sich kaum vorstellen können.

Tagsüber teilten wir uns auf und nachts kehrten wir alle zu Clear Water und unserem Lager zurück, das alle paar Tage wechselte. Manchmal, wenn Arbeit anfiel, blieb ich bei Clear Water und den Ersatzpferden im Lager. Lucky hatte bei der Schlacht zwei neue ergattert, was die Zahl der zusätzlichen Reittiere auf fünf erhöhte. Harts Fuchswallach war allerdings deiner Meinung nach durch die schlechte Behandlung verdorben und du wolltest ihn so schnell wie möglich verkaufen. Ich wäre lieber jeden Tag mit dir geritten, aber ich wollte Clear Water nicht die ganze Zeit alleinlassen, auch wenn wir kaum miteinander sprechen konnten.

Dafür hatte Clear Water ein sehr feines Gespür. Zum Beispiel wusste sie noch vor mir, wann ich meine Monatsbeschwerden bekommen würde, denn ich selbst war in dieser Hinsicht völlig ahnungslos und hatte nie irgendwelche Anzeichen bemerkt. Liza, meine Zofe, hatte mir immer gesagt, das würde sich ändern, wenn ich erst selbst ein Kind geboren hätte. Als sei dieses Kind wie ein magisches Uhrwerk in meinem Körper – tick-tack. Clear Water umsorgte mich rührend und zeigte mir, in aller Würde, wie indianische Frauen mit diesen unaussprechlichen Dingen umgehen. Sie kochte mir Rindentee gegen das Unwohlsein und gab mir einen in ein Ledertuch gewickelten aufgewärmten Stein, den ich mir an den Leib halten sollte. Außerdem trat sie mir eine der Decken ab, die ihr und Lucky gehörten, und richtete etwas abseits von dir ein Lager für mich her – später erfuhr ich, dass indianische Frauen in dieser Zeit getrennt von ihren Männern leben.

Du hast dich dumm gestellt und Clear Water die Decke zurückgegeben, als wir uns zum Schlafen niederlegten. Weder Clear Waters erstaunter Blick noch mein rastloses, fiebriges Herumwälzen in jener Nacht brachten dich dazu, deine Meinung zu ändern.

Aber bald waren meine Tage vorbei und ich wollte wieder reiten, wollte zu dir und Tara zurück.

Ein paar Tage später kam ich frühmorgens vom Bach und holte mir Sattel und Zaumzeug. Du hast nichts gesagt. Schweigend hast du zugesehen, wie ich mein Pferd aufzäumte, hast den Kräutertee getrunken, den Clear Water jeden Morgen zubereitete, und eine deiner geliebten Zigaretten geraucht.

»Langer Ritt heute. Schaffst du das?«

Statt einer Antwort schnippte ich das abgewetzte Schweißblatt von meiner Schulter, zog den Steigbügel an und schnallte den Kehlriemen in Taras einfaches Halfter ein. Der Sattelpack, den ich auf ihr festschnallte, enthielt jetzt die Haut des Büffels, der uns das Leben gerettet hatte. Es war ein Abschiedsgeschenk der Blackfoot. Die dicke, weiche Haut war mit achtunddreißig daumennagelgroßen Löchern gespickt. Clear Water hatte in den vergangenen Tagen viel Zeit und Mühe darauf verwendet, die Haut sauber zu schaben und zu räuchern, wofür ich ihr unendlich dankbar war. Ich wusste nicht, wie ich es ihr sagen sollte, und bat dich darum, woraufhin sie mir am folgenden Abend ihr wunderschönes Lächeln schenkte.

Als Tara fertig aufgezäumt war, sagtest du: »Ich denke, wir schaffen es bis zur Dunkelheit.«

Ich küsste Taras Nase und kraulte sie unter ihrer Stirnlocke. »Und dann?«

Du bist aufgestanden und hast den Teesatz ausgekippt. »Dann gehen wir heim.«

Bald danach verließen wir das Lager. Lucky und Rose begleiteten uns, da sie mit ihrem Teil des Auftrags bereits fertig waren. Wir ritten nach Westen, zu der Bergkette, die auf der Karte in unserem Allerweltsbeutel eingezeichnet war. Du hast hin und wieder ein paar Worte mit Rose gewechselt, aber Lucky blieb meistens stumm. Das Wetter war klar und hell und ganz in der Ferne, gegen Norden, war die Prärie mit dunklen Punkten übersät – eine Büffelherde.

Gegen Mittag hatten wir die Ausläufer des Gebirgszugs erreicht. Du hast im Sattel gelehnt und lange hingestarrt. Dann bist du abgestiegen und hast wütend mit deinem schlechten Fuß gegen die Erde getreten. Mit zusammengepressten Lippen hast du zu mir hochgeschaut.

»Was meinst du?« Ich hatte die Zügel gelockert und Tara spreizte ihren inneren Huf ab wie eine Ballerina und scheuerte ihre Nase an dem Bein, erst auf der einen, dann auf der anderen Seite.

»Hier kommt nichts durch, da können die sprengen, so viel sie wollen.«

Ich dachte an den Agenten der Stantons – den Zahlmeister für diesen Auftrag. »Und das willst du Mr Meard erzählen?«

»Ja. Vielleicht kann Mr Railroad seine Trasse weiter nördlich verlegen, jenseits der Grenze zu den ›britischen Besitzungen‹, wie ihr Engländer Kanada nennt, oder weiter südlich, in Richtung Missouri. Aber hier kommt er nicht nach Spokane durch.«

»Spokane?«, fragte ich. »Heißt das, wir gehen nach Spokane?«

Du hast genickt und auf die Berge gedeutet. »Musst nur schnurgerade nach Westen durch die Berge da reiten, dann kommst du hin.«

»Wie lange würde das dauern?«

Du hast zu mir hochgeschaut. »Warum, English? Planst du einen zweiten Fluchtversuch?«

Ich sagte nichts.

Du hast die Schultern gezuckt. »Na, jedenfalls hast du jetzt Tara und unser ganzes Essen, also würdest du es vielleicht schaffen.«

Ich behielt meinen Blick auf den Bergen und sagte immer noch nichts.

»Rose reitet manchmal bis nach Spokane. Kennt den Trail. Kannst sie ja fragen, ob sie dich mitnimmt«, hast du langsam hinzugefügt.

»Hör auf.«

»Womit?« Du hast am Halfter deines roten Pferdes hantiert.

»Mich wegzuschicken.«

»Ich dachte, du *wolltest* dahin. Könntest ja deinen Bericht bei Mr Railroad persönlich abliefern. Großes romantisches Wiedersehen.

Nein, halt, kein Wiedersehen – da hätte ja vorher mal 'ne Begegnung stattfinden müssen.«

Ich hätte am liebsten nach dir getreten. Und vielleicht hätte ich es getan, wenn die anderen nicht dabei gewesen wären. Stattdessen nahm ich dich beim Wort und spielte mit. Denn es war ein Spiel, Nate, ich kannte dich zu diesem Zeitpunkt gut genug.

Ich reckte mein Kinn vor. »In dieser Aufmachung kann ich mich nirgends sehen lassen. Wir müssen warten, bis du deinen Lohn bekommen hast und vielleicht noch Geld für anständige Kleider und Schuhe übrig bleibt.«

»Und dann soll ich Rose bitten dich hinzubringen?« Du hast deine Hand auf das Sattelhorn des roten Pferdes gelegt, ohne mich anzusehen.

Die Würfel waren längst gefallen; das wussten wir beide. Das hier war jetzt mein Leben. Du, Tara und deine Familie, solange es ihnen gefiel, bei uns zu bleiben. Eine Familie, die mich bis zum letzten Blutstropfen verteidigen würde, obwohl wir kaum miteinander sprechen konnten.

Ich hatte mir eine Zukunft in den Salons und in den Klatschspalten der reichen Westküsten-Gesellschaft vorgestellt und jetzt war ich hier, mein Leben spielte sich in einer ganz anderen Ecke der Neuen Welt ab. Ich schaute wieder auf die Berge und fühlte mich zum ersten Mal in tiefster Seele zu Hause.

»Vielleicht denke ich darüber nach«, sagte ich schließlich.

Du hast ein Lächeln unterdrückt und eine Hand in deinen Nacken gelegt, als hättest du sie nach mir ausstrecken wollen und es dir im letzten Moment anders überlegt. Plötzlich erstarrtest du. Ich folgte deinem Blick, konnte aber nichts erkennen, im Gegensatz zu Lucky, dessen scharfe Augen sich zu Schlitzen verengt hatten. Ihr habt euch verständigt, ohne einander anzusehen. Rose wendete ihre schwarz-grau gescheckte Stute und kam zurück.

»Siehst du das, English?«

»Nein, ich sehe nichts. Büffel?«

»Nein, näher dran als die Büffel. Da ist er.«

Tiefe Ehrfurcht lag in deiner Stimme. Dann sah ich es.

Ein Pferd. *Das* Pferd. Ein prächtiges Tier: blendend weiß, muskulös, tiefer, gewölbter Hals, breite Brust und erstklassiges Exterieur. Mähne und Schweif waren lang und wehten im Wind, der Stirnschopf fiel ihm über ein Auge. Früher, vor der Zeit mit dir, waren alle Pferde für mich mehr oder weniger gleich gewesen, einfach ein Mittel zum Zweck. Jetzt sah ich sie als das, was sie waren – mit ihren Stärken und Schwächen und wie sie das Beste aus uns herausholen konnten. Nur der Wind lief über die Ebene, während wir alle fünf reglos dastanden und schauten.

Ein Jahrhundertpferd.

Du bist abgestiegen und hast deine Hand nach der Seilschlinge über dem Horn ausgestreckt. »Wird eine wilde Jagd, Em. Wappne dich.«

Ich setzte mich tiefer in den Sattel und wartete, während Tara sich unter mir versteifte. Du hast mit Lucky geredet, in leisem, ruhigem Tonfall, ohne die Augen von dem Pferd zu nehmen. Rose löste ein Seil hinter ihrem Sattel und hängte sich die Schlingen um den Hals.

»Willst du Tara?«

»Nein, der Rote hier ist schneller in der Ebene, auch wenn er ein bisschen schreckhaft ist. Und da geht's jetzt nur ums Laufen.« Ich sah dir die Vorfreude auf das Rennen an. Du hast dir die Lippen geleckt und tief Luft geholt.

Wir brachen auf, langsam und gemächlich zuerst, und schwärmten über die Ebene aus, um so nahe wie möglich an das Pferd heranzukommen.

Aber der weiße Hengst war nicht schreckhaft. Als wir uns aufteilten – ich mit dir, Lucky nach Osten, Rose nach Westen –, graste er ruhig weiter und seine Mähne fiel ihm bei jedem Rupfen über den Hals. Du hast mich die meiste Zeit ignoriert, warst ganz auf den Hengst konzentriert, aber endlich, als wir keine fünfzig Meter mehr entfernt waren, hast du gesprochen.

»Em, wenn wir lospreschen, gibt's kein Halten mehr. Mach dir nichts draus, wenn du uns aus den Augen verlierst. Ich komme zurück, okay?«

»Okay.« Ich nickte und fädelte meine Zügel durch die Finger.

»Und du darfst Tara nicht müde reiten, indem du uns nachjagst. Ich will nicht, dass sie mit dem Bein in ein Präriehundeloch einsackt und ihr euch dabei den Hals brecht.«

»Ist gut.«

Du hast das Seil vom Horn genommen und abgerollt. Lucky beobachtete dich, wartete auf das Signal. Rose ließ ebenfalls ihr Seil heraus. Du hast die Wasserflasche losgebunden und sie mir gereicht. Ich hängte sie über die Schulter.

Der Hengst hob misstrauisch den Kopf. Er hielt seine Nase in den Wind, witterte uns jetzt offenbar. Wachsam stand er da und schaute, als du anfingst ihn zusammen mit Lucky einzukreisen; Rose blieb noch zurück. Plötzlich wirbelte der Hengst herum und flüchtete über die Ebene, direkt auf die Büffelherde zu. Lucky stieß einen Schrei aus und ihr seid alle drei hinterhergejagt. Ich folgte euch und Tara fiel in ihren tänzelnden Galopp, als wir den Hengst und die Herde vor uns hertrieben. Die Sonne brannte mir ins Gesicht, der Wind blies, ich setzte mich tiefer in den Sattel und trieb Tara vorwärts, die Zügel über ihrem Hals. Ich hielt mühelos mit euch Schritt, da ich leichter war und Tara die anderen jagte. Ein heißer Stolz erfüllte mich, als unsere kleine Stute Kopf an Kopf mit Roses prachtvollem Grauen dahingaloppierte. Rose blickte sich um und grinste, ein wildes Knäuel aus Haaren und Zähnen und rötlicher Haut, und sie johlte vor Freude.

Am Ende machte der Hengst den Fehler, in die Herde zu fliehen, was zu seiner Gefangennahme führte. Die Büffel waren schnell, aber nicht annähernd so schnell wie wir, und ihre geringere Wendigkeit bremste den Hengst, obwohl der Staubsturm, den sie bei ihrer Massenflucht aufwirbelten, uns bald die Sicht trübte.

Lucky schnitt ihm den Weg ab und trieb ihn dir direkt in die Arme. Einen Augenblick dachte ich entsetzt, dass er dein rotes Pferd rammen würde und du mit deinem ganzen Gewicht auf dein schwächeres Bein geworfen würdest. Aber so war es nicht und im nächsten Moment sauste deine Schlinge durch die aufgewirbelte Staubwolke über den Kopf des Pferdes.

Rose jagte von der anderen Seite heran und ließ ebenfalls ihr Seil über den gewölbten Hals des Hengsts zischen. Einen Moment lang verlor ich euch alle aus den Augen, so dicht war der Staub. Ich brachte Tara schnell zum Stehen und hustete. Reglos warteten wir im Dunst. Ein Büffelkalb schrie nach seiner Mutter und sie antwortete mit einem Muhen. Ich lenkte Tara von dem Laut weg, da ich nicht dazwischengeraten wollte. Wir bewegten uns aus dem Staub heraus, auf demselben Weg, den wir gekommen waren. Auf einer kleinen Anhöhe hielten wir an und warteten. Nach wenigen Minuten seid ihr aufgetaucht, mit dem weißen Hengst an der Leine, als sei er ein zahmes Pony.

Dein Gesicht war schmutzig und du warst so verschwitzt, dass dir das Hemd an einigen Stellen am Körper klebte. Laut niesend schälte sich zuerst Rose aus dem Staub, dann Lucky, dessen Miene wie immer undurchdringlich war, obwohl auch ihm der Schweiß herablief und seine Brust voller Staub und Erde war. Tara und ich reihten uns unter euch ein.

Du konntest deine Augen nicht von dem weißen Hengst abwenden, während wir durch die Prärie zurückkehrten. Du hast ihm viel Seil gelassen, obwohl er keine Anstalten machte, sich dagegen zu sträuben. Ich sah dein Stirnrunzeln.

»Was ist denn?«

»Ich weiß nicht ... dürfte nicht so leicht sein, das ist es. Man könnte meinen, der Hengst legt es geradezu drauf an eingefangen zu werden. Dabei gilt er doch als unzähmbar.«

Wir ritten stetig weiter. »Aber warum ist das schlecht?«

Du hast die Schultern gezuckt, immer noch beunruhigt. »Weiß nicht. Vielleicht ist er krank oder so.«

Das Pferd folgte uns den ganzen nächsten Tag Richtung Süden. Unser Ziel war der Berghang, aber es würde einige Zeit dauern, dorthin zu kommen, möglicherweise bis zu vier Tagen. Für dich war unser Kundschafter-Auftrag erledigt.

»Ich sag dir doch, dass hier nichts durchkommt.« Ich hörte die Genugtuung in deiner Stimme.

Am Abend schlugen wir unser Lager an einem flachen Bach auf, der sich durch die Ebene schlängelte, und nahmen eine karge Mahlzeit aus Pemmican und Wasser zu uns. Du hast dir eine gute Stunde Zeit gelassen, um dich dem Hengst zu nähern, nur um ihn an einen Baum anzupflocken. Doch das Pferd blieb vollkommen ruhig. Schließlich hast du dich an seinen Kopf gestellt und mit ihm gesprochen, ohne ihn zu berühren. Die Ohren des Hengsts schnellten bald nach vorne, bald nach hinten und er lauschte aufmerksam. Tara trottete näher zu ihm, während sie zufrieden graste. Bis wir uns schlafen legten, standen die beiden einträchtig beisammen und bliesen sich gegenseitig in die Nüstern.

Du hast dich am Rand des Feuers neben mich gelegt. Rose war nirgends zu sehen, aber Lucky und Clearwater folgten unserem Beispiel. Den Kopf in die Hand gestützt, hast du den Hengst und Tara beobachtet.

»Deine Tara ist 'ne richtige Verführerin, weißt du das?«

Ich streckte den Kopf aus der Decke, um zu den Pferden hinüberzuschauen. »Eine Verführerin?«

»Ja, und wie. Gib ihr noch einen Tag, dann frisst er ihr aus der Hand.«

Wir beobachteten sie schweigend, als Tara sich plötzlich umdrehte und davonging. Der Hengst konnte ihr nicht folgen und blieb allein zurück. Du hast den Kopf geschüttelt und dich wieder unter die Decken gelegt. »Frauen.«

Ich stieß dir den Ellbogen in die Rippen, aber es lag keine Kraft dahinter, so eingezwängt wie wir in der engen Bettrolle waren. Du hast gelacht.

»Ist Tara neuerdings mein Pferd?«, sagte ich und ließ meinen Kopf auf unser Kissen sinken.

»Denke schon, English. Freundinnen halten doch zusammen wie Pech und Schwefel, oder nicht?«, hast du schläfrig geantwortet und eine Hand an mein Gesicht gelegt. Eine winzige Sekunde lang berührten deine Finger meinen Mund, dann kamen sie auf der Bettdecke zur Ruhe.

»Ich weiß nicht«, sagte ich nach ein paar Minuten, als ich wieder atmen konnte, aber du warst schon eingeschlafen.

Wir brauchten fast vier Tage für den Heimweg und bis dahin war ich ziemlich abgehärtet, obwohl meine Muskeln schmerzten und ich wund vom Reiten war. Der Regen, der hin und wieder in der Ebene fiel, machte mir kaum noch etwas aus. Genauso wenig wie die Tropfen, die nachts von unserer Bettrolle abprallten, wenn wir im Schutz der Sättel im Dunkeln lagen und miteinander redeten. Auch die Kälte konnte mir nicht mehr viel anhaben und ich hatte mich daran gewöhnt, auf dem Boden zu schlafen.

Als wir endlich aus dem Wald herauskamen und die Hütte hoch oben am Berghang aufragte, machte mein Herz einen Freudensprung. Es war früher Nachmittag, die Sonne stand direkt über der Wiese und ließ das Schindeldach und die Wildblumen aufleuchten.

Wir ritten hinauf und du hast den Hengst in den Korral geführt. Rose und Lucky schlossen die fast zwei Meter hohen Gatter hinter dir, dann bist du herausgeschlüpft und hast dabei auf deine unverwechselbare Art dein Gewicht verlagert, damit dein rechtes Bein nicht unter dir einknickte.

Ich sattelte Tara am Verandageländer ab, rieb sie trocken und dankte ihr für ihre Dienste. Als ich ihr den Zügel abnahm, blies sie mir ins Gesicht und trottete zum Korral davon, zu ihrem neuen Gefährten.

Ich hievte den Sattel über das Geländer, hängte ihre Zügel auf und warf einen sehnsüchtigen Blick auf den Waschzuber. Noch nie hatte er so einladend ausgesehen, aber ich konnte ihn doch nicht benutzen, solange deine Familie um uns war. Clear Water schlug bereits ihr Lager am Bach auf, direkt unterhalb der Hütte, setzte ein Feuer in Gang und lief geschäftig hin und her. Lucky saß im Schneidersitz daneben, genoss die Aussicht und rauchte. Rose tränkte die Pferde und pflockte sie an einer Stelle an, wo sie ausruhen und grasen konnten. Du warst schon in der Hütte, hast den Kamin angeheizt und Feuer im Herd gemacht. Dann bist du auf die Veranda herausgekommen und hast meinen sehnsüchtigen Blick zur Wanne bemerkt.

»Willst du ein Bad nehmen?«

»O ja, und wie!«, rief ich wie ein erschöpftes Kind. »Aber wie soll ich das machen, vor allen anderen?«

Du hast mich ein paar Sekunden lang angesehen, bist wortlos in der Hütte verschwunden und mit der Steppdecke von unserem Bett zurückgekommen. Dann hast du Taras Sattel genommen und direkt vor der Wanne über das Geländer gehängt. Ihre Satteldecke hast du über das Seitengeländer drapiert, wodurch ein abgeschirmter Bereich entstand. Du hast die Wanne gefüllt und mir einen Blick über die Schulter zugeworfen.

»Ich will nie wieder hören, dass ich nichts für dich mache.«

»Hab ich das je behauptet?«, sagte ich und ließ zerknirscht die Schultern hängen.

Du hast dich aufgerichtet und deine Hände trocken geschüttelt. »Nein, nicht wirklich.«

Sobald du im Haus verschwunden warst, zog ich mich aus, wickelte mich in ein Handtuch und nahm die Seife und die Flasche mit dem Haarmittel. Ich lechzte geradezu nach Sauberkeit.

Hinter meinem Sichtschutz kauerte ich mich auf die Veranda, löste meinen Zopf und schüttelte die dicken, schmutzigen Haarzotteln aus. Dann stieg ich in die Wanne, ließ mich geräuschvoll hineinplumpsen und spritzte mir Wasser ins Gesicht. Es war wunderbar kalt und erfrischend. Plötzlich merkte ich, dass ich den Krug vergessen hatte. Ich zögerte.

»Nate?«

»Ja?« Deine Stimme kam von irgendwo hinter der Hütte, in der Nähe des Holzunterstands.

»Ich habe den Krug vergessen.«

Einen Augenblick herrschte Stille. »Meine Güte, Emily – bist du überhaupt zu irgendwas zu gebrauchen?«

Ich lächelte auf meine verschrammten, mit Blutergüssen übersäten Knie hinunter. »Nein, zu gar nichts.«

Nach ein paar Minuten bist du auf der Treppe erschienen, ein Holzscheit in jeder Hand. Ich saß in der Wanne und umschlang meine Knie. Du hast lachend den Kopf geschüttelt, bist hineingegangen und mit dem Krug zurückgekommen. Du hast so getan, als wolltest du ihn mir geben, und als ich dir gerade danken wollte, hast du ihn mir weggezogen und deine freie Hand an dein Ohr gelegt.

»Was hast du gesagt? Hab nichts gehört …«

»Ich sagte ›danke‹!«

»Im Ernst? Mir scheint, ich werde langsam taub.«

Ich schaute dich entrüstet an. »Ja, vielleicht.«

Du hast dich grinsend gebückt, den Krug zu meinen Füßen mit Wasser gefüllt und es mir ungefragt über den Kopf geschüttet. Ich lachte und kreischte vor Schreck. »Nate!« Ich versuchte mir das Gesicht abzuwischen und mich gleichzeitig zu bedecken, was nicht einfach war.

Du bist in die Knie gegangen und hast meinen Kopf mit der duftenden Haarseife gerubbelt. Deine Hände waren rau und sanft zugleich. »Muss ich denn alles für dich tun, English?«, hast du lachend gesagt.

»Nein!«, prustete ich.

Deine Hände erstarrten. »Magst du das nicht?«

»Nein, nein, ich …« Hatte ich etwas Falsches gesagt?

Du hast dich an die Wanne gekauert, deine Handgelenke auf den Rand gestützt und mich lange angesehen. Ich saß da, gefangen unter deinem hellen Blick, und blinzelte, weil mir das Wasser in die Augen lief. Zögernd hast du deine Hand ausgestreckt und mit der Rückseite deiner Finger ganz behutsam über mein Schlüsselbein gestrichen, dann über meine Schulter und an meinem Arm herunter. Ich sog die Luft ein und zuckte vor deiner Hand zurück, die Arme über der Brust verschränkt.

Du bist langsam auf die Fersen zurückgegangen. »Emily, du musst dir irgendwann darüber klar werden, was du willst und was nicht.« Dann bist du aufgestanden und zu den anderen hinuntergegangen.

Ich saß in dem eisigen Wasser, mein Haar eine nasse, verfilzte Matte, die Augen mit Seife verklebt. Und meine Fingerspitzen zeichneten die Linie nach, die du über meine Haut gezogen hattest.

Den restlichen Tag über sah ich dich kaum noch, da wir beide mit unserer Arbeit beschäftigt waren, und am Abend war ich schüchtern und linkisch. Wir aßen mit den anderen, aber ich war nicht hungrig und nahm nicht viel von dem Kaninchen, das Lucky in der Falle gefangen hatte. Du hast mich kaum angesehen und stattdessen mit den anderen in eurer rauen, kehligen Sprache geredet.

Ich stand auf und ging in die Hütte. Tara war wieder beim Korral und flirtete, wie du es nanntest, also ignorierte ich sie gekränkt. Ich kuschelte mich in den Sessel, hüllte mich in die Steppdecke und schaute ins Kaminfeuer, während ich unsere Worte wiederkäute. Aber ich war so erschöpft, dass ich bald den Faden verlor und einschlief.

Im Morgengrauen erwachte ich in unserem Bett, immer noch in die Decke gehüllt, den Rücken an deiner Brust, in der Mulde, die die Federkernmatratze in der Mitte bildete. Einer deiner Arme lag unter meinem Hals, die Hand schlaff auf dem Laken vor meinem Gesicht, und hin und wieder zuckten deine Finger im Schlaf. Dein anderer Arm war um meine Brust geschlungen. Es fühlte sich falsch an, ohne die enge Bettrolle; wir waren nicht mehr in der Prärie. Und doch war es so wunderbar warm und bequem nach den Wochen auf der harten Erde, dass mein Körper sich weigerte das gemütliche Nest zu verlassen. Lange Zeit lag ich da, eingelullt von dem stetigen Auf- und Abwogen deiner Brust, obwohl es mich gleichzeitig seltsam aufwühlte. Aber ich wusste nicht, warum. Verwirrt stieß ich deine Arme weg, als hätte ich mich daran verbrannt, und kam auf die Füße.

»Alles in Ordnung?«, hast du gefragt, ohne jede Schlaftrunkenheit in der Stimme.

Nein, nichts war in Ordnung. Ich öffnete den Mund, um zu sprechen, aber die Worte blieben mir in der Kehle stecken. »Ja, danke, alles bestens«, sagte ich schließlich, stand auf und ging in die Küche, um die Glut im Herd zu schüren, dann holte ich Wasser zum Kochen.

Du bist bald danach aufgestanden und erst zum Bach, dann zum Korral gegangen. Ich wusch mich, zog mich an und ging zu dir hinunter. Du hast am Gatter gelehnt, deinen schlechten Fuß auf eine Stange gestützt, einen Grashalm im Mundwinkel. Du warst ganz in den Anblick des weißen Hengstes vertieft.

Ich stützte meine Hände auf das Gatter, ein bisschen unsicher, da ich nicht wusste, wie du es aufnehmen würdest. »Was geschieht jetzt mit ihm?«

Du hast dir mit der Antwort lange Zeit gelassen, aber deine Stimme klang freundlich. »Tja, English, was soll ich sagen? Wär 'ne verdammte Schande, ein Pferd wie das hier zu zähmen. Der wird nie ein Reitpferd. Ich will, dass die Pferde, die ich zureite, sich hinlegen und tot spielen, wenn ich es von ihnen verlange, aber so gefügig wird der hier niemals sein. Würde ich auch nicht wollen. Obwohl er sich momentan so lammfromm gibt.«

»Meinst du, er stellt sich nur so?«

»Bin mir nicht sicher, Emily«, hast du nachdenklich gesagt. »Ich meine, Unbeschnittene können manchmal ganz friedlich in Gegenwart einer Stute sein, aber ...«

»Unbeschnittene, was heißt das bitte?«

Du hast dir mit dem Handrücken das Kinn gerieben und weggeschaut. Heute weiß ich, dass du dir nur mühsam das Lachen verkneifen konntest.

Dein Schweigen verwirrte mich. »Aber was willst du dann mit ihm anfangen?«

»Ich denke, er wird sich gut zur Zucht eignen. Und ich überlege mir, ob wir ihn zu einer Stute lassen.«

Ich schwieg, im Bewusstsein meiner beschämenden Unwissenheit.

»Das Problem ist nur, welche? Roses Graue ist ein Teufel von einem Pferd, aber sie war erst vor ein paar Wochen heiß. Und Rose ist keine, die lange genug an einem Ort bleibt, bis die Graue wieder so weit ist. Außerdem hat sie keine Zeit für eine trächtige Stute. Und ich hab nicht drauf geachtet, wie es bei Tara aussieht, als wir beide hier oben alleine waren.«

Deine Worte ergaben keinerlei Sinn für mich. Ich hatte keine Ahnung.

»Aber das sparen wir uns für einen anderen Tag auf«, hast du gesagt und auf das Gatter geschlagen. Dein Knöchel berührte ganz kurz mein Kinn. Ich erschrak, fragte mich aber zugleich, ob es nur versehentlich gewesen war, als du dich abwandtest, um zu den anderen zu gehen, in deren Lager am Bach unten es jetzt lebendig wurde.

Die folgenden Tage vergingen rasch. Nachts stellte ich mich schlafend, wenn du dich zu mir gelegt hast. Und wir schliefen in unserem Bett, so wie wir in der Ebene geschlafen hatten: vertraut und eng aneinandergeschmiegt. Davon abgesehen hast du mich nicht wieder angefasst.

Ich stürzte mich in die Arbeit, brachte die Hütte wieder in Ordnung, Clear Water werkelte in ihrem Lager am Bach unten und du warst mit Lucky und Rose stundenlang bei den Pferden. Oft seid ihr alle zusammen ausgeritten, um Essen aufzutreiben. Einmal hast du ein Reh mitgebracht, von dem wir eine Zeit lang lebten. Rose hatte es aus dem Sattel mit einem Pfeil erlegt.

Während du weg warst, tauchte ein gigantisches cremeweißes Tier auf der Wiese auf und erschreckte Clear Water und mich halb zu Tode. Es sah aus wie eine Kreuzung zwischen einer Riesenziege und einem Schaf. Die Kreatur graste ein paar Stunden, dann trottete sie davon. Als ich es dir erzählte, hast du schallend gelacht.

»Ist es zu fassen – da reiten wir fünf Meilen, nur um ein Reh zu erlegen, und dabei hätten wir eine Bergziege direkt vor der Nase gehabt!«

»Im Ernst? Das war eine Bergziege?«

Du hast genickt, immer noch lachend, und den Zügel des roten Pferdes aufgehängt, während Clear Water unter uns auf der Wiese das Reh ausweidete.

»So eine große Ziege habe ich noch nie gesehen. Sie war nicht viel kleiner als ein Büffelkalb.«

»Beeindruckend, was? Sie kommen in der Brunftzeit von den Gipfeln herunter.« Du hast den Teebecher genommen, den ich dir hinhielt, und wir setzten uns auf die Treppe und schauten den anderen zu.

»Hast du Kopfschmerzen?«

Du hast mich angesehen. »Warum?«

»Weil du deine Augen so zusammenkneifst.«

»Ist nur der Wetterwechsel. Hab immer Kopfschmerzen, bevor ein großer Sturm aufzieht.«

Ich biss mir auf die Lippe und sagte zögernd: »Ich habe Mama immer die Schläfen massiert, wenn sie Kopfschmerzen hatte. Sie sagt, ich habe heilende Hände. Ich ... ich könnte es auch bei dir probieren, wenn du willst.«

»Aber bitte, gern.«

Ich kniete mich hinter dich und setzte mich auf meine Füße. Du bist bereitwillig auf die untere Stufe gerutscht. Ich strich dein widerspenstiges Haar beiseite und war überrascht, wie weich es sich anfühlte. Es ging dir bis zu den Schultern und war mit helleren Strähnen durchsetzt, die von deinem Leben im Freien herrührten. An manchen Stellen schimmerte es sogar rötlich. Ich presste meine Finger auf deine Schläfen, sanft zuerst, dann fester. Mama hatte mir beigebracht langsam den Druck zu verstärken. Nach ein paar Minuten wich die Spannung aus deinen Schultern.

»Hätte nicht gedacht, dass ich etwas mit deiner Momma gemeinsam haben könnte, English, aber sie hat Recht. Du hast wirklich heilende Hände.«

Ich lächelte, schlang meine Finger in dein Haar und zog daran, immer ein Büschel nach dem anderen, wie Mama es mich gelehrt hatte. Du hast gestöhnt.

»Ich fürchte, du hast mehr mit meinem Vater gemeinsam«, sagte ich.

»Wirklich?«

»Ja. Er war auch im Krieg. Im Krimkrieg. Deshalb ging er in den diplomatischen Dienst, um künftige Kriege zu verhindern und das Leben der Männer zu verschonen. Papa redet normalerweise sehr ruhig und beherrscht, aber einmal hörte ich ihn bei einem Abendessen sagen, dass er mit Freuden sein ganzes Leben im Dienst verbringen würde, wenn er auch nur einen einzigen Soldaten davor bewahren könnte, in einem gottverlassenen Fuchsloch auf einem gottverlassenen Schlachtfeld zu erfrieren.«

»Vielleicht ist dein Daddy doch nicht so schlecht, wie ich ihn hingestellt habe«, hast du nach einer Weile gesagt. »Vermisst du deine Eltern?«

Ich spielte mit deinem Haar, genoss das seidige Gefühl. »Manchmal«, sagte ich wahrheitsgemäß. »Ich hätte sie nach der Hochzeit sowieso nicht mehr gesehen, jedenfalls über Jahre nicht. Wahrscheinlich hatte ich mich bereits an den Gedanken gewöhnt.« Ich kehrte in die Gegenwart zurück und sah Clear Water an ihrem rauchenden Lagerfeuer stehen und zu uns herschauen. Du hast es auch bemerkt, hast zu mir heraufgegriffen, meine Hand genommen und mir die Handfläche geküsst.

»Danke für deine heilenden Hände, English. Ist viel besser jetzt.« Du bist aufgestanden und zu dem weißen Pferd gegangen. Tara verharrte immer noch am Gatter.

Am späten Nachmittag besuchte ich Clear Water. Sie hatte ein weißes Fell im Schoß und nähte, aber als sie mich sah, legte sie es hastig weg. Ich blieb stehen, weil ich nicht stören wollte, aber sie erhob sich lächelnd und zeigte auf die Hütte. Ich sah sie fragend an, dann begriff ich – Clear Water war noch nie in unserer Hütte gewesen.

»Oh, bitte, komm nur mit!«, sagte ich sofort und ging den Hang hinauf.

Auf der Veranda blieb Clear Water stehen und spähte scheu zur offenen Tür hinein.

Ich winkte ihr. »Komm doch herein, bitte.«

Sie trat über die Schwelle und blickte sich um. Alles wurde sorgfältig erkundet – der Herd und unsere Schränke. Ja, sie öffnete sogar die Truhe am Fußende des Bettes und schaute hinein. Ich unterdrückte ein Lachen über ihre unverhohlene Neugier. Endlich war sie zufrieden, drehte sich zu mir um und nickte anerkennend. Dann ging sie wieder zu ihrem Feuer hinunter und setzte die Näharbeit fort, in der ich sie unterbrochen hatte. Ich sah ihr nach und es gab mir einen Stich, dass ich nicht mit ihr sprechen konnte, denn im tiefsten Herzen spürte ich, dass sie mir eine gute Freundin hätten werden können. Eine Freundin, die ich in England nie gehabt hatte.

Draußen wurde es feucht. Ich wusch ein paar Kleider im Zuber und zwei Hemden von dir. Bevor ich sie ins Wasser tauchte, hielt ich sie an mein Gesicht und atmete den Geruch nach Schweiß, Pferd und Kiefernnadeln ein. Da kam Lucky aus dem Korral, die Augen auf mich geheftet, und ich errötete bis über die Ohren. Heute weiß ich, dass alle sehen konnten, wie verliebt ich in dich war. Ich riss das Hemd von meinem Gesicht und warf es in die Wanne. Lucky richtete sich langsam auf und beobachtete mich noch eine Weile, bevor er die Wiese hinunterschritt.

Ich hängte gerade deine Hemden zum Trocknen auf, als du mit Rose von einem kurzen Jagdausflug zurückgekommen bist. An deinem Sattelhorn hing ein toter Wildvogel, sein Kopf baumelte schlaff herab. Ich hatte beim Wäscheaufhängen zwei Eier von den umherstreunenden Hennen gefunden und brachte sie dir, noch warm in meinen Händen, als du das rote Pferd abgesattelt hast.

»Gut gemacht.« Du hast zum Himmel aufgeschaut. »Wenn dieses Wetter anhält, werden wir heute Abend gut essen.« Du hast den Vogel vom Horn losgebunden und ihn zusammen mit den Eiern Clear Water gegeben.

Sie nahm sie lächelnd entgegen und ging sofort an die Arbeit. Lucky saß da und rauchte. Als du zurückgekommen bist, stand ich auf der Veranda.

»Clear Water arbeitet immer nur und Lucky und Rose sitzen dabei und rauchen. Warum?«

Du hast einen Blick über die Schulter zu ihnen geworfen. »So ist das bei den Indianern«, hast du nur gesagt.

»Aber das ist nicht nett gegenüber Clear Water.«

»Kann sein. Dafür reitet sie nicht in die Schlacht und jagt auch nicht. Insofern gleicht es sich vielleicht wieder aus.«

»Aber was ist, wenn Rose einen Mann bekommt?«, wandte ich zweifelnd ein. »Dann können sie doch nicht beide dasitzen und rauchen, wenn sie nicht verhungern wollen.«

Du hast gelacht.

»Was ist daran so komisch?«, fragte ich verwirrt.

Du hast mir einen seltsamen Blick zugeworfen, eine Zigarette im Mundwinkel, und ein Streichholz am Verandageländer angezündet.

»Das ist eine schmutzige Angewohnheit.«

Seufzend hast du das Streichholz ausgeschüttelt und dir die Zigarette hinters Ohr gesteckt. »Die anderen sagen, ich darf jetzt nichts mehr im Haushalt machen, weil ich ja dich habe.«

»Das tust du ja auch nicht – ich mache doch alles.«

Du hast mich angegrinst und mir zugezwinkert. »Ja, genau.«

»Oh«, sagte ich, als mir endlich ein Licht aufging.

»Sie ziehen jetzt bald weiter. Rose hat schon Ameisen unter dem Hintern, und wenn sie fort sind, nehme ich mir die Arbeiten vor, die liegengeblieben sind. Nur wird da nichts sein. Du wirst langsam eine richtige Siedlerfrau, English«, hast du lachend hinzugefügt.

Ich schüttelte mit gespielter Entrüstung den Kopf und ging hinein.

Als die Sonne über dem westlichen Ufer des Sees unterging, sah ich, dass Clear Water das Lagerfeuer geschürt hatte und die Flammen viel höher aufloderten als sonst. Rose lag rauchend auf dem Rücken und schaute zu, wie sich die Wolken am Himmel sammelten. Die Zigarette hing ihr lose von den Lippen, die Hände hatte sie hinter dem Kopf verschränkt. Du warst in der Hütte, um neues Zaumzeug aus einer Sammlung von alten Halfterteilen zu machen. Ich schaute zu, wie die dicke Nadel durch die vorgestanzten Löcher in dem steifen Leder glitt. Hin und wieder hast du laut geflucht. Auf einer Ecke des Küchentischs lag die Karte, von einer Stahltrense beschwert.

»Wann gehst du nach Fort Shaw, um ihnen zu sagen, was du herausgefunden hast?«

Du hast die Schultern gezuckt. »Meard hat seinen Stützpunkt in Helena; wenn er nicht im Camp ist, muss ich vielleicht dorthin.«

Ich holte tief Luft. »Und wie lange wirst du fort sein?«

Die Nadel erstarrte. Du hast mich mit deinen erschreckend hellen Augen angeschaut. Und dich vermutlich gefragt, warum ich nicht darauf bestand, mitzukommen. »Vielleicht eine Woche, vielleicht auch länger.«

Ich nickte, stand auf, faltete die Karte zusammen und legte sie in die Truhe.

»Soll ich sie fragen, ob sie so lange hierbleiben? Damit du nicht allein bist.«

Ich kehrte erleichtert zum Tisch zurück. »Ja, bitte. Es wäre sehr nett, wenn sie das machen würden.«

Du bist aufgestanden und zu mir gekommen. Hast einen Finger unter mein Kinn gelegt und deine schönen Augen haben meine erforscht. »Und du bittest mich nicht, dass ich dich zurückbringen soll?«

Ich schüttelte den Kopf.

Du hast dich heruntergebeugt und nach kurzem Zögern deine Lippen auf meine gelegt – ein Hauch von einem Kuss. Wir verharrten zögernd. Dein kühles Haar fiel über meine Wange und streifte die Rückseite meiner Finger, als ich die Hand zu deinem Gesicht hob. Du hast mich erneut geküsst, so zart, dass unsere Lippen sich kaum berührten. Ich hätte etwas tun müssen, oder auch du, aber ich wusste nicht, was. Ich stand auf den Zehen, den Mund an deinem, unsicher und linkisch. Du bist zurückgewichen, und als ich die Augen öffnete, hast du gelächelt.

Du hast mich ausgelacht. Schon wieder. Die Scham schnürte mir die Kehle zu. Ich riss meine Hand zurück und senkte den Kopf, wandte mich ab. Ich hätte am liebsten geweint – es war so demütigend, in allem so unwissend zu sein. Du hast mein Handgelenk umfasst.

»Emily, ich wollte doch nicht …«

Ein Schatten fiel über die offene Türschwelle. Rose stand da, beobachtete uns und lachte ihr lautloses Lachen.

Ich riss meine Hand los und ging ins Schlafzimmer, verletzt und verwirrt. Ich hörte dich mit Rose hinausgehen und mit ihr streiten. Sie schien sich über die Szene lustig zu machen, die sie gerade mit angesehen hatte.

Unten auf der Wiese bereiteten die anderen ein Festmahl aus Lattich, Wiesenblumen, geschmortem Rehfleisch und dem gebratenen Fasan zu. Ich buk einen großen Laib Brot, um mich abzulenken, aber meine Gedanken kehrten immer wieder zu dem Kuss zurück: wie deine Lippen meine gestreift hatten. Zweimal musste ich mir kaltes Wasser ins Gesicht und auf meine Handgelenke spritzen, um mich zu beruhigen. Was bedeutete das? Und was sollte ich tun, wenn du mich erneut küsstest? Oder mich so berührtest, wie Lucky Clear Water berührte? Der Gedanke jagte ein verheißungsvolles Kribbeln durch meinen Körper.

Wolltest du mich so berühren? Das Herdtuch, das ich gerade zusammenfaltete, erstarrte in meiner Hand und ich sog die Luft ein. Wollte *ich* es?

Ich war so verwirrt, dass ich mir zum hundertsten Mal wünschte, ich könnte jemanden danach fragen.

Der wolkengesprenkelte Himmel wurde bereits dunkel, als das Essen fertig war, und ich sog mit knurrendem Magen die Gerüche ein, die vom Lagerfeuer zu unserer Hütte hochwehten. Ich nahm das Brot aus dem Backofen, dämpfte das Feuer und betrachtete zufrieden mein Werk. Vielleicht konnte ich meinen Lebensunterhalt doch noch auf anständige Weise als Bäckerin verdienen.

Ich wickelte den Laib in ein Tuch, ging zu den anderen hinunter und überreichte ihn Clear Water als Gastgeschenk. Sie nahm ihn dankend entgegen und schaute lächelnd von dir zu mir. Ich wagte nicht dich anzusehen, als ich mich neben dir niederließ. Du hast auf einem Felsen gesessen, den schlechten Fuß hinter dem guten verborgen, mit verschränkten Armen und eingezogenen Schultern. Dein Blick war auf den Boden gerichtet.

Clear Water verteilte das Festmahl. Wir kauerten auf dem Felsen und aßen zusammen von einem Teller, während die anderen am Boden hockten. Der Schmortopf war köstlich und ich beneidete Clear Water um ihre Kochkünste. Das Gespräch im Feuerkreis verlief fröhlich und unbeschwert; Lucky erzählte offensichtlich eine Geschichte, die Rose hin und wieder mit einem Zwischenruf unterbrach.

»Er erzählt mir die Geschichte von einem Kampf gegen die Pikuni, mit denen sie schon ewig im Streit liegen. Rose findet, dass er übertreibt. Hat ihn gerade einen Aufschneider genannt.«

Wir hatten einander kaum angesehen, obwohl wir so eng beieinandersaßen. Du warst verlegen und unsicher, gar nicht wie sonst – so ruhig und unbeirrt. Vielleicht hattest du wieder Kopfschmerzen. Der Luftdruck war fast unerträglich geworden und der Wind frischte auf. Wenn der Sturm losbrach, mussten wir in die Hütte zurück. Vielleicht würdest du mich wieder küssen, wenn ich dir irgendwie zeigen konnte, dass es mir nichts ausmachte? Aber wie? Ich fing deinen Blick auf und ausnahmsweise waren deine Augen ganz dunkel im Feuerschein.

Als wir fertig gegessen hatten, verstummten die Gespräche. Clear Water stand auf und ging zu ihrem Gepäck. Mit feierlicher Gebärde zog sie ein zusammengefaltetes Stoffbündel heraus und überreichte es mir. Ich nahm es behutsam in beide Hände und hielt es hoch. Als die Stoffbahnen herabfielen, erkannte ich, was es war: eine weiße Wildledertunika, deren Oberteil mit blauen Perlen und Elchzähnen in feinem Chevron-Muster bestickt war. Es war das weiße Fell, das sie so hastig beiseitegelegt hatte, als ich an jenem Nachmittag überraschend aufgetaucht war. Passend zu der Tunika hatte Clear Water ein Paar weiße Wildleder-Beinlinge beigefügt, an deren Außennähten sich das Perlenmuster wiederholte.

Clear Water sprach zu mir. Du hast dich geräuspert. Rose schaute uns an, als wartete sie auf etwas. Clear Water deutete auf dich, dann auf mich und forderte dich auf, ihre Worte zu übersetzen.

Du hast Luft geholt. »Das ist für dich.«

»Es ist wunderschön, vielen Dank«, sagte ich ehrfürchtig. »Bitte sag ihr, wie schön es ist«, bat ich dich.

Du hast deinen Kopf noch tiefer zwischen die Schultern gezogen und entschlossen zum Hang hinuntergestarrt, ohne etwas zu sagen. Rose feixte.

»Was ist denn?«, fragte ich dich verwirrt.

Du hast die Zähne zusammengebissen und mich immer noch nicht angeschaut. »Das ist ein Hochzeitsgewand«, hast du schließlich geknurrt.

Ich starrte dich an und legte es weg. Über dem See stieg ein Donnergrollen auf. Ein enttäuschter Ausdruck trat in Clear Waters Gesicht.

»Es ist wirklich nett von ihr, aber hast du ihr nicht gesagt, dass ich jetzt doch nicht heirate?«

Ich verstehe selbst nicht, wie ich so vernagelt sein konnte, und im Nachhinein schäme ich mich für dieses dumme Missverständnis, mit dem ich uns alle in eine so unangenehme Lage stürzte. Du hast die Kiefer zusammengepresst, als wolltest du dir sämtliche Zähne ausbeißen. Rose sagte etwas und du hast sie angefaucht. Sie machte eine unanständige Geste und Lucky rief sie mit einem einzigen Wort zur Ordnung, die Augen auf dich geheftet.

Ich starrte sie an, schaute von einem zum anderen. Ich war völlig durcheinander, weil ich nichts verstand und doch niemanden kränken wollte. Papa hatte mich gelehrt nichts zu sagen, wenn es auf einem unserer Botschaftsempfänge zu einer solch heiklen Situation kam. Plötzlich zuckte ein Blitz über uns auf und der Tumult in meinem Kopf verebbte.

»Oh«, sagte ich.

»Ja, oh«, hast du gesagt.

Ich schaute auf das Essen, das so schön neben uns ausgebreitet war, geschmortes und gebratenes Fleisch, mit kostbarem Salz gewürzt, mehr Essen, als ich die Indianer je hatte auftischen sehen, außer bei ganz besonderen Anlässen. Ich stand auf und drehte mich zu dir um. Im selben Moment krachte ein gewaltiger Donnerschlag über uns und ich erhob meine Stimme.

»Wie kannst du nur? Ich bin auf meiner eigenen Hochzeit und du sagst mir nichts? Oder fragst mich auch nur? Ich fasse es nicht.«

Du hast dagestanden und mich hilflos angeschaut. »Ich wusste doch nicht, was sie vorhatten! Sie wollten uns damit überraschen. Und ich dachte mir, wir lassen sie einfach feiern, als wäre es irgendein Fest. Das ist alles. Es muss doch nichts bedeuten.«

»Wie kannst du so reden?« Ich deutete auf das Essen und das Hochzeitsgewand. »Du siehst doch, wie viel Mühe Clear Water sich gegeben hat!« Der Wind pfiff mir eisig ins Gesicht und brachte die ersten Regentropfen mit, aber ich war zu aufgebracht, um mich darum zu kümmern.

Du hast mich zu beschwichtigen versucht, dann ergriff Lucky das Wort, stieß eine lange Reihe von harten, rauen Konsonanten aus. Du hast ihn angesehen, als hätte er dich geschlagen. Selbst Rose wirkte bedrückt und nestelte an der Schlaufe ihres kniehohen Stiefels. Clear Water war den Tränen nahe.

»Was hat er gesagt?«, fragte ich über den Wind hinweg, der immer heftiger wurde.

Schweigen.

»Ich möchte wissen, was er gesagt hat.«

Es dauerte lange, bis du dich zu einer Antwort aufraffen konntest, und du konntest mir dabei nicht in die Augen sehen. »Er fragt, warum du nicht meine Frau sein willst. Du sollst ihm ins Gesicht sagen, ob es vielleicht daran liegt, dass ich ein Krüppel bin und du Angst hast, dass ich nicht für dich sorgen kann.«

Ich starrte dich fassungslos an. Dein Gebrechen bedeutete mir nichts, ich nahm es fast gar nicht wahr. Ich war so verblüfft über Luckys Worte, dass es mir die Sprache verschlug. Ich blinzelte stumm. Wie konnten sie nur so etwas denken?

Inzwischen schüttete es wie aus Kübeln. Clear Water stürzte gekränkt nach vorne, hob das Kleid und die Beinlinge auf und wickelte alles wieder in das Öltuch ein. Lucky starrte mich an, seine Augen waren steinhart. Rose stieß ein hartes, zynisches Lachen aus. Ich fühlte mich klein und schutzlos.

»Ach, scheiß drauf!«, hast du plötzlich geflucht, einer deiner schlimmsten Ausdrücke.

»Nate!«

»Scheiß auf alles und auf dich auch!«, hast du geknurrt, dann bist du fortgehinkt, so schnell du konntest.

Ich drehte mich zu Lucky um und schüttelte wütend den Kopf. Mit brennenden Augen stand ich im Regen, mein Hemd war bereits völlig durchgeweicht. Lucky starrte mich mit schmalen Augen an, sein Gesicht unlesbar im Feuerschein. Ich rannte dir nach, schlitterte mit meinen nackten Füßen durch das nasse Gras.

»Nate! Warte! Ich würde doch nie ...«

Du bist herumgewirbelt, so dass ich gegen dich prallte, und im nächsten Moment waren deine Hände in meinem Haar. Du hast mich festgehalten und mit deinem Mund zum Schweigen gebracht, während über uns der Donner krachte. Du warst so aufgebracht, dass ich deine Wut in deinen Küssen schmecken konnte, und hast jede Zurückhaltung aufgegeben. Ich stand da, stumm und gefügig in deinem Griff, und hoffte, du würdest verstehen, dass ich keine andere Möglichkeit fand, dir zu sagen, wie unendlich leid mir meine eigene Dummheit tat. ›Duldsamkeit‹ hatte in Mamas Traktat gestanden. Heute weiß ich natürlich, dass dieses stumme »Sich-Fügen« der schlimmste Fehler war, den ich begehen konnte. Du hättest eine Bestätigung gebraucht, dass Lucky sich täuschte, nicht nur Duldsamkeit. Der Regen prasselte herunter und durchnässte uns bis auf die Knochen.

Dann hast du mich abrupt losgelassen, als könntest du meine Nähe nicht mehr ertragen. Wir starrten einander an.

»Geh einfach weg, Emily.«

Du hast mich vor die Brust gestoßen, härter, als du vermutlich wolltest, und ich wich mit erhobenen Händen zurück, um mich abzufangen. Ich holte tief Luft, wollte sprechen, aber du hast dich umgedreht und bist in der Dunkelheit und im Regen verschwunden, ohne einen einzigen Blick zurück. Ich starrte dir nach, mit wunden Lippen, das Gesicht von deinen Bartstoppeln zerkratzt, und meine Kopfhaut kribbelte noch von deinen Fingern in meinem Haar.

Und da wusste ich: Ich war nie die Gefangene gewesen.

Vierzehn

Der restliche Abend verging in gedrückter Stimmung. Hope kuschelte sich in das Bettzeug und die brüchige Steppdecke und überließ die andere Decke und die Büffelhaut Cal. Sie hatte sich schlafend gestellt, als er in die Hütte gekommen war, aber dann war sie überraschend schnell eingeschlafen, vielleicht weil sie so erschöpft von allem war.

Als sie wieder aufwachte, ging bereits die Sonne auf. Die Tür stand offen, Cal saß mit Buddy auf der Veranda und kraulte ihn hinter den Ohren.

Hope ging hinaus, in ihre Decke gehüllt, denn die Morgenluft war kalt.

Cal schaute zu ihr auf. »Alles okay?«

Hope zuckte die Schultern.

»Ich geh gleich los und versuch was zum Essen zu finden. Wollte nur nicht, dass du denkst, ich lasse dich allein.« Er kam auf die Füße und schulterte sein Gewehr. »Bleib bei der Hütte, okay?«

Hope nickte und schaute ihm nach, als er mit Buddy auf den Fersen davonging. Das Wetter war auch an diesem Tag schön. Sie ging pinkeln und kuschelte sich wieder in ihre Decke, das Tagebuch auf dem Schoß. Neugierig betrachtete sie es. Das abgegriffene Leder verriet den jahrelangen Gebrauch. Die hauchdünnen Seiten, die eng zusammengedrängte Schrift. An manchen Stellen wirkte die Tinte leicht verändert, was auf eine Unterbrechung hindeutete. Hope schlug die Seite auf, die sie zuletzt gelesen hatte.

Bald war sie völlig in das Buch vertieft, so dass sie Cal und Buddy nicht zurückkommen hörte. Sie schaute auf die Wiese hinunter, auf die unzähligen Blau- und Grünschattierungen, die im See und in den Bäumen aufschimmerten, als Cal am Seitengeländer hinter dem Waschzuber auftauchte. In den Händen hielt er eine Sammlung verschiedener Grünpflanzen.

»Bisschen viel Salat, ich weiß«, sagte er. »Aber das wirst du ja gewöhnt sein.« Er kam zur Treppe herum. »Liest du wieder?«

Hope sah ihn nicht an. »Der perlenbestickte Beutel, in dem wir die Fische nach Hause getragen haben, kommt auch da drin vor, glaube ich.« Sie hob das Tagebuch hoch. »Ein ›Allerweltsbeutel‹, wie Nate es nannte.«

Du hast genickt. »Ja, so heißt das. Gibt es in verschiedenen Größen – für unterwegs oder welche, die man in der Wohnung aufhängt. Und weiter?«

»Dann sind Jäger gekommen und haben die Büffel in der Prärie abgeschlachtet. Und Nates Indianerfamilie ist aufgetaucht.«

»Wirklich? Und wie sind die so?«

»Ein Halbbruder namens Lucky, der in Wahrheit Little Elk heißt, und seine Halbschwester Rose, die wohl total durchgeknallt ist, aber auf eine coole Art. Und dann noch Luckys Frau, Clear Water. Rose ist wütend über das Massaker, sie will zu den Blackfoot gehen und gemeinsam mit ihnen die Jäger überfallen.«

Cal zögerte, dann kam er die Treppe herauf und setzte sich neben sie. »Die Blackfoot? Das ist ein Stamm, der nördlich von hier gelebt hat. Da gibt es immer noch ein ziemlich großes Reservat. Und die Büffelmassaker – die hat es wirklich gegeben.«

Buddy ließ sich auf Hopes Füßen nieder.

»Das ist so traurig.«

Cal nickte und kraulte seinen Hund. »Ja. Hast du gewusst, dass sie ungefähr 25 Millionen Büffel in weniger als zwanzig Jahren ausgelöscht haben?«

»Aber warum?«

»Drei Hauptgründe: Erstens waren damals im Osten die Häute sehr begehrt; zweitens gab es so viele Büffel, dass sich niemand wirklich vorstellen konnte, dass sie jemals ausgerottet werden könnten. Und drittens wollte die Regierung die Indianer aus der Prärie vertreiben und in den Reservaten zusammendrängen. Montana war ein neuer Staat, 1867 gerade erst drei Jahre alt. Damals wurde das Land aufgeteilt und besiedelt. Die Regierung wollte keine herumziehenden Stämme.« Er schnaubte. »Aber das unkontrollierte Abschlachten von Millionen Büffeln, die am Ende praktisch ausgerottet waren, das fanden sie in Ordnung!«

»So ein Blödsinn«, sagte Hope idiotischerweise.

Cal schaute sie an. »Jetzt rede ich schon wieder über Umweltprobleme.«

»Ja, ist doch gut – ich will es hören.«

Sie saßen also an der Feuergrube, bereiteten ein karges Frühstück aus kalter, geräucherter Forelle und etwas Grünzeug zu, und Cal erzählte von der nahezu völligen Ausrottung des amerikanischen Prärie-Bisons oder »Indianerbüffels«. Buddy verschwand eine Weile und kam mit blutigen Lefzen auf die Veranda zurück. An seiner Schnauze hingen noch Fellreste. Hope verzog das Gesicht und stieß ihn weg, als er ihr das Gesicht ablecken wollte. »Iihh, krass, Buddy.«

»Unsere Ranch war eine der ersten – von ursprünglich fünf –, die zum Zufluchtsort für die Büffel wurde. 1871 gab es nur noch knapp siebenhundert wild lebende. Zehn Jahre später waren es weniger als hundert. Wir haben sie aufgeteilt und bis in die Dreißigerjahre mit den Tieren der anderen Rancher hochgezüchtet. Als es wieder genug davon gab, haben wir sie ausgewildert. Im Yellowstone Park leben heute wieder viertausend.« Ein unüberhörbarer Stolz schwang in seiner Stimme mit.

»Das ist toll.«

»Ja. Aber viele andere Arten haben es nicht geschafft. Zum Beispiel die Wandertauben, die Emily auf dem Trek vom Zugfenster aus gesehen hat. Davon gab es früher Millionen, aber irgendwann war nur noch eine einzige übrig. Sie hieß Martha und ist 1914 in Gefangenschaft gestorben. Der Flussotter wäre auch fast ausgestorben, weil die Trapper ihn wegen seinem Fell gejagt haben.« Er schüttelte den Kopf. »Aus Unwissenheit. Unwissenheit und Gier.«

Hope schaute auf die Bergkette und den funkelnden, weiten See, der vor Leben brodelte. »Irgendwie kann ich jetzt verstehen, warum du diesen Ort so liebst.«

Cal sah sie an. »Nur irgendwie?«

Sie senkte den Kopf. »Nein, ich verstehe es. Jetzt.«

Er stieß sie sanft mit dem Ellbogen und schaute sie an. »Freunde?«, sagte er.

Sie nickte. »Freunde.«

Er stand auf und streckte seine Hand aus. »Komm, wir sehen uns ein bisschen um.«

Hope legte ihre Hand in seine und ließ sich auf die Füße ziehen. Das Tagebuch legte sie auf die Bodenbretter, als sie an der Veranda vorbeigingen. Cal schwang ihre Hand hin und her. Buddy folgte ihnen, wie immer.

Sie kamen zu dem halb verfallenen Holzunterstand an der Rückseite der Hütte.

»Super. Schau dir das an!« Cal nahm etwas hoch, das wie ein Netzkäfig aussah; ein grünes Nylongeflecht hing an einem rostigen Drahtrahmen. »Vielleicht kriegen wir heute doch noch was Gutes zu essen.«

»Was ist das?«

»Eine Krebsreuse. Wahrscheinlich hat Pops sie hierhergebracht – ich kann mich erinnern, dass ich mit ihm Krebse gefangen habe. Die nimmt uns jetzt das Angeln ab. Gibt ein leichtes Abendessen.«

Cal stellte die Falle im Bach auf, indem er sie fest am Ufer verankerte und flussaufwärts richtete. Hope schaute gebannt zu.

»Siehst du? Auf diese Weise werden sie reingespült und kommen nicht mehr raus.«

Sie erkundeten weiter die Umgebung der Hütte. Hope schaute auf die Landschaft. »Es muss wirklich schön hier gewesen sein, als alles noch in Stand war, mit den Hühnern und allem.«

»Die Leute, die das hier gebaut haben, waren keine Pfuscher, so viel steht fest.« Er verstrubbelte Buddys Nackenfell.

»Ich wüsste so gern, wer sie waren und was mit ihnen passiert ist. Ich meine, warum sind sie fortgegangen, nachdem sie so viel Arbeit reingesteckt hatten?«

Cal zuckte die Schultern. »Wie Tausende andere Pioniere, nehme ich an. Es hat einfach nicht funktioniert und sie sind weitergezogen.«

»Vielleicht sind sie krank geworden.«

»Vielleicht. Oder es war ihnen zu einsam, wie Nate sagte.«

»Er redet von Einsamkeit, als sei es eine Krankheit.«

»Ja. Die alten Leute hier reden auch manchmal davon. Anscheinend war das in der Depressionszeit nichts Ungewöhnliches, besonders an so abgelegenen Orten.«

Buddy ließ sich vor ihnen die Sonne auf den Pelz brennen.

»Was willst du eigentlich später mal machen, Cal?«, fragte Hope nach einer Weile.

»Büffel und Rinder züchten.« Cal grinste. »Und die besten amerikanischen Pferde.«

»Was? Das sind deine Träume?«, zog sie ihn auf. »Mehr willst du nicht?«

Er holte Luft. »Doch. Glücklich sein?«

Hope lächelte. »Ja, glücklich sein, das wäre schön.«

»Und was würde dich glücklich machen?«

Hope stützte die Ellbogen auf und legte einen Finger an die Lippen. »Ich will Bücher schreiben.« Sie breitete ihre Arme aus, so weit sie konnte. »Geschichten erzählen, große Geschichten, die den Leuten in Erinnerung bleiben.« Sie hielt verlegen inne und schlang die Arme um sich. Cal saß da und schaute sie schweigend an.

»Was ist? Willst du mir jetzt erzählen, dass das Blödsinn ist? Dass es nicht funktionieren kann und ich mir lieber was anderes überlegen sollte?«

»Nein, wieso denn? Aber du musst es deiner Mom klarmachen, du darfst nicht zulassen, dass sie deine Zukunft für dich plant.«

Hope seufzte. »Ich bin nicht mutig genug.«

Cal blinzelte in die Sonne. »Doch, bist du. Ist nur manchmal nicht einfach, die richtigen Worte zu finden.«

Hope strich sich die Haare hinter die Ohren und zog die Knie an. Cal ließ sie die ganze Zeit nicht aus den Augen, obwohl sie zu schüchtern war, um ihn anzusehen.

»Wir bleiben in Kontakt, oder? Wenn das hier vorbei ist.« Sie spielte mit den Schnürsenkeln ihrer Stiefel und bohrte die Enden in die Ösen.

»Ja, wahrscheinlich schon«, sagte er endlich.

Hope konnte seinen Tonfall nicht weiter deuten und zuckte die Schultern. »Ja, okay, Crow – spiel du nur den Coolen. Wir kennen uns seit weniger als einer Woche, du hast mich einmal schon fast umgebracht und wir sitzen verloren in der Wildnis und sind am Verhungern. Gibt echt keinen besseren Moment, um den Coolen zu spielen.«

»Du übertreibst«, sagte er streng. »Wir sind nicht am Verhungern.«

Hope stand abrupt auf. Er griff nach ihr, aber sie wich ihm aus und rannte davon. Sie kreischte vor Lachen, noch ehe er sie um die Taille zu fassen bekam und herumwirbelte.

»Stopp, stopp!«, keuchte sie.

Sie fielen vor der Hütte auf den Boden, völlig außer Atem. Cal fing ihren Sturz ab. Hope lag auf ihm, immer noch lachend, ihr Haar hing ihr wie ein Vorhang übers Gesicht. Seine Augen suchten ihre und seine Hände pressten sich fester auf ihre Rippen.

Hope wurde es plötzlich mulmig. »Ich … ich sollte …« Hastig rappelte sie sich auf. »Ich muss mal.«

Cal sagte nichts, legte nur seine Hände hinter den Kopf und schloss die Augen. Buddy trottete hinter Hope her. Nach einer Minute kam Hope zurück und blieb wie angewurzelt vor der Hütte stehen. Der Schock raubte ihr den Atem. Cal lag erstarrt im Gras. Ein riesiger Bär, der größte, den sie je gesehen hatte, scharrte nach den Frühstücksresten in der Feuergrube. Hope wurden die Knie weich. Buddys Nackenhaare sträubten sich und er fing an zu knurren.

Cal redete mit klarer, aber leiser Stimme. »Es ist okay, der hat nur Hunger. Er ist im Winterschlaf. Da, schau mal, seine Fußpolster fallen ab und er ist ganz benommen. Keine Panik. Du musst mir nur mein Gewehr von der Veranda holen.«

Hope hielt sich am Geländer fest, kletterte untendurch und griff nach dem Gewehr, das an den Brettern lehnte.

»Ich hab's.«

»Ich versuch jetzt zu dir zurückzukommen, ohne dass er auf mich aufmerksam wird. Alles gut, aber du musst das Gewehr nehmen und entsichern. Das ist der kleine Riegel an ...«

»Hab's.« Hope löste mit zitternden Fingern die Sicherung. Cal stemmte sich ein bisschen weiter auf den Ellbogen hoch und robbte rückwärts.

»Gut. Halte es dicht an deiner Seite und richte es auf ihn, den Finger am Abzug. Aber nimm's nicht zu nahe an deine Schulter – wenn du schießen musst, verletzt du dich sonst beim Rückstoß. Und jetzt den Abzug langsam durchdrücken, bis er sich spannt.«

Hope machte, was er sagte. Der Bär schaufelte sich mit tapsigen Bewegungen Fischreste ins Maul. Sein Fell war hell-dunkel gefleckt und er wirkte benommen. Plötzlich bewegte sich Buddy vorwärts, geduckt und mit gesträubtem Fell.

»Buddy, zurück! Sofort, verdammt!« Cal versuchte seine Füße anzuziehen und da bemerkte ihn der Bär. Er ließ sich auf alle viere fallen und trottete in überraschend schnellem Tempo auf Cal zu.

»LAUF!«, schrie Hope in heller Panik.

Cal kroch hastig rückwärts. Der Bär griff an. Buddy warf sich auf das massige Tier und schnappte nach seinem Gesicht. Der Bär schlug ihn mit seiner Pranke weg und Buddy traf winselnd am Boden auf. Ein ohrenbetäubender Knall erfüllte die Luft, als Hope auf den Abzug drückte. Er hallte in den Bergen wider, so dass sich der einzelne Schuss wie eine Zehnersalve anhörte. Der Bär brüllte und hetzte zum Bach davon. Platschend sprang er durchs Wasser und verschwand in dem Wald dahinter.

Hope ließ in ihrer Panik beinahe das Gewehr fallen und rannte mit Cal zu Buddy, der schlaff auf der Seite lag.

»Nein!«, stieß Cal mit erstickter Stimme hervor. Er schlitterte auf den Knien ins schlammige Gras. »O nein.«

Hope kniete sich neben ihn und legte das Gewehr weg. Buddys Flanke war blutüberströmt, sein Atem ging flach, die dünnen Rippen pumpten vor Anstrengung.

»Was können wir tun?« Hope hielt seinen Kopf.

»Nichts«, sagte Cal mit schmerzverzerrtem Gesicht.

»Das darfst du nicht sagen. Er ist doch noch ein Baby.«

»Schau ihn dir doch verdammt noch mal an! Ich kann seine Därme sehen!«

Hope streichelte behutsam Buddys Kopf. Er starb nach ein paar Minuten, die ihr wie eine Ewigkeit erschienen. Seine letzten Atemzüge waren kaum noch wahrnehmbar.

Hope schluchzte. »Und dabei war der Bär doch nur hungrig.«

»Ich Blödmann!«, fluchte Cal. »Ich verdammter Idiot! Als wüsste ich nicht, dass man niemals Essensreste herumliegen lassen darf. Was hab ich mir nur dabei gedacht?«

Vorsichtig hoben sie Buddy auf. »Wir müssen ihn begraben. Irgendwo. Es wäre nicht okay, ihn einfach den Aasfressern zu überlassen.«

Hope nickte.

»Da drüben – wenn wir ihn zu dem Baum dort bringen und zwei scharfkantige Steine nehmen, können wir ihm ein Grab schaufeln, das tief genug ist, dass er nicht wieder ausgebuddelt wird.«

Langsam trugen sie Buddy zu einem windgepeitschten, verkrüppelten Baum am Waldrand. Es war ein guter Platz. Unterwegs hatte Hope zwei passende Steine gefunden, die mit zwei Händen gehalten werden konnten. Die Erde war hart, aber sie kamen gut voran, hackten Graswurzeln und Erdklumpen durch.

Buddy erkaltete zwischen ihnen, die Todesstarre kroch in seinen Körper. Cal konnte nicht hinsehen und schuftete wie in einer Sträflingskolonne. Der Schweiß glitzerte auf seiner Stirn und färbte sein Hemd unter den Achselhöhlen dunkel.

Bis zum Mittag hatten sie eine fast einen Meter tiefe Grube ausgehoben und ihre Hände waren aufgeschürft und blutig. Sie legten Buddy hinein und warfen mit zittrigen Fingern Erde auf seinen Körper, häuften sie über ihm auf, bis sich ein kleiner Hügel vor ihnen gebildet hatte. Ihre Hände und Knie waren schmutzig und Hope brach wieder in Tränen aus.

»Der arme Buddy«, schluchzte sie.

Cal zog mit seinem Ellbogen Hopes Kopf an seine Brust. »Hope, bitte. Wein doch nicht. Du brichst mir das Herz. Wir müssen vorsichtiger sein, das ist alles.« Er legte seine Lippen auf ihre Stirn. »Danke. Du hast mir das Leben gerettet.«

Hope wischte sich niedergeschlagen ihre nasse Wange mit dem Ärmel ihres Pullovers ab. »Aber Buddy konnte ich nicht retten. Meinst du, der Bär kommt zurück?«, murmelte sie in Cals T-Shirt.

»Hoffentlich nicht, aber ich bin mir nicht sicher, ob du ihn erwischt hast, und ein verletzter Grizzly ist gefährlich, also gehen wir lieber auf Nummer sicher. Okay? Wenn wir bei der Hütte bleiben, das Feuer in Gang halten und gut aufpassen, kann uns nichts passieren.«

Sie saßen auf der Veranda, redeten und schwiegen abwechselnd und schauten in das Feuer, das Cal erneut in der Grube angefacht hatte. Endlich hielt Hope die Stille nicht mehr aus.

»Sollen wir noch ein bisschen weiterlesen?«

Er sah sie an. »Ich weiß nicht.«

»Warum?«

Cal zuckte die Schultern und lehnte sich an die Hüttenwand. »Vergiss es. Klar, lies nur. Das ist eine gute Idee.«

Hope las den Besuch im Lager der Blackfoot vor. »Pale Eye. Das passt zu ihm.«

Cal antwortete nicht gleich. »Das ist wie eine Auszeichnung. Blaue Augen waren zu dieser Zeit sehr beliebt bei den Indianern. Und graue noch mehr.«

Er saß mit gespreizten Füßen da, den Rücken an die Hütte gelehnt, die Handgelenke auf die Knie gestemmt. Hope hatte sich neben ihn gesetzt, so dicht, dass ihre Schultern sich berührten, und zwirbelte ihr Haar zu einem unordentlichen Knoten zusammen.

»... und bevor ich wieder einschlief, sah ich hoch oben am Himmel einen Stern, der durch die funkelnde Nachtkuppel schoss ...« Hope klappte das Tagebuch zu. Der Ledereinband fühlte sich inzwischen vertraut unter ihren Fingern an. Sie rieb sich die Stirn und betrachtete die Aussicht. Es war alles so anders, als sie es sich je in London hätte vorstellen können. Aber wunderschön.

Cal ließ den Kopf gegen die Holzbretter sinken. »Lies weiter, ich bin froh über die Ablenkung. Hoffentlich wundern sie sich inzwischen, wo wir bleiben.«

Hope las weiter und kam zu der Stelle, als das weiße Pferd in der Prärie auftaucht. »Es ist das weiße Pferd!«, stieß sie hervor. »*Dein* weißes

Pferd! Aber es kann natürlich nicht dasselbe sein«, fügte sie schnell hinzu und rieb sich die Nase. »Das wäre doch irrsinnig.«

»Ja. Verrückt.« Cals Stimme klang seltsam fern. Er stand auf und nahm das Gewehr hoch. »Ich geh mal zum Bach runter, die Krebsreuse checken. Kannst du noch ein bisschen Holz im Herd nachlegen und Wasser zum Kochen bringen?«

Hope schaute ihm nach. »Sei vorsichtig!«, rief sie ihm hinterher.

Er hob zustimmend das Gewehr, ohne zu ihr zurückzuschauen.

Fünfzehn

Alle Aufgaben mit Anstand zu meistern, die im Leben einer verheirateten Frau anfallen, sollte der Ehrgeiz eines jeden jungen Mädchens sein

Du bist weder in dieser Nacht noch am nächsten Tag zurückgekommen und das rote Pferd war nirgends zu sehen. Ich nahm an, dass du dich auf die Suche nach Mr Meard gemacht hattest. Den Roten und den Fuchswallach hattest du mitgenommen.

Es wurde Sommer auf dem Berg, obwohl am Nachmittag die kühle Brise vom See aufstieg, so wie immer. Die Indianer blieben in ihrem Lager und ich in der Hütte.

Eines Nachmittags, ein paar Tage nach deinem Verschwinden, schrubbte ich Wäsche im Zuber, und plötzlich stand Rose da, nur wenige Meter entfernt, und schaute mich an. Ihre Augen waren unlesbar, wie immer, eine Eigenschaft, die sie mit ihrem Bruder teilte. Ich arbeitete weiter, bis mir vom Rubbeln der Schweiß herunterlief. Als ich fertig war, hängte ich die Sachen triefnass über die Leine.

Rose stand bachaufwärts und zog sich aus bis auf ihr dünnes Lendentuch und das weiche Lederband, das sie um die Brust geschlungen hatte. Clear Water hatte mir eines auf unserer Erkundungsreise genäht und ich muss zugeben, dass es eine ausgezeichnete Vorrichtung war – viel bequemer als ein Schnürmieder. Ich wusste von dir, dass es im Schatten der Bäume ein tiefes Becken gab, in dem man gut baden und sogar ein paar Züge schwimmen konnte. Du hast es oft genutzt. Ich wagte mich nicht so weit hinein, weil ich nie schwimmen gelernt hatte. Rose hatte einen langen Körper und wenig Fleisch auf den Rippen, aber wohlgerundete Brüste und Hüften, was in ihrer Männerkleidung nicht zur Geltung kam. Ihre kupferfarbene Haut war blasser am Körper als im Gesicht und an den Armen und trotzdem glühte sie geradezu in der Nachmittagssonne. Ihr emporgewandtes Gesicht glänzte wie eine blank polierte Penny-Münze. Sie ertappte mich dabei, dass ich sie anstarrte. Ich spürte, wie ich errötete, und wandte mich schnell wieder meiner Wäsche zu. Es war nichts Ungewöhnliches, dass ich Rose anstarrte – sie faszinierte mich. Ich hatte so viel über fremde Kulturen gelesen, aber nie war ich einer Frau wie ihr begegnet. In den Büchern, die man mir zu lesen gab, wurden Frauen immer als sanft und gefügig dargestellt. Aber der Gedanke, dass Rose sich vorschreiben lassen würde, was sie zu tun oder zu lassen hatte, war einfach lächerlich.

Plötzlich glitt ein nasses Hemd an der Leine beiseite und Rose stand vor mir. Lächelnd nahm sie meine Hand und zerrte mich den Hang hinauf unter den Schatten der Bäume. Sie deutete auf meine Kleider und gab mir zu verstehen, dass ich mich ausziehen sollte. Ich schüttelte den Kopf und stieß ihre Hand weg, als sie mein Hemd aufzuknöpfen versuchte. Sie wich zurück und gab mir einen Stoß, so dass ich rücklings ins kalte Wasser fiel. Prustend vor Schreck tauchte ich wieder auf. Ich wischte mir das Wasser aus den Augen, mein Zopf hing wie ein nasses Seil über meine Schulter und alles klebte an mir. Das kalte Wasser ging mir bis zu den Rippen und ich bekam überall Gänsehaut. Rose sprang zu mir in den Bach, planschte übermütig herum und lachte über mein entrüstetes Prusten.

»Halt!«, protestierte ich, aber ich musste jetzt auch lachen. »Rose!«

Sie schleuderte mir noch mehr Wasser ins Gesicht und ich spritzte sie ebenfalls nass. Diese Rose gefiel mir, voller Unfug wie immer, aber fröhlich und unbeschwert. Dann standen wir da, lachend und doch misstrauisch.

Ich dachte, ich hätte mich an Überraschungen in meinem Leben gewöhnt, aber was als Nächstes kam, zog mir dennoch den Boden unter den Füßen weg. Rose legte eine Hand auf meine Schultern, beugte sich vor und küsste mich mitten auf den Mund.

Ich denke oft an diesen Moment zurück und wie viel ich dadurch gelernt habe. Ich war nicht mehr die behütete Tochter, die vor Monaten unser Haus am Portman Square verlassen hatte. Dieses Mädchen war verschwunden und hatte einem wilden Geschöpf Platz gemacht, das ich selbst kaum wiedererkannte. Von dem harten Leben in der Prärie und in unserer Hütte hatte ich Muskeln und Sehnen bekommen, die vorher nicht da waren. Ich konnte jetzt mühelos Taras Sattel hinauf- und herunterheben und sogar ohne große Schwierigkeiten das rote Pferd aufzäumen. Ich hatte mir einen gesunden Appetit erworben und Gewicht zugelegt, trotz unserer kargen Nahrung. Meine Hände und Unterarme waren gebräunt und ich wusste, dass mein Gesicht in der Sonne genauso dunkel geworden war, obwohl ich mich seit Fort Shaw nie mehr im Spiegel gesehen hatte. Meine Finger wurden allmählich rau von Taras Zügeln und der scharfen Seife, mit der ich die Wäsche schrubbte. Ich hatte jetzt einen Körper, der mir seine Bedürfnisse auf eine neue, überraschende Art diktierte: Er verlangte nach Essen, Schlaf, Sonnenlicht und körperlichen Berührungen.

Nachts lag ich im Dunkeln im Bett und sehnte mich nach deiner Rückkehr.

Nach einer Woche ertappte ich mich dabei, dass ich immer wieder den Hang absuchte. Lucky, der nicht länger mit ansehen konnte, wie Tara sich nach dem weißen Hengst verzehrte, hatte sie zu ihm in den Korral gebracht, wo sie den ganzen Tag zusammenstanden. Lucky jagte und Clear Water kochte und bot mir jedes Mal etwas von ihrem Essen an. Sie erklärte mir immer noch ihre häuslichen Arbeiten, ohne dass ich ein Wort davon verstand, und Lucky behandelte mich weiter wie Luft oder er beobachtete mich mit seinen klugen, wissenden Augen. Rose brachte mir jedes Mal ein kleines Geschenk, wenn sie mich von der Hütte wegzog: eine Halskette mit Zähnen, ein schmales geflochtenes Armband in leuchtenden Gelb- und Blautönen und ein kleines Messer für mich ganz allein.

Nach einer Woche nahm ich eine Veränderung in dem kleinen Lager am Hang unten wahr und eines Morgens stieg kein Rauch von ihrem Feuer auf. Rose zerrte mich aus dem Haus, wobei sie zum ersten Mal über die Türschwelle trat, und ihre langen Finger drückten mein Handgelenk. Da begriff ich, dass sie weiterzogen.

Roses letztes Geschenk war ihr Allerweltsbeutel, den sie mir um den Hals schlang. Ich wollte sie bitten noch dazubleiben, aber ich wusste nicht, wie. Außerdem war mir klar, dass Rose sich nicht aufhalten lassen würde. Sie machte immer, was sie sich in den Kopf gesetzt hatte. Sie zog mich an meinem Zopf und schaute mir lange prüfend ins Gesicht. Dann schlug sie die Hand vor ihre Augen, die plötzlich feucht glänzten, und stieß mich gegen die Schulter.

Tara und das weiße Pferd standen im Korral, als die Indianer ihr Lager abbrachen. Ich stürzte mich in kleinere Arbeiten, um mich von meiner wachsenden Angst vor dem Alleinsein abzulenken. Ich war gerade mit dem Geschirrspülen fertig, als Clear Water heraufkam, um mir Lebwohl zu sagen. Ich stand da, schüttelte meine nassen Hände ab und ging mit ihr zu Lucky, Rose und den Pferden hinunter.

Lucky schaute mich einen Moment lang an, seine dunklen Augen blickten ernst. Rose saß bereits im Sattel. Clear Water umarmte mich fest und schenkte mir ihr sanftes Lächeln, dann überreichte sie mir meine Hochzeitskleidung. Bevor ich etwas sagen konnte, hatte sie sich auf ihr kleines rotbraunes Pony geschwungen. Lucky sprach zu mir und ich verstand deinen Namen. Ich schüttelte den Kopf und deutete um mich herum, denn ich wusste genauso wenig wie sie, wann du zurückkommen würdest. Luckys Augen wurden schmal und besorgt. Dann nickte er einmal und schwang sich in den Sattel. Sie ritten davon, ohne sich ein einziges Mal umzusehen.

Du bist auch an diesem Abend nicht nach Hause gekommen.

Eine Zeit lang versuchte ich mich an den Gedanken zu gewöhnen, dass du vielleicht nie mehr zurückkommen würdest. Die Tage waren warm und unser Berghang summte vor Leben.

Endlich, am Nachmittag des elften Tages, bist du wieder aufgetaucht.

Ich saß auf der Veranda, als dein rotes Pferd auf die Wiese trottete. Ich sprang auf und ging zum Rand der Treppe. Du bist abgestiegen, anmutig wie immer, ohne mich anzusehen, hast dem Roten die Zügel über den Kopf geschlungen und ihn zu unserem Haus heraufgeführt. Dort stand ich, die Hände in die Hüften gestemmt. Bis zum letzten Moment bist du meinem Blick ausgewichen. Der Rote hielt an.

Und da rannte ich los. Warf mich in deine Arme, prallte hart mit dir zusammen, schmiegte mich an deine Brust, die Arme um deinen Hals geschlungen, die Beine um deine Hüften. Du hast mich aufgefangen und festgehalten, dein Gesicht an meinem Hals vergraben.

Die Haustür stand noch offen, als die Dämmerung anbrach. Ich lag in unseren zerwühlten Laken, auf dem Bauch ausgestreckt. Du warst neben mir, den Kopf auf eine Hand gestützt, während die andere wie mit Geisterfingern über meinen Rücken glitt. Ich hatte dir so viel zu sagen, dass ich nicht wusste, wo ich anfangen sollte, aber unser Schweigen schien dir zu genügen.

»Warst du in Helena?«

Du hast Ja gemurmelt und auf deine Hand gestarrt, die Muster auf meine Haut zeichnete.

»Und hast du Mr Meard gesehen?«

»Ja.«

»Was hast du ihm gesagt?«

»Keine Eisenbahn – das hab ich ihm gesagt. Und dass er die Trasse durch Missouri legen soll. Oder sonst wo. Jedenfalls nicht hier.«

»Und nach mir hat niemand gefragt?«

Du hast dich zurückgelegt, eine Hand hinter dem Kopf, und zur Decke aufgeschaut. »Ich war geschäftlich dort und nicht zu irgendwelchen gesellschaftlichen Anlässen. In der Stadt geht das Gerücht um, die Indianer hätten dich umgebracht und dein Wagen sei verbrannt.«

Ich ließ meine Stirn ins Kissen fallen. »Meine Eltern werden es inzwischen auch gehört haben.«

»Ich denke schon.«

»Hoffentlich sind sie nicht allzu traurig. Sie haben sich doch so viel Mühe mit den Hochzeitsvorbereitungen gegeben.«

Du hast die Augen verdreht und an die Deckenbalken gestarrt.

»Ich habe nachgedacht, während du weg warst«, sagte ich zögernd.

»Worüber?« Endlich hast du meinen Blick erwidert.

»Dass ich in meinem ganzen Leben noch nie eine eigene Entscheidung getroffen habe.«

»Und was genau soll das heißen?« Du hast die Hand ausgestreckt, mein Zopfende genommen und mir damit über die Wange gestrichen.

Ich zog die Beine so energisch an, dass ich von meinen eigenen Fersen getreten wurde, und dachte nach. »Alles haben sie mir vorgeschrieben – Essen, Kleidung, was ich tun und lassen sollte. Sogar, wen ich heiraten sollte. Einfach alles.« Ich streckte mich. Draußen sangen die Vögel ihr Abendlied. »Und du hast mir die Wahl gelassen.«

Während ich redete, hast du das Band von meinem Zopf gestreift und meine Haare aufgeflochten. Dann hast du mit den Fingern meine dicken Locken gekämmt.

»Ich kann aufstehen, wann ich will, und anziehen, was ich will, auch wenn die Auswahl nicht gerade berauschend ist, aber immerhin. Ich kann meine Arbeit machen oder auch nicht. Ich kann mir bestimmte Dinge aufheben oder verbessern. Und ich kann sogar in den Krieg ziehen.« Ich sog die Luft ein, als dein Handrücken an meinem Körper heruntergleitt.

Du hast gelacht. »Hey, mir scheint, du entwickelst dich zu 'nem wahren Haustyrannen.«

Ich schmiegte mich enger an dich, du hast deine Arme um mich geschlungen und mir die Haare zurückgestrichen. »Nate?«, fragte ich unsicher. »Hattest du je eine Frau wie mich?«

Deine hellen Augen suchten meine, du hast mein Gesicht berührt wie etwas sehr Kostbares. »Nein, Emily, eine Frau wie dich gab es nie.«

Sechzehn

Als Cal zur Hütte zurückkam, fing das Wasser, das Hope aufgesetzt hatte, gerade zu kochen an. Cal warf die Krebse ins Spülbecken, wo sie zappelnd übereinanderkrochen, während er mit den Schranktüren knallte und offensichtlich etwas suchte.

»Was suchst du denn?«

Er antwortete nicht gleich, dann zog er etwas hervor, das ganz hinten im Schrank gestanden hatte, und hielt es hoch: eine halb volle Flasche Bourbon, deren Verschluss noch intakt war. »Wusste doch, dass was da sein muss, wenn mein Grampa seine Finger im Spiel hat. Lass uns auf Buddy trinken.«

Zehn Minuten später saßen sie am Tisch, vor sich die gekochten Krebse, und stießen mit den verbeulten Blechbechern auf Buddys kurzes Leben an. Cal knackte einen Krebsschwanz mit seinen langen Fingern und zog das Fleisch an einem Stück heraus. Er hielt es Hope hin.

Sie nahm es. »Die Zeit um achtzehnhundertsechzig muss total spannend gewesen sein, bei allem, was sich da abgespielt hat.«

Cal nickte, schluckte seinen Bissen hinunter und sagte: »Aber es war auch der Anfang vom Ende für die indianischen Stämme hier, als die Büffel ausgerottet wurden und so. Eine ganze Lebensweise in zwanzig Jahren ausgelöscht. Ja, und dann natürlich die Pioniere.«

»So wie Nate.«

»Ja.«

»Er hat so was Puritanisches, finde ich.«

»Ja, wahrscheinlich waren seine Vorfahren Puritaner. Der Großvater hört sich ziemlich fanatisch an – einer von diesen religiösen Eiferern, wie sich das nannte.«

»Das meine ich gar nicht. Es ist mehr die Unerschütterlichkeit, die er ausstrahlt … diese innere Gewissheit … oder Selbstgenügsamkeit … ja, das ist es. Er *weiß* einfach, was er will.«

Cal lächelte. »Ja, stimmt. Vielleicht weil er sich so gut durchgeboxt hat. Scout-Jobs waren gut bezahlt, weil die Eisenbahn-Bosse das Land nicht kannten und sich auf die Leute verlassen mussten, die dort lebten. Und Nate ist dort aufgewachsen, er kennt sich aus. Fallen stellen ist nicht sein Ding und Gold schürfen kommt erst recht nicht für ihn in Frage, weil er mit seinem schlechten Bein nicht den ganzen Tag im Wasser stehen kann. Die Generationen vor ihm, jedenfalls die meisten von ihnen, konnten sich nur mit Müh und Not über Wasser halten.«

»Ich wusste gar nicht, dass die Indianer und Siedler untereinander geheiratet haben.«

»Ja, und nicht mal so selten, glaube ich. Weiße Frauen hatten einen hohen Status und viele Eisenbahnscouts und Trapper haben umgekehrt indianische Frauen geheiratet, weil die sich in dem Gebiet bereits auskannten. Das hat ihnen eine Menge Arbeit und Mühe erspart und die Frauen waren das Wanderleben gewöhnt. Insofern war es ein Gewinn für die Scouts.«

Sie warfen die Krebspanzer in eine Schüssel auf dem Tisch zwischen sich.

»Meinst du, sie suchen uns jetzt schon?«

»Vielleicht. Auf jeden Fall wissen sie, dass was nicht stimmt.«

Hope seufzte. »Gut.« Sie legte die nächste Schale in die Schüssel. »Ich glaube, ich bin satt.«

Sie stand auf, wusch sich die Hände mit Wasser aus dem Eimer, der in dem Becken stand. Draußen fiel ein leichter Regen, obwohl die Sonne noch schien. Die Überreste des Lagerfeuers qualmten und über der Wiese zeichnete sich der Beginn eines Regenbogens ab. »Es ist so schön hier.«

Cal warf ihr einen Blick zu, zupfte nachdenklich an der Tischplatte herum. »Findest du das wirklich?«

Hope nickte und kam zum Tisch zurück. Sie nahm ihren Becher in die Hand und betrachtete den Rest Whiskey darin. »Meinst du, das sind ihre?«

Cal schaute auf seinen eigenen Becher. »Vielleicht. Komischer Gedanke.«

Hope hob wieder ihren Becher. »Auf Buddy. Noch einmal.«

Cal stieß mit ihr an. »Auf Buddy.«

Sie tranken und kehrten zu der Geschichte zurück. »Weiterlesen?«

Kurz darauf kamen sie an die Stelle, als Em von der missglückten Hochzeitsfeier erzählt.

»Wahnsinn. Aber auch grässlich«, sagte Hope staunend. »Der arme Nate.«

»Ja«, stimmte Cal zu.

»Und die arme Emily. Er hätte ihr doch sagen können, dass es eine Hochzeit sein soll.«

Cal zuckte die Schultern. »Er dachte vermutlich, er kann es einfach übergehen. Indianische Hochzeiten waren damals keine große Sache. Nur ein Fest und dann ist das Paar zusammengezogen. Nicht viel Gedöns.«

»Abgesehen vom Hochzeits-Outfit.«

»Na klar. Das durfte natürlich nicht fehlen.«

Hope seufzte. »Jedenfalls hat sie jetzt kapiert, dass sie nie seine Gefangene war – und dass sie gar nicht mehr ohne ihn leben will.«

Cal nickte. »Wahnsinn, ja.«

»Rose ist ein Miststück.«

Cal lachte schallend. »Ja, stimmt. Aber ich mag sie.«

Hope legte den Kopf in die Hand. »Meinst du, es gab viele Frauen wie sie?«

Cal setzte sich zurück. »Das würde ich nicht sagen. Aber die Indianer hatten großzügigere Vorstellungen, was die Gender-Frage angeht. Insofern war Rose nicht so ungewöhnlich.«

Hope nahm das Tagebuch und las ein paar Seiten weiter. »Das mit Rose hatte ich nicht kommen sehen.«

Cal lachte. »Ich auch nicht, aber bei Rose wundert mich gar nichts mehr. Die ist einfach total sprunghaft und macht, was ihr in den Kopf kommt. Außerdem hat sie mich auf eine Idee gebracht.« Er stand auf und streckte seine Hände aus. »Los, komm, wir gehen schwimmen.«

»Aber … und der Bär?«

Cal zuckte die Schultern. »Keine Ahnung, aber ich krieg 'n Koller, wenn ich noch länger hier eingesperrt bin.«

Er ging auf die Veranda und zog sich bis auf seinen Baumwollslip aus. Hope zögerte, dann zog sie ihre Hose und ihr T-Shirt aus, während Cal auf einem Bein hüpfte, um sich die Socken von den Füßen zu zerren.

»Fertig?« Er warf ihr einen Blick zu.

Hope nickte.

»Na dann los!« Sie rannten im pladdernden Regen zum Bach hinunter und sprangen mit einem gewaltigen Platscher hinein. Sie schwammen sich warm, schrubbten ihre schmerzenden Hände und Hope wusch sich ihre schmutzigen Knie. Cal tauchte unter, kam wieder hoch, schüttelte Wasser aus seinem Haar und schnappte nach Luft. Hope ließ sich ein paar Sekunden auf dem Rücken treiben und schaute zum Himmel auf. Hoch über ihnen zog ein Flugzeug Kondensstreifen hinter sich her. Sie deutete hinauf.

»Hey, schau mal! So hoch da oben. Und die haben keine Ahnung, dass wir hier unten sind, selbst wenn sie runterschauen würden. So wie Emilys Familie.«

Cal zog sich ans Ufer hinauf und ließ die Beine im Wasser baumeln. Mit tropfnassen Haaren richtete Hope sich auf und schlüpfte neben ihn. Die Sonne schien noch und nach dem kalten Bad fühlte sich die Luft angenehm warm an. Es war feucht, nieselte aber nicht mehr. Hohe, zarte Wolken trieben wie wehende Pferdeschweife über den Himmel. Das Licht brach sich im See und ließ die Bäume zu dunklen Silhouetten verschwimmen. Die Wiese war ein Blütenmeer.

»Cooper?«

»Ja?«

»Du bist wirklich super, weißt du das?«

Hope senkte den Kopf. »Du bist auch nicht so schlecht.«

»Was? Ich hab mich wohl verhört ... Du meinst wahrscheinlich ›toll‹, ›der Wahnsinn‹, ›unglaublich‹ ...«

Hope lachte.

Cal stand auf, nahm das Gewehr und streckte die Hand nach ihr aus. »Komm, wir probieren mal 'n Tipp von Nate aus.«

Hope ließ sich von ihm auf die Füße ziehen. »Und was bitte?«

»Das wirst du gleich sehen.«

Am Waldrand fanden sie eine Stelle mit wilder Minze.

»O ja, bitte«, sagte Hope. »Dieser Kaffee ist ein bisschen ranzig, ehrlich gesagt.«

Kurz darauf saßen sie auf der Veranda, tranken Minztee und redeten. Hope trug ein altes Hemd, das sie in dem Schrank im Schlafzimmer gefunden hatte, und ihre Shorts. Cal war wieder in Jeans und T-Shirt. Ihre nassen Sachen hingen über dem Verandageländer.

Hope suchte mit den Augen den Hang ab. Die Dämmerung senkte sich herab. »Was meinst du, wie lange noch?«

Cal zuckte die Schultern. »Keine Ahnung. Ich hatte gehofft, Dad würde sofort auf die Hütte hier kommen. Morgen vielleicht.«

Hope rieb sich die Arme und nickte. »Ich weiß nicht, wie viele Krebse ich noch lebendig ins kochende Wasser werfen kann.«

Cal grinste. Er saß mit dem Rücken zur Hütte, eine Decke wie ein Leichentuch um sich, die Knie gebeugt, und schaute in das Feuer vor dem kleinen Haus. Hope holte das Tagebuch und setzte sich neben ihn, Schulter an Schulter.

Sie schlug das Buch auf und las weiter, dann hielt sie aufgeregt inne, als Emily beschrieb, wie Nate zu ihr zurückkam. »Er ist wieder da!«, stieß sie hervor.

»Dann lies weiter. Schnell.«

Hope las weiter, ihre Stimme klang ein bisschen heiser. Nach der Schilderung von Nates Rückkehr klappte sie das Buch wieder zu. Sie schauten beide auf die Wiese hinunter.

»Sie ...«

Plötzlich küsste er sie, seine Hand in ihrem Haar. Süß und sanft, eine spontane Geste in diesem speziellen Moment, zu Ehren der Geschichte, die sich vor hundertfünfzig Jahren am selben Ort zugetragen hatte. Und es war ein perfekter erster Kuss.

Ein ganzer Schmetterlingsschwarm flatterte in Hopes Magen. Sie hatte immer befürchtet, dass es anfangs irgendwie peinlich und komisch sein müsse, wenn man sich richtig küsst. Aber so war es nicht. Ihre Finger glitten in das dicke, weiche Haar in Cals Nacken und sie schmiegte sich an ihn. Er legte seine Hand auf ihre und wich leicht zurück, um seine Stirn an ihre zu drücken. Dann schloss er die Augen und so blieben sie, beide außer Atem.

»Hope, ich muss dir noch was erzählen.« Cal zog sich ein bisschen zurück. »Du erinnerst dich doch an Chief Hart?«

»Ja, klar – so wie der Hart in dem Buch. Dans Vater?«

»Ja. Sie haben auch eine Tochter. Carrie.«

Hope sagte nichts.

»Also jedenfalls, Carrie war immer ganz wild auf mich, schon seit unserer Kindheit. Ist ein Jahr jünger. Und der Chief ist ein brutales Schwein zu Hause, wenn du verstehst, was ich meine. Aber niemand sagt was, weil Carries Mom den Mund hält. Die lässt sich einfach alles gefallen. Und jeder hier weiß das, aber keiner greift ein. Deshalb kommt der Chief damit durch. Diese Polizistin, du weißt schon, die vor dem Laden, engagiert sich im Reservat oben für ihre Leute – kümmert sich besonders um misshandelte Frauen. Einmal hat sie versucht mit Carrie zu reden, aber nicht mal sie kann da was machen. Ich meine, wer klagt schon in dieser Gegend einen Polizeichef wegen häuslicher Gewalt an?« Mit zusammengebissenen Zähnen fuhr Cal fort: »Also jedenfalls, das mit Carrie ist irgendwie aus dem Ruder gelaufen.« Er fuhr sich mit der Hand durch sein zerzaustes Haar. »Wir sind 'ne Weile miteinander gegangen, nach Tylers Tod. Mom und Dad wussten es irgendwie. Nur nicht, wie oft wir uns gesehen haben. Und ehrlich gesagt weiß ich selber nicht, warum ich das gemacht habe. Um mir was zu beweisen, vielleicht?« Er holte tief Luft. »Egal. Ein Freund von Matty hat so 'ne tolle Hütte in den Bergen oben. Eins von zwei Ferienhäusern direkt an einem Forellensee. Ich hab meinen Eltern erzählt, dass ich dort mit Matty übernachten wollte. In Wahrheit bin ich mit Carrie raufgefahren. Das war an einem Samstag.« Er zögerte. »Und plötzlich hat jemand an die Tür gehämmert und Dan und Steve standen draußen. Die waren uns gefolgt, was nicht schwierig war – meine alte Karre ist ja nicht gerade unauffällig –, und sie waren angetrunken. Auf jeden Fall sind sie mitten reingeplatzt und sie haben mich total zusammengeschlagen, als sie mich mit Carrie erwischt haben. Carrie hat sie angebrüllt, dann ist ihr Vater aufgetaucht, mit 'nem wahnsinnigen Polizeiaufgebot aus der ganzen Gegend hier.«

Cal hielt eine Sekunde inne, dann fuhr er mit ausdrucksloser Miene fort: »Carrie hatte nicht den Mumm, ihren Eltern zu sagen, dass sie über Nacht wegbleiben würde. Ihr Dad ist total streng und ... also sie hat sich einfach nicht getraut und deshalb haben sie nach ihr gesucht. Die wussten nicht mal, dass sie überhaupt weggehen wollte, und natürlich sind sie ausgerastet. Und das Blöde war ... Als wir zu der Hütte gekommen sind, hab ich sie ... ich hab sie über meine Schulter geworfen und in die Hütte getragen und Carrie hat gekreischt und mir auf den Arsch getrommelt. Die Frau in der anderen Hütte hat das gesehen, aber in dem Moment erkannte sie es als Spaß, erst als die Polizei kam, muss sie die Geschichte irgendwie in den falschen Hals bekommen haben. Auf jeden Fall hat sie es ihnen so erzählt, dass es sich richtig schlimm anhörte. Die dachten, ich hätte Carrie mit Gewalt da raufgeschleppt.« Cal stieß die Luft aus und schüttelte den Kopf bei der Erinnerung. »Carrie hat wahnsinnig Angst vor ihrem Dad, und als er mit den ganzen Polizisten zur Tür reingestürmt kam und alle herumgebrüllt haben, dass ich auf die Knie gehen und meine Hände hinter den Kopf nehmen soll, da ist sie in Tränen ausgebrochen … und hat sie glauben lassen, dass es wirklich so war …«

»Was?«, wisperte Hope entsetzt.

Cal wartete einen Moment, um den verzweifelten Wortschwall zurückzudrängen, der aus ihm hervorzubrechen drohte. »Ja, genau. Und ich verstehe schon irgendwie, warum sie das gemacht hat, aber …«

»Und dann?«

»Sie haben mir die Fresse noch ein bisschen mehr poliert und mir ein paar Rippen und meinen Wurfarm gebrochen. Dann haben sie mich auf die Polizeiwache geschleppt. Und brutal verhört.«

Hope starrte ihn an.

Cal zuckte nur die Schultern auf ihre stummen Fragen. »Nein, lustig war das echt nicht.«

»Und dann?«

»Dann ist mein Dad gekommen und sie haben geredet und Carries Dad hat gedroht, dass er mich wegen Vergewaltigung vor Gericht bringen würde.« Cal senkte den Kopf. »Und Carrie hat ihn angefleht das nicht zu tun, weil sie es nicht ertragen könne, wenn die Leute erfahren würden, was mit ihr passiert sei. Das hier sei schließlich ein kleiner Ort, wo jeder ihre Familie kennt. Und klar, Fort Shaw ist ein Kaff und natürlich hat es sich innerhalb von vierundzwanzig Stunden überall herumgesprochen. Es stand sogar in der Lokalzeitung, mit meinem Namen. *Unserem* Namen. Dann hat der Chief herumerzählt, dass er die Anklage Carrie zuliebe fallenlassen würde.« Mit bitterer Stimme fügte er hinzu: »Bei denen bin ich immer noch aktenkundig.«

»Aber wenn du es nicht getan hast und die Anklage fallengelassen wurde …«

»Sexualdelikte werden nicht gelöscht. Selbst wenn die Anzeige zurückgezogen wird.«

Hope rieb sich das Gesicht. »O Gott. Ist sie noch da?«

»Ja. Sie wohnen direkt außerhalb von Fort Shaw.«

»Und siehst du sie?«

»Nicht wirklich. Will ich auch gar nicht. Sie ruft mich manchmal an, meistens spätnachts, aber ich lasse es einfach läuten. Ich musste es dir erzählen, verstehst du. Ich will nicht, dass du es sonst wie erfährst und ausflippst ... Ich dachte, es ist besser, wenn ich dir *meine* Version der Geschichte erzähle. Chief Hart hat es jetzt noch mehr auf uns abgesehen. Selbst die Leute, die für uns arbeiten, kriegen jedes Mal 'nen Strafzettel, wenn sie in die Stadt kommen.«

Hope verschränkte die Arme vor der Brust. »Kannst du dich nicht bei jemand anderem beschweren? Das kann er doch nicht mit euch machen.«

Cal schüttelte den Kopf. »Die Polizei ist hier wie der liebe Gott, Hope. Dad hat in Helena eine offizielle Klage eingereicht, aber die haben ihm praktisch gesagt, dass ich an allem selber schuld wäre. Und welches Mädchen will schon eine Beziehung mit einem Typ, dem so was nachgesagt wird?«

»Vielleicht solltest du das den jeweiligen Mädchen überlassen.«

»O Mann. Wenn ich dich anschaue, könnte ich fast glauben, dass alles wieder in Ordnung kommt. Allein dadurch, dass es dich gibt.« Er berührte ihre Wange mit seinem Finger. »Aber so ist es nicht. Ich werde nirgends mehr 'nen Job kriegen, außer bei uns zu Hause. Und was meinst du, wie toll das ist, wenn dich jeder in der Gegend entweder nur mitleidig anschaut oder dich für den letzten Abschaum hält.« Er schlug sich die Hände vors Gesicht.

Behutsam legte Hope ihre Hand auf seine Schulter. »Es ist doch nicht deine Schuld.«

Er nahm ihre Hand und schob sie weg. Dann schüttelte er den Kopf. »Doch, irgendwie ist es schon meine Schuld. Tyler, Carrie und jetzt wir beide hier draußen, total abgeschnitten von der Welt. Und Buddy. O Mann, Buddy. Und das alles nur, weil ich die falschen Entscheidungen getroffen habe.« Plötzlich siegte die Wut über seine Zerknirschung. »Ich hab's versaut, alles!«, stieß er hervor. Er sprang auf die Füße und ging mit eingezogenen Schultern in die Dämmerung hinaus.

Hope saß auf der Veranda, als die Nacht anbrach. Sie hielt die Feuer in Gang und wickelte sich in die Decke. Das zerlumpte alte Holzfällerhemd, das sie darunter trug, war schön warm. Sie schlug die Decke über ihren Zehen ein und schaute den Fledermäusen zu, die um die Hütte flitzten. Jenseits des Wäldchens schimmerte das Wasser silbrig im Mondlicht. Der Feuerschein warf einen rötlichen Glanz über die offene Hüttentür.

Endlich, es wurde bereits kalt, sah Hope eine Gestalt über die Wiese heraufkommen. Bald zeichnete sich Cals helles Hemd im Dunkeln ab. Hope stand auf und ließ die Decke fallen. Cal blieb ein Stück weit entfernt stehen und schaute sie an. Sie machte einen Schritt auf ihn zu. Dann noch einen. Schließlich stand sie auf der unteren Treppenstufe und wartete. Lange Zeit sahen sie einander nur an.

Endlich kam Cal vollends zu ihr herauf, fuhr sich mit der Hand durchs Haar und biss sich auf die Lippen. »Tut mir leid, dass ich so ausgerastet bin. Der verdammte Crow-Jähzorn.« Er lachte zerknirscht. »*Mein* verdammter Jähzorn. Verzeihst du mir?«

Hope nahm seine Finger und legte sie auf ihren Hemdknopf, dicht an ihrem Herzen, das so heftig klopfte, als würde es gleich aus ihrer Brust springen. Er spürte es garantiert. Cal beugte sich vor und sie zögerte, dann berührte er ihre Lippen mit seinen.

Keuchend und bereits halb nackt schafften sie es auf die Büffelhaut, zerrten einander die Klamotten herunter. Cal lag auf ihr, ein seltsames und zugleich tröstliches Gefühl. Er küsste sie am Hals, ließ seine Lippen immer weiter heruntergleiten.

»Du musst nur Stopp sagen, dann hören wir auf«, murmelte er an ihrer Brust.

Hope bäumte sich keuchend auf. »Bitte nicht aufhören, ja?«

»Okay, aber hör du lieber *damit* auf«, sagte er und nahm ihre Hand, die an seinem Jeansknopf zerrte. »Ich meine, ich bin nicht wirklich vorbereitet.«

»Oh ...« Hope spürte, wie sie rot wurde. »Aber es gibt doch noch andere Möglichkeiten, oder? Ich meine ...«

Er lachte, schlang seine Finger in ihr Haar und küsste sie wieder. »O ja, und ob.«

Hope hatte Angst, dass sie etwas falsch machen, sich irgendwie dumm anstellen könnte, aber zum Glück blieb ihr nicht wirklich Zeit für solche Gedanken. Nicht dass es schnell vorüber gewesen wäre, es führte nur eines zum anderen, so dass sie nicht zum Überlegen kam. Cal sah nicht nur gut aus, er fühlte sich auch gut an und Hope hatte nicht die Absicht aufzuhören. Irgendwann war es sowieso zu spät und die ganzen klugen, vernünftigen Entscheidungen, die Hope ihr Leben lang eingetrichtert worden waren, flogen zum Fenster hinaus.

Hinterher, als nur noch ihr keuchender Atem und das ferne Säuseln des Windes zu hören waren, lag Hope verschwitzt und klebrig an Cals Brust. Er küsste ihr Haar und ließ seine Finger an ihrem Schulterblatt hinuntergleiten.

»Alles gut?«

Hope nickte, plötzlich wieder schüchtern, und schmiegte ihre Wange an seine flache Brust.

Cal zögerte einen Augenblick, dann murmelte er: »Ist wohl irgendwie aus dem Ruder gelaufen.«

»Tut mir leid«, sagte Hope sofort und wollte sich zurückziehen.

»Hey, so hab ich's doch nicht gemeint!« Cal zog sie wieder an sich. »Es tut mir kein bisschen leid, solange *du* es nicht bereust.« Inzwischen war es pechschwarze Nacht und Cals Augen schimmerten dunkel im Feuerschein, bohrten sich in ihre.

Hope schüttelte den Kopf.

Er schlang seinen Arm noch fester um sie und küsste ihre Stirn. »Wir sind ein Risiko eingegangen. Aber es wird alles gut, Ehrenwort. Was immer passiert, ich bereue nichts. Tut mir nur leid, dass ich dir wehgetan habe.«

»Ach, das war nicht so schlimm, wie manche Leute immer behaupten.«

»Gut«, murmelte Cal erleichtert.

»Ich frage mich nur …« Hope biss sich auf die Lippen.

»Was?«

Sie unterdrückte ein Lächeln, weil er so ängstlich klang. Behutsam fuhr sie die Ader nach, die auf der Innenseite seines Arms hervortrat, und zog ihn auf: »Bist du in allem so gut wie eben?«

Er ließ sie in gespieltem Entsetzen los. »Bloß gut? Mann, Cooper! Gut?«

Hope lachte und er schüttelte grinsend den Kopf, als er sie wieder an sich zog.

»Ich meine natürlich, super, der Wahnsinn, unglaublich …«, murmelte sie zwischen zwei Küssen.

Siebzehn

Liebe ist etwas grundsätzlich anderes als der Wunsch, geliebt zu werden. Lieben ist die Pflicht einer jeden Frau. Geliebt werden ihr Lohn.

In den nächsten sieben Wochen lebten wir auf unserem Berghang wie im Paradies. Unser Leben hatte seinen festen Rhythmus, der aus Arbeit, Pferden, Reden und Schweigen bestand. Du hast mir das Schießen beigebracht, die Grundzüge der Jagd und wie man das erlegte Wild häutet und zubereitet. Und Schwimmen. Darin war ich ein Naturtalent! Ich lernte die wichtigsten Wörter und Ausdrücke deiner Indianersprache und auch einiges über indianische Medizinpflanzen. Wir redeten und lachten miteinander und liebten uns mit unstillbarer Neugier. Ich verschlang dich mit meinen Blicken, wenn dir die Haare übers Gesicht fielen, während wir mit fleckigen Händen und einer Schale Beeren nach Hause gingen oder wenn du beim Reden in deinen Taschen nach deinem Messer gekramt hast. Es gab so viel an dir zu entdecken. Alles, was ich früher mit Liebe in Verbindung gebracht hatte – Treue, Pflichtgefühl, Familiensinn –, flog über Bord, als ich dich mit jeder Faser meines Herzens zu lieben lernte.

Oft hast du beim Korral gestanden und das weiße Pferd beobachtet. Der Hengst und Tara waren noch immer ganz vernarrt ineinander und du hast dich über ihr Verhalten amüsiert. Doch der weiße Hengst machte dir immer mehr Kopfzerbrechen, weil er so gefügig blieb, obwohl er nun schon so lange in unserem Bergkorral eingesperrt war. Du bist zu ihm hineingegangen, hast mit ihm geredet, ihn mit dem Lasso eingefangen, ihn sogar sanft mit einer Decke abgeklopft, die du ihm dann über den Rücken gelegt hast. Er ließ alles über sich ergehen, etwas verdutzt, aber still. Manchmal hast du ihn scherzhaft an den Ohren gezogen und ihm freundschaftlich den Hals getätschelt.

»Ich verstehe das nicht«, hast du eines Abends gesagt, als wir mit unseren Tellern auf dem Schoß draußen saßen und über die Pferde redeten. »Warum ist er nicht wild und rebellisch, wie ich erwartet hatte, sondern so zahm wie ein neugeborenes Kätzchen? Da stimmt doch was nicht. Ein Pferd wie der hier ist kein Pappenstiel. Und irgendwie kommt es mir vor, als könnte er meine Gedanken lesen. Als wären wir beide schon immer füreinander bestimmt gewesen.«

»Vielleicht kannst du dann mit ihm arbeiten«, schlug ich vor und löffelte meinen Eintopf. Wir hatten einen langen Tag hinter uns und mein erster Hunger war noch kaum gestillt.

»Vielleicht. Bin mir aber immer noch nicht sicher, ob ich ihn behalten will. Kann sein, dass es mich nur gereizt hat, ihn einzufangen, weil er so unzähmbar aussah.«

»Wer weiß, vielleicht geht es dir mit mir bald genauso?«, zog ich dich auf, denn ich war mir deiner so sicher.

»Gut möglich«, hast du gesagt.

Ich holte Luft und zog einen Schmollmund. Du hast dich lachend vorgebeugt, um meinen Hals zu küssen. Dann hast du dich aufgerichtet. »Aber vielleicht auch nicht. Vielleicht bleibt meine Liebe in diesem Wind, wenn ich längst zu Staub zerfallen bin. Und noch darüber hinaus.« Du hast deinen Löffel weggelegt und meine Hand genommen. »Komm, ich will was ausprobieren.«

Ich ließ mich von dir zum Korral führen. Du hast eines der Gatter vom Eingang entfernt und ich runzelte die Stirn. »Willst du ihn freilassen?«

»Nie im Leben«, hast du geschnaubt. »Kommst du da durch?«

Ich schaute auf die Lücke und auf das weiße Pferd und Tara, die friedlich miteinander grasten. Dann schlüpfte ich durch und richtete mich auf.

»Geh zu ihm. Er taugt nichts, wenn nur ich mit ihm arbeiten kann. Geh einfach ganz ruhig und langsam zu ihm. Wenn er zurückweicht oder wenn du Angst bekommst, drehst du dich um und kehrst ihm den Rücken zu. Du musst ihn nicht anfassen, einfach nur hingehen. Der Rest kommt später. Immer schön eins nach dem anderen.«

Ich ging langsam auf den weißen Hengst zu. Er hob den Kopf und sah mich an. Ich machte noch ein paar Schritte; wir behielten uns im Auge und er verlagerte sein Gewicht von mir weg. Ich kehrte ihm den Rücken zu. Jetzt hatte ich dich im Blick und ich sah, wie du uns beobachtet hast, deinen schlechten Fuß auf einer Bodenstange, die Handgelenke auf einer höheren Stange überkreuzt. Wie immer konnte ich nichts in deinen Augen lesen.

Plötzlich schubste mich etwas und die Nase des weißen Hengstes tauchte über meiner Schulter auf. Ich wagte mich nicht zu rühren; so standen wir miteinander da und beobachteten dich. Ich drehte den Kopf und küsste sein Gesicht, hob meine linke Hand zu seinen gespitzten Ohren und streichelte seinen weichen Rücken. Du hast den Kopf geschüttelt und dich mit einem flüchtigen Winken vom Gatter abgewandt.

»Hey, English, du hast 'ne große Zukunft als Reiterin vor dir«, hast du mir über die Schulter zugerufen, während du zur Hütte zurückgegangen bist. »Das und dein Saloon-Klavier werden mich noch zu 'nem reichen Mann machen.«

Ein paar Tage später war es so weit – du wolltest den weißen Hengst ausprobieren. Du warst dir zwar immer noch nicht sicher, ob er zum Reittier taugte, aber ihr wart inzwischen so gute Freunde, dass es dir einen Versuch wert schien.

»Emily, ich weiß, er sieht aus, als könnte er kein Wässerchen trüben, aber vielleicht verpasst er mir einen Tritt, dass mir Hören und Sehen vergeht. Und am Boden bin ich nicht so schnell, wie du weißt, also ...«

»Dann lass es«, sagte ich erschrocken.

»Was ist ein Leben ohne Risiko? Und das hier ist es mir wert. Selbst wenn ich nur ein einziges Mal in diesem Leben auf seinen Rücken komme.«

Ich verzog das Gesicht.

Du hast mich geküsst. »Nicht böse sein. Du kannst dich jetzt gut mit Tara alleine durchschlagen, falls ich nicht mehr da sein sollte. Dann reitest du einfach in die Ebene hinunter, wendest dich nach Süden und gehst zu meinen Leuten, wie ich es dir gesagt habe.«

Ich runzelte die Stirn. An so etwas wollte ich nicht einmal denken. »Gehen wir wirklich den Winter über zu ihnen?«, fragte ich schaudernd.

»Ja. Du bist nicht gebaut für den Schnee hier oben, schon gar nicht ...« Deine Stimme brach ab und du hast den Kopf geschüttelt.

»Bis dahin wirst du froh sein, wenn du außer mir noch andere Gesellschaft hast.«

»Nein, bestimmt nicht. Ich ...« Du hast mir einen Finger auf die Lippen gelegt und mich damit zum Schweigen gebracht.

»Vertrau mir, ich weiß, was ich sage. Und ich kann ihn doch nicht mitnehmen, ohne ihm vorher ein paar Manieren beizubringen, oder? Was würden sie sonst von mir denken? Außerdem ...«, du hast mich angegrinst, »... will ich es so.«

Deine Gründe überzeugten mich immer. »Gut. Aber lass dich ja nicht umbringen.«

»Hab nicht die Absicht«, hast du lachend erwidert. »Gibt schließlich ein paar Dinge, die ich nicht missen möchte.«

Die nächsten Tage waren wir damit beschäftigt, den Hengst an ein Führseil zu gewöhnen. Er duldete es nur ungern, wirkte aber eher verächtlich als widerspenstig.

Der Morgen, an dem du ihn endlich zureiten wolltest, war trübe und bedeckt. Ich war müde und du hast Tee gekocht, während ich im Bett faulenzte und mich von dir umsorgen ließ. Du hattest mich schon am Morgen zuvor auf diese Weise verwöhnt, was sonst nicht deine Art war.

Aber in Gedanken warst du bereits bei deiner großen Aufgabe und bist zum Korral hinausgegangen, während ich an meinem Tee nippte, die Knie unter der Decke angezogen. Ich fasste lächelnd an meine Wange, auf die du mir einen flüchtigen Kuss gehaucht hattest. Dann döste ich wieder ein, nur ein paar Minuten, wie ich dachte, und erwachte auf dem Bauch, mit dem Becher am Boden und meinen Fingern auf den Dielenbrettern. Ich setzte mich auf, wusste im ersten Moment nicht, wo ich war.

»Emily?«, hast du von irgendwo gerufen.

»Ja?«

»Kommst du raus?«

»Komme.« Ich stieß die verknäulten Decken beiseite, stolperte in meinem geerbten Morgenmantel auf die Veranda hinaus und rieb mir die Augen, während der Stoff um mich herumflatterte. Dann sah ich dich. Du hast auf dem Rücken des weißen Pferdes gesessen, ein Büschel von seiner Mähne in deiner Faust. Die Gatter des Korraltors lagen unten und das Führseil hing noch am Pfosten. Ihr habt mich beide angesehen: der muskulöse weiße Hengst mit seinem mächtigen, gewölbten Hals und du, so leicht und anmutig auf seinem Rücken. Der weiße Hengst scharrte mit den Hufen am Boden, als wartete er auf meinen Applaus.

»Du hast es geschafft!«

»War gar nicht so schwer«, hast du grinsend gesagt. »Vielleicht hatte ich Unrecht damit, dass er kein Reitpferd ist. Oder es hat ihn schon jemand anderer zugeritten. Kann mir nicht denken, warum er sonst so ruhig bleibt.«

Du hast ihn traben lassen und bist mit ihm um die Hütte gekreist. Ich ging zu dir hinunter. Der weiße Hengst blieb vor mir stehen und ich streichelte sein Gesicht.

»Hast du ihn nicht an den Zügel genommen?«

Du hast die Schultern gezuckt. »Nein.«

»Kann ich es mal probieren?«, fragte ich und studierte den ruhigen Blick des helläugigen Pferdes.

»Nein«, hast du energisch gesagt.

»Warum nicht?«, protestierte ich. »Du kannst ihn doch nicht einfach für dich selber behalten. Das hast du doch selber gesagt.«

»Ja, gut, aber trotzdem. Ich will nicht, dass du dir den Hals brichst.«

»Als ich reiten gelernt habe, war dir das egal.«

Du hast mir eine Grimasse geschnitten. »Aber jetzt nicht mehr. Nein.«

Das weiße Pferd stieß mich in die Hüfte, als wollte es dir zustimmen. Ich streichelte seine Nase. »Das ist herzlos von euch beiden«, sagte ich mit einem nicht ganz ernst gemeinten Stirnrunzeln.

Du bist lachend zum Korral davongeritten. »Na, dann bring ich ihn besser zu Tara zurück, wenn er so herzlos ist.«

Danach haben wir viel Zeit mit den Pferden verbracht – mit Tara, dem Hengst und dem Roten, der sich so gut entwickelte, dass es dir fast leidtat, ihn zu verkaufen. Wir wagten uns nie sehr weit fort, denn alles, was wir brauchten, war in der Hütte oder wir fanden es auf dem Berghang. Außer vielleicht einem Paar Schuhe, aber die vermisste ich längst nicht mehr.

Eines Nachts erwachte ich im Dunkeln und stellte fest, dass du nicht neben mir lagst. Ich stand auf und ging auf die Veranda. Du hast an der Hüttenwand gelehnt, in eine Decke gehüllt, und die roten, gelben und grünen Lichtbänder betrachtet, die über den sternfunkelnden Himmel wogten. Ich schaute staunend hinauf.

Du hast deinen deckenumhüllten Arm wie einen Flügel ausgebreitet und ich schmiegte mich an dich. »Das sind Nordlichter.« Dann hast du uns beide in die Decke eingewickelt. »Könnte mich glatt dazu bringen, an Gott zu glauben.«

Wir kochten Tee und schauten stundenlang in den Himmel.

Am nächsten Morgen wachten wir in einem Wirrwarr aus Blechbechern und Decken auf; die Pferde starrten uns vom Korral aus missbilligend an wie zwei verknöcherte alte Lateinlehrer.

Die Tage waren warm und manchmal streifte ich nur in Clear Waters Brustbinde und den Wildlederbeinlingen auf dem Hang herum, denn der Boden unter meinen nackten Füßen machte mir längst nichts mehr aus. Ich war ein Geschöpf der Wildnis geworden und studierte jetzt die Pflanzen und Tiere in meiner Umgebung genauso wissbegierig, wie ich einst Milton und Dryden gelesen hatte. Meine Schultern und mein Bauch waren braun gebrannt und du hast dich an dem Kontrast zu der hellen Haut dazwischen ergötzt.

Du hast mich beobachtet. Manchmal, wenn du auf der Veranda gesessen und eine deiner seltenen Zigaretten geraucht hast, fing ich deinen Blick auf und erschrak über den seltsamen Ausdruck in deinem Gesicht.

Einmal fragte ich dich, ob andere Leute das Gleiche fühlten wie wir.

Du hast dir Zeit mit der Antwort gelassen. »Wahrscheinlich schon. Das wird wohl der Grund sein, warum so viel über die Liebe geredet wird.«

Ich verschränkte meine Hände um deinen Hals. »Hoffentlich ist es so. Ich hoffe, dass jeder so glücklich mit einem anderen Menschen ist wie ich mit dir.«

»Solange sie nicht mit *dir* glücklich sein wollen, ist es mir egal«, hast du lachend gesagt.

»Wann hast du es gewusst?«

»In Helena.«

»Oh, aber ich habe dich lange vor deinem Besuch bei Mr Meard geliebt. Ich wusste nur nicht, wie ich es dir zeigen sollte!«, rief ich entrüstet. »Ich hab's ja versucht, in der Nacht, als du fortgegangen bist, aber es hat nichts ge...«

Du hast mir das Wort abgeschnitten. »Das erste Mal in Helena.«

»Oh.« Mir verschlug es einen Moment die Sprache.

Fast widerstrebend hast du hinzugefügt: »Hab den Barkeeper nach dem schönen Mädchen in dem dunklen Kleid oben gefragt.« Du hast innegehalten und Luft geholt. »Dachte, vielleicht ...«

Ich starrte dich an. »Was?«

Du hast die Schultern gezuckt. »Dachte, wenn ich die Chance hätte, mit dir zu reden, vielleicht ... so wie du mich angesehen hast ... aber dann sagte ich mir: Träum weiter, Nate – das ist 'ne vornehme, reiche Engländerin mit 'ner vollen Begleitmannschaft aus Chicago! Und das war's dann. Hätte genauso gut 'ner Märchenprinzessin in einer goldenen Kutsche nachweinen können. Also hab ich mein Pferd verkauft und mich anschließend mit 'ner Halfpint Whiskey auf die Stufen draußen gesetzt und in Selbstmitleid gebadet. Ein halb wilder, verkrüppelter Deserteur, arm wie 'ne Kirchenmaus.«

Ich brauchte eine Weile, um das alles zu verdauen. »So wild bist du gar nicht«, sagte ich schließlich leise und fast schüchtern.

Du hast ein Lachen unterdrückt und warst plötzlich auch schüchtern, auf deine Art. »Hab mir 'nen Wildfang gezähmt, der kaum mehr wiegt als 'ne Handvoll Distelwolle.«

»Einen Wildfang, den du aus einem Wrack gerettet hast.«

»Ja, gut. Vielleicht gibt es doch einen Gott. Tut mir nur leid, dass ich dir keine schönen Sachen kaufen kann.«

Ich zog dich herunter, küsste dich flüchtig und deutete auf den Berghang. »Was redest du da? Sieh doch nur diese ganzen schönen Sachen an, die du mir gegeben hast!«

»Ja, aber ich wüsste da noch was, das ich dir gern geben möchte, jetzt gleich.« Du hast mich an deine Hüften hochgezogen.

»Zum Diplomaten taugst du jedenfalls nicht«, lachte ich.

Solche Späße hast du dir oft mit mir erlaubt und mir manchmal im Dunkeln Dinge gesagt, die mir heute noch die Schamröte ins Gesicht treiben, wenn mich die Erinnerungen überwältigen. Du hattest eine diebische Freude daran, mich zu schockieren, und ich lernte bald nicht darauf einzugehen. Manchmal gönnte ich mir das Vergnügen, dich meinerseits ins Bockshorn zu jagen, mit erfreulich vorhersehbaren Folgen.

Mein Vertrauen zu dir wuchs und du warst so unverhohlen glücklich darüber, dass mir zum ersten Mal aufging, wie überaus geduldig du die ganze Zeit über mit mir gewesen warst.

Wir saßen in der Hütte, weil es regnete. Du hattest es dir im Lehnsessel bequem gemacht und ich kauerte zu deinen Füßen und schaute ins Feuer. Es rauchte und zischte von den Regentropfen, die durch den Rauchfang herunterpladderten. Die Tür war offen, alle drei Pferde standen stoisch im Regen und winkelten einen ihrer tropfenden Hinterhufe an. Rehe grasten am Waldrand, ihre weißen Lichter schimmerten im Dunst.

Ich schaute auf unsere verschränkten Finger, die auf meiner Schulter ruhten, und küsste die Mulde an deiner Daumenwurzel. »Danke.«

»Wofür?«

Ich hob die Schultern. »Für alles.«

Du hast gelacht. »Also *dafür* hat mir noch nie jemand gedankt.«

Ich verdrehte die Augen und sagte: »Das hab ich doch nicht gemeint. Ich meine, weil du so nett zu mir bist.«

Du hast leicht mit der Zunge geschnalzt und mit dem Daumen über mein Kinn gestrichen. »Warum sollte ich denn nicht nett zu dir sein? Bin ja kein Tier.«

»Das hatte ich auch nicht gemeint.«

»Was dann, um Himmels willen?«

Ich nahm meinen ganzen Mut zusammen und erzählte ihm stotternd von dem Traktat. Von den Ratschlägen darin. Über »Nachsicht und Duldsamkeit«.

Du hast mich mit undurchdringlicher Miene angesehen, bis ich zu Ende geredet hatte. Nach ein paar Sekunden hast du einen tiefen Seufzer ausgestoßen. »Erbärmlich, dein Traktat.«

Ich nickte und schmiegte meine Wange an unsere verschränkten Finger. »Und deshalb hab ich damals in der Sturmnacht … Ich dachte, das gehöre sich so.«

Nachdenklich hast du mir über die Wange gestrichen.

»Und es tut mir so entsetzlich leid«, beendete ich meine Beichte.

»Muss es nicht.«

Ich schaute zu dir auf. »Aber es hat dich verletzt. Und das wollte ich nicht.«

»Lustig war es nicht, das stimmt«, hast du, halb im Scherz, gesagt.

Ich stand vom Boden auf und kniete mich auf deinen Schoß. Erst ein Knie, dann das andere. Deine Hände lagen auf meinen Hüften und du hast über meine Avancen gelacht. Ich beugte mich vor und wisperte dir ins Ohr. Ich spürte das Lachen, das in deiner Brust aufbrodelte, und deine Arme schlossen sich um mich, während draußen der Regen fiel.

Im Nachhinein ist mir klar, dass es nicht ewig so weitergehen konnte. Vielleicht gibt es im Universum eine ausgleichende Kraft, die verhindert, dass ein so übermäßiges Glück die Ordnung der Dinge zerstört.

Eines frühen Morgens werkelten wir in der Hütte. Du hast dein Gewehr gereinigt und ich legte Holz im Herd nach. Ich trug meine Wildlederbeinlinge und ein Hemd. Mein Haar war geflochten und von einem Band gehalten.

Du hast das Gewehr zerlegt und alle Teile sorgfältig ausgebreitet. Dann hast du mir deine Pistole gereicht und auf das andere Tischende gezeigt. »Schadet nichts, wenn du das auch lernst. Du kannst jetzt schießen, also musst du auch wissen, wie man eine Waffe reinigt. Und bei der hier ist das einfach.« Du hast den Hahn gelöst und darauf gezeigt. »Hier, siehst du. Du nimmst die Trommel raus und legst sie auf den Tisch.« Innerhalb einer Minute hatte ich den Revolver zerlegt und die Teile auf der rauen Holzfläche ausgebreitet.

»Und jetzt …«, hast du angefangen.

»Warte.« Ich zog das Tagebuch aus meiner Tasche, schlug es auf und zeigte auf eine bestimmte Stelle. »Was ist das für ein Buchstabe?«

Du hast hingesehen. »Das ist ein e, wie in Emily.« Dann hast du dich heruntergebeugt, um dir deine übliche Belohnung zu holen. Die Belohnung, ohne die unser Leseunterricht gewiss schneller vorangeschritten wäre.

Ich hielt dir meine Wange hin, das Tagebuch erhoben. »Und der hier?«

Du hast dich aufgerichtet und eine Augenbraue hochgezogen. »Ein g … wie in grausam.«

Lachend zeigte ich auf den nächsten Buchstaben.

Du hast gegrinst. »K wie in Kuss.«

Ich hielt mein Gesicht empor und du hast dich nicht lange bitten lassen. Dann hast du dich von mir gelöst, bist zur Hüttentür gegangen, um auf die Wiese hinauszuschauen.

»Was ist los?«

»Wir haben Besuch.«

Ich legte das Tagebuch in meine Tasche zurück und kam zu dir, um ebenfalls hinauszuschauen. Ich traute meinen Augen nicht, als ich sechs Männer zu Pferd heraufkommen sah. Einer davon war Hart, abgerissen und schmutzig wie eh und je, aber mit einem angelaufenen Sheriffstern an der Brust. Wie war das möglich? Er war doch tot? Ich starrte ihn fassungslos an. Einer seiner Jackenärmel war leer und darunter trug er den Arm in einer Schlinge. Dann sah ich Papa und neben ihm einen Mann, der Anthony Howard Stanton sein musste. Ich erkannte ihn nach den Fotografien.

Papa und ich starrten einander an.

Nach langem Schweigen sagte er: »Emily?«, als könnte er nicht glauben, dass diese sonnengebräunte, barfüßige Kreatur seine Tochter war.

Du hast eine Hand auf meine Schulter gelegt.

»Nimm deine dreckigen Pfoten von ihr, du mörderischer Scheißkerl«, zischte Hart.

Du hast ihn hasserfüllt angefunkelt. »Und du? Warum bist du nicht einfach krepiert?«

Ich schob mich schnell vor dich und Papa stieg instinktiv von seinem Pferd. »Komm her, Emily.«

Ich schüttelte den Kopf.

»Emily«, wiederholte er. »Komm her. Sheriff Hart hat uns erzählt, was mit dem Wagen geschehen ist. Wie dieser Mann seine indianische Familie dazu gebracht hat, euch zu überfallen und den Wagen in die Schlucht zu stürzen. Alles wird gut, mein Kind. Aber du musst jetzt zu mir kommen.«

»Nein, Papa«, beharrte ich. »So war es nicht. Glaub mir. Die Brücke ist unter uns eingebrochen. Er hat mich gerettet. Ich wäre sonst gestorben.«

»Und er war ganz zufällig zur Stelle, um Sie zu retten, Emily?«, warf jetzt Mr Stanton ein. »Ein Mann, der als Deserteur und Mörder gesucht wird.«

Ich stand Seite an Seite mit dir, rührte mich nicht von der Stelle. »Er ist nur desertiert, um sein Bein zu retten, und er ist kein Mörder. Mr Hart hat diesen Mann bezahlt, um ...«

»*Sheriff* Hart, wenn ich bitten darf, Lady.« Hart spie auf die Erde.

Papa schaute ihn an und zum ersten Mal schienen ihn Zweifel zu beschleichen.

Du hast den Kopf geschüttelt. »Das war nur ein junger Dummkopf in Fort Shaw, der Geld brauchte. Was hast du ihm bezahlt? Fünfzig Dollar, damit er sein Schandmaul aufreißt und mich beschimpft, bis ich ihm das Hirn aus dem Kopf puste?«

»Schande, dass er sich nicht mehr dazu äußern kann, was?« Hart spuckte erneut auf den Boden.

Ich funkelte ihn an und verfluchte mich, dass ich nicht das Gewehr vom Tisch genommen hatte, um ihn damit zu erschießen. Dir muss derselbe Gedanke durch den Kopf geschossen sein, denn du hast einen verstohlenen Blick über die Schulter geworfen.

Anthony Stanton räusperte sich und erhob leicht die Stimme. »Wann wollte er seinen Plan in die Tat umsetzen und Lösegeld für Sie erpressen?«

»Lösegeld?« Du hast dich zu Hart umgedreht. »Das passt zu dir, verlogener Dreckskerl. Hast wohl die Chance deines Lebens gewittert.«

Hart sagte nichts, aber eine leise Genugtuung trat in seinen Blick.

Ich schüttelte wütend den Kopf und nahm deine Hand. »Ihr versteht das alle nicht.«

»Emily, komm jetzt zu mir her oder die Männer des Sheriffs müssen eingreifen«, flehte Papa.

Deine hellen Augen verengten sich, aber dein Gesicht blieb unbewegt, als ginge dich das alles nichts an.

Ich wusste, dass nur ich dich retten konnte, denn du warst zu stolz, um dich zu wehren. Ich herrschte die Männer an: »Ich lasse nicht zu, dass ihm auch nur ein Haar gekrümmt wird.«

»Emily! Komm her, mein Kind«, flehte Papa erneut. »Sofort!«

»Nein«, schrie ich. »Ihr wollt ihm etwas antun, das weiß ich!«

Ein ohrenbetäubender Knall zerriss die Luft.

Harts Büffelgewehr, das auf die Hand in der Schlinge gestützt war, rauchte. Du bist wie ein Stein auf die Veranda gestürzt, mit dem Rücken gegen die Wand, als die Kugel dich zerfetzte und Blut über deine Brust spritzte.

Ich brach in die Knie und umklammerte deine Schultern. »Bitte, Nate! Nein!«

Papa kam die Verandatreppe herauf. Ich kauerte über dir wie ein verwundetes Tier. »Bleib weg, bleib ja weg von uns!«, warnte ich ihn, die Handfläche ausgestreckt.

Papa hielt mir vorsichtig die Hand hin. »Emily ...«

Ich berührte hilflos deine Brust, starrte auf die dunkle Lache, die sich um uns ausbreitete und meine Beinlinge durchtränkte. Meine Hände waren blutverschmiert. Verzweifelt hielt ich dein Gesicht, wollte mit dir reden, aber ich brachte nur ein ersticktes Stammeln hervor, schluchzte immer wieder, wie sehr ich dich liebte.

Du hast mit letzter Kraft zu mir gesprochen. Deine Zähne waren blutig. Überall war Blut. Ich war ganz davon durchtränkt. »Das war's dann wohl mit mir.«

»Nein!«

Du hast mühsam meine Wange berührt. »Still, Em. Keine Tränen. Du weißt doch, ich kann es nicht ertragen, wenn du weinst.« Ein würgender Husten schüttelte dich. Mühsam hast du den Kopf aufgerichtet, um zu den Männern hinunterzuschauen. »Stanton?«

Anthony Stanton stieg von seinem Pferd. Er trat vor und sein schönes Gesicht war blass, als er seinen Hut vom Kopf zog.

»Kümmern Sie sich um sie oder Sie werden es bereuen.«

Mr Stanton antwortete nicht gleich. Schließlich nickte er und sagte fest: »Ich gebe Ihnen mein Wort.«

»Nein«, schluchzte ich gebrochen.

Du hast mich erneut zum Schweigen gebracht. »Geh jetzt, Emily. Und sei glücklich. Tu's für mich.«

»Aber wie soll ich … ohne dich?« Ich hielt deine Finger an mein tränenüberströmtes Gesicht.

Du hast mich zu einem letzten Kuss heruntergezogen. »Ich werde bei dir sein. Immer.«

Und dann bist du gestorben.

Achtzehn

Es war zwei Stunden nach Tagesanbruch. Hope lag auf der Büffelhaut am Kamin und schaute zu, wie die Sonne in die Hütte flutete und das Licht auf die verstreuten Kleider, Decken und das Tagebuch fiel. Cal saß da, mit dem Rücken zu ihr, die Ellbogen auf seinen gebeugten Knien. Er wirkte angespannt und starrte schweigend auf die offene Tür und den Rauch, der vom Lagerfeuer aufstieg. Draußen lärmten die Vögel.

»Die Leute werden denken, dass ich die Situation ausgenützt habe«, sagte er schließlich, ohne sie anzusehen.

Hope setzte sich auf. »Hast du aber nicht.«

Er schwieg lange. »O Mann, Cooper. Das ist so verrückt.«

Hope blinzelte eine Träne zurück. Zum Glück schaute Cal in die andere Richtung und konnte es nicht sehen. »Ich versteh schon und ich erwarte keine …«

Er strich sich die Haare zurück, straffte die Schultern und stieß hervor: »Komm einfach nächsten Sommer wieder.« Er warf ihr einen Blick über die Schulter zu.

Warte mal, was? »Also … ich meine, vielleicht hast du bis dahin genug davon, mich die ganze Zeit an der Backe zu haben«, antwortete sie zögernd.

Cal zog eine Augenbraue hoch. »Ja, vielleicht – ist aber irgendwie unwahrscheinlich. Ich hab's nicht geschafft, genug von dir zu kriegen, seit ich dich vom Flughafen abgeholt habe, also …«

Hope wurde rot. »Ehrlich?«

Er zuckte die Schultern und schaute wieder zur offenen Tür. »Sonst würd ich's nicht sagen.«

Hopes Herz machte einen Satz. Sie schlang ihre Arme um seine Brust und küsste seine Wange, drückte seinen warmen Rücken. Doch im nächsten Moment stiegen wieder Zweifel in ihr auf, ohne dass sie es verhindern konnte. »Aber deine Eltern? Meinst du, das ist okay für sie?«

»Na klar doch, so wie du meinen Dad in zwei Tagen um den Finger gewickelt hast. Und Mom wäre total happy über ein Mädchen im Haus. Also was sollten sie dagegen haben? Bei deiner Mom ist das wahrscheinlich anders ... Erst recht, wenn sie rausfindet, dass ich ...«

Hope rümpfte die Nase. »Nein.«

»Kann sie es dir verbieten?«

»Ich glaub nicht, ich bin doch jetzt sechzehn. In dem Brief von Dads Anwalt steht, dass sie mich nicht dran hindern kann, ihn zu besuchen, wenn ich will. Und das ist vermutlich dasselbe. Aber ich weiß nicht, ob ich genug Geld habe.«

Cal zuckte die Schultern. »Das übernehme ich.«

»Nein. Ich bezahle meine Sachen selber«, verkündete Hope stolz. »Das wäre gegen die Regeln.«

»Ja, gut, aber wir haben in den letzten Tagen so viele Regeln gebrochen. Und besonders in den letzten paar Stunden. *Ich* bezahle.«

»Ist das dein Ernst?«

»Ja, irgendwie muss ich dich doch bestechen. Also noch mal: Kommst du nächsten Sommer wieder, wenn ich dir verspreche, dass ich dir Reiten und Autofahren beibringe – und vielleicht sogar ein bisschen besser zu schwimmen ...«

Hopes schüchternes Lächeln verschwand und sie strahlte wie die Sonne. Sie küsste ihn und lachte über seine freche Bemerkung. »Ja! Ja, bitte! Wenn du das wirklich willst.«

»Und ob ich will. Dein Schwimmstil lässt echt zu wünschen übrig.«

Hope boxte ihn gegen die Schulter.

Cal grinste, dann wurde er wieder ernst. »Unter einer Bedingung.«

»Was?« Hope zögerte.

»Wenn wir hier rauskommen, rufst du deinen Dad an.«

»Aber ...«

»Er ist dein Vater. Ihr müsst euch kennenlernen.«

Hope dachte darüber nach. »Okay, gebongt.«

Cal beugte sich über die Bodenbretter, hob das Tagebuch auf und gab es ihr. »Also, Cooper, lies. Wie geht's weiter?«

Nach dem kurzen Bericht von Nates Tod saßen sie schweigend da und plötzlich drang das Knattern eines Hubschraubers an ihr Ohr.

»Los, Schnell!«, drängte Cal.

Hope rappelte sich hastig auf und warf sich in ihre Klamotten. »Ich will nur noch hier weg.«

Cal küsste flüchtig ihre Stirn. »Ja, ich auch. Bald sind wir zu Hause. Alles wird gut, versprochen.«

Hope stopfte das Tagebuch in ihre Tasche, lief zur Hüttentür und stürzte auf die Wiese hinaus. Ein Rettungshubschrauber flog über den See, direkt auf die Hütte und das immer noch rauchende Lagerfeuer zu. Hope sprang auf und ab, winkte und schwenkte wild ihre Arme herum. Der Hubschrauber schoss heran, dann bremste er über ihr ab und schwebte in der Luft.

Aus dem Augenwinkel fing sie eine Bewegung am Waldrand über dem Bach drüben auf.

Dann brach der Bär hervor und stürmte ins Wasser.

Cal kam auf die Veranda heraus und zerrte sich sein Hemd über den Kopf, das immer noch zugeknöpft war.

Hope schrie seinen Namen und zeigte auf den Bären.

Cal riss sein Gewehr an sich und brüllte etwas, das Hope in dem Hubschrauberlärm nicht hören konnte. Er hob die Waffe, als der Bär aus dem Bach hervorschoss, dass das Wasser nur so von seinem schäbigen Fell spritzte. Der Bär wirkte benommen, seine Brust war dunkel und blutverkrustet. Aber er hielt direkt auf Hope zu. Das Rattern des Hubschraubers wurde ohrenbetäubend; er schwebte kaum zehn Meter über dem Boden und der Luftzug ließ Hopes Kleider aufflattern und drückte ihr die Haare an den Kopf. Dann sah sie in der Seitentür des Hubschraubers einen Mann mit einem Gewehr stehen.

Hart. Er hob das Gewehr und zielte.

Aber nicht auf den Bären.

Hope riss beide Arme hoch, schüttelte den Kopf und schrie dem Chief zu, dass er nicht schießen sollte. Der Bär war jetzt ganz nahe.

Cal drückte auf den Abzug.

Dann fiel ein zweiter Schuss. Vom Hubschrauber her.

Cal stürzte im selben Moment auf die Veranda, als der Bär auf der Wiese zusammenbrach, drei Meter von Hope entfernt.

Sie rannte bereits die Treppe hinauf und sah den riesigen roten Fleck auf Cals Hemd.

»NEIN!« Nicht wie Nate, bitte, bitte nicht!

Sie ließ sich neben Cal auf die Knie fallen, während hinter ihnen der Hubschrauber landete. Chief Hart und Officer Jones sprangen heraus, zusammen mit dem Rettungsteam. Hope riss Cals Hemd auf und er hob mühsam die Hände.

»Ich bin okay, ehrlich, ich ...«

Sie biss die Zähne zusammen und legte beide Hände über die Wunde in seiner Brust. Das Blut quoll ihr durch die Finger, als sie den Druck verstärkte.

Cal zuckte zusammen, schrie auf und hustete plötzlich; sein Kinn war blutverschmiert. »Ganz schön intensiv, unser Wildnisabenteuer, was?«

»Mach keine Witze«, sagte Hope. »Bleib einfach ...« Der Lärm des Hubschraubers war ohrenbetäubend.

Cal hustete wieder und seine klaren blauen Augen trübten sich. »Vielleicht war das so vorherbestimmt ...«

Hope schüttelte den Kopf, drückte die Hände auf seine Brust, aber jetzt sah sie, dass die Blutlache sich vom Rücken her unter ihm ausbreitete. Sie kniete sich auf ihn, versuchte ihre Haare aus dem Gesicht zu streichen und hinterließ dabei rote Striemen auf ihrem Gesicht und ihrem Hals.

Das Rettungsteam stürmte schon mit einer Trage herauf und stieß Hope beiseite. Hinter ihnen kam die Polizei.

Hope stand auf und drehte sich zu Chief Hart um. Eine ungeahnte Wut stieg in ihr auf: Wie konnte dieser Rambo-Sheriff es wagen, auf Cal zu schießen! »Sie haben auf ihn geschossen!«, brüllte sie.

Chief Hart stand da und schaute mit ausdrucksloser Miene auf Cal hinunter. Er nahm seine Sonnenbrille aus seiner Hemdtasche und setzte sie auf. Hope stürzte sich auf ihn. Officer Jones stieß sie zurück und hielt sie fest, einen Arm um ihre Taille geschlungen wie in einem Ringkampf. »Wir dachten, er zielt auf Sie, Miss.«

»Auf mich?« Hope riss sich los und hielt abwehrend ihre blutigen Hände hoch. »Warum sollte er auf *mich* schießen?«

»Miss Cooper, ich bitte Sie. Sie sind verletzt und stehen unter Schock. Er hat mit einem Gewehr auf Sie gezielt.«

»Das hat er nicht! Er hat auf den Bär geschossen!« Sie zeigte auf den Hang hinunter, zu dem riesigen, reglosen Kadaver.

Chief Hart drückte die Brust heraus. »Der Junge ist aktenkundig wegen …«

Hope hielt einen Finger hoch. »Das haben *Sie* ihm eingebrockt. Und ich weiß genau, was …«

Der Schlag traf sie voll ins Gesicht und betäubte sie, so dass sie mit dem Kopf gegen die Hüttenwand geschleudert wurde und die Wunde an ihrer Wange wieder aufriss. Einen Augenblick kauerte sie an der Wand, die Arme schützend über dem Kopf, aber dann richtete sie sich langsam auf und starrte Chief Hart an. Die Sanitäter redeten miteinander, klopften mit ihren Latexfingern auf Cals Wange und versuchten eine Reaktion zu bekommen.

Einer der Sanitäter hob den Blick, als Hope sich aufrichtete und mit geballten Fäusten auf den Polizeichef losstürzen wollte. Er ging dazwischen, je einen blutigen Handschuh an ihre Oberkörper gedrückt. »Ich würde sagen, ihr beide seid jetzt quitt. Helft lieber mal dem Jungen hier. Er verliert zu viel Blut. Bis Helena ist es mindestens eine Stunde, das Operationsteam ist schon alarmiert.«

Noch nie war Hope ein Flug so lange erschienen. Cal zeigte keinerlei Reaktion, während sie neben ihm saß und ihm die Hand hielt. Die beiden Sanitäter hatten Kopfhörer auf, über die sie miteinander redeten, ohne dass Hope bei dem Rotorenlärm auch nur ein einziges Wort verstand. Sie hatten Cal bis zur Hüfte ausgezogen und mit Elektroden zugeklebt. Die Kugel hatte seine Lunge durchschlagen, der Verband war in Sekundenschnelle blutgetränkt. Von vorne sah es nicht schlimm aus, nur ein daumennagelgroßes rotschwarzes Loch auf der linken Seite, aber hinten war alles zerfetzt. Und das Blut war so dunkel.

Hart und Jones saßen schweigend auf der anderen Seite des Helikopters.

Als der Berghang in der Ferne verschwand, trafen Hopes Finger auf das Tagebuch, das wie Blei in ihrer Tasche lastete.

Endlich landeten sie auf dem Asphalt vor dem St. Peter's Hospital. Der Chirurg und sein Operationsteam erwarteten sie bereits. Hart und Jones steckten die Köpfe zusammen und entfernten sich von dem lärmenden Hubschrauber.

Hope lief neben der Trage her, auf der Cal durch die Flure des riesigen rechteckigen Gebäudes gerollt wurde. Die Leute starrten auf ihre nackten Füße und ihr verweintes, blutverschmiertes Gesicht, aber sie ließ Cals Hand erst los, als er in den Operationssaal geschoben wurde und die Schwestern ihr den Weg versperrten. Sie sah gerade noch, wie die Ärzte drinnen sich auf ihn stürzten wie Aasgeier.

Dann stand sie da und schaute auf die geschlossene Tür, ohne wirklich zu begreifen, was geschehen war.

Die üblichen Krankenhausgeräusche drangen an ihr Ohr. Eine Schwester führte sie in einen Wartebereich und bot ihr einen Becher Wasser aus einem Spender an. Dann ging die Schwingtür auf und im nächsten Moment berührte Meredith ihren Arm.

»Hope?«, sagte sie.

Es dauerte ein paar Sekunden, bis Hope antwortete. Verwirrt blinzelte sie ihre Mutter an.

»Du meine Güte, wie siehst du denn aus!«, sagte Meredith entsetzt. Hope sah über Merediths Schulter, wie Caleb Crow in der Schwesternstation nach einem Arzt fragte, mit dem er sprechen konnte. Benommen starrte sie an sich hinunter, sah ihre blutigen Beine und Kleider, die blutverklebten Haarsträhnen. Cals Blut war in der Haut zwischen ihren Fingern getrocknet. Es war überall.

Meredith untersuchte den Schnitt in Hopes Wange. »Hat er dir das angetan?«

Hope zuckte zurück. »Es war ein Unfall. Der Wagen ist abgestürzt.«

»Ich bin fast wahnsinnig geworden vor Angst. Ich hab dir ein paar saubere Sachen mitgebracht. Allerdings keine anderen Schuhe«, fügte sie mit einem Blick auf Hopes schmutzige Füße hinzu. »Aber du kannst bestimmt irgendwo duschen und …«

Caleb Crow schnitt ihr das Wort ab. »Wir werden in den nächsten paar Stunden nichts Neues erfahren. Er hat viel Blut verloren.« Bei diesen Worten wurde seine Stimme brüchig und er schaute Hope an.

»Es tut mir so leid«, sagte sie, während sie auf ihre blutigen Kleider zeigte und eine Träne zurückblinzelte. »Ich hatte keine Chance, ihm …«

Caleb legte ihr eine Hand auf die Schulter. »Ist schon gut, Hope. Aber du solltest dich jetzt erst mal waschen, Cals Mutter ist schon auf dem Weg hierher.«

»Hurricane Elizabeth.«

»Das kannst du laut sagen«, erwiderte Caleb und tätschelte sie. »Und was ist mit deiner Wange? Die sollte sich auch jemand ansehen, Schätzchen. Sieht ziemlich übel aus.«

Hope zuckte die Schultern. »Mir geht's gut. Ich hab mir den Kopf am Dach des Pick-ups angestoßen, das ist alles. Bei dem Unfall. Auf der Brücke. Als …« Sie geriet ins Stocken und ihre Zähne klapperten. »Vielleicht geh ich jetzt doch mal duschen.«

Meredith entschied, dass Hope etwas zu essen brauchte, und stürzte los, um einen Laden zu suchen, da das Nahrungsangebot des Krankenhauses in ihren Augen nur ungenießbar und ungesund sein konnte. Als Hope aus der Dusche kam, war ihre Mutter nirgends zu sehen.

Also saß sie allein in der Schwesternstation, wo eine der Schwestern sich ihrer erbarmt und ihr einen heißen Kaffee gebracht hatte. Aber die Schwester musste wieder gehen und ließ Hope allein in ihrem Elend zurück. Dann kam eine freundliche Polizistin, die ihr braunes Haar zu einem Knoten aufgesteckt trug, an die Empfangstheke.

»Hi, Hope Cooper?«, fragte sie. »Mein Name ist Officer Langton.«

Officer Langton stellte ihr Fragen, wollte wissen, was genau passiert war. Hope wusste kaum, wo sie anfangen sollte, und es dauerte einige Zeit, bis sie ihr erklärt hatte, dass der Pick-up nicht irgendwo beim See versteckt war, wie die Polizistin hartnäckig unterstellte, sondern meilenweit davon entfernt am Grund eines Flussbetts unter dem Schmelzwasser lag.

»Und wir möchten, dass Sie sich von einem Arzt untersuchen lassen.«

Hope runzelte die Stirn. »Warum? Ist doch nur mein Gesicht. Ich hab mich bei dem Unfall verletzt.«

»Und was ist mit Ihren Händen? Die sehen schlimm aus. Wie ist das passiert?«

»Ich … wir mussten Buddy begraben …«

Officer Langton lächelte mitfühlend. »Möchten Sie mir vielleicht noch etwas erzählen, Hope? Hat Cal Crow etwas zu Ihnen gesagt oder mit Ihnen gemacht, was nicht in Ordnung war?«

»Ich weiß nicht, worauf Sie hinauswollen.«

»Also ist nichts Körperliches passiert?«

Hope reckte ihr Kinn vor. »Wir hatten zusammen einen Unfall – körperlicher geht's wohl nicht.«

Officer Langton blieb hartnäckig. »Trotzdem, wir möchten, dass Sie sich von einem Arzt untersuchen lassen, nur vorsichtshalber, damit Sie nachher keine Probleme bekommen, Ihre Geschichte glaubhaft zu machen.«

»Es gibt keine Geschichte, das ist die Wahrheit. Wir hatten einen Autounfall und wir haben in der Hütte gewartet, bis jemand kommt und uns rausholt.« Hopes Stimme wurde allmählich schrill.

»Ganz ruhig, Hope. Hier kann Ihnen niemand mehr was tun ...« Sie streckte eine Hand aus.

Hope wich zurück. »Mir *hat* niemand was getan.«

Dann kam Officer Jones herein und winkte der Polizistin. Sie entschuldigte sich und ging mit ihm ein paar Sekunden in die Ecke. Als sie zurückkam, lächelte sie. »Die Kleidung, die Sie anhatten, brauchen wir auch.«

»Wozu?«

»Wo sind Ihre Sachen?«

»Weiß nicht, vielleicht hat meine Mutter sie genommen«, log Hope. In Wahrheit stand ihre Tasche hinter der Theke zu ihren Füßen. »Ich muss mal auf die Toilette. Kann ich ... kann ich noch einen Kaffee haben, bitte?« Sie leerte ihren Becher und hielt ihn der Polizistin hin.

Die Frau nickte und nahm ihn lächelnd. »Klar, Schätzchen. Ich bin da, wenn Sie zurückkommen. Wo ist Ihre Mutter noch mal hingegangen?«

Hope zuckte die Schultern und die Polizistin wandte sich ab und ging zum Kaffeeautomaten. Hope schnappte die Nylontasche, verbarg sie an ihrer Brust, die Arme eng angedrückt, und verschwand in der

Toilette. Sie schloss sich in einer Kabine ein und packte die Tasche aus. Im Stillen dankte sie ihrer Mutter, dass sie ihr saubere Sachen ins Krankenhaus gebracht und ihr eingetrichtert hatte immer ein paar Plastiktüten in die Seitentaschen zu stecken. Sie zog eine heraus und stopfte die ungebrauchten Shorts, Unterwäsche und das T-Shirt hinein. In der anderen verstaute sie alles, was sie in der Hütte getragen hatte, außer dem Holzfällerhemd, das sie zusammen mit dem Tagebuch wieder in ihre Tasche zurückstopfte. Als sie aus der Toilette kam, warf sie die Tüte mit den Hüttensachen in eine gelbe Tonne, auf der *Restmüll* stand, und stellte ihre Tasche wieder hinter die Theke im Schwesternzimmer. Dann ging sie in den Kaffeebereich zurück und reichte der Polizistin die Tüte mit den sauberen Kleidern.

»Hier, ich hab vergessen, dass ich sie in der Toilette gelassen hatte.«

Die Polizistin lächelte, nahm die Plastiktüte und hielt sie fast auf Armeslänge von sich ab. »Das ist verständlich, nach allem, was Sie durchgemacht haben. Und jetzt erklären Sie mir bitte, wie es zu dem Unfall kam.«

Hope sah erleichtert, dass Meredith auf sie zukam. Sie ließ ihre Unterlippe zittern. »Mum«, rief sie, »die stellen mir dauernd Fragen und ich …«

»Officer! Was um Himmels willen fällt Ihnen ein? Wie kommen Sie dazu, meine Tochter zu verhören? Sie wissen doch, was sie durchgemacht hat …«

Die Polizistin stand auf und hielt Meredith die Hand hin. »Officer Langton, Ma'am. Wir versuchen nur die Fakten festzustellen.«

Meredith legte ihren Arm um Hope. »Alles in Ordnung?«

Hope nickte, aber sie war jetzt wirklich den Tränen nahe. Im selben Moment tauchte eine Ärztin auf.

»Ms West? Ich bin Doktor Ellison. Haben Sie etwas dagegen, wenn ich mir kurz Hope ansehe, nur vorsichtshalber, damit wir wissen, ob alles in Ordnung ist.«

Meredith stand auf. »Soll ich mitkommen? Hope?«

»Das ist nicht nötig«, sagte die Ärztin und schob Hope vor sich her.

Im Untersuchungsraum musste Hope auf die Liege klettern und sich zurücklegen. Die Ärztin untersuchte ihre Wange, dann machte sie ein Foto davon.

Hope zuckte vor dem grellen Blitz zurück. »Warum brauchen Sie ein Foto?«

»Als Beweis, Hope. Das ist alles.« Sie legte beruhigend die Hand auf ihren Arm.

Hope stemmte sich auf die Ellbogen hoch und schüttelte den Kopf. »Beweis wofür?«

»Ich wurde gebeten Ihre Verletzungen festzuhalten, das ist alles.«

»Hört mir hier niemand zu? Mir fehlt nichts!«

Die Ärztin wandte sich ab. »Die Polizisten haben Blutergüsse an Ihren Schenkeln bemerkt, also muss ich Sie bitten sich auszuziehen und in dieses Hemd zu schlüpfen.«

Hope sprang von der Liege herunter. »Kommt nicht in Frage.«

Die Ärztin drehte sich wieder zu ihr um und schaute sie freundlich an. »Hope, Sie können uns alles erzählen, das wissen Sie doch?«

Hope hatte bereits ihren Cardigan angezogen und zerrte ihre Haare aus dem Kragen. »Da gibt's nichts zu erzählen. Und ich will nicht weiter untersucht werden, danke.« Damit ging sie in den Wartebereich hinaus und setzte sich neben Meredith und Caleb Crow, die Arme verschränkt und den Blick trotzig in die Ferne gerichtet.

Vier Stunden später war Cal operiert und wurde auf die Intensivstation gebracht. Er hatte das Bewusstsein nicht wiedererlangt, der Chirurg hatte ihn in ein künstliches Koma versetzt, damit sein Zustand sich stabilisieren konnte. Hope saß mit Caleb an seinem Bett, bis Elizabeth Crow kam.

Cals Mutter war groß, hatte dunkle Haare und wirkte einschüchternd in ihrer mühsam unterdrückten Wut. Sie kam herein, ging schnurstracks zu der stillen Gestalt ihres Sohnes im Krankenhausbett, küsste seine Stirn und strich ihm eine verirrte Strähne aus dem Gesicht, die Hope sich nicht anzufassen getraut hatte. Nachdem sie lange ihren Sohn angeschaut hatte, heftete sie ihren Blick auf Hope.

»Hope Cooper?«

»Ja.«

Elizabeth Crow nickte. »Was ist passiert?«

»Die Brücke ist unter dem Pick-up eingebrochen. Wir haben uns zu der Hütte durchgeschlagen und auf unsere Rettung gewartet. Aber ich habe auf einen Bären geschossen ...«

»Du hast auf einen Bären geschossen?«

Hope nickte zerknirscht. »Er hätte sonst Cal verletzt. Und er hat davor schon Buddy getötet. Er muss irgendwie von dem Hubschrauber aufgescheucht worden sein oder was auch immer. Cal dachte, dass er sich auf mich stürzen wollte, und hat sein Gewehr gehoben, und da hat Chief Hart auf ihn geschossen.« *Alles wiederholt sich auf fatale Weise und ich kann es euch nicht erklären, weil ihr mir ja doch nicht glaubt.* »Jetzt stellen sie mir dauernd Fragen und ich glaube, sie versuchen die Tatsachen zu verdrehen.«

Cals Mutter schaute sie ruhig an. »Und was hast du ihnen gesagt?«

Hope versuchte ihrem Blick standzuhalten. »Dass wir einen Unfall hatten und dass Cal sich um mich gekümmert hat. Und ... Ich weiß, dass er Carrie nichts getan hat.«

Elizabeth nickte und drückte kurz Hopes Hand. »Carrie ist ein nettes Mädchen, aber sie ist schwach. Es war ein Fehler, dass Cal sich mit ihr eingelassen hat. Die Familienfehde zwischen den Crows und den Harts ist so alt wie Montana und dadurch wurde alles noch viel schlimmer. Hart hat nur einen Vorwand gesucht.«

Caleb Crow kam ins Zimmer zurück. Er wirkte hier fehl am Platz in seinem Holzfällerhemd und den Jeans. Hope trat beiseite, um die beiden nicht zu stören. Die Monitore piepsten und summten unregelmäßig. Eine Schwester schwirrte um das Bett herum.

Elizabeth Crow hielt ihrem Mann die Hand hin. Er nahm sie.

Hope holte tief Luft. »Mr und Mrs Crow, ich würde Sie gern etwas fragen. Haben Sie je von einem Mädchen namens Emily Forsythe gehört?«

Die Crows starrten sie verständnislos an. »Ist das eine Freundin von Cal?«, fragte Elizabeth stirnrunzelnd.

»Nein ... sie ...« Hope schüttelte den Kopf. »Ach nichts, war nur so ein Gedanke ...«

Draußen im Wartebereich kam Meredith um die Schwesternstation herum, in der Hand eine braune Tüte von einem Sandwich-Laden. Essen war wirklich das Letzte, was Hope jetzt brauchte, aber sie nahm die Tüte.

»Danke«, sagte sie lustlos. Ihr war kalt, obwohl das Krankenhaus überhitzt war und sie Jeans, ein Unterhemd und ein T-Shirt anhatte, mehr Kleidungsstücke, als sie seit Tagen getragen hatte.

»Willst du es hier essen oder im Auto auf der Rückfahrt zur Ranch? Jesus fährt uns.«

Hope schaute verwirrt zu Meredith auf. »Ich geh hier nicht weg.«

»Hope, du brauchst eine ordentliche Mahlzeit und Ruhe. Und ich muss arbeiten.«

»Dann fahr doch allein, ich halte dich nicht auf.«

In der angespannten Stille, die darauf folgte, umklammerte Hope die Tüte noch fester. »Aber danke für das Essen und alles.«

»Du brauchst Ruhe.«

»Mir geht's gut«, sagte Hope entschlossen.

Merediths Lippen wurden dünn, dann stolzierte sie zur Schwesternstation, wo Jesus unbehaglich an der Tür stand, den Hut in den Händen. Er hasste die Krankenhausatmosphäre, das konnte man ihm ansehen.

Hope warf einen Blick in die braune Tüte: ein Salat in einer Plastikschale und ein paar Brötchen. Plötzlich ging die Aufzugtür auf und vier Polizisten kamen heraus, darunter Chief Hart und Officer Jones. Sie gingen zur Intensivstation, wo Cal lag.

Hart und Jones traten ein, während die anderen sich draußen vor der Tür aufbauten. Die Schwester stürzte an Hope vorbei, die ihr dicht auf den Fersen blieb. Caleb hielt Elizabeth zurück, als Officer Jones Cals leblosen Arm mit Handschellen an das Bettgestell fesselte.

»Was tun Sie da? Der Patient braucht Ruhe!«, stieß die Schwester aufgeregt hervor und prüfte die Monitore, bevor sie sich wieder zu den Polizisten umdrehte.

»Ist nun mal Vorschrift, Ma'am.«

»Ich hole den Doktor«, murrte die Schwester und ging hinaus.

»Scheiß auf deine Vorschriften«, stieß Caleb Crow zähneknirschend hervor.

Officer Jones drehte sich um und Hope duckte sich zwischen ihnen durch zum Bett. Sie nahm Cals freie Hand, ohne die Kanülen zu berühren.

»Miss Cooper, wir können Ihnen nur raten, sich jetzt von Mr Crow fernzuhalten«, sagte Officer Jones. Chief Hart verschränkte die Arme und starrte sie an.

Hope hob das Kinn. »Warum?«

»Weil wir gegen ihn ermitteln und weil ich es sage.«

»Ermitteln? Weshalb?«

»Er steht immer noch unter Verdacht aufgrund der Beweise, die wir gesammelt haben.«

»Er hat mich nicht entführt«, sagte Hope mit klarer Stimme. »Er hat mir das Leben gerettet.«

»Miss, wir glauben nicht, dass Sie momentan in der Lage sind, darüber ein Urteil zu fällen. Mr Crows Polizeiakten sprechen eine deutliche ...«

Dann brach das Chaos im Zimmer aus, als Caleb, Elizabeth und Hope gleichzeitig auf die Polizisten einschrien.

Eine Sekunde später kam die Schwester ins Zimmer zurück. »Sie verlassen jetzt sofort den Raum, alle miteinander! Wie können Sie hier herumstreiten? Er hört sie vielleicht und das tut ihm bestimmt nicht gut.«

Hart redete kurz mit einem der Polizisten, die an der Tür Wache hielten, dann stolzierte er davon. Seine glänzenden Stiefel quietschten auf dem Linoleum.

Als die Lifttür zuglitt, öffnete sich die Tür zum Treppenhaus einen Spaltbreit und ein hübsches braunhaariges Mädchen streckte den Kopf heraus. »Sind sie fort?«, wisperte sie.

Hope nickte. Das Mädchen schlüpfte durch die Tür, die Hand um den Riemen ihrer Umhängetasche verkrampft. Sie hatte ganz glattes Haar mit einem dichten Pony und dunkelbraune Augen.

»Ich ... ich musste einfach herkommen. Ist er okay?«, brachte sie mühsam hervor.

»Cal? Nein. Er wurde gerade operiert, jetzt liegt er auf der Intensivstation und sie haben ihn mit Handschellen ans Bett gefesselt.« Hope schaute sie an und plötzlich ging ihr ein Licht auf. »Du bist Carrie, stimmt's?«

Das Mädchen nickte. »Ich weiß nicht, ob Cal es dir erzählt hat ...« Hope nickte und Carries Gesicht verdüsterte sich. »Ich hätte ... Ich weiß, ich hätte die Wahrheit sagen müssen, aber mein Vater ... Ich bin hergekommen, weil ich sagen wollte – und bitte hör mir zu –, dass mein Vater keinerlei Beweise hat, nicht wirklich. Der Wagen wurde im Bachbett gefunden. Aber mein Dad ist gerissen, er dreht alles so hin, dass die Wahrheit vertuscht wird, und er hat gesagt, dass er sich Cal diesmal richtig vorknöpfen wird, wenn er euch findet.«

»Vorknöpfen? Er hat auf ihn geschossen!«, rief Hope.

Carrie zuckte zusammen. »Er ist ... ich weiß nicht, warum er diesmal so weit gegangen ist. Unsere Familien waren schon immer verfeindet, aber das hier ... Was ist denn da oben passiert? Es stimmt doch nicht, was mein Dad gesagt hat, oder?«

Hope dachte an das Tagebuch, an die Geschichte, die sich auf so schreckliche Weise wiederholt hatte, aber wie sollte sie das Carrie erklären?

Carrie holte tief Luft und fuhr fort: »In der Polizeibehörde von Helena arbeitet eine Frau namens Margaret Redfeather. Sie ... sie hilft mir und meiner Mom bei bestimmten Problemen. Du solltest mit ihr reden. Sie hat mich hierhergefahren.«

Redfeather? Hope presste ihre Fingerknöchel gegen die Stirn. »Okay. Wo ist sie?«

»Auf dem Parkplatz.« Carrie nickte zur Treppe.

Hope zögerte. »Also gut«, sagte sie schließlich. »Ich komme mit ...«

Sie gingen die Treppe hinunter, ohne zu reden, und traten in die helle Frühlingssonne hinaus. An einem verblichenen silbrigen Cabrio lehnte die große Frau, die Hope vor dem Black Eagles Store gesehen hatte. Sie trug einen schwarzen Anzug mit einem weißen Hemd und drückte gerade eine Zigarette aus.

Carrie blickte sich nervös um. »Ich geh jetzt besser. Wenn mein Daddy mich hier findet, sorgt er dafür, dass Sie gefeuert werden«, flüsterte sie der Frau zu. Und damit war sie verschwunden, die Angst verlieh ihr sichtlich Flügel.

Als Carrie fort war, drehte Hope sich zu der Frau um. »Sie sind Polizistin! Warum haben Sie Hart nicht daran gehindert, Cal und seine Familie zu zerstören? Und warum haben Sie Carrie nicht dazu gebracht, die Wahrheit zu sagen?«

Margaret Redfeather schaute sie lange an. »Cal hat dir also seine Version der Geschichte erzählt?«

»Er hat mir die Wahrheit gesagt«, antwortete Hope trotzig.

Margaret seufzte. »Das ist alles so alt wie die Hügel hier, verstehen Sie? Aber Hope – ich darf doch Hope sagen –, Carrie ist auch ein Opfer. Und es muss von ihr kommen, ob sie ihrem Vater die Stirn bietet oder nicht. Ich versuche ihr und ihrer Momma zu helfen die richtigen Entscheidungen zu treffen. Wenn Sie vielleicht mal ein paar Jahre älter sind, werden Sie verstehen, dass ...«

Hope schloss die Augen und ballte die Fäuste. »Cal liegt da drin im Koma! Er stirbt vielleicht. Wegen einer dummen Familienfehde.«

»Wenn er überlebt, haben die Crows mehr als genug in der Hand, um Chief Hart vor Gericht zu bringen. Ich habe mir seine Akte angesehen, nach dem Zwischenfall beim Laden neulich. Zu viel, was unter Polizeischikane fällt, zu viel, was vertuscht wurde …«

»Das nützt Cal nichts, wenn er tot ist, oder?«, sagte Hope wütend.

»Hope?« Merediths Stimme schallte über den Parkplatz.

»Das ist meine Mum. Sie …«

»Hope? Ich hab dir doch gesagt, dass Jesus uns zur Ranch zurückfährt«, sagte Meredith und blieb etwas abseitsstehen, ohne die andere Frau auch nur eines Blickes zu würdigen. Sie schaute auf Hopes Füße hinunter. »Ach du liebe Güte, wenn ich doch nur an die Schuhe gedacht hätte …«

Kurze Zeit später saß Hope auf dem Rücksitz des Jeeps und starrte auf die Landschaft hinaus. Straßenlampen und Stoppschilder glitten an ihr vorbei. Einkaufs-Boulevards und Fast-Food-Restaurants.

»Mum? Das ist doch nicht der Weg nach Hause?«

»Nach Hause? O doch, Schätzchen, wir fahren nach Hause.«

»Nein … das ist der Weg, auf dem wir hergekommen sind. Vom Flughafen.«

Meredith sagte nichts.

»Mum?«

»Der Polizist hat im Krankenhaus angerufen und uns dringend geraten die Ranch zu verlassen. Und er hat mir Dinge über den Jungen angedeutet, von denen du wahrscheinlich nichts weißt, Hope. Und wenn wir hierbleiben, könnte das die Lage für alle noch verschlimmern. Besonders für ihn. Oder …« Ihre Stimme versagte einen Augenblick, »für dich. Besonders wenn du vorhast nicht gegen ihn auszusagen.« Meredith seufzte. »Ich habe unsere Pässe mitgebracht, als der Anruf kam, weil ich Angst hatte, dass es Probleme mit der Versicherung gibt, und in einer Stunde geht ein Flug nach Salt Lake City. Der Polizeichef hat alles organisiert – unsere Sachen werden uns nachgeschickt. Es ist wirklich das Vernünftigste.« Sie schaute auf ihre Uhr.

»Ich ...«

»Es tut mit leid, Hope. Ich weiß, dass du diesen Jungen magst, aber es wird Monate dauern, bis er sich erholt hat ...« Sie hielt einen Augenblick inne. »Und ich ... ich muss dich in Sicherheit bringen.«

Hope starrte ihre Mutter an. »Ich kann nicht mit. Das wäre ja wie weglaufen!«

»Der Flug ist schon gebucht.«

»Mum, bitte – tu das nicht.«

Merediths Lippen wurden dünn, Hope konnte quasi sehen, wie ihre feministischen Überzeugungen mit ihren Mutterinstinkten kämpften. Ausnahmsweise siegten die Mutterinstinkte. »Du kannst jetzt nicht klar denken, das ist alles. Und im Augenblick ist es das Beste, was wir tun können, glaub mir. Wir reden morgen weiter, wenn wir zu Hause sind. Weg von diesem ganzen Schlamassel.« Sie starrte aus dem Fenster des Jeeps und weigerte sich noch etwas zu sagen.

Neunzehn

Jeder einzelne Moment in unserem Leben, sei er noch so schön oder schrecklich, ist unwiederbringlich. Darin liegt eine der grausamsten Wahrheiten, denen wir uns stellen müssen. Wir können diesen Moment nicht zurückholen, sosehr wir uns bemühen – weder mit der Kraft des Verstandes noch mit Geld oder Gebeten.

Also, mein geliebter Nate, hier bin ich. Zurück auf unserem Berg. Es hat mich viel Mühe gekostet, meinen Mann zu überzeugen, dass ich noch einmal hierhermuss, zumal ich wieder in anderen Umständen bin.

Fünf Jahre sind seit unserem Abenteuer vergangen und noch immer denke ich daran, denke an alles, was du mir bedeutet hast. Dieses kleine Buch hier ist meine Zuflucht und unser Sohn das Glück meines Lebens. Du wusstest natürlich, dass ich ein Kind von dir trug, das ist mir heute klar. Deine Fürsorglichkeit spricht dafür, die Zärtlichkeit, mit der du morgens im Bett den Kopf an meinen Leib gelegt hast. Und wie deine Hände dort ruhten, wenn wir abends auf der Veranda draußen saßen. Oder die Tatsache, dass du mich den Winter über zu deiner Familie bringen wolltest. Ich frage mich, wann du es mir gesagt hättest. Ich spürte gar nichts, litt nicht an Übelkeit, bis wir Portland erreichten, und dann schob ich es auf mein gebrochenes Herz und den ganzen Rest.

Ich ließ die Reise widerstandslos über mich ergehen, nur einmal begehrte ich auf, als ich hörte, dass ich von Tara getrennt werden sollte. Hart, der uns beim ersten Handelsposten verließ, hatte angeboten sie zu kaufen. Ich stand in der Durchfahrt, packte ihren Nasenriemen, als er ihre Zügel nahm, und verkündete vor der ganzen Siedlung, dass ich mich bei der erstbesten Gelegenheit umbringen würde, wenn Tara ihm überlassen oder jemals der Versuch gemacht werden sollte, mich von ihr zu trennen.

Es war mir todernst und Mr Stanton griff sofort ein, hielt mir seine Hände in dem ehrlichen Versprechen hin, dass ich Tara für immer behalten durfte. Er gelobte, dass er sich höchstpersönlich um ihr Wohlergehen kümmern werde.

Hart lachte über diesen Beschwichtigungsversuch, nahm aber das Geld, das mein künftiger Gatte aus seinem weichen Lederbeutel zog. Dann spuckte er in den Staub zu seinen Füßen und nannte mich eine Krüppelhure. Mr Stanton wies ihn in scharfem Ton zurecht, aber Hart lachte ihm ins Gesicht.

Die darauffolgende Reise nach Oregon war hart. Die Tage waren lang und trocken, der Trail rau. Wir hatten noch vier Tage bis Spokane. Ich blieb stumm und wich vor jeder Berührung zurück, selbst wenn mir jemand helfen wollte. Spokane war eine Siedlung von Pelztrappern, die neugierig auf meine blutdurchtränkten Beinlinge und mein grobes Hemd starrten, als wir am Nachmittag eintrafen.

In der ersten Nacht dort wurden mir meine Kleider im Schlaf weggenommen und durch ein billiges Baumwollmusselinkleid ersetzt, das in einem Kolonialwarenladen gekauft worden war. Ich schluchzte stumm in mich hinein und weigerte mich es anzuziehen. Papa war verzweifelt, aber er sagte mir, ich müsse mich ankleiden, weil es Zeit sei aufzubrechen und meine Sachen so ruiniert gewesen seien, dass man sie verbrannt habe. Das Kleid war kratzig und die Nähte scheuerten meine Haut auf. Ich weigerte mich standhaft die Schuhe anzuziehen, die sie mir gekauft hatten.

Nach weiteren zehn Tagen erreichten wir Portland. Tara trottete hinter dem Wagen her, den Papa gemietet hatte. Nach den ersten beiden Tagen saß Mr Stanton mir gegenüber. Papa zog es vor zu reiten, seit ich ihm gesagt hatte, dass ich nicht in einem geschlossenen Raum mit ihm bleiben wolle. Er war schließlich die Ursache von allem, was geschehen war.

Zu Mr Stanton sagte ich nichts, starrte nur aus dem Fenster. Er erinnerte mich an meine Briefe und dass ich ihm gesagt hatte, ich würde gern weiter Klavier spielen und meine Schreibversuche fortsetzen. Er fragte mich, ob ich während meiner Zeit in der Wildnis von Montana etwas von der Landschaft gesehen habe und es ihm beschreiben könne. Ich zwang mich ihn wenigstens anzusehen und im Nachhinein kann ich seine unermüdlichen Versuche, ein Gespräch mit mir in Gang zu bringen, nur bewundern, so verzweifelt und apathisch, wie ich damals war.

Als wir endlich Portland erreichten, hatte Papa bereits die Hochzeit mit Mr Stanton abgesprochen.

Das Ganze ging rasch über die Bühne, ohne Aufsehen. Ich kann mich nicht erinnern, dass ich ein Ehegelübde abgelegt hätte, und ich vermute fast, dass Mama mir an dem Morgen etwas in den Tee gegeben hatte, den sie mir aufzwang. Sie war entsetzt über mein Aussehen, als ich in Portland ins Haus stolperte, und ließ mich gründlich abschrubben und danach mit Cremes behandeln, die meine Haut wieder weiß machen sollten. Ich nahm es kaum wahr, denn zu jener Zeit war ich nicht viel mehr als eine Untote.

Du sollst wissen, dass Anthony mir ein guter Ehegefährte ist. Er ist ein grundanständiger Mensch und hat mir geschworen, es sei ihm nie in den Sinn gekommen, sein Heiratsversprechen rückgängig zu machen. Er hatte alle meine Briefe aufgehoben und immer wieder neu gelesen. Und er hatte Pläne gemacht, hatte ein Leben in der Larkin Street für uns vorbereitet.

Er war natürlich enttäuscht, als sich in unseren Flitterwochen herausstellte, dass mein Zustand nicht nur von meinem gebrochenen Herzen herrührte. Siebeneinhalb Monate nach der Hochzeit brachte ich deinen Sohn zur Welt, in einer hübschen Gästepension am Meer, in einem Ort namens Heaven's Anchorage: ein Kind mit hellen Augen und außerordentlich kräftigen Lungen.

Anthony unterstützte mich darin, meine persönlichen Interessen auch als verheiratete Frau weiterzuverfolgen, wie er es mir versprochen hatte. Außerdem ließen wir einen überdachten Garten hier in San Francisco bauen, nicht weit von unserem Anwesen. Viele Leute kommen dorthin. Sie müssen sich für eine Eintrittskarte anstellen, aber es kostet sie nichts, weil ich glaube, dass dir das gefallen hätte. Der Garten ist voller Pflanzen und Wildblumen aus Montana und von den Rocky Mountains. Ich gehe am frühen Morgen hin und sitze dort ganz allein.

Tara, die mich mit ihrer üblichen Unerschütterlichkeit vom Berg heruntergetragen hatte, brachte kurz nach der Geburt unseres Sohnes ein bezauberndes helläugiges Hengstfohlen zur Welt. Der Kleine wird eines Tages der prächtigste Zuchthengst in den westlichen Staaten sein, abgesehen natürlich von seinem Vater, der nie mehr gesehen wurde, seit er in wilder Flucht aus dem Korral gestürmt war, als Hart ihn einzufangen versuchte. Hart wurde durch einen Kopfstoß des Hengsts auf den Boden geschleudert, der Mann mit dem Kautabak bekam einen Tritt in die Brust und stand nicht wieder auf. Ich schaute zu, Papas Hand an meinem Ellbogen, und sah, wie der weiße Hengst in den Wald davongaloppierte.

Einer der Männer blieb zurück, um dich zu begraben; er hob bereits die Erde unter dem alten Baum beim Korral aus, als sie mich wegbrachten.

Aber ich kann mir dich nicht in der Erde vorstellen. Das würde mir erneut das Herz brechen und ich wäre wieder so weit wie damals, als ich halb in Trance nach einer Türklinke griff oder an einen Kaminsims fasste und mich plötzlich die Erkenntnis traf, dass ich in dieser Welt fortan ohne dich leben musste. Nein, ich stelle mir lieber vor, dass du hier bist und das Leben weiterführst, das du für uns geschaffen hattest. Und vielleicht besucht dich von Zeit zu Zeit das weiße Pferd an diesem Ort – das wäre schön.

Mama habe ich seit meiner Hochzeit nicht mehr gesehen. An dem Tag, als sie nach England zurückreisten, kam Papa zu mir und sagte, wie stolz er auf meinen Mut sei und dass er mir alles Glück der Welt und viel Erfolg in meinem neuen Leben wünsche. Ich sah ihn nicht an und redete nicht mit ihm. Er legte seine Hand auf mein Haar und versicherte mir, er habe nur das Richtige tun wollen. Es war fast so etwas wie eine Entschuldigung, soweit mein Vater zu einer solchen fähig ist, und da weinte ich.

Er zog einen Stuhl heran, setzte sich zu mir und erzählte mir eine Geschichte. Die Geschichte eines Vaters, der seine Tochter davor bewahren wollte, ein beengtes, unglückliches Leben im goldenen Käfig zu führen, wie es mir in London beschieden gewesen wäre. Das Laudanum, sagte Papa, habe längst die Oberhand über Mama gewonnen, und als er mich an jenem Tag im vorigen Jahr gesehen habe, benommen und mit glasigen Augen, sei sein Entschluss unumstößlich gewesen. Er hatte seine Frau verloren, aber seine Tochter wollte er nicht verloren geben. Und so hat er mit einem guten Mann, dem besten, den er finden konnte, einen Ehevertrag ausgehandelt und sein Kind allein in die Welt hinausgeschickt, in ein neues Leben, nur um es am Ende ganz zu verlieren; zumindest hatte er das monatelang geglaubt.

Meine Augen stellten Fragen, die ich nicht auszusprechen wagte, und Papa erklärte mir in ein paar Sätzen, dass Mamas Beschwerden noch vor meiner Geburt begonnen hatten. Die Ärzte waren der Meinung, ein Kind würde sie aufmuntern, aber das war nicht der Fall gewesen. Und nun, da meine Unschuld und mein guter Ruf in ihren Augen zerstört waren – trotz meiner verspäteten Heirat –, wollte sie mich nicht in ihrer Nähe haben.

Sie kam nicht zu mir, um mir Lebwohl zu sagen.

Aber das sind kleine Kümmernisse und ich erzähle es dir nur, damit du weißt, wie mein Leben jetzt aussieht.

Unser Sohn ist ein starker, prächtiger Junge. Er sieht dir ähnlich und ich denke, er wird später einmal so groß sein wie du. Anthony hat mir meine Mitgift für seinen Unterhalt überschrieben. Unser Junge wird, soweit das möglich ist, von meinem Mann wie sein eigen Fleisch und Blut aufgezogen, obwohl Anthony darauf bestand, deinen Namen in die Geburtsurkunde einzutragen, da er sich irgendwann einen eigenen Erben wünscht. Zu diesem Zweck wechselte noch mehr Geld den Besitzer, hauptsächlich wohl, um die Dinge nicht an die Öffentlichkeit dringen zu lassen, aber ich wehrte mich nicht dagegen. Im Gegenteil, es machte mich sehr glücklich und ich glaube, du wärst stolz gewesen, obwohl es mich vor ein kleines Problem stellte, worauf ich noch zu sprechen komme.

Nach reiflicher Überlegung habe ich eine große Farm als Erbteil für unseren Sohn hier draußen gekauft, eine Ranch, die der Pferdezucht gewidmet ist. Ich habe auch einiges von dem Land als Reservat für die Indianerbüffel abgezweigt und einen Mann eingestellt, der sich darum kümmern wird.

Er heißt Michael Calton und ist ein richtiger Cowboy aus einer alten Pionierfamilie. Ich glaube, du würdest ihn mögen. Ich habe ihm eine Fahrkarte nach Wyoming geschickt und er ist den ganzen Weg nach San Franciso gekommen, damit ich ihn kennenlernen und mich davon überzeugen konnte, ob er für die Position geeignet ist. Er führte mir vor Augen, wie du dich in unserem vornehmen Empfangssalon gefühlt hättest – wie ein schreckhafter Jährling. Der Arme fingerte ganz verlegen an seiner Hutkrempe herum, als ich ihn zum Tee bat. Aber er kennt dieses Land. Er ist mit dem Reservat vertraut, das vor zwei Jahren für deine Leute eingerichtet wurde, irgendwo im Süden unserer Ranch, und kann sich auch einigermaßen in ihrer rauen Sprache verständigen. Schreiben ist nicht seine Stärke, aber er schickt mir regelmäßig Berichte, wie es mit der Ranch in den Hügeln unten vorangeht.

Lucky ist inzwischen Häuptling Little Elk, auch darin hattest du Recht, und führt Krieg gegen die Pikuni. Von Clear Water weiß ich nichts, hoffe aber auf Nachrichten von ihr. Rose wurde in Fort Shaw gesehen, einen Tag bevor Sheriff Hart erhängt im Gefängnis entdeckt wurde, mit seinem eigenen Messer im Rücken. Sein Sheriffstern war zu einem Blechklumpen zertrampelt. Bei näherem Hinsehen stellte sich heraus, dass Hart skalpiert worden war. Ich schickte seiner Witwe eine bescheidene Pension, damit sie ihren Sohn anständig aufziehen möge, wage es aber nicht, meine Gründe hierfür näher zu erforschen.

Bald danach erhielt ich von Mr Calton einen Bericht über einen kleinen Zwischenfall auf der Ranch. Vorläufig ist es unerlässlich, unseren Büffelkorral in der Nähe unseres Stalls und des Wohnhauses zu halten, das noch im Bau ist. Die Tiere sind kostbar, nachdem es nur noch so wenige davon gibt. Das Haus liegt im Schutz von Bäumen und eines hohen Felsüberhangs, von dem man eine wunderbare Aussicht auf die Landschaft hat. Über diesen Fels wurden einst die Büffel in den Tod getrieben, aber jetzt werden dort keine mehr sterben und bald wird es unser Zuhause sein.

Mr Calton ging eines Morgens bei Tagesanbruch hinaus, um nach einer Kuh und ihrem Kalb hoch oben auf dem Kamm zu sehen. Und da saß, ganz seelenruhig, ein Indianerkrieger auf einer grauen Stute am Steilhang. Er rauchte eine Zigarette, das Gewehr über der Schulter. Die Indianer waren keine Gefahr für die Ranch gewesen und ich hatte die schriftliche Anweisung erteilt, durchziehende Indianergruppen nicht von unserem Land zu vertreiben, ein Friedensgebot. Mr Calton ging also an seine Arbeit. Als er von dem Kalb aufblickte, waren Pferd und Reiter verschwunden.

Rose, denn ich glaube, dass Rose der Krieger war, wurde seither nie mehr in der Nähe einer weißen Siedlung gesehen. Sie streift in der Prärie umher und führt Krieg gegen die Jäger, die in immer größerer Zahl nach Montana kommen. Zweimal hat sie es schon in die Zeitungen von San Francisco geschafft, als Anführerin eines Kriegertrupps. Ich lese ihre Taten mit einem wilden, heimlichen Stolz bei meinen Teegesellschaften vor. Die Damen schnappen nach Luft und nippen an ihren Porzellantassen. Und sie werden nie etwas davon erfahren.

Wie du vorhergesagt hast, ist der weiße Mann entschlossen die Büffel in den Staub zu treten. Ich lese oft von weiteren Massakern. Aber nicht hier, Nate. Nicht auf unserem Land. Wenn unser Sohn großjährig ist, wird er diese Ranch erben, um damit zu machen, was er für richtig hält. Ich hoffe, dass er sie als dein Erbe ansehen wird. Ein Erbe deiner Liebe zu diesem Ort, zu seinen Tieren und Menschen. Denn ich werde ihm von dir erzählen, wenn die Zeit reif dafür ist.

Wir sind jetzt auf dem Weg dorthin. Ich bringe Tara nach Hause. Es wird sehr schmerzlich sein, mich von ihr zu trennen, denn sie ist meine treueste Freundin und ohne sie wäre ich vor Kummer gestorben. Aber weder sie noch ihr Sohn, der junge weiße Präriehengst – er heißt Isaac –, gehören nach San Francisco mit seinen schattigen Parks und den breiten weißen Straßen.

Ich auch nicht. Aber ich werde dort bleiben. Anthony hat sich weitgehend aus der Eisenbahngesellschaft zurückgezogen, er überwacht nur noch die Geschäfte; mit dreißig wird er es zum Senator gebracht haben, das sagen alle. Und du hattest Recht: Die Eisenbahn wird nicht durch die Berge gelegt. Die Geschichte meiner »Rettung« ist nie in die Zeitungen gekommen – weiß der Himmel, wie viel Papa und Anthony bezahlen mussten, um das alles zu vertuschen.

Obwohl wir selten darüber sprechen, ist meine Zeit mit dir unauslöschlich mit unserem Leben verflochten und erfüllt es – zumindest das meine – mit Sonnenschauern. Anthony trägt meine unerschöpfliche Begeisterung für den amerikanischen Westen mit Fassung und er selbst bleibt seiner großen Leidenschaft, der Fotografie, treu. Letztes Jahr hatte er eine fantastische Idee. Er schlug mir vor, einen Fotografen zu suchen, der die Menschen und Landschaften meines geliebten Westens festhalten soll – sein Geschenk an mich.

Mr Edgar Carson, in Wisconsin gebürtig, war der ideale Kandidat – wir beauftragten ihn, die Lebensweise der ursprünglichen Bewohner dieses Landes und der Büffel aufzuzeichnen, solange es sie noch gibt. Er streift mit seiner fotografischen Ausrüstung und seinem Assistenten im Osten der Rocky Mountains umher und kehrt alle paar Monate nach San Francisco zurück.

Kürzlich stand ich mit ihm in der Dunkelkammer, als er seine letzten Platten entwickelte, und konnte mit ansehen, wie ein vertrautes Gesicht aus der Lösung auftauchte. Dog Child. Mr Carson erzählte mir, dass Two Tails' Sohn als Scout für die Armee arbeitet. Ich freute mich den jungen Blackfoot-Krieger auf diese Weise noch einmal wiederzusehen. Auch wenn es eine grausame Erinnerung daran war, dass keine Kamera der Welt jemals das Gesicht einfangen wird, für das ich alles geben würde.

Zurück zu meinem Bericht. Ich verbringe meine Tage mit wohltätigen Werken und unterstütze die politische Laufbahn meines Mannes. Die Larkin Street ist ein glückliches Zuhause und wird es in ein paar Monaten noch mehr sein. Ich habe ein Kindermädchen gefunden, sie kommt aus Virginia, ist rund und schwarz und voller Lebensfreude. Und sie singt, wenn sie sich unbeobachtet fühlt. Ich habe ihr an einem stillen Nachmittag erzählt, dass ich einst einen Freund hatte, der in der Unionsarmee gekämpft hat. Sie hat mir ihre Hand auf den Arm gelegt und gesagt, dass dir ein Platz im Gelobten Land sicher sei. Hattie vergöttert deinen Sohn und macht schon Pläne für die neuen Babys. Denn stell dir vor, Nate, sie sagen, dass ich Zwillinge zur Welt bringen werde.

Ich sitze auf unserer Veranda und schreibe dir das hier. Unser Sohn spielt auf der Wiese und freundet sich mit jedem Lebewesen an. Wenn er mal stillsitzt, was selten vorkommt, beobachtet er die Welt mit Augen, die alles sehen, als bewegte sich die Zeit um ihn, und nicht er sich in der Zeit. In solchen Momenten sehe ich ihn als den Mann, der er einmal sein wird, und mein Herz zerbirst fast vor Liebe.

Und vor Trauer um dich.

Unsere Hütte ist weitgehend unverändert; ich werde einen Mann einstellen, der hier heraufkommen und sie winterfest machen soll, zumindest solange ich lebe. Dieses Jahr bringt er einen Stein mit, der für dich aufgerichtet wird. Ich war mir zuerst ein wenig unsicher, was darauf stehen soll. Für mich bist du einfach Nate. Aber das reicht nicht aus für einen Gedenkstein, nicht wahr? Und als mir unser Sohn in den Arm gelegt wurde, dachte ich darüber nach, wie du ihn wohl nennen würdest und wie wir deiner gedenken sollen. Schließlich benannte ich dich nach deinem Stamm, den Apsáaluke, gab dir jedoch ihren englischen Namen. Auch unser Sohn trägt ihn.

Jetzt muss ich gehen. Zurück in mein Leben, das ganz aus Müssen und Sollen besteht. Und einem riesigen Vielleicht.

Wenn ich diese letzten Worte auf die letzte leere Seite geschrieben habe, werde ich das Buch beiseitelegen; ich werde nicht zum Anfang zurückkehren, denn das würde bedeuten die Vergangenheit noch einmal zu durchleben. Die, die nach uns kommen, sollen bewahren, was von unseren Herzen bleibt. Vielleicht wird eines Tages jemand dieses Buch finden und lesen, was du mir einst gesagt hast: dass deine Liebe im Wind bleibt, wenn du selbst längst zu Staub zerfallen bist. Und wie ich hier auf dieser Veranda sitze und sie noch immer spüre, deine Liebe. Möge, wer dies hier liest, die außergewöhnliche Liebe erben, die wir hier gefunden haben. Und möge ihm die Zeit bleiben, sie zu leben, wie es uns leider nicht vergönnt war.

Eines Tages werde ich hierher zurückkommen, zum allerletzten Mal. Aber jetzt noch nicht, Nate. Jetzt werde ich mit unserem kleinen Sohn den Wagen besteigen, der auf der Wiese bereitsteht. Ich habe, als ich mit ihm schwanger war, oft an die Geschichten gedacht, die du mir erzähltest, wenn wir auf dieser Veranda saßen. Stille Stunden und Geschichten nicht nur von deiner indianischen Familie, sondern auch von anderen amerikanischen Menschen – den Siedlern, die vor zwei Jahrhunderten in dieses Land gekommen sind, um ein besseres Leben zu finden.

Und deshalb nannte ich unseren Sohn nach dem ersten deiner Pioniervorfahren.

Sein Name ist Caleb.

Zwanzig

Die Leute starrten die beiden Polizisten an, die ein zerzaustes, barfüßiges Mädchen mit wilden Augen eskortierten und sie unsanft vorwärtsstießen, wenn sie stehen blieb und sich verwirrt und verzweifelt im wachsenden Gedränge des Terminals umblickte.

Ein Streifenwagen hatte sie am Flughafen erwartet.

»Das werde ich dir nie verzeihen, nie!«, stieß Hope hervor und drehte sich zu Meredith um, während einer der Polizisten sie von hinten am T-Shirt festhielt. »Das geht gegen alles, was du mir mein Leben lang gepredigt hast.«

Meredith presste die Lippen zusammen und fasste Hope am Arm, um sie von dem Polizisten wegzuziehen. »Es ist besser so.«

»Nicht für Cal. Oder für mich. Wie konntest du so etwas tun? Nach allem, was du mir immer eingetrichtert hast?«

»Ihr Flug wird aufgerufen, Ladys«, sagte Chief Hart. »Wir bringen Sie zu Ihrer Maschine.«

Hope funkelte ihn mordlustig an. Ihr Gepäck war bereits kontrolliert worden und Meredith hielt ihre Pässe und Bordkarten in den Händen. Hopes Herz und Verstand rasten, als sie zum Gate eskortiert wurden. Sie zog das Tagebuch aus ihrer Tasche und hielt es Trost suchend an ihren Bauch. Sie musste doch irgendwie verhindern können, dass sie einfach weggebracht wurde, so wie Emily damals. Aber wie nur?

Die große Tür vor ihnen stand offen, und während ihre Papiere geprüft wurden, stellte Hope fest, dass sie als Letzte in die Maschine einsteigen würden. Sie schaute sich um. Das Leben lief ganz normal weiter auf dem Flughafen von Helena. Nur ihres ging gerade zu Ende.

Sie traten auf den Asphalt hinaus und Hopes Füße wurden bleischwer. Ihre Hand zitterte, als sie nach dem Geländer der Metalltreppe griff, sie konnte sich kaum noch aufrecht halten.

»Wir sind bald zu Hause, Hope«, sagte Meredith. »Hier, nimm das.« Sie gab Hope ihren Pass und ihre Bordkarte.

Die Flugbegleiterin wartete oben an der Treppe und streckte lächelnd ihre Hand aus.

»Lass mich das für dich nehmen«, sagte Meredith und griff nach dem Tagebuch.

Hope riss es weg.

»Hope? Hope?« Margaret Redfeather sprintete über den Asphalt, ihren Stern in der Hand, während bereits die Flugzeugmotoren dröhnten. Zwei Security-Leute und ein Mann, der wie ein Gepäckträger aussah, rannten hinter ihr her. Sie kamen schlitternd zum Stehen, völlig außer Atem.

Margaret Redfeather schüttelte den Kopf. »John Hart, wofür zum Teufel hältst du dich eigentlich?«

Hart verschränkte die Arme. »Wir sorgen nur dafür, dass Miss Cooper nicht ihren Flug verpasst.«

»Du bist nicht die Grenzpolizei, und was du hier machst, ist rechtswidrig.« Margarets Stimme war klar und laut. »Du kannst die Leute nicht einfach abschieben.«

Hart starrte Margaret an. »Wenn du dich einmischst, lass ich dich feuern.«

»Versuch's nur. Noch ein Grund mehr, dir endlich mal in den Arsch zu treten. Die Liste ist lang genug. Und wer weiß, ob der Tag nicht bald kommt?« Ein leises Lächeln huschte über ihr Gesicht.

Hart schnaubte. »Ihr … Indianerpack. Seit über hundertfünfzig Jahren seid ihr am Boden und ihr kapiert es immer noch nicht.«

Meredith hievte ihre Tasche höher über die Schulter. »Ich will meine Tochter nach Hause bringen. Sie kann im Moment nicht klar denken.«

»Kann ich wohl«, protestierte Hope. Sie schaute den Polizeichef an, dann ihre Mutter. »Und das Problem bist du, Mum. Du meinst immer, du musst mich kontrollieren. Aber ich *will* nicht nach Hause.«

Margaret drehte sich zu ihr um und fasste sie an den Schultern. »Hope. Du bist sechzehn, oder?«

»Ja.«

»Und du hast einen eigenen Pass mit einem Touristenvisum, ja?«

Hope nickte.

»Und du willst hierbleiben. Du musst es nur laut und deutlich sagen, wenn es dir ernst damit ist.«

Hope schaute ihre Mutter an, dann die anderen. »Ich will hierbleiben«, sagte sie mit ruhiger Stimme. Sie drückte den Pass zusammen mit dem Tagebuch fest an ihre Brust.

»Hope …«, fing Meredith an.

»Nein, Mum, das ist *meine* Entscheidung, okay? Und ich bleibe hier.«

Margaret nickte einmal. »Gut, das reicht mir. Du kannst bleiben. Du hast nichts angestellt und niemand kann dich wegschicken.«

»Und ich sage, sie geht!«, fauchte Hart und beugte sich drohend zu Margaret vor.

Sie starrte ihn an, fast auf Augenhöhe, und wich keinen Zentimeter zurück. »Darin bist du unschlagbar, was? Endlose kleine Schikanen und Amtsmissbräuche, damit du dich wie der Größte fühlen kannst. Seit hundertfünfzig Jahren spielen sich die Harts in Montana als Gesetzeshüter auf, dabei seid ihr allesamt nur mit Lug und Trug an eure Posten gekommen. Aber das läuft jetzt nicht mehr.«

Der Chief spuckte ihr vor die Füße. »Dreckige Schlampe. Diesmal bist du zu weit gegangen.«

Margaret lachte. Ein wildes, fröhliches Lachen. »Du kannst mich beschimpfen, so viel du willst, du Stück Scheiße. Aber wage es nicht, mich anzurühren, und das Mädchen hier geht nirgends hin, wo sie nicht hinwill.« Sie drehte sich zu Hope um. »Also, können wir? Der Wagen steht draußen vor dem Flughafen.«

Hope schaute über die Schulter zu ihrer Mutter, die auf der Flugzeugtreppe stand. Dann rannte sie zum Terminal zurück, ihre nackten Füße trommelten wild auf den Asphalt.

Kurz darauf saß Hope in dem alten Cabrio, das mehr grau als silbern war, hielt ihr Tagebuch im Schoß und wartete darauf, dass die drahtige Polizistin auf den Fahrersitz glitt. Margaret startete den Wagen und fuhr vom Terminal herunter. Das Schweigen machte Hope verlegen.

»Danke für alles. Obwohl ich nicht wirklich weiß, was ich jetzt tun soll.«

Margaret bog in die Flughafenausfahrt ein. »Die Crows sind gute Leute – sie werden dich schon irgendwie unterbringen. Und es wird auch keinen Ärger geben, Chief Hart wollte deiner Mom nur Angst einjagen. Ich bringe dich jetzt zur Ranch zurück, damit du dir ein Paar Schuhe und wärmere Sachen anziehen kannst, und dann fahre ich dich ins Krankenhaus, okay?«

»Danke.«

»Wow, was seid ihr Engländer höflich!« Margarets Mundwinkel gingen nach oben. »Aber du dankst mir am besten, indem du mir erzählst, was da draußen passiert ist.«

Hope öffnete den Mund, um zu sprechen.

»Warte, ich brauch erst mal 'ne Zigarette. Gib mir eine aus ... ja, genau.« Margaret steckte sich die Zigarette zwischen die Lippen. »Ich weiß, ich weiß«, sagte sie, als hätte Hope dagegen protestiert. »Ist eine schmutzige Angewohnheit.« Zu ihrer Überraschung brach Hope in schallendes Gelächter aus. »Was ist?«

»Nichts. Kann ich nicht erklären.«

»Solltest du aber besser versuchen. So wie die Dinge stehen, muss ich ein, zwei Gefälligkeiten einfordern und ich will wissen, was Sache ist. Fang einfach mal mit dem Unfall an.«

So schnell und klar sie konnte, berichtete Hope, wie sie das Tagebuch gefunden hatte, schilderte den Unfall und erzählte alles, was auf dem Berg passiert war.

Es wurde eine lange Geschichte, in der sich das Leben von Emily und Nate mit dem Abenteuer vermischte, das sie selbst mit Cal dort oben erlebt hatte, und das alles purzelte aus ihr heraus, eine Geschichte, auf die jeder Schriftsteller stolz hätte sein können. Die Stadt lag bereits ein gutes Stück hinter ihnen und sie bogen gerade auf die Straße zur Broken Bit Ranch ein, als Hope zu Ende geredet hatte.

Margaret Redfeather sagte nichts, sondern achtete auf die Straße und rauchte noch eine Zigarette.

»Also«, sagte sie schließlich, »und was passiert am Ende?«

Hope schaute auf das Tagebuch in ihrem Schoß. »Ich weiß nicht. Hatte noch keine Zeit, es fertig zu lesen.«

»Dann lies, Cooper.«

Wenige Minuten später endete Emilys Geschichte.

»… Sein Name ist Caleb«, sagte Hope mit erstickter Stimme, als sie gerade die Ausläufer von Helena erreichten.

Margaret umklammerte das Lenkrad. »Hope?«

»Ja?«

»Die Apsáaluke waren Nates Leute? Das ist mein Stamm. Wir sind das Krähenvolk – die Crows. Rose Redfeather war das Oberhaupt meiner Familie. Emilys Sohn ist Caleb Crow. Die Crows besitzen diese Ranch seit 1871, stimmt's?«

»Und so hat es angefangen, mit Nate und Emily. Und der Hütte.«

»Heilige Scheiße«, sagte Margaret. »Ich dachte, ich wüsste alles, was es über Rose zu wissen gibt. Sie war eine Legende, verstehst du?«

Hope hielt die Hand vor ihr Gesicht, um die Tränen zurückzudrängen. »Ja, aber wie können wir den ganzen Horror aufhalten, der mit Cal und seiner Familie passiert?«

»Was, wenn …« Margaret trommelte auf das Lenkrad. »Was … wenn …«

Der Wagen schoss vorwärts, als die Ampel auf Grün schaltete, und Margaret machte eine scharfe Kehrtwendung, so dass Hope sich nur mit Mühe am Sitz festhalten konnte.

»Was?«

Margaret nahm eine Sekunde lang ihre Augen von der Straße und griff nach ihrem Telefon. Sie drückte es Hope in die Hand. »Vielleicht *haben* wir ihn schon aufgehalten, allein dadurch, dass du nicht weggeflogen bist.«

»Ich …«

»Überleg doch mal, Hope. Bei Nate und Emily ist es schiefgelaufen, weil seine Crow-Familie fortgegangen ist. Wenn sie dageblieben wären, dann wäre sicher alles anders ausgegangen. Wähl mal die Nummer hier.«

Hope tippte die Nummer ein, die Margaret ihr diktierte, und hörte es wählen, dann läuten.

»Stell's laut«, sagte Margaret und im selben Moment meldete sich eine Stimme.

»Davis.«

»Andrew?«

»Bist du das, Margaret?«

»Du bist mir noch was schuldig, erinnerst du dich?«

»Ja«, sagte der Mann vorsichtig.

»Okay, jetzt wär's so weit. Ich sage dir ein paar Namen, du schaust in den Akten nach und triffst uns im St. Peter's Hospital, so schnell du kannst. Das heißt, jetzt gleich.« Margaret trat aufs Gaspedal und der alte Mustang schoss über eine rote Ampel, dass der Staub hinter ihnen nur so aufwirbelte.

Im Krankenhaus stürzten sie im Laufschritt durch die Gänge zur Intensivstation. Ein Mann in Zivil wartete draußen auf sie; auf seiner Brusttasche prangte ein Polizeiabzeichen.

»Ich hab versucht dich anzurufen«, sagte er zu Margaret.

Sie tastete nach ihrem Telefon. »Ich bin gefahren. Und es war eine Menge los.« Dann drehte sie sich zu Hope um. »Das hier ist Commissioner Andrew Davis. Hope Cooper.«

Der dunkelhaarige Mann gab Hope mit ernster Miene die Hand.

»Okay, ich habe die Geschichte der Polizeischikanen von Chief Hart gegen die Crow-Familie im letzten Jahrzehnt überflogen, besonders die der letzten paar Jahre«, sagte der Commissioner zu Margaret. »Das ist alles mehr als unzulässig. Und da sind noch andere Vorfälle, Zeugen, die sich gemeldet haben, aber das müssen wir jetzt nicht vertiefen. Wenn ich dich richtig verstanden habe, Margaret, hast du eine Aussage von Carrie Hart, die eine Anklage gegen diesen Jungen gegenstandslos macht. Ich habe keinen Grund, daran zu zweifeln, obwohl wir das natürlich überprüfen müssen. Ich kann aber jetzt schon sagen, dass keine offizielle Anklage gegen Cal Crow anhängig ist und dass es auch keine geben wird. Seine Polizeiakte ist also sauber.«

Margaret wandte sich an die Polizisten, die noch immer Cals Zimmer bewachten. »Cal Crow ist Patient hier, nichts weiter.«

Der Commissioner zeigte auf sein Dienstabzeichen und reichte den Beamten ein Blatt Papier. Einer der beiden nahm es überrascht entgegen und stand auf.

Der Commissioner wandte sich wieder an Margaret. »Ich möchte es Mr und Mrs Crow persönlich sagen und mich im Namen der Polizei bei ihnen entschuldigen. Sie hätten das längst vorbringen müssen.«

»Ja, gut«, sagte Margaret, »aber wie du sehen wirst, sind das keine Leute, die gleich vor Gericht ziehen.«

Plötzlich nahm Hope eine seltsame Stille in dem Intensivraum drinnen wahr. Sie drehte sich um und starrte durch das Fenster. Dann sah sie Elizabeth stumm und mit tränenüberströmtem Gesicht dasitzen.

»Es tut mir so leid …« Die Schwester, die so nett zu ihr gewesen war, kam hinter der Empfangstheke hervor. Sie legte eine Hand auf Hopes Arm.

»Was?« Hope konnte kaum sprechen. Sie stürzte in das Zimmer, obwohl die Schwester sie zurückzuhalten versuchte. »Was ist los?«

»Hope«, sagte der junge Arzt sanft und fasste sie an den Armen.

»Wir haben alles getan, um ihn zu stabilisieren, aber seine Vitalfunktionen haben sich rapide verschlechtert, nachdem Sie fort waren.«

»Sie müssen mich mit ihm reden lassen. Ich muss mit ihm sprechen – es gibt Dinge, die er wissen muss. Es spielt doch jetzt keine Rolle mehr, wie viele Leute im Zimmer sind, oder?«, flehte Hope, während Margaret und der Commissioner hinter ihr hereinkamen.

Margaret nickte Cals Eltern zu und zog einen Schlüssel aus der Tasche, mit dem sie die Handschellen an Cals Handgelenk öffnete, so dass sie aufgeklappt auf die gewebte Decke fielen.

Vor aller Augen nahm Hope seine Hand. »Cal? Cal, ich bin's, Hope. Die Polizei ist hier. Aber es ist nicht, wie du denkst. Sie möchten dir nur sagen, dass sie wissen, wie es gelaufen ist. Du bist von jedem Verdacht freigesprochen.« Sie rieb seine kalten Fingerknöchel. »Helfen Sie ihm doch«, flehte sie die versammelten Ärzte und Schwestern an, die zögernd und verlegen herumstanden. »Bitte!«

Ein unwilliges Publikum in einem winzigen Theater.

Hope zerrte mit der freien Hand das Tagebuch aus ihrer Hüfttasche. Dann drückte sie ihre Stirn auf seine, küsste ihn flüchtig auf den Mund, der von dem Intubationsschlauch verzerrt war, während das Beatmungsgerät die ganze Zeit Luft in seine zusammengeflickte Brust pumpte.

»Hör mal, vielleicht hatte Emily Recht und es gibt tatsächlich eine ausgleichende Gerechtigkeit im Universum? Vielleicht hat uns das weiße Pferd nur deshalb zu der Brücke geführt, damit wir die Dinge wieder in Ordnung bringen?« Sie hielt das Tagebuch an ihr Herz. »Nate und Emily hatten keine Wahl – wir schon. Sie ist auf den Berg zurückgegangen und hat sich gewünscht, dass jemand ihre Geschichte erben soll. Also wir, Cal. Und sie hat gehofft, dass uns die Zeit bleibt, die sie nicht hatten. Du hast schon Recht, es ist total verrückt. Aber es ist schön und es fängt gerade erst an.«

Sie holte tief Luft und ihre Stimme versagte, als der Herzmonitor schrillte und die Nulllinie erschien.

Einundzwanzig

Hope saß draußen auf der Feuertreppe des Krankenhauses, in der Hand Elizabeths Telefon. In der Ferne ballten sich Wolken über den Bergen zusammen. Ein Nachmittagssturm kündigte sich an.

Hinter ihr ging die Tür auf, Margaret Redfeather ließ sich auf die Treppe fallen und klopfte ihre Tasche nach einer Zigarette ab. »Bist du okay?«

Hope sagte nichts.

»Dumme Frage.« Margaret steckte sich die Zigarette in den Mundwinkel und klickte das Feuerzeug an. Es flammte auf, sie atmete den Rauch gierig ein und stieß ihn langsam wieder aus. »Dieser ganze Schlamassel mit den Crows und den Harts muss vor einer Ewigkeit angefangen haben. Ich denke viel darüber nach, Hope, verstehst du? Ich denke darüber nach, wer wir sind und ob wir unserer Vergangenheit entrinnen können. Aber am Ende können wir ja doch nur unser Bestes geben. Und das hast du getan. Wirklich.«

»Ich bin nicht so mutig wie Sie oder Rose. Oder Emily.«

»Doch, das bist du. Es muss dich verdammt viel Mut gekostet haben, vor lauter Fremden in diesem Intensivraum aufzustehen und deinem Freund zu sagen, was du für ihn fühlst.«

Hope schlang ihre Arme um ihre leere, schmerzende Brust. »Ich weiß nicht, ob es einen Unterschied gemacht hat, letzten Endes …«

»Das werden wir wohl nie erfahren.« Margaret zupfte einen Tabakkrümel von ihrer Zunge und schaute auf die Berge hinaus. »Aber weißt du, wenn mein Stamm in den alten Zeiten auf den Kriegspfad gezogen ist, dann hatten wir so ein System …«

»Coups. Emily hat einen bekommen.«

Margaret zog eine Augenbraue hoch. »Dann weißt du auch, was Redfeather in Wahrheit bedeutet?«

Hope schüttelte den Kopf. Nein, das hatte sie von Emily nicht erfahren.

»Bei meinen Leuten hat man eine Adlerfeder als Haarschmuck bekommen, wenn man einen sauberen Coup gelandet hat. Aber wenn man einen Feind besiegt und dabei fast sein Leben verloren hat, am Ende aber doch noch davongekommen ist, um eines Tages wieder in den Krieg zu ziehen, dann durfte man die Feder rot färben und mit Stolz tragen.« Margaret drückte die Kippe mit ihrem Absatz aus und stand auf, eine Hand auf Hopes Schulter. »Geh jetzt besser wieder rein. Alle machen sich Sorgen, weil du so allein hier draußen sitzt.«

Hope schüttelte den Kopf und schaute zum Himmel. »Nein, ich muss noch was erledigen. Hab's Cal versprochen.«

Einen Moment lang schwieg Margaret. Dann sagte sie: »Du hast dir heute eine verdammt große rote Feder verdient, Hope Cooper. Du kannst stolz auf dich sein.« Die letzten Worte warf sie über die Schulter, während sie bereits davonging. »Und vergiss nicht, du kannst mich jederzeit anrufen, wenn du was brauchst.«

Die Feuertür knallte zu und Margaret Redfeather verließ das Krankenhaus, um in einen stürmischen Sonnenuntergang hineinzufahren.

Hope schaute auf die Uhrzeit in Elizabeths Telefon und wählte die Nummer, die sie auswendig kannte, aber noch nie genutzt hatte. Es läutete eine Ewigkeit, wie ihr schien.

»Hallo?«, sagte eine Stimme. Sie klang ein wenig verschlafen. Dann noch einmal, nach einer Pause: »Hallo?«

Hope holte tief Luft. »Dad?«

Als sie endlich nach einem langen Nachtflug in England gelandet war, nahm Hope die U-Bahn nach Marble Arch und ging zu Fuß zum Portman Square. Dort setzte sie sich auf eine Bank in den Londoner Regen vor das Haus, in dem Emily aufgewachsen war. Um sie herum leuchtete das nasse Grün der Vorgärten.

Dann erst fuhr sie nach Hause.

Nach langen Diskussionen mit Meredith durfte sie an eine öffentliche Schule in ihrem Viertel gehen. Wenn Meredith auswärts arbeitete, blieb Hope jetzt manchmal – und immer öfter – bei der Familie ihres Vaters in dem lauten, hallenden Haus, das ziemlich reparaturbedürftig war. Sie hatte dort ein winziges Zimmer mit Blick auf einen dschungelähnlichen Garten.

Beim Essen redeten alle durcheinander und Hope wurde so selbstverständlich in diese chaotische Familie aufgenommen, als hätte sie schon immer dazugehört.

Sie half ihrem Vater seine Rollentexte zu lernen, wenn er draußen vor der Küchentür im Hof herumtigerte, ein Glas Wein in der Hand, und sich die silbrigen Haare raufte. Oder sie saß mit ihren Halbbrüdern James und Tom im Zuschauerraum – drei Ellbogenpaare auf dem Holzbalkon –, wenn er im Globe Theatre auftrat. Und manchmal besuchten sie ihn am Set seiner Krimiserie.

Hope baute eine vorsichtige, ehrliche Freundschaft zu der Frau ihres Vaters auf. Mags versuchte nicht die Ersatzmutter zu spielen, aber sie war warmherzig und unverkrampft, so wie ihr Vater, und beide stärkten ihr den Rücken und ermutigten sie ihrem Herzen zu folgen. Hope schrieb jetzt regelmäßig und schickte ihre Texte an Zeitschriften und Zeitungen, so oft sie nur konnte.

Es hatte fast zwei Jahre gedauert, bis Chief Hart offiziell von seinem Posten entlassen wurde. Dass es zu einem Prozess kommen würde, war unwahrscheinlich, aber Hope war froh, dass er zumindest bestraft worden war. Der Ex-Polizeichef lebte weiterhin am Rand von Fort Shaw und hing dort die meiste Zeit in der Stadtbar herum. Zu Hause wartete niemand auf ihn, denn Carrie und ihre Mutter waren in diesem Sommer ausgezogen.

Ein Jahr nach ihrer Montana-Reise hatte Hope über Margaret Redfeather eine nicht unterschriebene Postkarte aus Denver bekommen. Über einem Foto der Stadt stand in großen gelben Buchstaben: *GRÜSSE AUS DEM SCHÖNEN DENVER*. Margaret hielt den Kontakt mit ihr und arbeitete jetzt Vollzeit mit Opfern häuslicher Gewalt. Sie trug immer noch heiße Anzüge, rauchte weiter ihre filterlosen Zigaretten und fuhr ihren alten silbernen Mustang.

Hope studierte Literaturwissenschaften, wie sie es sich immer erträumt hatte – Meredith hatte sich irgendwann geschlagen gegeben. Sie hatte dort viele neue Freunde gefunden, war aber immer noch oft mit Lauren und Scott zusammen.

Einmal kamen Caleb und Elizabeth Crow für zwei Wochen nach London. An einem Sonntagmorgen saßen sie zusammen in einem Ostlondoner Hipster-Café und aßen Ranchersalat, umgeben von schreienden Babys und Hunden, die unter den Tischen lagen, ohne dass sich jemand daran störte. Caleb Crow sagte, er sei ein großer London-Fan, könne es aber kaum erwarten, zu Chuck zurückzukommen.

In ihrem letzten Unijahr wurde Hopes erstes Buch veröffentlicht. Ein Roman, der in Montana spielt.

Das Tagebuch begleitete sie überallhin, obwohl sie es manchmal monatelang nicht aufschlug.

Sie recherchierte über das Leben von Emily Howard Stanton, sammelte alles, was sie finden konnte, kontaktierte ihre Nachkommen, die noch in San Francisco lebten, und mailte ihnen eine Abschrift von Emilys Bericht über ihre Zeit in Montana.

Hope fand auch Nates Indianerfamilie und entdeckte die Geschichte von Little Elks langer Herrschaft als Stammeshäuptling. Auf diese Weise erfuhr sie von Clear Waters frühem Tod und Rose Redfeathers legendären Taten. Rose hatte sogar eine Tochter bekommen, ungefähr zehn Jahre nach dem Sommer mit Emily. Der Vater war unbekannt. Von Nates erster Familie fand Hope keine Spur.

Cal war immer in ihren Gedanken. Oft vermisste sie ihn so sehr, dass ihr schwindlig wurde. Sie war nie lange von Montana weggeblieben – das hätte sie einfach nicht ausgehalten – und die Broken Bit Ranch war längst ihr zweites Zuhause geworden. Mit der Zeit spürte sie immer deutlicher, dass ein Teil von ihr auf dem Berghang über dem Upper St. Mary Lake und der liebevoll eingerichteten Hütte zurückgeblieben war – dort, wo sie mit Cal so kurze, kostbare Tage verbracht hatte.

Der Wunsch, zu dieser Hütte zurückzukehren, wurde mit jedem Jahr stärker, bis sie es irgendwann nicht mehr aushielt.

Montana

Hope sitzt auf der Veranda, vor ihr dehnt sich der St. Mary Lake meilenweit in beide Richtungen aus. Die Hütte ist in Stand gesetzt, die Fenster sind erneuert. Ein verbeulter roter Ford-Pick-up steht in dem verfallenen Korral unter windgepeitschten Bäumen. Am Waldrand äsen ein paar Rehe. Das Tagebuch liegt neben ihr, zusammen mit einer zerfetzten Adlerfeder, einem brüchigen blau-gelben Flechtarmband, ein paar Elchzähnen und einer durchbrochenen D-Ring-Trense, die sie aus den dunklen Tiefen der Truhe hervorgekramt hat. Und natürlich der perlenbestickte Beutel. Die Wiese ist blütenübersät.

Die freien Tage hier oben, in denen sie die Hütte in Ordnung gebracht haben, waren paradiesisch. Hope verdankt diesem Berg so viel, dieser Wildnis, die in wenigen Tagen einen anderen Menschen aus ihr gemacht hat. Emilys Tagebuch ist wie ein Wegweiser für sie geworden und ihr Leben hat eine Wendung genommen, die sie sich auf ihrem ersten Flug nach Helena niemals hätte träumen lassen.

Sie steht auf und geht zu Cal, der den Wagen für die Rückfahrt belädt.

»Unser lieber alter Buddy …« Hope legt ihre Hand auf Cals Rücken, auf sein verschwitztes Hemd, und schaut auf die Stelle im Schatten des Baumes, unter dem sie einst den drolligen kleinen Welpen begraben hatten.

»Er war ein guter Junge.« Cal wischt sich das Gesicht mit dem Ärmel ab und bückt sich, um den Wolfshund, der hechelnd am Boden liegt, hinter seinen Ohren zu kraulen; weiße Ohren mit grauen Spitzen. Auch er ist ein ausgesetzter Welpe, den die Crows zu sich genommen haben.

Hope kauert sich nieder, küsst den Hund auf den Kopf und lacht, als er ihr mit seiner rauen Zunge über die Wange leckt. »Ja, Jake, fast so gut wie du«, sagt sie zu dem riesigen Welpen. Dann steht sie auf. »Was macht die Schulter?«

»Nicht schlimm. Ziept nur manchmal.« Cal tippt sich mit dem Finger auf die Brust. »Unglaublich – ist das wirklich schon fünf Jahre her?«

»Was? Fünf Jahre, seit du gestorben bist?«

Cal streicht ihr eine Haarsträhne hinters Ohr. »War ja nur 'ne Minute tot.«

»Dir ist es vielleicht wie eine Minute vorgekommen«, erwidert Hope.

»Ja und man könnte fast meinen, dass es dir nicht egal war. So wie du dich reingehängt hast, um mein Herz wieder zum Schlagen zu bringen. Und dabei die ganze Zeit auf die Ärzte geschimpft hast ...«

»Das hast du doch gar nicht mitgekriegt.«

Er lächelt. »Mom und Dad haben es mir oft genug erzählt.« Er schaut in die Ferne, zu den weißen Gipfeln hinauf, und sein Gesicht wird plötzlich ernst. »Also, krieg ich jetzt 'ne Antwort?«

Hope sagt lange nichts.

»Ach komm schon, ist doch das Vernünftigste. Dieses ganze Hin und Her mit den Visa wird langsam zum Albtraum. Und jetzt, wo du deinen Abschluss hast, wolltest du doch sowieso mal 'ne Auszeit nehmen für dein neues Buch. Die Pläne für das Haus sind fertig. Mom und Dad sagen, wir können jederzeit mit dem Bauen anfangen. Und Zach wird unser tollstes Hochzeitsgeschenk!«

»Lass mich bloß in Ruhe mit dem H-Wort«, stöhnt Hope. »Ich glaub, ich bin allergisch dagegen. Und außerdem bin ich viel zu jung.«

»Also *das* Argument zieht auch nicht mehr lange.«

Hope lacht und zerrt ihn am Hemd. »Aber es muss in den Ehevertrag, dass ich hier Internet bekomme. Ich hab dir gesagt, ich kann am Ende der Welt leben – aber nicht in der Steinzeit.«

Cal unterdrückt ein Lächeln, fühlt sich bereits als Sieger. »Du kriegst dein Internet, das hab ich dir doch versprochen.«

»Ich versteh nur nicht, warum wir nicht in dem Speicher über der Scheune wohnen können, so wie bisher.«

»Ach ja? Wenn wir jetzt mit dem Bauen anfangen, müssen wir nicht den ganzen Sommer einen Duschblock mit zwei Dutzend Farmhelfern teilen.« Cal verzieht das Gesicht. »Und meine Leute können es kaum erwarten, dass wir endlich für immer auf der Ranch zusammenleben.«

Hope schüttelt den Kopf. »Also ich schwör dir, wenn dein Dad noch einen einzigen Opa- oder Babywitz macht, dann …«, droht sie, muss aber lachen, als er ihr die Arme um die Taille schlingt.

»Ich hab ihm knallhart gesagt, dass wir noch ein paar Jahre üben müssen, bis wir das Projekt Cal junior in Angriff nehmen können …«

»Und wenn es ein Mädchen wird?«

Cal zieht eine Augenbraue hoch.

Hope seufzt und gibt sich geschlagen. »Aber was ist mit Mum? Sie macht mir jedes Mal, wenn ich sie sehe, die Hölle heiß, wie hirnrissig es sei, sich so früh zu binden …«

»Ich dachte, wir hätten schon vor Jahren geklärt, dass wir uns nicht von Meredith vorschreiben lassen, wie wir leben …«

»Ja, schon. Aber ohne meine Mum hätten wir uns nie kennengelernt.« Hope runzelt die Stirn. »Ich darf mir gar nicht vorstellen, wie das gewesen wäre. Aber in letzter Zeit ist sie ein bisschen relaxter, oder?«

»Ich weiß nicht, ob ich deine Mom je relaxt finden werde, aber okay, du hast Recht, es ist besser geworden. Seit sie begriffen hat, dass es bei uns nicht so läuft wie bei ihr und deinem Dad. Du und ich, das ist für immer!«

Hope schüttelt den Kopf, aber sie lacht und lehnt ihre Stirn an seine Brust. »Für immer. Das ist eine verrückte Vorstellung, Cowboy.«

»Also, dann machen wir das, okay?«, sagt er betont beiläufig.

»Wow, ist ja sterbensromantisch ...«

»Oh, keine Sorge, Cooper, die Romantik kommt noch, aber erst mal musst du Ja sagen. Und es auch so meinen.«

Hope setzt sich auf die Heckklappe des Wagens und schlingt ihren Arm um seinen Hals. »Und wo?«

»Zu Hause.«

»Wann?«

»Sobald wir es organisiert haben.«

»Und wo sollen wir alle unterbringen?«

»Ach, Platz ist genug – Tausende von Morgen.«

»Dad wird sicher kommen wollen. Und James und Tom auch. Und ich kann sie doch nicht ohne Mags einladen. Das wird ein schöner Schlamassel.«

»Nein, wir halten sie getrennt. Jeder in seinem Korral. Und Matty kriegt die Oberaufsicht.«

Vom See kommt Wind auf, bläst immer stärker.

»Du siehst nicht gerade glücklich aus. Was ist los?«

Hope holt Luft. »Ich ... doch, klar bin ich glücklich, das weißt du. Es ist nur ... ich habe viel nachgedacht, über die Hütte hier. Über sie.«

»Du denkst zu viel.«

»Ja, vielleicht, aber ich muss immer wieder an den Moment denken, als du tot warst. Und Emily musste diesen Moment ihr ganzes restliches Leben aushalten.«

Cal fährt gedankenverloren durch Hopes Haar. Dann brechen die Worte aus ihm hervor: »Emily hatte ein schönes Leben. Sie hat die Liebe kennengelernt. Die große, wahre Liebe. Und Stanton hat sie angebetet. Sie war eine tolle Frau, eine Aktivistin, die ihr Leben lang für ihre Überzeugungen gekämpft hat. Sie hat Kinder aufgezogen, die auf ihrem Gebiet ebenfalls Pioniere waren. Ein Chirurg, ein Politiker, ein Rancher. Vielleicht war es nicht das Leben, das sie sich gewünscht hat, aber sie hat das Beste daraus gemacht. Und mehr können wir wahrscheinlich auch nicht tun.«

Hope schaudert. »Und dann ist sie bei dem großen Erdbeben in San Francisco umgekommen.«

»Ist sie wirklich gestorben? Das frage ich mich. Ihre Leiche wurde nie gefunden. Nur seine. Und manchmal denke ich ... vielleicht hat sie es irgendwie zurückgeschafft? So wie sie es Nate versprochen hatte. Die Sachen, die wir gefunden haben – der Schal, die Lesebrille ... das gibt mir zu denken. Vielleicht hat sie ihre letzten Jahre hier in Montana verbracht?«

Hope schaut zu der Hütte zurück. »Sie sind mir so nah.«

»Immer. Und ich bin ihnen dankbar dafür. Emily, weil sie so eine tolle Frau war und das alles hier in Gang gesetzt hat, weil sie uns zu dem gemacht hat, was wir sind. Und Nate, weil er eben Nate war. Obwohl ...«, Cal holt tief Luft, »obwohl es fast unmöglich ist, in seine Fußstapfen zu treten ...«

»Ach, so schlecht bist du auch wieder nicht«, zieht Hope ihn auf.

Cal deutet auf den Wagen. »Okay, fahren wir jetzt?«

Hope wirft einen letzten Blick um sich und nickt. »Ja.«

»Ich will zu Hause sein, bis es dunkel wird.«

Jake scharrt in der Erde unter dem Baum in dem alten Korral.

»Hey, Junge, was ist denn?« Cal geht hinüber und bückt sich nach dem Schatz, den der Hund ausgegraben hat. Halb in der Erde verborgen, von Moos und Flechten überwuchert, ragt die Ecke eines alten schwarzen Schiefersteins hervor. »Hope?«

Sie lässt sich von der Ladefläche des Pick-ups heruntergleiten und kommt herüber. »Was ist?«

Cal zieht bereits den Stein aus der Erde und lehnt ihn aufrecht gegen den verkrüppelten Baum. In die schmutzige schwarze Oberfläche sind Worte und Daten eingeritzt. Nichts Feierliches, ohne jede Sentimentalität.

NATE CROW

1867

und

EMILY

1923

Lange Zeit ist nur der Wind zu hören, der Wind und die Laute der Wildnis.

»Siehst du, sie hat es geschafft«, sagt Cal endlich. »Sie ist zurückgekommen.«

Als Hope den Mund aufmacht, wendet sie sich nicht an Cal, sondern an den Stein. »Okay, ihr beiden, ich gebe mich geschlagen.« Dann schaut sie Cal an. »Sobald wir es organisiert haben, hast du gesagt?«

Cal hält ihren Blick. »Und du meinst es ernst?«

»Ja. Wir kommen sowieso nicht gegen sie an. Das ist mir schon vor fünf Jahren auf dieser Veranda klar geworden.«

Cals Triumphschrei hallt über die Wiese, als er Hope vom Boden hochreißt und in der Luft herumwirbelt. Dann stellt er sie wieder auf die Füße und küsst sie. »Komm, wir fahren nach Hause. Wir müssen es meinen Leuten erzählen.«

Hope öffnet die Fahrertür, während Cal Jake auf die Ladefläche des Pick-ups hinaufhievt und die Heckklappe schließt. Die Sonne steht hinter ihm und vergoldet sein Haar und seine Haut. Alles ist in Gold und Silber getaucht. Eine flüchtige Sekunde lang tut ihr das Herz weh vor Liebe und Stolz – und weil sie das alles beinahe verloren hätte.

Dann fängt sie eine Bewegung in der Nähe der Hütte auf. »Cal?«

Der weiße Hengst steht auf der Wiese und schaut sie mit seinen hellen Augen an. Er hat die Hufe in die Blumen gestemmt, Mähne und Schweif wehen im Wind.

Die Welt dreht sich weiter, aber auf dieser Bergwiese in Montana, dort, wo die Geschichte einer amerikanischen Siedlerfamilie begonnen hat und beinahe auch abgebrochen wäre, steht die Zeit für einen Moment still. Der Hengst wendet seinen Kopf in der untergehenden Sonne und schaut nach Westen – ein Jahrhundertpferd.

Vielleicht sogar mehr als das.

Danksagung

Das *Montana-Buch*, wie *Worte für die Ewigkeit* von meiner Familie und meinen Freunden genannt wird, hat so schnell seinen Weg in den Verlag gefunden, dass mir immer noch der Kopf davon schwirrt.

Die Idee für diese Geschichte entstand vor über einem Jahrzehnt bei der Lektüre von *Begrabt mein Herz an der Biegung des Flusses*, einem Buch, durch das ich viel über die Geschichte der Ureinwohner Amerikas erfuhr. Außerdem inspirierte mich eine schöne Fremde an einem langen Miami-Beach-Nachmittag, indem sie mir erzählte, das Tattoo an der Innenseite ihres Handgelenks stelle die Umrisse des Staates Montana dar – »des schönsten Landes der Welt. Mein Zuhause«.

Nach dieser Begegnung arbeitete ich eine Zeit lang in Amerika und war überwältigt von dem Eindruck der Weite, der unbegrenzten Möglichkeiten dieses Kontinents, und zugleich jenem dumpfen Gefühl, dass das Desaster an jeder Ecke lauert. Ich las über Siedlerhochzeiten, Scheidungen, die atemberaubende alpine Wildnis von Montana, vor allem im Gletscher-Nationalpark und am St. Mary Lake. Und ich las über die Eisenbahnen, den Amerikanischen Bürgerkrieg. Die brutale Unterdrückung der Ureinwohner, während die US-Regierung gleichzeitig einen heuchlerischen Krieg zur Befreiung der schwarzen Sklaven in den Südstaaten führte. Aber die Geschichte, die mir am meisten zu Herzen ging, war die fast völlige Ausrottung der Bisons. Fünfundzwanzig Millionen niedergemetzelte Büffel in weniger als zwei Jahrzehnten. Vor allem diese Geschichte liegt dem Montana-Buch zu Grunde.

Wie soll man sie erzählen? Das war das Problem; ich wusste es einfach nicht.

Dann besuchte ich im Februar 2014 einen Kunstgewerbeladen der Amish in Ohio, anlässlich einer Vorlesung über Geburtsbedingungen im 18. Jahrhundert, die ich dort hielt. Meine Gastgeberin war auf der Toilette und ich trödelte unterdessen im Laden herum, schaute mir die Bratpfannen, Waschzuber und Holzöfen an. Ich fand hübsche, komplizierte Öllaternen, raffinierte Holzlöffel, Spatel mit Hakengriffen, die dazu da waren, die heißen Bleche herauszuziehen, und eine ganze Wand mit Backformen der verschiedenen Staaten. Ich nahm automatisch eine von Montana in die Hand. Zwei Dollar, dachte ich, das ist nicht die Welt. Dann zögerte ich. Warum sollte ich meine überquellende Küchenschublade noch mehr vollstopfen? Nur wegen eines schönen Mädchens mit einem inzwischen veralteten Tattoo? Weil ich seither Dutzende von wissenschaftlichen Artikeln und Büchern über die Menschen gelesen hatte, die alles aufgaben, was ihnen vertraut war, um sich am Rand einer neuen Welt ein neues Leben zu erschaffen? Der Horror, dass eine ganze Art fast völlig ausgelöscht wurde? Ich legte die Form wieder weg. Doch ich konnte meinen Blick nicht davon lösen und plötzlich sah ich Nate, Emily, Hope und Cal vor mir. Ich wusste, wie sie aussahen und wer sie waren, ihre Stimmen drängten sich in meinen Kopf.

Meine Gastgeberin kam zurück, ich nahm die Montana-Backform und bezahlte. Wir gingen auf den Parkplatz hinaus, in den kühlen Sonnenschein eines amerikanischen Vorfrühlingstags. Im Auto ließ ich die Pferdewagen, die sanften Hügel, die Farmhäuser und Scheunen, in denen die Leute noch in einem anderen Jahrhundert leben, an mir vorüberziehen.

Ich kam nach Hause und schrieb das Buch. Die Plätzchen habe ich immer noch nicht gemacht.

Als Historikerin wollte ich die entlegenen jungen Staaten der zweiten Hälfte des 19. Jahrhunderts möglichst authentisch wiedererstehen lassen – infolgedessen sind Ereignisse wie die Schlacht der Wildnis, John Gant's Wagenzug und die Entstehung von Fort Shaw aus dem einstigen Camp Reynolds alles wahre Begebenheiten. Ich habe versucht den verschiedenen Stämmen von Montana gerecht zu werden, obwohl ich sie bewusst ihrer Stimme beraubte, abgesehen von Dog Child, einem der wenigen Blackfoot-Krieger, die fotografisch festgehalten wurden. Ich kann nicht für sie sprechen und würde mir das nie anmaßen.

Aber die Arbeit an dem Buch hat mir viel Freude gemacht und ich danke allen, die ihren Teil dazu beigetragen haben: Imogen Cooper, Barry Cunningham, Rachel Hickman und das wunderbare Chicken-House-Team haben die Charaktere in *Crow Mountain* wie gute Freunde begleitet und unterstützt. Mein Dank geht wie immer an Kirsty McLachlan und an alle David-Godwin-Mitarbeiter. Ein großes Dankeschön auch an Lucy Fisher, Essie Fox, Brigid Coady und Sally Harris, die den Roman schon in der Anfangsphase gelesen und mir viel positives Feedback gegeben haben. Danke auch an Richard, meinen Mann, für seine nie versiegende Liebe und Unterstützung – ich weiß, es war hart für dich, die Tränenfluten zu ertragen, die mir übers Gesicht strömten, als ich die Szene von Nates Tod und Emilys Abschiedsbrief an ihn schrieb (und ich brauchte Tage dafür).

Und last but not least danke ich euch, liebe Leser, die ihr das Buch zu Ende gelesen habt. Das hier war ein unvergesslicher Teil *meiner* Geschichte, aber wenn ihr etwas aus diesem Buch mitnehmen wollt, dann vielleicht die letzten Worte meiner geliebten Emily, die ich immer noch im Kopf habe: Unser ganzes Leben wird irgendwann nichts weiter als eine Geschichte sein. Es kommt nur darauf an, die denkbar beste Geschichte zu leben.

Aus dem All mitten ins Herz

Amie Kaufman/Meagan Spooner
These Broken Stars
Band 1: Lilac und Tarver
496 Seiten
Taschenbuch
ISBN 978-3-551-31774-2

Es ist nur eine flüchtige Begegnung, doch dieser Moment auf dem größten und luxuriösesten Raumschiff, das die Menschheit je gesehen hat, wird ihr Leben für immer verändern. Lilac ist das reichste Mädchen des Universums, Tarver ein gefeierter Kriegsheld aus einfachen Verhältnissen. Nichts könnte die Kluft zwischen ihnen überbrücken – außer dem Schiffbruch der angeblich so sicheren *Icarus*. Als das Unfassbare geschieht, müssen Lilac und Tarver auf einem fremden Planeten ums Überleben kämpfen. Zu zweit gegen die Unendlichkeit des Alls …

CARLSEN

www.carlsen.de